W0387960

LE PARAVENT DE SOIE ROUGE

Paul Couturiau

LE PARAVENT DE SOIE ROUGE

Roman

Production Jeannine Balland
Collection Sud Lointain

PRESSES DE LA CITÉ

Pour l'écriture de ce roman, l'auteur a bénéficié d'une bourse à l'écriture attribuée par le Service de la promotion des Lettres du ministère de la Communauté française de Belgique.

Le Code de la propriété intellectuelle n'autorisant, aux termes de l'article L. 122-5, 2e et 3e al., d'une part, que les « copies ou reproductions strictement réservées à l'usage privé du copiste et non destinées à une utilisation collective » et, d'autre part, que les analyses et les courtes citations dans un but d'exemple et d'illustration, « toute représentation ou reproduction intégrale ou partielle faite sans le consentement de l'auteur ou de ses ayants droit ou ayants cause est illicite » (art. L. 122-4).
Cette représentation ou reproduction, par quelque procédé que ce soit, constituerait donc une contrefaçon, sanctionnée par les articles L. 335-2 et suivants du Code de la propriété intellectuelle.

© Presses de la Cité, 2002
ISBN 2-258-05668-3

Prologue

Canton, décembre 1793

Thomas Charles Perkins connaissait le sort qui l'attendait. Il avait commis de nombreux crimes aux yeux des autorités de l'Empire du Milieu — le moindre n'était sans doute pas le fait de parler chinois. Un matin, il serait conduit sur la place principale, devant la forteresse, et là, en présence d'une foule innombrable, il serait garrotté. D'abord, le souffle viendrait à lui manquer, il tendrait les muscles du cou dans une vaine tentative pour résister à l'étreinte fatale et, en définitive, ses vertèbres se briseraient. A quel moment précis la mort interviendrait-elle ? Il était incapable de l'imaginer. A vrai dire, il ignorait jusqu'au jour fixé pour son exécution. L'attente et l'incertitude devaient participer du châtiment. Et puis, les mandarins consultaient sûrement les oracles afin de déterminer la date la plus propice pour ôter la vie à un *hong mao*[1]. Ce qu'il savait, en revanche, c'est qu'il avait peu de chances de voir l'année nouvelle.

— Ne renoncez pas, Thomas.

Le jeune musicien s'arracha à sa ténébreuse rêverie. Il sourit.

1. « Cheveux rouges », expression par laquelle les Chinois désignaient les Britanniques.

— Rassurez-vous, mon père, tant qu'il restera une parcelle de vie dans mon corps, je conserverai l'espoir. Je ne lutte pas uniquement pour ma vie.

Le père Jean-Joseph de Grammont était la seule personne que Fuchang'an, le vice-roi de Canton, avait autorisée à visiter Perkins dans sa cellule au sol de terre battue. A cinquante-sept ans, le fils cadet du marquis de Grammont avait passé quelque vingt-trois ans en Chine. Comme la plupart des missionnaires jésuites, il avait acquis une connaissance intime des coutumes de l'Empire du Milieu. Dès qu'il avait eu vent de l'arrivée de lord Macartney et de son ambassade, il s'était empressé de proposer ses services à l'envoyé du roi George III. Mais le diplomate de Sa Gracieuse Majesté britannique, trop imbu de son importance et de ses succès passés, avait décliné l'assistance du jésuite français.

— Le prince Jiaqing[1] ne devrait plus tarder à arriver à Canton, reprit le père de Grammont. Il me recevra, j'en suis sûr. Il m'écoutera.

Thomas Charles Perkins sentait le missionnaire désireux de se convaincre lui-même. Il posa une main sur l'épaule de son visiteur.

— Quoi qu'il arrive, je ne regrette rien, mon père, murmura-t-il. J'étais venu en Chine avec de tels préjugés, une telle arrogance...

Les pensées du jeune musicien le ramenaient plus d'un an en arrière.

— Comment n'aurais-je pas été arrogant ? On parlait avec de plus en plus d'insistance de moi pour le poste de maître de chapelle à la Cour. Certains me comparaient déjà à Haendel, et moi, j'étais assez vaniteux pour les croire.

— Pourquoi avoir renoncé à un avenir aussi riche en promesses ? demanda le jésuite.

1. Jiaqing est le fils cadet de l'empereur Qianlong, appelé à lui succéder.

Thomas Charles Perkins balaya l'air d'une main et c'est avec une pointe d'autodérision qu'il répondit :

— Un chagrin d'amour, mon père. Une trahison intime...

— Racontez-moi cela, mon fils.

Perkins sourit en se dirigeant vers l'unique ouverture barrée d'une épaisse grille, qui, près du plafond de la cellule, laissait filtrer une lumière chiche. Il savait que ce n'était pas la curiosité qui poussait le missionnaire à l'interroger ainsi. Le père de Grammont espérait détourner l'esprit du condamné de ses sombres préoccupations présentes.

Comment le pourrait-il, alors que cette ouverture et cette grille ne cessaient de lui remémorer l'événement le plus tragique de ces quinze derniers mois ? Il s'arracha pourtant à sa morbide contemplation et s'efforça de se concentrer sur le lambeau de ciel bleu, par-delà les barreaux.

— L'histoire ne présente plus aucun intérêt aujourd'hui, mon père. Cette partie de mon existence semble concerner un autre homme. Un homme aussi fat et vain que notre bon lord Macartney.

Le visage tourné vers la lumière du jour, cherchant à saisir un éventuel souffle de vent frais, Perkins poursuivit, les yeux fermés :

— J'avais décidé de mettre le monde entre une certaine jeune fille et moi. Il se trouve que lord Macartney préparait son ambassade ; l'occasion était belle et puis...

Thomas Charles Perkins revint vers le jésuite.

— Ma mère est une femme étonnante. Dans une Angleterre anglicane, elle m'a donné un précepteur jésuite et français. Un homme exemplaire, qui avait passé vingt ans de sa vie en Chine, le père de Beauvais.

Le missionnaire secoua la tête pour indiquer qu'il avait connu le père de Beauvais, mais il se garda de tout commentaire pour ne pas interrompre le flux des souvenirs du jeune musicien.

— Ce cher homme m'a enseigné le chinois et nous avons passé de longues heures à parler de musique. Je voulais tout savoir des instruments, du chant, du répertoire de ce peuple, dont l'écriture relevait presque, à mes yeux, de la peinture. Quand j'écoutais le père de Beauvais chanter des extraits du *Sacrifice du chien* ou du *Kiosque de la Prière de la lune*, je songeais qu'il n'avait aucune disposition pour le chant ou que les compositeurs chinois étaient des demeurés. Qualifier d'opéras ces miaulements bruyants et discordants relevait, pour moi, de l'hérésie pure et simple.

Thomas Charles Perkins éclata d'un rire clair, qui fit courir des frissons dans le dos du père de Grammont. Cette insouciance à la veille de mourir ne pouvait qu'être feinte, songea le missionnaire. Quel désespoir devait habiter le cœur du jeune musicien !

— Je me suis donc mis en tête de venir enseigner l'art musical à un peuple qui en était encore à frapper et à racler des jarres et des instruments en terre cuite. Avez-vous connu plus monstrueuse présomption, mon père ? demanda Perkins.

— Vous êtes jeune, mon fils...

— En ce temps-là, je l'étais, c'est vrai. Il y a un peu plus d'un an de cela, pourtant...

Il soupira.

— Hélas, la jeunesse n'excuse pas tout, mon père, conclut le musicien d'une voix subitement grave qui troubla le jésuite.

Mais il retrouva vite sa légèreté.

— Mes premières impressions, à notre arrivée, m'ont conforté dans le sentiment que la Chine était une nation de barbares. Plus que jamais, je me sentais semblable à un Prométhée moderne venu leur apporter le feu sacré de la musique ! Je revois encore nos mines offusquées quand nous avons découvert que ce peuple, qui compte plus d'âmes que toutes les autres nations de la terre, jetait ses excréments par les fenêtres du premier étage de ses maisons. Les matières fécales tombaient dans une porcherie, où elles servaient d'aliments aux cochons que nous retrouvions ensuite dans nos assiettes. A cette seule idée, le cœur nous montait aux lèvres.

« Dieu, que ce temps-là me semble loin... » songea le musicien.

— Nous aussi, quand nous sommes arrivés en Chine, nous étions pétris de préjugés, enchaîna le père de Grammont. N'est-il pas vaniteux de vouloir imposer à des hommes un dieu dont quatre mille ans de culture ne leur permettent pas seulement d'appréhender la nature ?

Le jésuite baissa la voix :

— Y a-t-il plus vaniteux qu'un missionnaire ?

Perkins savait que cette question ne s'adressait pas à lui, aussi reprit-il le cours de son récit.

— Depuis ce temps-là, j'ai été reçu dans les résidences les plus somptueuses, je me suis risqué dans les lieux les plus sordides, j'ai fait la connaissance d'êtres méprisables et d'autres dotés d'une grandeur d'âme que j'ai rencontrée chez peu de sujets de Sa Gracieuse Majesté britannique... Et surtout, j'ai découvert que je n'avais rien à leur enseigner en matière de musique. Je sais que cela peut paraître incroyable, mon père, mais je vous assure que, quoi qu'il puisse arriver, je ne regrette rien. En cinq mois, j'ai vécu plus intensément que durant toute mon existence.

Un bruit de pas interrompit le jeune musicien.

— L'heure est venue de nous séparer, murmura Perkins d'une voix subitement triste.

— Je reviendrai vous voir demain, Thomas, promit le jésuite.

Perdu dans ses pensées, le musicien murmura comme en confidence :

— Si je n'avais pas raté l'embarquement à T'ien-tsin, je ne serais pas à la veille de mourir, seulement je repartirais aussi pauvre et aussi vain que lorsque je suis arrivé dans cet empire qui porte bien son nom de Pays du Milieu.

Le garde fit signe au missionnaire de sortir.

— Je reviendrai demain, répéta le père de Grammont. D'ici là, le prince Jiaqing sera peut-être arrivé à Canton. Ne désespérez pas, mon fils. Il me recevra. Il m'écoutera.

Et la porte se referma derrière le jésuite, qui alla retrouver l'air libre avec plus d'angoisse au cœur que celui qui restait enfermé dans sa cellule au sol de terre battue.

Le jeune musicien se dirigea vers la table où était posé le matériel d'écriture que le vice-roi avait bien voulu lui laisser. A la veille d'être livré au bourreau, l'oisiveté serait la voie la plus sûre vers l'obsession morbide de la mort. Or, les visites du père de Grammont étaient les seules distractions qui ponctuaient ses journées. Alors, Thomas Charles Perkins écrivait. Durant les journées monotones de la traversée de Portsmouth jusqu'à la mer de Chine, au cours de mois interminables à voguer sur l'océan, il avait régulièrement couvert des pages de son écriture fine et serrée. Mais il s'adressait alors à un être aimé : sa mère, le père de Beauvais, ou encore ce vieux maître de musique qui lui avait promis la gloire au temps où il composait, à sa demande, les oratorios que le malheureux n'avait plus le cœur d'écrire lui-même. Ces jours-là, il prenait la plume pour dissiper l'ennui d'une navigation souvent morne pour qui ne participait pas à la manœuvre, ou encore pour tenter de faire partager quelque expérience inédite à celle ou à celui qui n'avait jamais quitté l'Angleterre.

Aujourd'hui, il ne s'adressait plus vraiment à personne. Pourtant, s'il écrivait, ce n'était pas uniquement pour fuir la perspective de sa mort prochaine ; c'était aussi pour revivre des moments qu'il ne pouvait plus partager avec personne. Dans la lueur blafarde de bougies rouges — le blanc était couleur de deuil en Chine —, il s'efforçait de revivre des moments dont il n'avait pas eu le temps de profiter autant qu'il l'aurait souhaité. Pourtant, comme il l'avait dit au père de Grammont, il ne regrettait rien. S'il n'avait pas manqué l'embarquement à T'ien-tsin, il ne serait pas tout près de mourir, mais il n'aurait pas découvert un monde si riche qu'il en avait à peine pénétré la surface, et surtout il n'aurait jamais connu la belle Zhang de la troupe du Paravent de soie rouge. Son seul regret au moment de mourir serait d'ignorer ce qu'elle était devenue.

Thomas leva les yeux de sa table de travail. Les barreaux de l'espèce de soupirail qui faisait office de fenêtre dessinaient comme une potence sur le sol de la cellule. Il détourna la tête et des larmes se mirent à couler le long de ses joues.

1

Le 26 septembre 1792, trois navires quittaient la rade de Spithead, à Portsmouth : le HMS[1] *Lion*, l'indiaman[2] *Indostan* et un brick, le *Jackall*. A leur bord, quelque sept cents hommes partaient à la rencontre d'une civilisation vieille de quatre millénaires. Il y avait là une centaine de passagers — diplomates, savants, médecins, peintres, musiciens et jeunes aristocrates —, ainsi bien sûr que des marins, au nombre de six cents. Tout ce petit monde était placé sous les ordres de lord Macartney, lequel n'avait de comptes à rendre qu'au roi George III — et incidemment au comité directeur de la Compagnie britannique des Indes orientales.

A cinquante-cinq ans, lord Macartney avait derrière lui une carrière brillante. Il avait été ambassadeur à la cour de la tsarine de toutes les Russies, gouverneur des Caraïbes et de Madras. Sa renommée était telle qu'aux yeux de tous lui confier une mission diplomatique était, en soi, un gage de succès. Or, il se trouvait que, depuis plusieurs décennies, l'Angleterre importait des quantités toujours plus importantes de thé de Chine. Hélas, ces importations n'étaient compensées par aucune exportation : l'Empire du Milieu estimait qu'il se suffisait à lui-même. L'empereur était Fils du Ciel ! Serait-il concevable que le Ciel n'ait pas pourvu à

1. *His Majesty's Ship*, navire de Sa Majesté.
2. Expression désignant un navire des Indes.

tous les besoins de ses enfants ? Une telle situation n'était pas viable à long terme pour la Compagnie britannique des Indes orientales, dont les affaires commençaient à péricliter. Par bonheur, les diplomates détenaient la clé qui débloquerait immanquablement la situation : pour ouvrir les frontières de ce fabuleux marché, il suffisait de traiter au plus haut niveau.

L'empereur de Chine, Qianlong, célébrait alors son quatre-vingtième anniversaire. L'occasion était belle de lui adresser des présents : ils lui permettraient d'apprécier le degré d'avancement de la nation anglaise, qui se considérait comme la plus puissante du monde. L'intention du roi George n'était pas tant d'honorer le Fils du Ciel que de l'impressionner. Nul ne doutait qu'en découvrant le génie de la science, la splendeur de l'art, la subtilité de l'artisanat et surtout les richesses de l'industrie britanniques, ce souverain aurait à cœur d'en faire bénéficier son peuple. Dès lors, il ne manquerait pas d'autoriser sur son territoire l'installation de comptoirs semblables à ceux que la Compagnie avait développés en Inde (Bombay, Calcutta, Madras), et qui avaient largement contribué à son enrichissement.

Lord Macartney était ainsi chargé d'obtenir de Qianlong qu'il permît l'ouverture de nouveaux ports au commerce britannique. Pour l'heure, le seul établissement autorisé était situé à Canton et de terribles contraintes y étaient imposées aux commerçants occidentaux. La présence de femmes y était interdite ; celle d'armes également. Les Anglais ne pouvaient apprendre le chinois et devaient se retirer à Macao depuis le nouvel an chinois, célébré en janvier ou en février selon les rythmes de la lune, jusqu'à l'automne. Les Britanniques ne pouvaient imaginer que de telles règles aient été édictées par Qianlong ; elles avaient sûrement été imposées par des commerçants chinois soucieux de tirer le maximum de profit de leurs rapports avec les *hong mao*. A Londres, on était persuadé que l'Empereur aurait à cœur de modifier cet état de fait dès qu'il en aurait connaissance — pour le plus grand bien de son peuple ! Lord Macartney était chargé, en quelque sorte, d'apporter la « bonne parole du progrès » à un pays ancré depuis trop longtemps dans une tradition désuète.

Nul ne voulait écouter les responsables de la Compagnie à Canton quand ils affirmaient que le gouvernement chinois considérait son pays comme le centre du monde, qu'il n'éprouvait que mépris pour les nations étrangères et considérait toute ambassade comme l'expression d'une marque de soumission au maître de l'Empire du Milieu. Nul ne voulait prendre au sérieux les déclarations de Guo Shixun, gouverneur militaire de Canton, quand il affirmait que les Anglais étaient des barbares, « les plus cruels de l'océan occidental ». Tout le monde voulait croire aux chances de succès de cet ambassadeur qui, au fil de sa carrière, avait donné tant de preuves de ses compétences diplomatiques. Tout le monde voulait croire que, bientôt, le commerce avec la Chine permettrait de restaurer l'hégémonie britannique en Inde grâce à l'exportation de nouveaux produits. Car le fond du problème se situait bien là. Les colonies indiennes étaient désormais moins lucratives, et vendre les produits indiens en Chine et les produits chinois en Inde serait une merveilleuse façon de redynamiser un commerce qui tendait à s'essouffler.

La Couronne plaçait de tels espoirs dans la mission de lord Macartney qu'elle n'hésitait pas à se séparer de vaisseaux aussi puissants que le *Lion* et l'*Indostan*, à un moment où la guerre avec la France paraissait inévitable et même imminente. Aux yeux des Britanniques, la France était doublement une rivale depuis qu'elle avait renversé sa monarchie et qu'elle s'était choisi un régime aussi absurde que la république. Et si cette folie venait à donner des idées aux citoyens britanniques ? Où irait la Couronne ? *God save the King !*

La traversée ne s'effectua pas sans peine. Moins de quarante-huit heures après le départ de la flotte, le *Jackall* manquait déjà à l'appel. Malgré deux journées consacrées à réparer les dégâts de la première tempête, au large de l'île de Torbay, le brick brillait toujours par son absence ; le *Lion* et l'*Indostan* décidèrent donc de reprendre la mer sans plus attendre. Le *Jackall* ne transportait aucun présent destiné à l'empereur Qianlong, pas d'interprète non plus ; sa perte était donc insignifiante pour l'ambassade.

A Madère, les Anglais firent provision de vin, à la grande satisfaction des Portugais, qui paraissaient plongés dans le plus profond dénuement alors que les installations anglaises dans cette colonie lusitanienne étaient, elles, de plus en plus florissantes. La traversée jusqu'aux îles Canaries fut paisible, paisible également le passage jusqu'aux îles du Cap-Vert. Mais ensuite, les alizés imposèrent un détour par le Brésil, où Perkins découvrit, atterré, qu'une baleine valait sept nègres. Deux mois plus tard, ce fut l'arrivée à Java ; un mois encore et Batavia[1] était en vue. Ici, les Britanniques eurent un léger avant-goût de ce qu'ils devaient connaître une fois arrivés à destination, car de nombreux Chinois venaient tenter l'aventure dans la capitale des Indes néerlandaises. Sur les flots, des jonques croisaient à côté des bâtiments hollandais ; sur terre, les maisons misérables des Orientaux côtoyaient celles, cossues, des colons.

Quand l'escadre reprit la mer, une dizaine de jours plus tard, elle était accompagnée d'un nouveau bâtiment, le *Clarence*, un brigantin français, acheté sur place pour alléger les deux bâtiments partis de Portsmouth. De son côté, le *Jackall* avait fini par rejoindre ses compagnons, après avoir été

1. Jakarta.

contraint de rentrer au pays pour réparer les avaries occasionnées par la tempête essuyée au large de l'île de Torbay.

Le premier contact avec l'Empire du Milieu n'aurait lieu que trois mois plus tard, après que l'ambassade eut longé la Cochinchine[1]. Les côtes de la Chine se dessinèrent le 19 juin 1793, au large de l'île de Macao.

Thomas Charles Perkins, agrippé au bastingage, fixait avec un sentiment d'exaltation cette terre tant attendue, comme si la seule force de son regard devait lui permettre de réduire la distance qui le séparait de son but. Pourtant, il lui faudrait encore patienter trois semaines avant de pouvoir quitter le bord de l'*Indostan*.

Lord Macartney s'était mis en tête de ne pas mouiller à Canton. Il désirait échapper aux tracasseries de mandarins corrompus et de la fameuse *hang*, la guilde des marchands, responsable de la sécurité des commerçants britanniques, laquelle avait surtout pour tâche de limiter leur liberté de mouvements. Ces marchands *hanistes* ne se gênaient pas, en outre, pour augmenter à leur profit le montant des taxes commerciales exigées par l'Empereur. Mais Macartney avait une autre raison de vouloir éviter Canton.

En poursuivant sa progression par voie maritime, et non par l'intérieur des terres, il espérait gagner un mois. Son obstination créa, toutefois, un précédent qui sema la perturbation au sein de l'administration chinoise. C'était, en réalité, le début d'un bras de fer avec l'Empire du Milieu. L'Anglais venu en ambassadeur entendait imposer ses règles à tout un peuple, sans se soumettre aucunement aux siennes. Qianlong n'avait d'autre solution que de se soumettre aux volontés de l'envoyé du roi George. Provoquer un conflit reviendrait à reconnaître que les barbares avaient osé défier

1. Le Viêtnam.

l'autorité du Fils du Ciel, ce qui serait tout bonnement sacrilège. Macartney, quant à lui, voyait dans ce renoncement une première victoire, alors qu'il venait de poser la première pierre d'un échec retentissant.

En pénétrant dans l'archipel des Zhoushan, les Britanniques découvrirent une multitude d'embarcations chinoises sur lesquelles était chargé du bois de charpente, empilé de telle façon que les hommes de Macartney eurent le sentiment qu'une bourrasque suffirait à les faire chavirer. Le gouverneur militaire de Dinghai invita l'ambassadeur et sa suite à une réception en l'honneur de la mission britannique. Le jeune musicien eut la surprise d'être invité à se joindre à la délégation officielle. Il exultait. Peut-être aurait-il, enfin, l'occasion d'entendre un échantillon de la musique qui avait motivé sa participation à ce voyage harassant ?

A peine eut-il mis pied à terre que Perkins sut qu'il n'oublierait jamais les émotions qui l'assaillirent en ce moment. Des soldats aux amples tuniques bleues avaient beau encadrer le cortège officiel pour assurer la protection des étrangers, et les mandarins fouetter avec vigueur la populace pour la maintenir à distance, rien n'y faisait. La foule se massait autour d'eux avec une telle fougue que le jeune musicien eut bientôt la sensation de suffoquer. Il était comme perdu au milieu d'une fourmilière en folie. Il aurait voulu pouvoir le nier, mais le premier sentiment qu'il éprouva au contact du sol chinois fut la peur. De prime abord, ce peuple n'avait pas l'air agressif ni même hostile, mais son empressement à découvrir des hommes venus d'un pays de par-delà les mers constituait à lui seul une menace pour la sécurité des envoyés de la Couronne.

A vrai dire, les Britanniques étaient sûrement aussi curieux des Chinois que ceux-ci l'étaient des Britanniques, mais ils faisaient montre d'une plus grande réserve. Perkins songeait que tout un peuple avait délaissé ses occupations pour venir voir les fameux *hong mao* dans leur curieux équipage. Il se faisait l'impression d'être une sorte de Gulliver débarquant dans un univers aussi fantasque que ceux découverts par le héros de Jonathan Swift. Ici, ni géants ni Lilliputiens, mais des individus d'autant plus fabuleux qu'ils n'étaient pas, eux, des personnages de fiction. Chinois et Britanniques appartenaient à deux réalités situées aux antipodes l'une de l'autre.

Des milliers de visages semblaient jauger Perkins et ses compagnons. Tous les hommes avaient le pourtour du crâne rasé et les cheveux du sommet de la tête tressés en une natte, la fameuse queue de cochon[1]. Des milliers de visages hilares se moquaient des vêtements des Anglais — totalement inappropriés à la canicule ambiante —, de leurs perruques — qui ne l'étaient pas moins — et de leurs figures poudrées. Des milliers de visages les considéraient avec incrédulité et hostilité. Contrairement à sa première impression, Perkins en était maintenant convaincu.

Malgré son anxiété, le jeune musicien ne pouvait s'empêcher de songer que Dinghai avait quelque chose de Venise, avec ses ponts en dos d'âne qui enjambaient des canaux et ses ruelles étroites. Les maisons n'avaient pas plus d'un étage et étaient couvertes de tuiles aux couleurs vives. Aux étals des boutiques, la nourriture était exposée vivante : volailles, poissons et même des chiens. Une odeur d'encens se mêlait à celle des excréments jetés dans les porcheries. Parmi les objets proposés à la vente, Perkins fut surpris de découvrir des cercueils.

Par bonheur, le gouverneur les reçut avec beaucoup de civilité. Malgré sa petite taille, l'homme était imposant dans sa robe d'apparat azurite décorée de neuf pythons à cinq griffes, avec une pièce carrée brodée sur la poitrine et une autre, sur

1. Lorsque les Mandchous ont pris le pouvoir en Chine, en 1644, ils ont imposé cette coiffure à l'ensemble de la population. Toute infraction à la règle était passible de la peine de mort.

le dos. La broderie représentait un lion. Autour du cou, leur hôte portait un collier de perles composé de cent huit grains et, sur la tête, un chapeau conique couronné d'un bijou en corail. Tous ces détails avaient un sens symbolique que Perkins découvrirait plus tard. Ils indiquaient que le gouverneur était un officier militaire de deuxième rang, soit l'un des hauts dignitaires de l'Empire.

L'importance de cet homme ne l'empêcha pas, quand arrivèrent les plats, de pratiquer devant eux le *kotow*, c'est-à-dire de se prosterner en collant son front au sol par trois fois, à trois reprises successives. Le *kotow* alimentait bon nombre de conversations parmi les membres de l'expédition. Tous savaient que l'Empereur et chacun de ses représentants attendaient de lord Macartney qu'il se pliât à cette coutume séculaire lorsqu'il se trouverait en présence de Qianlong. Tous savaient également que l'ambassadeur était fermement décidé à s'en dispenser : n'était-il pas le représentant officiel du souverain de la plus puissante nation du globe ?

Les jésuites qui avaient proposé leurs services au lord anglais, et notamment le père de Grammont, n'avaient pas manqué d'insister sur l'importance de ce cérémonial. Eux-mêmes s'y étaient résignés, ainsi que les Hollandais et les Portugais. Ne pas pratiquer le *kotow* devant l'Empereur reviendrait à ne pas plier le genou devant le roi George III. Pire ! Ce serait une injure faite au Ciel lui-même. Comment dans ces conditions espérer se faire entendre d'un homme qui se considérait, de par sa fonction, comme le Fils du Ciel ? Mais le lord se méfiait des missionnaires et, de toute façon, il ne voulait rien entendre. Il était le représentant en Chine du roi George : comment pourrait-il s'humilier devant un dignitaire issu d'un peuple aussi peu évolué ?

Pendant tout le trajet de Macartney jusqu'à Jehol, la résidence d'été de Qianlong, cette question du *kotow* allait faire l'objet d'un important échange de courriers entre l'Empereur et ses divers représentants locaux. Ces derniers étaient terrorisés par le refus de l'ambassadeur britannique de se soumettre aux exigences protocolaires, aussi trouvaient-ils mille artifices pour donner à entendre à l'Empereur que Macartney évoluait dans sa position à l'égard du *kotow* et que peut-être, au jour dit, il accomplirait le rituel imposé. Mais le lord n'avait jamais ne fût-ce qu'envisagé de céder sur ce point.

Perkins avait entendu raconter que des pilotes chinois montés à bord du *Lion*, quelques jours auparavant, s'étaient jetés la face contre le sol, pour se prosterner devant l'effigie de l'empereur Qianlong qui ornait le salon de réception de l'ambassadeur. Pourtant, il fut stupéfait de voir un personnage aussi éminent que le gouverneur militaire de Dinghai agir de la sorte, en public, devant des plats qui avaient pour seule distinction d'être offerts à ses invités au nom de cet autocrate octogénaire. Le jeune musicien ignorait alors que tout ce qui émanait de l'Empereur — un repas offert en son nom, un pli signé de sa main, son effigie, voire son trône vide — était considéré comme une personnification du monarque et méritait, en conséquence, les mêmes considérations que sa personne.

La salle de réception dans laquelle eut lieu le banquet était vaste et éclairée par des lanternes ; certaines étaient en corne — une corne travaillée avec une telle délicatesse qu'elle donnait l'illusion du verre. Un escalier richement décoré menait à une sorte de mezzanine où étaient dressées des tables sur lesquelles couteaux et fourchettes brillaient par leur absence. Les couverts étaient remplacés par de curieuses baguettes qui laissaient le musicien perplexe.

Perkins n'accorda guère d'attention aux mets, pourtant présentés avec une recherche et un raffinement évidents : viandes coupées très finement et marinées dans des sauces épicées, ailerons de requin et ces étonnants nids d'hirondelle dont les Chinois semblaient si friands. Son attention était tout entière accaparée par un autre type d'agréments. Sur une petite estrade dressée au pied de la mezzanine, un groupe d'artistes présentait un spectacle destiné à distraire l'assemblée.

Chez Perkins, la peur éprouvée au milieu de la foule avait déjà cédé la place à l'exaltation. Certes, il s'agissait de numéros de bateleurs et non de théâtre ou d'opéra, mais une musique étrange et fascinante accompagnait les prestations des artistes et cela suffit à le mettre en joie. Ses compagnons s'exclamaient devant les sauts périlleux des acrobates ou devant leur maniement expert d'épées, de lances ou de javelots. Lui s'absorba tout entier dans l'écoute d'un instrument singulier, une sorte d'orgue à bouche avec dix-sept tuyaux en bambou censés évoquer le phénix.

Ce bref aperçu de la musique chinoise suffit à le rassurer sur le sens de son voyage. L'étrangeté de ces sons lui apportait, en effet, la confirmation que son projet ne serait pas vain. Les Chinois avaient tout à apprendre en matière de musique.

Mais pour l'heure une nouvelle attente s'imposa à lui. Après la réception dans le palais du gouverneur, la navigation reprit son cours sous une canicule suffocante. Enfin, dans la baie de Zhitao, lord Macartney rassembla tout son monde sur le pont des navires. Là, il fit connaître ses instructions : valables pour tous sans la moindre exception ! Perkins retint qu'interdiction était faite aux membres de l'ambassade de se rendre à terre sans la permission du lord. Interdiction était faite également à tous les privilégiés autorisés à débarquer de s'éloigner du cantonnement ! Comment, dans ces conditions, pourrait-il espérer découvrir l'opéra chinois ? Et comment pourrait-il mener à bien la mission qu'il s'était fixée : enseigner l'art musical à des artistes qu'il imaginait déjà l'accueillant tel un messie ?

2

Le mois de juillet touchait à sa fin quand il devint évident que les lourds bâtiments britanniques ne pourraient poursuivre leur progression en raison de la faible profondeur du fleuve Baihe, le fleuve Blanc. Il fallait désormais organiser le transbordement des hommes et des présents (pas moins de cinq cent quatre-vingt-dix pièces !) depuis le *Lion* et l'*Indostan* jusque sur les jonques mises à la disposition de l'ambassade par l'empereur Qianlong. Seules quatre-vingt-treize personnes seraient autorisées à poursuivre le voyage avec lord Macartney ; les autres devraient patienter à bord de l'un des navires de la flotte, qui avaient reçu l'ordre de regagner Canton. Nombreux furent ceux que cette décision impériale révolta ; avoir entrepris un voyage aussi long et aussi pénible, et ne pas être autorisé à découvrir Pékin, la Cité aux Neuf Portes, était pour le moins décevant.

A l'annonce de cette nouvelle, une angoisse étreignit le cœur du musicien. Il paraissait logique que son ami William Alexander fût au nombre des heureux élus. Ce peintre, dont il ne se lassait pas d'admirer le talent, avait pour mission de réaliser le maximum de croquis afin de rapporter en Angleterre une vision aussi riche que possible de ce nouveau monde si différent de tout ce que connaissaient les Occidentaux. Mais lui, à quoi pourrait-il prétendre ? Il ne faisait même pas partie de l'orchestre officiel. Il n'était qu'un musicien indépendant, qui bénéficiait d'un passe-droit grâce à des influences occultes.

Par bonheur, sir George Staunton, l'officier en second, intercéda en sa faveur et lord Macartney fit contre mauvaise fortune bon cœur. L'ambassadeur dut se souvenir qu'un membre du comité directeur de la Compagnie britannique des Indes orientales lui avait personnellement recommandé le jeune musicien.

Perkins éprouva donc un vif soulagement quand Thomas Staunton, le fils de sir George, vint l'informer qu'il figurait sur la liste des quatre-vingt-treize privilégiés.

— Lord Macartney a même accepté que nous emportions votre instrument. Oh ! bien sûr, il a fallu un peu lui tirer l'oreille, mais mon père a su se montrer convaincant. Il lui a fait observer que votre violoncelle n'est guère encombrant et que vous vous chargeriez vous-même de son transport.

L'enfant éclata de rire en ajoutant :

— Le lord a maugréé : « Encore heureux qu'il n'ait pas emporté un grand piano[1] ! » Mais là encore mon père a trouvé la bonne réplique. Il a dit que, de toute façon, les coolies avaient déjà tant de présents à décharger qu'ils n'auraient plus été à ça près. Et puisque l'ambassadeur entend emmener l'orchestre officiel, pourquoi ne pas vous joindre à lui ? Vous pourriez interpréter les parties solo de concertos de Vivaldi ou Boccherini. Qu'en dites-vous, Tom ?... Au lieu de jouer seul dans votre coin, selon votre triste habitude.

Perkins sourit. L'intention de l'enfant et de son père était louable, mais il n'était pas sûr d'avoir envie de jouer avec d'autres musiciens. Dix mois avaient beau s'être écoulés depuis qu'il avait quitté l'Angleterre, sa peine était toujours aussi vive. Pas un jour où il n'ait pensé à Grace. Sa fiancée l'avait trahi, certes, mais il se reprochait de ne pas avoir tenté

1. C'est ainsi que les Britanniques nommaient alors le piano à queue.

de lui parler avant son départ. Il lui était même arrivé de se demander s'il n'avait pas été trop dur envers elle. Il était vrai qu'Andy, cet ami précieux, malgré tout, lui avait assuré à diverses reprises que toute tentative serait vaine ; il aurait dû pourtant s'en assurer par lui-même.

Malgré toute la confiance qu'il accordait à Andy, Perkins aurait dû songer que son ami pouvait avoir quelque raison de travestir la vérité. N'était-ce pas par amour pour lui que Grace avait bafoué son fiancé ? Combien de fois Thomas Charles n'avait-il pas commencé une lettre à l'intention de celle qui lui avait juré un amour éternel, pour la déchirer alors que la missive n'était même pas terminée ? Pour l'heure, sa peine l'incitait encore à rechercher la solitude et son instrument était la meilleure compagnie qu'il pût imaginer. Toutefois il serait mal venu de refuser de jouer avec l'orchestre officiel de l'ambassade quand on lui accordait une faveur qui représentait tant à ses yeux. Il rassura donc Thomas et lui promit de faire ce qu'il lui serait demandé.

Le musicien appréciait ce garçon, qui servait de page à l'ambassadeur et maîtrisait le chinois presque aussi bien que lui. Depuis le départ de Portsmouth, le fils de sir George avait passé le plus clair de son temps à perfectionner sa pratique de la langue de Confucius auprès des deux interprètes, les pères Zhou et Li. Ces deux religieux ne parlaient que l'italien et le latin ; pour se faire comprendre d'eux, Thomas Staunton, qui avait tout juste douze ans et n'entendait pas l'italien, avait dû jongler entre le latin et le chinois, une gymnastique dans laquelle il s'était révélé excellent.

« Ainsi, songea Perkins, je poursuivrai mon voyage jusqu'à Pékin. Là, j'aurai sans doute l'occasion d'entrer en contact avec des musiciens de la Cour. » Soulagé autant qu'exalté, le jeune musicien s'empressa d'aller remercier l'ambassadeur.

— Merci ? Mais pourquoi donc ? s'exclama le lord sans lever le nez de ses cartes.

— Merci de m'autoriser à poursuivre le voyage avec vous, Excellence.

— C'est Staunton que vous devriez remercier, monsieur Perkins. C'est lui qui tient à votre présence...

Perkins n'eut pas le temps de répondre, car l'ambassadeur s'empressa d'ajouter sur un ton tout à la fois ironique et dédaigneux :

— Il semble que vous ayez beaucoup d'amis, monsieur Perkins.

— Je m'en flatte, Excellence.

Ulcéré par l'attitude du lord, le jeune homme ne put s'empêcher d'ajouter :

— Il semble que j'en aie jusqu'à la Cour, Excellence, puisqu'on me promettait le poste de maître de chapelle.

Le lord leva les yeux vers le musicien et, sans modifier son ton, il observa :

— Je crois que vous auriez mieux fait d'accepter cette charge, mon jeune ami. Que pouvez-vous espérer d'un tel voyage ? Vendre vos compositions à la cour impériale ? Je ne vous imagine pas aussi naïf !

Thomas Charles Perkins ne parvint pas à se résoudre à exposer ses motivations à un homme qui le traitait avec un tel dédain.

— Je ne suis pas un commerçant, Excellence, répondit-il d'un ton sec. C'est d'ailleurs une chance, car j'ai entendu dire qu'en Chine les commerçants forment la caste la plus méprisée de la société.

Sans attendre le commentaire éventuel de l'ambassadeur, il conclut :

— Si vous voulez bien m'excuser, Excellence, je dois organiser le transbordement de mon violoncelle. C'est un instrument très fragile.

Et, tournant les talons, il sortit, le dos bien droit, tandis que lord Macartney se contentait de hausser les épaules, en maugréant quelques propos inaudibles.

Perkins savait que lord Macartney ne le portait pas dans son cœur. L'ambassadeur était un homme très orgueilleux et il n'avait pas apprécié de se voir imposer la présence du violoncelliste par ses propres commanditaires. Mais comment aurait-il pu refuser une faveur à la main qui remplissait ses caisses ?

A vrai dire, le jeune musicien se souciait peu de la sympathie de Macartney. Le lord avait beau jouer au grand émissaire de la Couronne, il n'était jamais qu'un laquais au service de commerçants avides de vendre leur marchandise à des gens qui n'en voulaient pas.

Le 5 août, les yachts[1] chargés de présents et de la délégation britannique s'ébranlèrent, en compagnie du *Jackall* et du *Clarence*, à bord duquel avait pris place l'ambassadeur, ravi que leur faible tirant lui permette de pousser plus avant le voyage à bord de navires de Sa Gracieuse Majesté. Les maisons qui bordaient les rives du Baihe n'étaient pas sans évoquer les chaumières anglaises, ce qui avait pour effet de raviver la nostalgie de certains de ces hommes qui avaient quitté leurs familles depuis près d'un an.

Bientôt, le *Jackall* et le *Clarence* durent, à leur tour, renoncer à poursuivre le voyage ; le fleuve Blanc leur était également devenu impraticable. Ils firent demi-tour et rejoignirent la flotte. L'ambassadeur et son second, sir George Staunton, furent accueillis avec tous les égards dus à leur rang à bord de yachts vastes et bien tenus ; en revanche, les appartements réservés à la suite se limitaient, pour certains, à un simple banc. Le violoncelle de Perkins fut installé dans une pièce où avaient été rassemblés tous les instruments de musique de l'orchestre officiel de l'ambassade. Le jeune homme, qui avait insisté pour embarquer sur le même yacht, dut, lui, se

1. C'est ainsi que les Britanniques nommaient les jonques chinoises.

contenter d'un banc inconfortable dans un espace qu'il serait convenu d'appeler la coursive dans un bâtiment européen.

Par bonheur, un nouveau transbordement eut lieu à Dagu. Présents et bagages furent chargés dans des embarcations plus petites, mais beaucoup plus plaisantes, qui devaient transporter l'ambassade jusqu'à T'ien-tsin, où les jonques seraient halées à bras d'hommes le long du fleuve. Perkins eut ainsi droit à une cabine presque digne de ce nom, encore qu'il dût la partager avec le jeune Thomas Staunton. Tous les instruments avaient une fois encore été rassemblés dans la même pièce, et cette fois-ci sir George Staunton lui-même veilla à ce que le musicien pût voyager avec eux.

Perkins et l'enfant, parcourant leur nouvelle embarcation, découvrirent avec incrédulité que son imperméabilité était assurée non par du goudron, comme sur tous les navires qu'ils avaient pu voir auparavant, mais par une sorte de ciment fait de chaux de coquillage et de fibres de bambou. Les voiles, elles, étaient en bambou, comme les câbles et les agrès.

C'était désormais une escadre de près de quarante yachts qui remontait le Baihe, saluée par trois cents soldats et musiciens en tenue d'apparat. Sur les berges, Perkins observait toujours la même curiosité à l'égard des étrangers venus de l'autre côté des mers. Mais la présence de cette faune invraisemblable ne l'importunait plus. Sur la rive droite se dressaient des constructions étranges aux toits de nattes, couvertes de rubans et de morceaux de soie de toutes les couleurs, dont il ne parvint pas à percer le sens.

La navigation était ponctuée par le chant incessant du gong, qui commandait le rythme des haleurs. Des banderoles flottaient au vent et annonçaient : « Envoyé portant tribut au Grand Empereur ». Lord Macartney en était d'autant plus irrité que Wang Wenxiong et Qiao Renjie, les responsables chinois chargés de l'accompagner, semblaient faire la sourde oreille à ses récriminations. L'ambassadeur avait beau répéter que Sa Gracieuse Majesté britannique ne pouvait envoyer un tribut, mais bien des présents, les mandarins s'obstinaient à lui expliquer que le terme « tribut » s'appliquait indifféremment à tous les présents faits au Fils du Ciel. Il n'y avait donc pas lieu de s'en offusquer. Pour ne pas compromettre sa mission, le lord n'avait d'autre possibilité que de faire contre mauvaise fortune bon cœur.

La nuit, quand le sommeil le fuyait, Thomas Charles Perkins allait s'installer dans la chambre aux instruments et, après avoir passé un long moment à caresser le bois verni de la table[1] et des éclisses[2] de son violoncelle, il saisissait l'archet et le laissait courir au gré de son humeur sur les cordes tendues. Il ne se sentait jamais aussi heureux qu'en compagnie de cet instrument réalisé, à sa demande, par un luthier italien, Vincent Panormo qui, après un séjour à Paris, s'était installé à Londres et réussissait à donner à ses instruments un son particulièrement plein et éclatant. Seul avec ses souvenirs, Perkins interprétait alors une sonate de Boccherini, de Locatelli ou de Bach, en contemplant, par les fenêtres bordées de soie transparente, les rives où brûlaient des lampions de papier peint de couleurs vives. Quel prodigieux spectacle que cette débauche de lumières rouges, bleues, vertes, qui faisaient écho aux lanternes accrochées au sommet des mâts et aux lampes des cabines ! Une sarabande de reflets à la surface du fleuve Blanc.

Parfois, montant sur le pont, il écoutait le chant des sentinelles qui frappaient un bambou évidé pour indiquer qu'elles ne dormaient pas et signaler les heures de quart. Le jour, le gong ; la nuit, le bambou évidé — le son était omniprésent. Perkins aimerait commencer par ces bruits simples du quotidien un opéra dans lequel il s'efforcerait d'exprimer

1. La face avant du violoncelle.
2. Les parties latérales de l'instrument.

l'âme de ce pays. Mais il était beaucoup trop tôt pour cela ; il n'avait encore fait qu'effleurer la carapace du dragon.

L'escadre arriva dans les faubourgs de T'ien-tsin. La ville s'étendait à perte de vue, des deux côtés du fleuve. Adossé au mât, le jeune musicien songeait, avec une pointe d'amertume, qu'il ne serait pas autorisé à descendre à terre. De toute façon, même s'il pouvait quitter le bord, il lui était interdit, comme à chacun, de s'éloigner du cantonnement. Thomas Charles Perkins savait qu'il n'avait pas à espérer le moindre traitement de faveur de la part du lord ambassadeur, surtout après la manière dont il avait conclu leur dernière entrevue. Quant à leurs hôtes, ils n'avaient que faire de sa curiosité pour leur art lyrique. Il avait bien tenté d'aborder la question avec les mandarins qui conduisaient l'ambassade vers l'Empereur, mais aux yeux de ces représentants du Fils du Ciel, Thomas Charles Perkins n'était rien de plus qu'un serviteur et ils n'avaient pas daigné lui répondre. Cependant, Wang et Qiao n'avaient pu totalement masquer leur surprise en l'entendant parler leur langue avec autant de maîtrise.

A côté de Perkins, John Barrow[1] examinait avec la plus grande attention les monticules de sel entassé dans des sacs de nattes, qui ponctuaient le paysage. L'intendant, qui semblait tout excité, s'efforçait d'en estimer la quantité afin d'évaluer la population de cet empire. C'est avec stupeur que le jeune musicien l'entendit s'exclamer :

— Il y a là de quoi subvenir, pendant un an, aux besoins de trente millions d'individus ! Vous vous imaginez ce que cela représente, mon jeune ami ?

1. L'intendant de l'ambassade. Outre des ouvrages consacrés à ses voyages, et notamment à l'expédition Macartney en Chine, Barrow est l'auteur du célèbre roman *Les Mutinés du Bounty*.

Non, Perkins n'imaginait pas ce que cela représentait. Ou plus exactement, cela ne représentait rien pour lui. Les yeux de John Barrow, en revanche, brillaient d'avidité en songeant aux contrats à venir pour la Compagnie. Perkins, lui, était loin de telles considérations. Il songeait à ce monde tout à la fois si proche et si inaccessible.

Et puis, trente millions de Chinois, soit, mais dans quelles conditions vivaient-ils ? Monsieur Barrow saurait-il répondre à cette question ? Perkins ne contemplait pas les montagnes de sel, lui, mais la masse grouillante des êtres qui s'agitaient sur la terre ferme. Les faubourgs de T'ien-tsin suintaient la misère. Les gens, ici, portaient des sortes de tuniques en coton grossier bleu et noir, quand ils ne se contentaient pas de simples culottes. La plupart avaient de larges chapeaux de paille sur la tête et de gros souliers, parfois en paille eux aussi. Perkins songeait que, même à Lambeth[1], la misère n'était pas aussi noire. Son honnêteté l'amena aussitôt à reconnaître qu'il était, à vrai dire, incapable d'en juger en connaissance de cause, n'ayant jamais eu qu'une appréhension toute superficielle de la misère des Londoniens.

— Il faut donc traverser la moitié du globe pour réaliser qu'on ne connaît rien à son propre monde ? murmura-t-il.

L'intendant entendit la réflexion du musicien, et ses sourcils se levèrent en une expression de gravité. Il haussa les épaules et s'éloigna d'un pas vif. Il n'alla pas bien loin pourtant : à quelques mètres de Perkins, il s'arrêta et se replongea dans l'examen des sacs de sel. A côté de lui, William Alexander dessinait le port dans son cahier à croquis. Ici, comme à toutes les escales précédentes, les villageois abandonnaient leurs activités et se jetaient à l'eau pour venir contempler les étrangers de plus près. Perkins, qui avait noté, intrigué,

1. Quartier pauvre de Londres, sur les bords de la Tamise ; Dickens y situera plusieurs de ses romans.

l'absence de femmes, ne pouvait s'empêcher de considérer ces êtres sous un jour nouveau. L'hostilité qu'il avait parfois ressentie chez eux, en particulier lorsqu'il s'était rendu à la réception du gouverneur, à Dinghai, était sans doute la même que pouvait percevoir un gentleman en traversant un quartier misérable de Londres, de Birmingham ou de Manchester. Une hostilité faite d'envie, mais aussi de rancœur et de colère envers des étrangers qui affichaient leur aisance avec tant d'insolence.

Barrow se précipita dans sa cabine, sans doute pour y peaufiner ses comptes et échafauder des perspectives commerciales revues à la hausse. Perkins se rapprocha d'Alexander. Avec un art consommé, le peintre dessinait un port dépourvu de toute trace de la présence britannique, afin de lui donner un aspect plus conforme à ce qu'il devait être dans sa réalité quotidienne.

Perkins regagna la cabine que le jeune Thomas Staunton en était venu à baptiser la « salle de musique » et, songeur, il posa le violoncelle entre ses jambes. C'est presque avec surprise qu'il entendit les premières mesures du prélude de la *Sonate en ré mineur* de Corelli. Le musicien était à ce point accaparé par ses pensées que sa main, prolongée par l'archet, avait agi comme indépendamment de sa volonté. Il s'absorbait dans les accents graves et mélancoliques de la mélodie, tant et si bien qu'il en devint sourd à l'agitation provoquée par la descente à terre de lord Macartney, sir George et leur interprète. Etait-ce la musique, la sensation qu'il avait sans doute accompli ce périple en vain — car l'interdiction de tout contact avec la population rendait son projet bien chimérique —, était-ce le mal du pays, la chaleur insupportable qui accablait chacun depuis trop longtemps ? Perkins ne pouvait s'empêcher de songer à Grace Hastings, à qui il avait failli unir son destin. Il savait que la blessure était loin d'être cicatrisée.

3

— Quelle étrange sonorité !

La voix était claire et presque chaleureuse. Pourtant, la réflexion était faite en chinois. Surpris, Perkins, qui venait d'achever le largo de la *Sonate en mi mineur* de Vivaldi, se retourna et découvrit un homme à la haute stature et au visage jovial, vêtu de l'habit classique du mandarin. La pièce carrée qui ornait sa robe représentait une grue sur ciel d'azur ; l'oiseau semblait voler vers un soleil levant. La grue indiquait que le nouveau venu était un fonctionnaire de premier rang. Perkins se leva avec empressement et, dans la langue de l'inconnu, il dit :

— C'est un violoncelle, l'instrument qui se rapproche le plus de la voix humaine, à ce qu'on prétend. Il a été réalisé à ma demande par Vincent Panormo, un luthier italien. Et l'œuvre que j'interprétais est une sonate de Vivaldi.

L'homme, perplexe, plissa le front et dévisagea le jeune musicien avec une curiosité amusée. Perkins, lui, se sentit un peu ridicule. Il s'était comporté comme en présence d'un enfant — et qui plus est, d'un enfant qu'on chercherait à impressionner. En fait, l'intervention du mandarin l'avait déconcerté.

— Où avez-vous appris notre langue ? s'enquit d'emblée l'inconnu.

— A Londres, répondit Perkins.

Hormis avec les responsables chinois chargés d'accompagner l'ambassade à Pékin, Thomas n'avait pas eu l'occasion de parler le chinois avec des représentants officiels de l'Empire du Milieu. Or, si Wang et Qiao avaient bien été surpris par sa maîtrise de leur langue, ils s'étaient gardés de tout commentaire ; c'était donc la première fois qu'il pouvait vraiment évaluer sa maîtrise du chinois.

En entendant sa réponse, l'homme fit la moue et murmura comme pour lui-même :

— C'est vrai, des fous se laissent parfois séduire par l'appât du gain et certains vont jusqu'à quitter la terre de notre père et mère[1].

Perkins avait déjà eu l'occasion de constater que l'Empire du Milieu considérait d'un très mauvais œil ses sujets qui choisissaient de s'expatrier. Les prêtres chinois embarqués à Portsmouth pour servir d'interprètes à l'ambassade avaient pris peur en voyant se dessiner les côtes de la Chine. Ils avaient aussitôt renoncé à leur projet de rentrer au pays et avaient demandé à être débarqués à Macao. Ces hommes étaient coupables non seulement d'avoir quitté la Chine, mais encore de s'être placés au service des barbares. Perkins se souvenait d'avoir entendu, à Batavia, une histoire qui l'avait considérablement bouleversé. Quelque cinquante ans plus tôt, les hommes de la Compagnie hollandaise des Indes orientales avaient massacré près de trente mille Chinois sous prétexte que certains fomentaient une révolte. Après un tel massacre, les Hollandais de Macao s'étaient pris à redouter des représailles, mais ils n'avaient pas tardé à être rassurés. L'empereur Qianlong, qui régnait déjà sur l'Empire du Milieu, avait déclaré qu'il ne se souciait pas de ces êtres qui avaient abandonné les tombes de leurs ancêtres.

1. Si en Russie, le tsar était le « petit père », en Chine l'Empereur est tout à la fois père et mère.

Désireux d'apaiser son interlocuteur, Perkins s'empressa de préciser :

— Mon professeur n'était pas chinois. C'était un jésuite que votre pays a généreusement hébergé pendant près de vingt ans.

Le jeune musicien vit un léger sourire se dessiner dans les yeux du mandarin, mais trop mystérieux pour qu'il pût l'interpréter. L'homme semblait se désintéresser de cette histoire de cours de chinois ; il examinait un à un les divers instruments de musique qui encombraient la pièce, et s'arrêta devant un grand piano, dont il contempla les touches noires[1]. Il hésita à les toucher.

— Je vous en prie, fit Perkins en l'invitant d'un geste à essayer l'instrument.

La curiosité finit par l'emporter sur la bienséance. D'une main ferme, le mandarin enfonça trois touches et se recula gravement en entendant les notes résonner de façon discordante. Rappelé à la réalité par cette tentative malheureuse, il s'inclina devant Perkins et se présenta enfin :

— Pardonnez-moi, je manque décidément à tous mes devoirs. Je suis Yen Teou. J'ai la charge, dans la région, de recueillir l'impôt sur le sel.

« Tiens, un commissaire à la gabelle », songea Perkins, surpris qu'un fonctionnaire de premier rang lui marque une telle déférence.

Il s'inclina à son tour en réunissant les mains devant sa poitrine, comme il l'avait vu faire en maintes occasions.

— Je suis Thomas Charles Perkins. Musicien, précisa-t-il.

Perkins se dit qu'une rencontre avec cet homme ravirait monsieur Barrow ; celui-ci n'avait-il pas expliqué, au cours d'un dîner sur l'*Indostan*, que le mandarin chargé de collecter

1. Les touches de piano ne deviendront blanches qu'à partir du XIXe siècle ; avant, elles étaient noires. Seules les chromatiques étaient blanches, à l'inverse d'aujourd'hui.

l'impôt sur le sel, à T'ien-tsin, était sans doute le personnage le plus riche du pays ? Le musicien se souvenait, en outre, qu'un dicton chinois précisait qu'un mandarin était pauvre quand il prenait ses fonctions et riche quand il quittait son poste. Yen Teou était-il l'un de ces êtres corrompus qui semblaient prospérer en Chine ?

— Ainsi, vous êtes musicien, monsieur Perkins... reprit le mandarin, qui s'intéressait maintenant au violoncelle, que le jeune homme avait reposé sur son pied pour accueillir son hôte impromptu.

— C'est même l'amour de la musique qui m'a amené jusqu'ici, répondit le jeune homme avec une moue de dépit. J'aspirais à découvrir votre musique et ces fameux opéras, dont mon vieux maître jésuite me parlait avec tant de passion. Malheureusement, il nous est interdit de nous éloigner du cantonnement. Je crains donc d'avoir fait ce pénible voyage en vain.

L'homme caressa délicatement le bois verni du violoncelle. Ses mains longues et fines effleuraient les cordes sans oser les pincer. Il secoua légèrement la tête et dit d'une voix à peine audible :

— C'est donc pour découvrir notre musique que vous avez traversé les océans, monsieur Perkins ?

Et sans attendre la réponse du jeune musicien, il tourna les talons et s'éloigna en ordonnant d'un ton tout à la fois chaleureux et sans réplique :

— Alors, venez avec moi !

Perkins crut n'avoir pas compris. Cette invitation presque brutale était pour le moins inattendue dans le contexte hostile de ce voyage. L'ambassadeur ne divulguait que les informations qui ne risquaient pas d'indisposer son entourage, mais le jeune musicien, comme d'autres — notamment Thomas Staunton, mieux informé que quiconque, grâce à son père —, avait bien compris que les relations étaient tendues entre Britanniques et Chinois, en dépit des sourires de façade. Aussi, rien dans l'attitude des fonctionnaires rencontrés à ce jour ne l'avait préparé à une telle invitation. Le commissaire du sel se retourna avant de quitter la pièce et répéta :

— Allons, venez !

Thomas Charles Perkins n'hésita pas plus longtemps. Au diable les interdits du vieux lord grincheux ! Il emboîta le pas au mandarin, gagna le pont du navire et, imitant le commissaire du sel, enjamba le bastingage pour gagner l'embarcation légère qu'un homme, tout habillé de coton noir et le visage impassible, dirigea aussitôt vers le rivage. Au loin, Perkins devina la présence du lord, de son second et de leur interprète, au nuage de poussière que soulevait la multitude qui se pressait sur leur passage. « Décidément, oui, au diable Macartney et sa suffisance ! » songea-t-il, exalté.

A peine eurent-ils posé le pied à terre que le receveur de l'impôt sur le sel de T'ien-tsin et le musicien s'éloignèrent de la berge d'un pas rapide ; le geste ferme, le mandarin écarta les curieux qui s'approchaient trop de son compagnon. Perkins constata avec surprise que nul n'insistait, alors qu'à Dinghai la présence de la soldatesque pas plus que la violence des mandarins n'avaient réussi à modérer l'ardeur du peuple. De toute évidence, Yen Teou était un personnage respecté, sinon craint.

Le jeune musicien nota que son guide empruntait la direction opposée à celle suivie par le groupe de Macartney, mais il était bien décidé à ne pas quitter ce curieux personnage qui semblait être amateur de musique. Serait-ce l'un de ces lettrés dont il avait entendu parler ?

Yen Teou l'entraîna vers un espace ouvert où des sièges étaient installés devant une scène montée sur des tréteaux. Derrière ce « parterre », des tables entourées de trois chaises étaient disposées sur une estrade haute, à laquelle on accédait par des marches de bois peintes en rouge. Perkins savait, grâce à son vieux précepteur jésuite, qu'aucun dignitaire ne se serait assis plus bas que le peuple ou encore que les artistes. La coutume de nos théâtres, qui consistait à réserver le parterre à la noblesse et les balcons au peuple, aurait été jugée inconvenante en Chine.

Perkins observa que les spectateurs ne semblaient nullement intéressés par l'arrivée d'un « cheveux rouges ». De toute évidence, le spectacle auquel ils étaient venus assister surpassait de beaucoup celui offert par l'« envoyé portant tribut ».

Yen Teou le conduisit vers une table sur l'estrade. A leur approche, les trois hommes qui y étaient installés se levèrent sans un mot de protestation, saluèrent le commissaire du sel et cédèrent leur place. Ils s'éloignèrent sans un regard pour Perkins, qui trouva cela presque suspect — les Chinois ne l'avaient pas habitué à une telle indifférence. Son guide l'invita à prendre place.

— Vous avez fait tout ce voyage pour assister à un opéra, monsieur Perkins, dit-il. Eh bien, dans un instant, votre vœu sera exaucé. Ainsi, vous n'aurez pas à regretter la peine de ce long voyage.

Le cœur du jeune musicien battit plus vite. N'allait-il pas bientôt se réveiller et constater qu'il avait fait un rêve délicieux mais chimérique ?

La scène était dépouillée. Le seul décor consistait en un paravent de soie rouge, tendu côté cour. Les musiciens installèrent leurs instruments alors qu'il venait tout juste de s'asseoir, comme s'ils n'avaient attendu que l'arrivée du commissaire du sel pour débuter le spectacle. Pourtant, Yen Teou ne s'assit pas.

— Je reviendrai vous chercher, monsieur Perkins. Surtout, attendez-moi ici, ordonna-t-il.

Le ton était toujours aussi chaleureux, mais toujours sans réplique. Yen Teou s'éloigna aussitôt et disparut. Thomas Charles Perkins se retrouva seul Occidental au milieu d'un public composé exclusivement de Chinois. Il songea que personne à bord des yachts de l'ambassade n'avait dû remarquer son absence.

Quand les premières notes de musique retentirent, Thomas Charles Perkins éprouva toutes les peines du monde à identifier quelque repère musical lui permettant de comprendre ce qu'il entendait. Quand les acteurs pénétrèrent, à leur tour, sur la scène, il demeura ébahi par leur apparence outrancière. Leur maquillage était encore plus singulier que les masques de la commedia dell'arte. Quand ils commencèrent à chanter, Perkins songea que le commissaire du sel avait dû se moquer de lui.

Se pouvait-il que ces éclats stridents fussent ce que les Chinois appelaient opéra ? Etait-ce de cela que son vieux maître, le père de Beauvais, se montrait si nostalgique, à Londres ? Certes, en l'entendant interpréter quelques airs de sa chère Chine, dans la salle de musique de Thomas Perkins, à Kensington, le musicien avait eu le sentiment que l'opéra chinois était un art pour le moins... curieux. Mais il avait attribué une partie de cette bizarrerie au grand âge du père de Beauvais et à sa probable inaptitude au chant. Si le mandarin qui l'avait amené dans ce jardin de thé improvisé ne s'était pas joué de lui, ces braves gens avaient tout à apprendre en matière de musique. Perkins songea que c'était probablement le cas en se remémorant le spectacle donné en l'honneur de l'ambassade par le gouverneur militaire de Dinghai, et en observant les mines réjouies des spectateurs qui l'entouraient.

Et puis elle parut ! Ce ne fut pas tant sa beauté, qu'il ne put que deviner sous l'excès de maquillage, qui le frappa, que sa voix. Une voix d'une pureté telle qu'il en avait rarement entendu d'aussi belles sur les scènes londoniennes. Le jeune musicien ne parvenait plus à détourner les yeux de cette jeune fille et il songea combien elle ferait merveille si son talent était mis au service d'un art digne de ce nom.

Subjugué, Perkins en oubliait presque l'étrangeté du spectacle. Il en perdit en tout cas la notion du temps. De toute façon, qu'avait-il à se soucier du temps ? Yen Teou ne lui avait-il pas ordonné de l'attendre ici ? Aussi, quand il entendit le canon tonner, il commença par fulminer contre ces sagouins qui perturbaient ainsi « son » spectacle. Mais quand les coups se répétèrent, il comprit que l'escadre quittait le port ! Thomas Charles Perkins réalisa aussitôt ce que cela impliquait. Pourtant, il éprouva encore de la peine à s'arracher au ravissement que provoquait en lui cette voix d'exception. Puis, l'idée qu'il risquait de se retrouver coupé des siens lui glaça les sangs. Il se leva d'un bond, sans se soucier de perturber le spectacle et, dévalant les marches de l'estrade, il se précipita vers le port... Au diable le commissaire du sel !

Son rêve devenait-il réalité ou s'apprêtait-il à vivre le plus terrifiant des cauchemars pour un Occidental ? Partagé entre l'exaltation et l'appréhension, le jeune musicien prit conscience qu'en ce 11 août de l'an 1793, sur le quai du port de T'ien-tsin, sa vie basculait dans une nouvelle dimension. Il regardait les jonques aux voiles en bambou s'éloigner avec lord Macartney, sa suite et tous les présents adressés par Sa Gracieuse Majesté britannique, le roi George III, à l'empereur de Chine, Qianlong.

Se pouvait-il que ses compagnons l'aient ainsi oublié ?

Déjà, sur le fleuve qui devait les mener à Pékin, les jonques paraissaient à peine plus grandes que ces bateaux qu'enfant il faisait courir sur la Serpentine, le lac artificiel créé par la reine Caroline en 1730, à Hyde Park, trente-cinq ans avant sa naissance. La masse imposante des œuvres mortes[1] des yachts que l'Empereur avait mis à la disposition de l'ambassade devait fendre la plus incroyable

1. La partie émergée d'un navire.

affluence d'embarcations et de peuple qu'il lui ait été donné d'observer sur un fleuve. C'était encore plus impressionnant vu de terre que depuis le pont du bateau. Le courant rapide du Baihe lui fit craindre le pire, tant pour les curieux que pour ses compagnons. Que les puissantes jonques transportant les présents destinés à l'Empereur n'aient pas encore éventré un seul de ces frêles esquifs, voilà qui dépassait son entendement. Autour de lui, la foule en proie à la vive excitation du départ de l'escadre ne lui prêtait pas la moindre attention.

Comment expliquer que, troublé comme il l'était par la disparition des seuls Britanniques présents dans la région, ses yeux se soient détournés des navires et qu'à travers la multitude agglutinée sur le port, il ait aperçu son plus fidèle confident, celui qui ne l'avait jamais quitté depuis que maître Vincent Panormo le lui avait livré ? Son violoncelle ! Son violoncelle abandonné en terre étrangère, comme lui-même ! Quel singulier spectacle que cet instrument du plus haut raffinement, trônant, impassible, au milieu de l'agitation bruyante et chamarrée d'un port du bout du monde ! La présence de son violoncelle et celle de sa malle, qu'il découvrit posée à côté de l'instrument, paraissaient toutefois suggérer qu'il n'avait pas été oublié par ses compagnons, mais bel et bien abandonné !

Thomas Charles Perkins n'eut pas le loisir de s'apitoyer plus longtemps sur son sort, car une jonque si vieille qu'elle n'aurait jamais dû être mise à l'eau venait de chavirer. Chargée à l'excès, elle avait commencé par pencher vers l'arrière, avant de s'enfoncer irrémédiablement dans les flots au milieu d'un jaillissement d'écume et de gerbes d'eau.

Il écarta la foule en hurlant pour attirer l'attention sur les malheureux qui tendaient désespérément leurs mains vers les occupants des barques les plus proches. Il avait le sentiment que nul ne les voyait. Ou plus précisément que nul ne se souciait de leur sort. Ils étaient pourtant une quarantaine à lutter contre la noyade. La clameur de la foule, qui accompagnait le départ des « cheveux rouges », sur l'eau comme sur la terre, couvrait les cris de détresse des naufragés. Quelques Chinois prenaient la peine de leur jeter des cordes pour les aider à monter à bord de leurs esquifs, mais la plupart oubliaient toute humanité, tant leur curiosité pour les barbares britanniques était grande.

— Ne vous mettez pas dans un tel état, mon jeune ami, fit une voix claire derrière lui.

Il se retourna vivement et découvrit Yen Teou, le receveur de l'impôt sur le sel, qui l'avait conduit au théâtre.

— Ces gens se noient ! fit-il, incrédule.

Le mandarin leva les mains au ciel en signe d'impuissance.

— Voulez-vous qu'un père de famille se jette à l'eau pour sauver un inconnu ? Il risquerait de perdre la vie dans cette confusion ! Que deviendraient ceux dont il assure la subsistance s'il se noyait ? Nul, ici, n'est assez insouciant pour agir de la sorte.

— Mais c'est atroce ! Vous n'allez pas regarder ces gens mourir sous vos yeux sans lever le petit doigt ?

— Que voulez-vous faire ? demanda Yen Teou. Cessez donc de les regarder.

Devant la mine révoltée de Perkins, il ajouta d'un ton qui se voulait conciliant :

— Chez nous aussi, il arrive qu'un homme se comporte en héros, mais alors il n'a pas charge de famille.

Après avoir marqué un temps, il conclut de son ton sans réplique :

— Ou alors, il est irresponsable !

De tels propos laissèrent Perkins sans voix, d'autant que sous ses yeux plus d'une vingtaine d'hommes et de femmes venaient de perdre la vie. Il songea aux trente mille Chinois massacrés par les Hollandais de Batavia, et à l'indifférence avec laquelle l'Empereur lui-même avait accueilli cette nouvelle. La révolte grondait en lui. Ces individus qui se noyaient n'avaient pourtant pas quitté leur patrie, eux ! Perkins eut le tort de formuler sa pensée à voix haute. Yen Teou le coupa :

— Que connaissez-vous de la vie dans notre pays, monsieur le musicien ? demanda-t-il avec une légère ironie.

Perkins s'apprêtait à lui répondre quand il réalisa qu'il était totalement coupé des siens et qu'il n'avait d'aide à attendre de personne. En conséquence, il ne serait guère sage d'indisposer son interlocuteur, qui avait droit de vie et de mort sur sa personne.

— Vous avez raison, admit-il, d'ailleurs...

Mais Yen Teou ne l'écoutait déjà plus. Fendant la foule, il se dirigeait vers le violoncelle. La température supérieure à trente degrés à l'ombre n'était pas seule responsable de la sueur qui ruisselait sur le front et entre les omoplates du jeune musicien, en cette fin de journée. Il était désormais seul au milieu de l'empire le plus fermé du monde. Qu'allait-il donc advenir de lui ? Et pourquoi les siens avaient-ils fait si peu de cas de sa personne ?

Tandis que les yachts s'éloignaient, tandis que la foule se massait désormais autour de lui, tandis que les réflexions les plus alarmistes lui traversaient l'esprit, Thomas Charles Perkins ne pouvait s'empêcher de remarquer que, malgré la distance, la voix de la jeune chanteuse résonnait encore à ses oreilles et provoquait, en lui, le même ravissement.

4

Seul à plusieurs milliers de kilomètres de chez lui, Thomas Charles Perkins songea que sans être catastrophique, sa situation n'était guère réjouissante. Ses compagnons avaient poursuivi leur route, non seulement sans se soucier de son absence, mais encore en le débarquant délibérément. Certes, il avait enfreint les consignes de lord Macartney en quittant le bord sans autorisation et en s'éloignant du cantonnement, mais cela justifiait-il une telle sanction ? Cet abandon le laissait totalement désemparé, plus encore que le fait de se retrouver seul au milieu d'un pays hostile, où la liberté de circulation n'existait pas pour un Occidental. De l'escadre, il ne restait déjà plus que de minuscules points colorés à la surface du fleuve. Sur le quai, la foule commençait, enfin, à se disperser. Le jeune musicien observait l'expression incrédule de ces hommes quand ils s'aperçurent qu'un *hong mao* était resté parmi eux. La présence à ses côtés du commissaire du sel semblait toutefois le préserver de toute manifestation d'hostilité. C'est même une forme de crainte que Perkins, surpris, crut lire dans leurs yeux.

Yen Teou, qui avait retrouvé le sourire, fit signe à des hommes vêtus de blouses noires[1] de porter les bagages du musicien.

1. Le noir était la couleur des vêtements des serviteurs

— Allons, monsieur Perkins, je crois que vous n'avez pas vraiment le cœur à écouter la fin de l'opéra. De toute façon, vous aurez tout loisir d'en entendre davantage dans les semaines qui viennent.

Le Britannique fronça les sourcils. Il éprouvait toutes les peines du monde à mettre de l'ordre dans la confusion de ses sentiments. L'angoisse se mêlait à l'exaltation, la colère à la joie. L'envie de rire à celle de pleurer. Tandis que les serviteurs s'éloignaient en emportant sa malle et son précieux instrument, Yen Teou se rapprocha du musicien, qui ne quittait pas son violoncelle des yeux. Il avait beau avoir apprécié, lors des deux transbordements des présents royaux, l'ingéniosité et la minutie dont faisaient montre les Chinois en matière de transport, il ne pouvait s'empêcher d'éprouver de l'appréhension pour son ultime compagnon d'infortune.

— Ne vous inquiétez pas, dit le commissaire du sel, ces hommes ont l'habitude de prendre soin d'instruments de musique. Ils sont au service de la troupe que vous avez vue tout à l'heure.

L'allusion au spectacle ramena Perkins à la réalité immédiate.

— J'étais tellement absorbé par le spectacle que je n'ai pas vu le temps passer. Et puis, vous m'aviez demandé de vous attendre... de ne pas m'éloigner.

La colère prenant le dessus, il ajouta d'un ton cinglant :

— J'étais en droit de supposer que vous viendriez me chercher avant le départ des navires !

Yen Teou ne se départit pas de son sourire.

— Vous avez parfaitement le droit de m'en vouloir, monsieur Perkins. Je suis seul responsable de ce qui vous arrive. Si vous ne poursuivez pas le voyage avec vos compagnons, c'est entièrement de ma faute.

Perkins fronça les sourcils. La colère faisait place à l'incompréhension. Le commissaire du sel de T'ien-tsin était l'un des hommes les plus puissants de l'Empire : il ne pouvait ignorer les règles concernant les étrangers. Sa position lui permettait-elle d'y déroger ?

— Que voulez-vous dire ? demanda le jeune musicien.

— Je n'étais pas sûr que vous accepteriez mon invitation si je la formulais de manière directe, monsieur Perkins. J'ai donc adopté une façon de procéder plus... détournée.

— Votre invitation ? s'exclama le Britannique de plus en plus déconcerté.

— Ne restons pas ici. Cette chaleur finirait par vous incommoder. Et, de toute façon, pour discuter, nous serons plus à l'aise chez moi.

Le commissaire du sel tourna les talons et fit signe au musicien de le suivre.

— Yen Teou, insista Perkins, quelle invitation ? De quoi parlez-vous ?

Sans se retourner ni ralentir le pas, le mandarin répondit comme s'il énonçait une évidence :

— Vous désiriez découvrir ce que vous appelez notre opéra, n'est-ce pas ? Vous avez parcouru ce long trajet dans ce seul but. C'est bien cela, monsieur Perkins ?

Le jeune musicien, qui avait emboîté le pas au mandarin, secoua la tête.

— Il se trouve qu'un spectacle est en cours ici même. Et croyez-moi, il est de qualité. Je connais bien la troupe qui le présente, puisque je la commandite. De mon côté, je suis curieux de votre musique. J'ai donc pensé que nous pourrions mutuellement satisfaire notre curiosité si vous acceptiez mon hospitalité pendant quelque temps.

Et, comme pour prévenir une éventuelle objection, il s'empressa d'ajouter :

— De toute façon, votre périple se serait arrêté à Pékin. L'Empereur se retire chaque année dans sa résidence d'été, à Jehol, où il est plus proche de la Tartarie de ses ancêtres. Vous n'auriez jamais été autorisé à accompagner lord

Macartney jusque-là. Vous auriez été assigné à résidence, comme la plupart de vos compagnons, dans une maison de plaisance, à Pékin... probablement dans le Parc de la Parfaite Clarté[1]. En cette saison, l'endroit est déserté, sinon par les moustiques et les scorpions — une peu plaisante compagnie, vous en conviendrez. En outre, la résidence est ceinte d'une haute muraille, qu'il vous aurait été interdit de franchir. Donc, pas d'opéra pour monsieur Perkins ! Oh ! peut-être auriez-vous eu droit à quelque démonstration fastueuse au retour de l'Empereur. Oui, sûrement même... Mais quelle piètre satisfaction après un aussi pénible voyage, n'est-ce pas ? Tandis qu'ici, vous aurez tout loisir d'assister à un opéra complet et de vous entretenir avec nos artistes, si tel est votre bon plaisir. A Pékin, vous n'auriez jamais été autorisé à converser avec des musiciens — ni avec personne d'autre, d'ailleurs. Les échanges entre les représentants de nos deux nations ne sont pas franchement encouragés. Vous l'avez déjà constaté, je suppose.

Perkins n'en croyait pas ses oreilles. Il n'aurait donc pas fait tout ce voyage en vain ? Yen Teou le déconcertait. Il correspondait si peu à l'image que les Britanniques s'étaient forgée des Chinois depuis leur arrivée dans ce pays aussi énigmatique que son peuple...

De prime abord, la propriété du responsable de la collecte de l'impôt sur le sel n'avait rien à envier à celle du vice-roi de Dinghai. Située à flanc de colline, elle dominait le port. Composée d'une série de bâtiments encadrant de petites cours entièrement dallées ou de ravissants jardins entretenus

1. Une maison de plaisance est une résidence pour hôtes de marque. Le Parc de la Parfaite Clarté, le Yuanmingyuan, est ce que les Occidentaux ont baptisé le « Palais d'été », saccagé en 1860 par les troupes anglaises conduites par lord Elgin. La désignation de « Palais d'été » était erronée puisque l'Empereur y résidait toute l'année... à l'exception de l'été.

avec le plus grand soin, elle composait presque un quartier de la ville à part entière.

Le mandarin conduisit son invité dans le bâtiment principal — une vaste maison au toit couvert de tuiles d'un rouge éclatant avec, aux quatre angles, de terrifiantes gueules de dragons.

— Vous devez avoir faim ?

Sans attendre de réponse, il guida Perkins vers le fond de la pièce où il l'invita à s'asseoir sur une natte, devant une table dont le plateau se situait seulement à une trentaine de centimètres du sol. Yen Teou plaça son invité face à la porte, tandis que lui-même s'installait dos à l'entrée. Thomas Charles Perkins se souvint que le père de Beauvais lui avait expliqué que lorsqu'un Chinois disposait son invité de la sorte, il lui octroyait, en réalité, la place d'honneur. Perkins prit donc grand soin d'observer la manière dont Yen Teou s'asseyait, les fesses posées sur les talons. Si telle était la coutume, il entendait ne pas y déroger.

Le thé n'était pas encore servi qu'il souffrait déjà le martyre, tant cette position est incommode pour un Occidental.

Pendant que le commissaire du sel donnait des ordres à une servante toute de noir vêtue, le jeune musicien embrassa la pièce d'un regard discret. Son dépouillement inattendu dans une demeure aussi majestueuse de prime abord le surprit.

Son hôte, parfaitement conscient de l'embarras dans lequel il avait placé le Britannique en le coupant des siens, paraissait désireux de le rassurer.

— Ne vous faites aucun souci, mon ami, lui dit-il après que la servante leur eut servi le thé, vos compagnons ne vous ont pas abandonné en « territoire ennemi ». Lorsque leur... ambassade sera terminée, ils repasseront obligatoirement par ici et vous pourrez repartir avec eux. Seulement, vous posséderez alors une bonne connaissance de notre musique et moi, de la vôtre. En attendant, vous êtes mon invité.

Comme vous le constaterez, cela vous place à l'abri de tout danger.

La perspective de voir revenir l'escadre réconforta Perkins. Il n'en demeurait pas moins qu'il nourrissait une rancœur de plus en plus vive à l'encontre de ceux qui s'étaient permis de décider de son sort sans le consulter. L'objet de son ressentiment s'était toutefois déplacé. Depuis ses premiers contacts avec les Chinois, il avait observé chez ces êtres singuliers des comportements qui paraîtraient tellement incongrus à des Occidentaux qu'il pouvait pardonner sa désinvolture à Yen Teou, d'autant qu'une passion commune semblait les rapprocher. En revanche, il n'admettait pas la légèreté avec laquelle l'ambassadeur et sa suite avaient disposé de sa personne.

— Ils ne m'ont pas abandonné, soit, mais j'aurais apprécié qu'ils s'informent au moins de mes intentions, rétorqua-t-il sans parvenir à maîtriser tout à fait sa colère.

Son hôte fit la grimace.

— Je vous l'ai dit : tout est de ma faute, monsieur Perkins. J'accompagnais la délégation chargée d'accueillir le porteur de tribut, quand votre musique a attiré mon attention. Le timbre de l'instrument n'était pas entièrement étranger à mes oreilles, pourtant je n'avais jamais rien entendu de tout à fait semblable. Je suis monté à bord de votre jonque uniquement pour satisfaire ma curiosité et j'ai été littéralement subjugué par votre jeu. A moins que ce ne soit par la composition de ce...

— Vivaldi, compléta Perkins.

— Vivaldi ! répéta le commissaire du sel avec une moue intriguée.

Mais il reprit aussitôt :

— Quand je vous ai proposé de m'accompagner, je puis vous assurer que c'était sans aucune idée préconçue. Je voulais simplement vous fournir l'occasion d'entendre une petite partie d'un de nos opéras. D'ailleurs, je venais vous rechercher quand j'ai rencontré un responsable de votre Compagnie des Indes ; j'avais fait sa connaissance lorsque j'étais en poste à Canton. C'est en parlant avec lui que l'idée m'est venue que vous pourriez attendre ici le retour de l'escadre. Je me suis bien gardé de lui dire que vous n'étiez pas informé de mon projet et nous avons, dès lors, organisé le déchargement de vos bagages et de votre instrument.

Perkins était impressionné par l'espèce de candeur avec laquelle cet homme, qui occupait de si hautes fonctions, lui racontait le plus simplement du monde comment il avait décidé de son destin à sa place. Et le pire, c'est que le musicien ne lui en tenait pas la moindre rigueur. Somme toute, aurait-il pu espérer plus heureux coup du sort ? Un commissaire de la gabelle passionné de musique ! Aurait-il pu rêver de meilleures conditions pour découvrir la musique chinoise ? A vrai dire, c'était le destin qui exauçait ses prières ; comment prétendre, en l'occurrence, qu'on n'avait pas tenu compte de son avis ?

Cette question paraissant réglée et Perkins, rassuré, Yen Teou put se permettre de redevenir un hôte respectueux des convenances. Il demanda donc :

— Comment va votre santé, monsieur Perkins ?

Interloqué, le musicien songea subitement aux nombreux Britanniques qui avaient été atteints de dysenterie pendant le voyage ; certains en étaient même décédés. Le commissaire du sel s'inquiétait-il de savoir s'il n'avait pas eu à souffrir de l'inclémence du climat et des conditions dans lesquelles il avait dû voyager ?

— Je ne puis me plaindre. La dysenterie semble m'avoir épargné, ainsi que tous les petits tracas inévitables dans ce genre de traversée.

Tout en prenant le thé et en dégustant des petits gâteaux de pâte de riz, Yen Teou poursuivit dans la même veine, qui ne manquait pas de déconcerter son invité.

— Etes-vous marié, monsieur Perkins ?

Thomas Charles Perkins resta un long moment plongé dans ses réflexions avant de répondre :

— Non, monsieur Yen Teou, j'étais fiancé avant de quitter Londres, mais nous avons rompu.

Le Chinois fronça imperceptiblement les sourcils.

— Et comment vont vos parents ?

— Mon père est décédé et ma mère se portait à merveille lorsque j'ai pris congé d'elle.

— Votre père est décédé ? Qui s'occupe donc de sa tombe en votre absence ?

Perkins avait de plus en plus de peine à cacher son malaise. Il se demandait ce que cachait cet interrogatoire inattendu.

— Où voulez-vous en venir, monsieur Yen Teou ? demanda-t-il enfin, sur un ton qui cachait mal son agacement.

Le commissaire du sel resta un instant à l'observer, le front plissé. Il paraissait déconcerté lui aussi, mais il se reprit bien vite et partit d'un grand éclat de rire.

— J'oublie, dit-il, que vous avez tout à apprendre de nos coutumes, mon ami. Allons, ne voyez aucune forme d'inquisition dans mes questions. Pour nous, Chinois, elles ne sont qu'une marque de la plus élémentaire politesse.

— Je suis confus, balbutia Perkins. Mais il ne m'est pas particulièrement agréable de songer... au pays, pour l'instant. Cela n'a rien à voir avec vous.

Yen Teou s'empressa de dissiper son embarras et Perkins songea qu'il émanait une franche bonhomie de cet homme souriant. Une bonhomie qui finit par emporter sa sympathie.

— Il se passera de longues semaines avant que nous ne revoyions l'ambassade, monsieur Perkins. Vous aurez amplement le temps de vous familiariser avec nos coutumes et... notre musique. D'autant que vous avez l'avantage de parler fort correctement notre langue.

Le jeune musicien lui rendit son sourire.

— Vous avez raison. Mais parler votre langue ne suffit pas. J'ai tout à apprendre de votre mode de vie. En revanche, il me semble que vous possédez déjà une bonne connaissance de nos manières de... barbares, fit-il, non sans une certaine ironie.

— Nous sommes toujours les barbares de quelqu'un, murmura le commissaire du sel sur le même ton. N'est-ce pas ?

Mais il poursuivit, comme pour indiquer que sa question n'appelait pas de réponse :

— Les receveurs de l'impôt sur le sel ne restent jamais plus de trois ans au même poste. Cela leur évite... d'acquérir trop de puissance. Ainsi, je ne suis à T'ien-tsin que depuis quinze mois lunaires. Avant, j'officiais à Canton, comme je vous l'ai dit. Il y a beaucoup de « cheveux rouges » à Canton. Ils aiment commercer avec nous et certains apprécient même nos... fleurs. J'ai ainsi eu l'occasion de me familiariser avec vos coutumes. Vous ferez de même pendant votre séjour ici.

En toute innocence, Perkins observa qu'il n'avait guère eu l'occasion d'admirer la flore chinoise, n'ayant quitté les bâtiments britanniques qu'à l'occasion de la visite au palais du gouverneur militaire de Dinghai.

— J'espère que j'aurai l'occasion de profiter de votre hospitalité pour admirer ces fleurs, qui doivent être splendides pour émouvoir des commerçants.

— Elles le sont, croyez-moi, fit Yen Teou avec un petit sourire amusé. Et vous pourrez en admirer sans trop tarder.

Puis, après avoir vérifié que la tasse de son invité était vide, il se leva et proposa :

— Allons voir si vos appartements vous conviennent.

Perkins fut bien heureux de pouvoir, enfin, déplier ses jambes, atrocement ankylosées. Si Yen Teou remarqua son embarras, il n'en laissa rien paraître.

Son hôte l'avait dit : il ne tarderait pas à se familiariser avec les coutumes du pays. En découvrant ses « appartements », Perkins prit la mesure de ce qu'impliquaient ces paroles. Il lui avait fallu plusieurs semaines, pour ne pas dire plusieurs mois, pour s'adapter à la vie sur un trois-mâts. Combien de temps lui faudrait-il pour se sentir à l'aise dans un cadre aussi spartiate que ce pavillon ?

Ses « appartements » se composaient d'une première pièce, qui était la copie conforme de celle où il venait de prendre le thé avec son hôte. Elle avait pour tout mobilier une table basse et des nattes formant le coin repas ; dans un angle, un grand divan entouré d'une balustrade basse et surmonté d'une sorte de baldaquin semblait être la version locale du sofa.

Sur la droite, un panneau coulissant finement ciselé de figures géométriques ouvrait sur la chambre à coucher, où des nattes disposées à même le sol laissaient deviner de quoi son lit serait fait ; juste à côté, on avait rangé sa malle, ainsi qu'un coffre qui renfermait des vêtements chinois, mis à sa disposition par son hôte afin de lui permettre de mieux se fondre dans son environnement.

Sur la gauche de la salle principale, faisant pendant à la chambre, se trouvait une troisième et dernière pièce, plus petite, avec un guéridon sur lequel étaient posés une cuvette en porcelaine et des objets de toilette — Perkins comprit qu'il s'agissait de la salle d'eau. Yen Teou avait eu la délicatesse d'y faire installer une « chaise de commodités » spécialement à son intention.

— S'il vous manque quoi que ce soit pour vous sentir chez vous, précisa le commissaire du sel, n'hésitez surtout pas à me le faire savoir. Je tiens à ce que votre séjour parmi nous soit le plus agréable possible. Aussi, dans la mesure de mes moyens, je veillerai moi-même à vous donner satisfaction.

« S'il vous manque quoi que ce soit pour vous sentir chez vous... ! » L'intention était louable, mais que répondre à cela ? C'était tout son univers qui lui manquait ! Quelques meubles de plus ou de moins n'y changeraient pas grand-chose. Même sa cabine sur l'*Indostan*, qui l'avait tellement déconcerté, ressemblait plus à ce qu'il connaissait à Londres que cet « appartement » dans une résidence pourtant luxueuse. Comment pourrait-il s'habituer à vivre au niveau du sol ?

Perkins songea qu'il ne lui restait qu'à s'adapter à sa nouvelle existence. C'était le prix à payer pour découvrir une musique qui l'intriguait encore plus depuis qu'il avait eu droit à un petit échantillon du spectacle présenté dans le port de T'ien-tsin. Depuis qu'il avait entendu la voix si pure de la jeune chanteuse.

— Je ne vois pas mon violoncelle, observa-t-il.

L'œil brillant, le commissaire du sel lui fit signe de le suivre. Ils traversèrent la cour entourée de trois pavillons : deux semblables au sien et un autre beaucoup plus imposant. Yen Teou le conduisit jusqu'à une petite éminence couverte d'une végétation à l'apparence sauvage, mais dont il était facile de deviner qu'elle était l'œuvre d'un jardinier au sommet de la maîtrise de son art. Les deux hommes la gravirent sans peine. Arrivé au sommet, Perkins resta un long moment sans prononcer un mot. Le spectacle qui s'offrait à lui n'appelait aucun commentaire. Et quand il finit par rompre le silence, ce fut avec le sentiment de proférer une monstrueuse banalité.

— Je n'aurais jamais soupçonné qu'il pût exister un jardin d'une telle beauté... Cette colline ne laisse vraiment pas augurer ce qu'elle dissimule.

Yen Teou sourit avec une satisfaction évidente.

— Sans elle, on découvrirait directement l'ensemble du jardin, et il n'y aurait plus de mystère.

— Vous aviez raison, monsieur Yen Teou, ajouta Perkins en tendant la main vers le paysage qui l'entourait, vos fleurs sont magnifiques.

Le Chinois se tourna vers lui, intrigué ; puis, paraissant comprendre, il dit avec un léger sourire :

— Ah oui, nos fleurs !

Et, reprenant le petit sentier qui longeait maintenant un cours d'eau artificiel bondissant sur des cailloux blancs, Yen Teou poursuivit :

— Je soupçonne Cao Huequin d'avoir eu ce lieu en tête quand il a décrit le jardin de Jia Zheng.

S'interrompant, il demanda à son invité :

— Connaissez-vous l'œuvre de Cao Huequin, monsieur Perkins ?

Perkins fut fier de pouvoir répondre :

— Le père de Beauvais, mon vieux maître, m'a parlé de son roman *Le Rêve dans le pavillon rouge*[1], mais j'avoue que je n'ai pas eu l'occasion de le lire.

Yen Teou eut une petite moue admirative devant la connaissance que cet Occidental semblait posséder de la culture de l'Empire du Milieu.

— Peut-être l'occasion vous en sera-t-elle donnée pendant votre séjour parmi nous, monsieur Perkins.

Puis, tendant la main vers un petit étang creusé au pied d'une montagne artificielle, il enchaîna :

— Quand j'ai pris mes fonctions à T'ien-tsin, mon prédécesseur occupait cette maison. A vrai dire, je ne désirais pas m'installer dans un lieu aussi vaste ; quand on vit seul...

Le ton du mandarin s'était soudain assombri et Perkins demanda :

— Vous n'êtes pas marié, vous non plus ?

— Il ne m'est pas plus agréable qu'à vous d'évoquer cette question, monsieur Perkins. Pardonnez-moi, fit-il avec une

1. Un chef-d'œuvre de la littérature chinoise.

petite moue contrite. Donc, je ne désirais pas m'installer dans une demeure aussi vaste, mais quand j'ai visité le jardin et que j'ai découvert cet endroit, une vague d'émotion m'a soulevé. J'ai eu le sentiment d'être, en quelque sorte, transporté chez moi. J'ai grandi à proximité d'un étang dans lequel se mirait une montagne semblable à celle-ci, monsieur Perkins. Je n'ai pas songé à trouver un autre lieu de résidence. Je suis ici chez moi.

Reprenant sa marche en tournant le dos à la montagne, il ajouta comme pour lui-même :

— Ce devait être un signe, puisque aujourd'hui cette demeure me permet d'héberger la troupe du Paravent de soie rouge.

— Vous voulez parler des artistes dont j'ai suivi une partie du spectacle ? s'informa Perkins, en se souvenant du paravent qui constituait le seul décor de la pièce.

Yen Teou secoua la tête sans un mot.

— Est-il vrai que vos opéras peuvent durer jusqu'à douze heures, monsieur Yen Teou ?

— Certains durent plusieurs jours, monsieur Perkins.

Quelques pas plus loin, le Chinois annonça :

— Nous sommes bientôt arrivés.

Cinq marches menaient à une ouverture ronde pratiquée dans un mur qui paraissait n'avoir d'autre fonction que décorative. Quand les deux hommes l'eurent franchie, ils parvinrent dans une nouvelle partie du jardin. Et Perkins aperçut, au centre d'une pièce d'eau plus petite que l'étang qu'ils venaient de quitter, un kiosque hexagonal, auquel on accédait par une passerelle construite sur pilotis. Sous un toit de bambou, son violoncelle reposait sur le sol. Perkins s'en approcha aussitôt et, redressant l'instrument, il s'employa à l'examiner sous toutes ses faces, faisant courir ses mains sur la table, sur le fond et les éclisses.

— Le mécanisme est si sensible... murmura-t-il.

— Si tel n'était pas le cas, produirait-il un son aussi émouvant ? demanda Yen Teou, comme si le jeune musicien venait d'énoncer une évidence.

— Pourquoi l'avoir installé ici ? demanda Perkins. Pourquoi pas dans... mes appartements ?

Le commissaire du sel eut une petite moue gênée.

— J'ai une faveur à vous demander, monsieur Perkins. Je vous ai dit que moi aussi je souhaitais découvrir votre musique, et je ne suis pas le seul. Nous feriez-vous l'honneur d'un petit... concert, ce soir ? Nous serons juste quelques amis. Les membres de la troupe du Paravent de soie rouge seront présents, bien entendu.

Perkins fut à nouveau interloqué. Une fois de plus son hôte avait organisé les choses sans prendre son avis. Mais comment pourrait-il lui refuser cette « faveur » ? Yen Teou ne lui offrait-il pas l'hospitalité jusqu'au retour de l'escadre ? Et surtout, ne lui offrait-il pas la possibilité d'entrer en contact avec des musiciens chinois, ainsi qu'il en rêvait ?

— Je serai ravi de me produire, ce soir, pour vous et vos amis, répondit-il.

Mais sa voix trahissait une certaine lassitude.

— Je ne vous en voudrais pas de refuser, monsieur Perkins. Peut-être aurais-je dû attendre deux ou trois jours pour vous demander cela. J'aurais au moins pu vous laisser le temps de vous installer et de vous reposer de toutes vos fatigues. Mais mon impatience à découvrir votre art...

L'impatience ! Voilà un sentiment que Thomas Charles Perkins était à même de comprendre. La passion de la musique aussi. Son irritation s'évanouit aussitôt.

— Ce sera un vrai plaisir pour moi, monsieur Yen Teou. De toute façon, je ne suis jamais aussi heureux que lorsque mon archet glisse sur les cordes de cette petite merveille, dit-il en caressant son instrument de façon presque sensuelle.

Ce soir, grâce à « l'impatience » de son hôte, il allait avoir le plaisir de faire découvrir à ces gens le génie des plus grands musiciens de la vieille Europe !

Perkins ne songeait plus à l'escadre qui remontait en ce moment même le fleuve Blanc jusqu'à Pékin. Lord Macartney et son ambassade appartenaient déjà à un autre monde ; un monde auquel il ne s'était jamais pleinement intégré. Depuis son départ de Portsmouth, il avait le sentiment d'évoluer dans un univers qu'il ne reconnaissait plus. A vrai dire, cette sensation d'être étranger à tout remontait au moment précis où il avait découvert la déloyauté de Grace. Ce jour-là, le monde avait cessé de lui être familier. Il avait subitement perdu tous ses repères. Qu'avait-il encore de commun avec des êtres qui évaluaient la masse de sacs de sel pour extrapoler l'importance d'une population dans la seule intention de lui vendre des marchandises dont elle ne voulait pas ?

Somme toute, Yen Teou n'était-il pas plus proche de lui, par sa passion de la musique, que lord Macartney et sa suffisance ? Quant aux artistes qu'il lui serait donné de rencontrer ce soir, leur art différait du sien dans la forme, mais dans l'esprit ? Dans l'âme ? Ne partageaient-ils pas la même soif de création ? La même quête d'idéal et d'absolu ? Allons, en quoi Thomas Charles Perkins pourrait-il se comparer à John Barrow et ses statistiques sur le sel ? Alors que la jeune fille dont la voix si pure l'avait subjugué, quelques heures plus tôt, appartenait à son monde sans aucun doute possible ! Ils partageaient le même amour du beau !

— Parfait, s'exclama son hôte. Maintenant, je vais vous raccompagner. Vous avez sans doute envie de prendre quelque repos avant ce soir.

Surprenant un regard inquiet du jeune musicien en direction de son instrument, le commissaire du sel le rassura :

— Ne craignez rien pour votre... violoncelle, monsieur Perkins. L'agencement des lieux le met à l'abri du soleil, du vent et de la pluie. Encore qu'en cette saison la pluie soit rare. Vous aurez l'occasion d'en juger par vous-même. Par ailleurs, j'ai pris toutes les mesures nécessaires pour prévenir le moindre désagrément.

D'un mouvement du menton, il indiqua deux hommes assis sur la berge, qui pêchaient paisiblement en tirant sur ces longues pipes auxquelles les Chinois, femmes et hommes, semblaient s'agripper dès qu'une pause dans leurs activités le leur permettait. Perkins comprit qu'ils avaient pour mission de veiller sur son instrument. Son regard fit alors le tour de l'étang et il découvrit une série de tonnelles, de charmilles, de gloriettes et de pavillons de verdure en tout genre disséminés dans le jardin. Chacun offrait une vue dégagée sur le kiosque, tout en étant isolé des autres.

Perkins remercia son hôte, au moment où celui-ci prenait congé de lui. Avec un petit sourire complice, Yen Teou lui dit :

— Cette fois-ci, vous pouvez compter sur moi pour venir vous chercher le moment venu, monsieur Perkins.

Le jeune musicien sourit. Toute sa rancune s'était envolée.

De retour dans son pavillon, Perkins, qui se sentait incapable de dormir tant il était surexcité par l'aventure qu'il vivait, prépara ses habits de gala. Il choisit une chemise blanche et son jabot, un justaucorps paille, bordé de brandebourgs turquoise et une culotte en percale crème. Il poudra soigneusement sa perruque. Pour le chapeau, il devrait se contenter du tricorne qu'il portait en quittant la jonque.

La nuit commençait à prendre possession des lieux quand des serviteurs vinrent allumer les lanternes de la cour. Perkins ignorait encore que les spectacles se déroulaient rarement en soirée en Chine. Les représentations correspondaient le plus souvent à ce que les Occidentaux appelleraient des matinées. S'il l'avait su, il se serait peut-être demandé la raison de ce concert impromptu. Et une question en appelant une autre, il en serait venu à se demander comment Yen Teou avait pu prévenir ses invités, alors qu'il ne savait pas que Perkins serait son hôte avant de rencontrer le représentant de la Compagnie des Indes...

5

Comme il l'avait promis, Yen Teou vint chercher Perkins pour le conduire au lieu du spectacle. Le commissaire du sel avait revêtu une robe rouge sombre très ample croisée sur le devant et fermée par une ceinture ; il avait ramené sa queue de cochon sur le sommet de la tête et l'avait nouée en un chignon. Perkins remarqua, sans y attacher d'importance, la fleur de lotus blanc que son hôte avait épinglée au niveau de l'épaule gauche.

Malgré l'obscurité qui avait pris possession du jardin, le périmètre de l'étang était éclairé comme en plein jour grâce à une débauche de lanternes en papier peint accrochées dans les arbres. En Chine, il n'y avait pas de fête sans lanternes ; fête et lumière allaient de pair. Yen Teou expliqua à Perkins combien il était fier de pouvoir offrir un spectacle d'une telle originalité à ses invités.

— Tous ces gens sont des lettrés et donc amateurs d'art. Votre instrument au timbre si riche et profond ne manquera pas de les séduire.

Perkins se sentit heureux. A vrai dire, il ne touchait plus terre. Même dans ses rêves les plus audacieux, il n'avait jamais envisagé de vivre une telle situation. Il pénétrait le monde chinois comme peu d'Occidentaux avaient eu l'occasion de le faire. S'il était resté avec l'ambassade, il n'aurait jamais connu un moment d'une telle intensité.

Tandis qu'il se dirigeait vers le kiosque où trônait le joyau de maître Vincent Panormo, son cher violoncelle, le jeune musicien n'aurait échangé sa place avec personne. Il se demandait, non sans candeur, s'il était le premier violoncelliste à donner un concert dans cet immense Empire du Milieu. Et il se prenait à rêver d'une représentation devant le Fils du Ciel, à l'intérieur de la Cité interdite. Perkins, musicien et poète, vivait son rêve, coupé de toute réalité.

Yen Teou s'arrêta devant la passerelle.

— Je vous laisse. Votre public est là. La scène est à vous.

Perkins était impressionné. Tous les pavillons de verdure qui entouraient l'étang étaient occupés.

— Vous m'aviez parlé de quelques amis, observa-t-il, amusé.

Le commissaire du sel eut un petit sourire dépité.

— Pardonnez-moi, j'ai disposé de trop peu de temps pour prévenir plus de monde.

Et Perkins eut le sentiment qu'il n'y avait pas d'ironie dans la réponse de son hôte ; celui-ci regrettait sincèrement de n'avoir pu rassembler un public plus important.

Tandis que le jeune musicien franchissait la passerelle en s'assouplissant les articulations des doigts, Yen Teou se dirigeait vers une tonnelle au fond de laquelle était installée une jeune fille toute de blanc vêtue. Celle-ci ne quittait pas des yeux le musicien, tandis que dans les pavillons de verdure, les gloriettes, les tonnelles et les charmilles, tous les assistants au concert se levaient pour le saluer.

A peine le commissaire à la gabelle eut-il pris place à ses côtés que la jeune fille lui demanda, sans détourner son regard :

— C'est lui ?

Yen Teou secoua la tête.

— Ils ont aussi des « fleurs » en Europe ? demanda-t-elle, le front plissé.

Le commissaire du sel éclata de rire.

— Ne jugez pas les Britanniques sur leur apparence, chère amie, faute de quoi vous les prendriez tous pour des « fleurs ».

— Vos... *associés* ne sont pas vêtus comme lui. Ils ne portent pas de perruque et n'ont pas le visage poudré, objecta la jeune fille.

— Mes *associés*, comme vous dites, sont des commerçants, très chère Zhang, pas des notables. Si vous aviez pu voir l'ambassadeur et sa suite...

La jeune fille qui parlait aussi librement au commissaire du sel était fine et menue, mais il émanait de sa personne une volonté farouche. De petits yeux sombres brillaient dans un visage de lune aux pommettes saillantes. Le pourtour de son crâne était rasé et, comme Yen Teou, elle avait relevé sa natte sur le sommet de sa tête, mais elle l'avait arrangée avec beaucoup plus de recherche et de raffinement. Un nœud en forme de lotus — blanc, lui aussi — maintenait ses cheveux en chignon. Elle portait un manteau ample, sans manche, taillé dans un chanvre cru ordinaire, qui contrastait avec sa prestance altière. Son visage était couvert d'un léger fond de teint pâle, avec pour seule touche de couleur une sorte de petit cœur rouge dessiné sur ses lèvres. Elle n'avait guère plus de vingt-cinq ans, mais ses yeux étaient pleins de sagesse et de maturité.

Depuis le kiosque, Perkins parcourait l'assistance du regard dans l'espoir d'apercevoir la jeune artiste à la voix si pure, mais elle ne semblait pas présente. D'ailleurs, il observa qu'il n'y avait aucune femme parmi le public — Zhang était installée dans le fond de sa tonnelle, de telle sorte qu'il ne pouvait l'apercevoir. Tous les spectateurs étaient vêtus, comme son hôte, d'une longue robe nouée à la taille par une large ceinture. Ils portaient le haut chapeau à double paroi des lettrés. Dans un pavillon plus vaste que les autres se trouvaient réunis des hommes vêtus de robes plus colorées ; il supposa qu'il s'agissait des artistes dont il avait suivi une partie du spectacle.

L'attention de Perkins fut attirée par un groupe de trois hommes qui occupaient une charmille voisine du pavillon des acteurs, et dont la physionomie était fort différente de celle des autres spectateurs. Ces personnages étaient enveloppés dans des manteaux amples et sombres aux capuches relevées, à la manière des moines. Il y avait quelque chose dans leur maintien qui faisait songer à des Occidentaux, mais ce devait être une illusion due à l'éclairage mouvant des lanternes. La présence de non-Chinois en ces lieux était tout simplement impensable, à moins qu'il ne s'agît de jésuites, mais ceux-ci seraient vêtus à la mode locale, avec la queue de cochon dans le dos. Les missionnaires avaient dû, en effet, se plier à cette coutume imposée par les envahisseurs mandchous pour réussir à se faire accepter sur le territoire de l'Empire du Milieu. Cette façon de se fondre dans leur environnement ne les empêchait pas, cependant, de faire parfois l'objet de répressions sanglantes.

Yen Teou adressa un petit signe à Perkins pour l'inviter à commencer. Soucieux de séduire d'emblée ses auditeurs, le jeune musicien débuta le concert par une *Suite pour violoncelle seul* de Jean-Sébastien Bach. Pour un public qui ignorait tout de la musique occidentale, quelle meilleure entrée en matière qu'une étude du plus grand génie musical de tous les temps ? Les derniers accents de la gigue de la *Suite n° 3 en ut majeur* à peine dissipés, Perkins enchaîna avec la *Sonate en ré majeur* de Giuseppe Valentini.

A la fin du premier mouvement, un homme quitta la charmille où Perkins avait cru reconnaître des Occidentaux et se dirigea vers la tonnelle que Yen Teou partageait avec la belle Zhang. Dès que celle-ci le vit approcher, elle se leva et fit mine de s'esquiver. Le commissaire du sel lui demanda de se rasseoir.

— Vous n'êtes pas importune, Zhang.

La jeune fille eut une moue dégoûtée, mais elle reprit sa place en tournant ostensiblement le dos à son compagnon.

— Je ne tiens pas à assister à vos manigances avec ces marchands britanniques[1], Yen Teou, dit-elle en affichant une attitude hautaine.

— Mes manigances, comme vous dites, nous permettront sans doute de mener à bien nos projets, au cas où votre entreprise se solderait par un échec. Ne l'oubliez pas, Zhang !

La jeune fille baissa les yeux.

— A quel prix ? murmura-t-elle.

Le commissaire du sel baissa lui aussi la tête sans répondre.

L'homme qui pénétra sous la tonnelle était bien un Britannique, comme il l'avait semblé à Perkins. Il salua le mandarin avec déférence et dit, avec une pointe d'ironie dans la voix :

— Notre « pigeon » est arrivé. Tout s'est donc déroulé comme prévu...

Yen Teou lui fit signe de s'asseoir. Zhang ignorait le nouveau venu malgré ses regards insistants.

— Votre monsieur Perkins est trop passionné par la musique pour nourrir le moindre soupçon, répliqua Yen Teou. Et puis, il semble y avoir chez lui une dose de naïveté à laquelle ceux de votre race ne m'ont pas habitué.

Le commerçant ne releva pas la pique contenue dans la remarque de son hôte.

1. Dans la Chine impériale, la société était divisée en quatre catégories : au sommet de la pyramide on trouvait les lettrés, puis les paysans, les artisans et, tout en bas, les commerçants. Il semble que les nobles redoutaient la puissance que la richesse risquait de conférer aux marchands, aussi les frappèrent-ils d'ostracisme. Seuls les soldats étaient placés encore plus bas : entrer dans l'armée était la dernière extrémité pour éviter la mendicité.

— Parfait, dit-il avec un large sourire. Nous pouvons maintenant aller de l'avant. Si les choses tournent mal, un Britannique portera le chapeau, mais la Compagnie ne sera en rien mouillée dans l'affaire. Monsieur Perkins s'est introduit dans le pays de façon parfaitement illégale, cela sera une évidence pour tout le monde.

L'Anglais s'interrompit ; plissant le front, il reprit :

— Il y a quelque chose qui m'échappe, cependant, Yen... Que Perkins ignore les risques qu'il prend en se coupant de l'ambassade n'a pas de quoi me surprendre. Mais vous ? Si Perkins doit être sacrifié, il y a de fortes chances pour qu'il se réclame de votre personne. L'Empereur ne vous fera pas de cadeau, vous le savez. Ne fût-ce que pour avoir hébergé un étranger, vous risquez votre tête.

— Si votre Perkins doit être sacrifié, nous serons de toute façon impliqués, tous autant que nous sommes ! intervint Zhang d'un ton cassant.

Elle marqua un temps imperceptible avant d'ajouter :

— Je parle des membres du Bailianjiao[1], monsieur Moore, pas des agents de la Compagnie britannique des Indes orientales, rassurez-vous. Nous risquons notre tête, nous le savons et nous acceptons ce risque, et bien d'autres encore. Aussi soyez certain que nous saurons respecter nos engagements.

Le Britannique fut déconcerté par l'intervention de la jeune fille. Il s'apprêtait à lui répondre quand elle reprit :

— Je vous ai bien compris, n'est-ce pas, monsieur Moore ? La seule chose qui compte à vos yeux, c'est que votre Compagnie ne soit pas impliquée !

Moore fit la grimace. Il n'aimait pas le tour que prenait la conversation. Il cernait mal le rôle que tenait la belle Chinoise

1. Le Bailianjiao est une société secrète, connue sous le nom de Lotus Blanc. Elle provoqua des soulèvements dans les campagnes et fut à l'origine d'une révolte contre le pouvoir des Mandchous en 1796.

dans les négociations avec Yen Teou et la société du Lotus Blanc. Cela le mettait mal à l'aise car, depuis leur première rencontre, il avait senti l'hostilité déclarée de Zhang à son encontre. Il la déplorait, d'ailleurs, car la jeune fille était ravissante et son tempérament de feu n'était pas fait pour lui déplaire.

— De grands intérêts sont en jeu, expliqua-t-il. Si la compagnie était mêlée à un complot contre le pouvoir en place, c'est la Couronne britannique qui en supporterait les conséquences et il risquerait de s'ensuivre une guerre entre nos deux nations. Je ne crois pas que cette perspective vous séduise plus que nous.

Puis, désireux de détourner le cours de la conversation, il reposa sa question au commissaire du sel, qui haussa les épaules.

— Chacun prend les risques qu'il peut, monsieur Moore. Vous êtes un commerçant, vous voulez ouvrir de nouveaux marchés à vos exportations. C'est parfaitement respectable... pour des représentants de votre culture. Nos motivations sont d'un tout autre ordre. Depuis la prise de pouvoir des Mandchous, il y a un peu plus d'un siècle, notre pays a saigné trop souvent. On a pu croire, un temps, que la situation s'était stabilisée après l'accession au pouvoir de Qianlong. Le nouvel empereur a commencé par prendre des mesures pour lutter contre la famine dans les campagnes, mais depuis qu'il s'est entiché de cette brute de Heshen, la corruption s'est installée à tous les niveaux. Les charges imposées aux paysans sont devenues insupportables. L'argent qui devait être consacré à l'entretien des digues qui maintiennent le fleuve Jaune dans son lit est détourné au profit de fonctionnaires qui ne songent qu'à s'enrichir. Si la situation ne se modifie pas rapidement, les digues finiront par céder et des régions entières seront dévastées par les eaux. Des milliers d'hommes, de femmes et d'enfants périront. Il y a déjà eu assez de victimes ! Certaines régions se soulèvent, mais leurs mouvements ne sont pas concertés, et la répression est terrible. Des villages entiers sont brûlés et leurs habitants massacrés. Heshen est un boucher. Nous devons réagir. Pour cela, il nous a fallu commencer par organiser nos troupes. Cela a pris du temps. De longues années. Aujourd'hui, il nous faut des armes supérieures aux arcs des bannières[1]. Celles que vous acceptez de nous vendre seront d'une aide précieuse dans notre lutte. Mais elles coûtent cher...

Le Britannique l'interrompit :

— Croyez bien que si nous avions la possibilité de vous les fournir gracieusement...

Zhang sourit.

— Nous ne doutons pas de votre générosité, monsieur Moore, ironisa-t-elle.

Mais Yen Teou reprit, de son ton toujours posé :

— J'ai bien compris votre position, monsieur Moore. Si la Compagnie nous « donnait » ces armes et que notre entreprise vienne à échouer, elle se retrouverait dans une position très inconfortable. En revanche, si nous les achetons à des marchands... indépendants, en cas d'échec un homme seul pourrait supporter les conséquences de ce trafic. Un homme sans lien aucun avec la Compagnie. Un... trafiquant. La présence de ce monsieur Perkins à nos côtés le désignera automatiquement comme le bouc émissaire idéal. Je ne doute pas que ce stratagème paraîtra suspect à certains, mais l'Empereur sera trop heureux de se voir offrir cette opportunité de sauver la face. Je ne le crois pas désireux d'engager une guerre de grande envergure contre votre nation. Il sera ravi de pouvoir... faire porter le chapeau, comme vous dites, à celui que les circonstances désigneront.

1. Constituées exclusivement de Mandchous, les bannières peuvent être considérées comme les troupes d'élite de l'Empire. Elles « chapeautent », en quelque sorte, l'armée traditionnelle.

— Mais pourquoi ce Perkins ? intervint Zhang, qui ne perdait pas de vue le musicien.

Le Britannique haussa les épaules.

— Cela s'est décidé à l'occasion d'une réunion avec nos partenaires à Londres. Nous leur avons exposé la tactique dont nous étions convenus. Il fallait trouver un bouc émissaire, on nous a désigné Perkins. Le reste n'est pas de ma compétence. J'imagine qu'il devait déranger quelqu'un. De toute façon, lui ou un autre...

— Un musicien... murmura la jeune fille.

Yen Teou se tourna vers sa compagne :

— Nous ne pouvons négliger l'éventualité d'un échec, Zhang. Aussi devons-nous d'ores et déjà prendre des mesures pour qu'une guerre encore plus meurtrière ne soit pas la conséquence de notre lutte. Monsieur Moore a raison : la vie de ce Perkins ne pèse pas bien lourd en regard des milliers de victimes qu'occasionnerait un conflit armé entre nos deux nations.

Ravi de sentir le commissaire du sel dans de telles dispositions, Moore demanda :

— Quand aurez-vous besoin des armes ?

Yen Teou fit la moue.

— La troupe du Paravent de soie rouge doit se produire devant l'Empereur à Jehol, dans une dizaine de jours. L'insurrection ne devrait pas être déclenchée avant le nouvel an[1]. D'ici là, l'ambassade sera repartie... sans votre monsieur Perkins. J'y veillerai personnellement. Nous disposons donc de six mois pour faire parvenir les armes dans les différentes provinces insurgées.

Moore réfléchit un bref instant et un large sourire éclaira son visage :

— Voilà qui est parfait ! s'exclama-t-il.

1. En Chine, le nouvel an se fête au moment de la première nouvelle lune du printemps, soit vers la fin du mois de janvier ou en février.

Yen Teou demeura impassible. Il avait suivi le raisonnement du Britannique. Les étrangers étaient autorisés à résider à Canton, où ils avaient installé des factoreries[1], devant lesquelles flottaient les drapeaux de leurs nations respectives : Angleterre, France, Pays-Bas, Portugal... Cependant, obligation était faite à tous de quitter la ville à l'occasion du nouvel an et de résider à Macao jusqu'à l'automne. En conséquence, la révolte prévue débuterait à un moment où plus aucun Occidental ne se trouverait sur le territoire chinois. Aucun Occidental, à l'exception des jésuites et de Thomas Charles Perkins.

Moore prit congé du commissaire du sel et de la mystérieuse Zhang. Au moment où il allait quitter la tonnelle, Yen Teou leva un doigt pour suggérer au marchand d'écouter la musique de Perkins.

— Vivaldi ! fit le mandarin, qui venait de reconnaître les premières mesures de l'air qu'interprétait Perkins sur le bateau au moment où il y montait.

Le Britannique le considéra, interloqué.

— C'est bien cela, n'est-ce pas ? le pressa Yen Teou, satisfait de l'effet produit par sa remarque.

Moore haussa les épaules.

— Vous m'en demandez trop, Yen. Vous savez, je ne suis qu'un commerçant. Je passe le plus clair de mon temps sur les routes ou sur les mers. Je n'ai guère l'occasion de fréquenter les salons. Mais d'où vous vient cette connaissance de notre culture ?

Yen Teou leva les bras au ciel en souriant.

— Nous, lettrés, aimons l'art sous toutes ses formes, mon cher Moore.

Le Britannique s'inclina devant son hôte et alla retrouver ses compagnons dans leur pavillon de verdure. A peine eut-il disparu que Zhang fit :

1. Les factoreries sont des résidences faisant également office d'entrepôts, de magasins, de bureaux.

— Vivaldi ? Vous me surprendrez toujours, Yen Teou.

Puis, avec une petite moue intriguée, elle ajouta :

— Quelle étrange musique !

Moore retrouva ses compagnons, qui ne cherchaient pas à masquer leur impatience.

— Alors ? Comment s'est passée votre entrevue avec notre « ami » ? demanda un homme gros et jovial.

Il y avait un mélange d'ironie et de mépris dans la manière dont il avait prononcé le mot « ami ». Moore s'assit et répondit en affichant une mine radieuse.

— Le mieux du monde, lord Williams. Toutes les pièces du puzzle sont désormais en place. Qui plus est, nous ne devons prévoir aucun mouvement d'insurrection avant le nouvel an.

— Ainsi, nous serons à Macao quand retentira le premier coup de canon. Bien négocié, Moore, reprit lord Williams.

— Il reste à espérer que l'affaire ne sera pas éventée avant ce premier coup de canon, intervint un homme à la mine sombre qui portait une bague armoriée à l'annulaire gauche. Sans quoi...

— Si tel était le cas, votre Seigneurie, le coupa lord Williams, ce Perkins serait aussitôt livré en pâture à leur police. Et il va de soi que nous nous chargerions de condamner ses agissements au nom de la Couronne. Je vous félicite, Moore.

— Oh, vous savez, lord Williams, celui qui mérite le plus vos remerciements, c'est Heshen. C'est son incompétence et sa cupidité qui nous offrent cette belle opportunité.

— Qui est ce Heshen ? demanda l'homme à la mine sombre.

— Oh ! fit lord Williams, c'est une charmante histoire que notre ami Moore conte de manière délicieuse... N'est-ce pas, Moore ?

Le commerçant sourit et s'exécuta sans se faire prier.

— Au temps de sa jeunesse — il y a donc fort longtemps de cela —, l'empereur Qianlong s'est épris d'une des nombreuses concubines de son père Yongzheng. La jeune personne, qui se nommait Machia, était, à ce qu'on raconte, une vraie beauté. Fou d'amour, le rejeton impérial avait fait fi de tous les interdits et tabous en vigueur dans la Cité interdite et s'était autorisé quelques frivolités avec la concubine de son empereur de père. La beauté, de son côté, devait déjà se voir impératrice. Hélas, la mère du jeune Qianlong, l'impératrice régnante, découvrit le pot aux roses. Elle en fut horrifiée ! Cependant, si le prince héritier avait bafoué l'étiquette, il ne pouvait y avoir qu'une raison à sa... déraison : il était victime d'un envoûtement pratiqué à ses dépens par la perfide concubine. Pour délivrer son malheureux fils, il n'y avait pas deux solutions ! L'impératrice convoqua la beauté, lui remit une cordelette de soie et la pria de s'étrangler séance tenante.

— Quelle horreur ! fit le duc, de plus en plus sombre.

— Nos... « amis » ont des manières fort expéditives, concéda lord Williams. Mais l'histoire n'est pas terminée. Moore ne vous en a raconté que le premier acte. Le second se déroula quarante ans plus tard.

— Et c'est là que Heshen entre en scène, reprit Moore, impatient de poursuivre son récit. Donc, quarante ans après ce triste épisode, l'empereur Qianlong passait sa garde en revue quand il tomba en arrêt devant un jeune officier. Me croirez-vous si je vous disais que ce charmant jeune homme ressemblait trait pour trait à la concubine au destin tragique ?

— Ne me dites pas... commença le duc.

— Eh si, poursuivit Moore sans chercher à masquer son cynisme. Qianlong se persuada que le mignon était la réincarnation de sa belle, revenue sur terre pour lui offrir son amour et son corps quarante ans plus tard. Il s'est donc empressé de tirer l'officier de sa situation subalterne pour lui confier les plus hautes responsabilités de l'Empire. Il l'a nommé tour à tour vice-roi et ministre. Sa mère l'impératrice n'était plus là pour veiller au grain.

— Or, intervint lord Williams, ce Heshen est un incapable et un corrompu. Il a fait massacrer des populations entières de paysans qui s'étaient soulevés contre la corruption des fonctionnaires appartenant à sa faction.

— C'est pourquoi nous pouvons le remercier, conclut Moore. Sans sa cupidité et sa cruauté, les campagnes seraient paisibles et la vieille société du Lotus Blanc ne reprendrait pas du service pour tenter de renverser le pouvoir en place.

Le duc se leva. Il alluma un cigare et tourna son regard vers le kiosque où Thomas Charles Perkins interprétait une sonate de Bach. Après avoir tiré quelques bouffées, il demanda :

— Cette société du Lotus Blanc a-t-elle la moindre chance de réussir son coup ?

Le lord fit la moue.

— Qianlong est vieux. Heshen s'est attiré de nombreuses inimitiés. Les campagnes grondent... Les circonstances sont propices. Je ne puis m'avancer plus. De toute façon, nous n'avons rien à perdre dans cette affaire.

— Rien, fit l'autre, sinon ce Perkins. Un musicien prometteur, à ce qu'on raconte à Londres. Il aurait entretenu une correspondance suivie avec Mozart.

— Si tout se passe bien, Perkins ne devrait même pas avoir connaissance du rôle que nous lui réservons dans cette partie d'échecs, fit Moore, rassurant. Et lorsque Yen Teou aura renversé l'Empereur, quel que soit le nouveau Fils du Ciel que ces révolutionnaires se choisiront, il nous sera redevable de son accession au trône. Nous saurons, en outre, lui faire comprendre que si nous l'avons fait, nous pouvons également le défaire. Croyez-moi, les portes de l'Empire du Milieu s'ouvriront à nous. Un marché exceptionnel pour l'Angleterre !

Le duc hocha la tête, songeur.

— En revanche, précisa lord Williams, si Yen Teou et son Lotus Blanc sont mis échec et mat, il nous restera une solution de repli pour conquérir ce marché.

— Laquelle ? fit l'homme à la mine sombre.

— L'opium !

Le mot claqua comme un fouet dans la bouche de Moore.

Le duc vint aussitôt se planter devant le commerçant et, le toisant, il déclara d'un ton cinglant et sans réplique :

— Jamais ! Jamais, monsieur Moore, la Couronne ne s'abaissera à recourir à de tels procédés !

— Mais, monsieur le duc de...

Lord Williams s'empressa d'interrompre son compagnon.

— Taisez-vous, John ! Le nom de sa Seigneurie ne doit jamais être prononcé !

— Pardonnez-moi, mais...

— Il n'y a pas de mais, coupa le duc. Je connais votre stratégie. Ecouler en Chine l'opium fabriqué en Inde. Abrutir le peuple pour le dominer ! Jamais ! Vous m'entendez, lord Williams ? Ces procédés sont ignobles et souilleraient la monarchie tout entière. Nous n'y aurons jamais recours. Nous ne salirons pas nos mains avec cette boue innommable ! Sa Majesté préférera encore une guerre ouverte à pareil avilissement. C'est l'honneur de l'Empire britannique qui est en cause !

Le duc sortit du pavillon de verdure. Il se tourna vers ses deux compagnons.

— Allons, je ne tiens pas à croiser ce malheureux Perkins. Partons !

Et il s'éloigna tandis que lord Williams soufflait à l'oreille de Moore :

— Ce qu'une femme ignore ne peut la faire souffrir, mon cher Moore. La Couronne est un peu comme une femme, n'est-ce pas ?

Et les deux hommes s'esquivèrent à la suite du duc.

Thomas Charles Perkins était loin de se douter qu'il se trouvait pris dans la toile d'une araignée impitoyable. Le jeune musicien ne remarqua pas le départ des trois Britanniques. Il venait d'entamer une *Folie* de Marin Marais quand « elle » parut. Il le sut aussitôt, car les regards de tous les spectateurs convergèrent dans la direction de la tonnelle de Yen Teou. Perkins vit le commissaire du sel accueillir la jeune artiste à la voix de cristal et l'inviter à prendre place à ses côtés. Dès lors, il ne la quitta plus des yeux. Elle paraissait écouter sa musique avec la plus grande attention. Il était fasciné.

Le jeune musicien se sentait partagé entre l'envie de mettre un terme au concert pour aller retrouver la jeune fille, et celle de jouer toute la nuit rien que pour elle. Il interpréta donc quelques variations sur les *Quatre Saisons* de Vivaldi, puis se leva et salua le public en balayant le sol de son tricorne. Tous les spectateurs se levèrent et le saluèrent à leur tour en croisant les mains sur leur poitrine.

Perkins traversa la passerelle pour aller rejoindre son hôte. Il devait se faire violence pour ne pas presser le pas plus que la décence ne l'y autorisait. Quand il parvint à la tonnelle, il découvrit avec surprise la présence d'une troisième personne dans le fond de la tonnelle, la jeune Zhang. Il fut aussitôt subjugué par la beauté de la Chinoise, mais il n'eut pas le temps de s'émerveiller car Yen Teou, après s'être répandu en remerciements, lui présentait la jeune artiste :

— Fleur de Prunus, dont vous avez tellement apprécié la voix, mon cher ami.

En découvrant la chanteuse dont le talent l'avait impressionné, Perkins fut frappé par son jeune âge. A l'inverse de Zhang, Fleur de Prunus était habillée de façon excentrique, mais néanmoins élégante. Le jeune musicien eut l'impression que l'artiste portait un costume de scène. Une longue tunique vert d'eau fendue sur les côtés et brodée du haut en bas de motifs fleuris recouvrait une robe en soie blanche, plissée. Les cheveux de Fleur de Prunus étaient d'un noir de jais, plaqués contre ses joues, avec deux longues nattes tressées qui descendaient de chaque côté de son visage jusqu'à ses chevilles. Une sorte de diadème de pierreries, très chargé, encadrait son front. Le visage était entièrement recouvert d'un fond de teint blanc rosé, la bouche, carminée ; les paupières, elles, étaient d'un rouge intense et les sourcils, d'un noir épais. Les mains étaient fines, les ongles longs et laqués. Fleur de Prunus jouait avec un éventail très fin.

— Vous avez une voix... exceptionnelle, mademoiselle, s'empressa d'observer le jeune musicien.

Yen Teou sourit, en répétant : « Mademoiselle ! »

Fleur de Prunus lui lança un petit regard amusé par-dessus son éventail. Perkins fronça les sourcils. Avait-il commis un impair ? Yen Teou s'empressa de le renseigner :

— En Chine, dit-il, gardez-vous de vous fier aux apparences, monsieur Perkins.

Le Britannique indiqua qu'il ne comprenait pas. Ce fut Zhang qui vint à son secours.

— Fleur de Prunus n'est pas une jeune fille, monsieur Perkins. C'est un jeune homme.

Perkins demeura un moment interloqué. Il contempla l'artiste que l'intervention de Zhang ne paraissait pas troubler le moins du monde.

— Zhang a raison, reprit Yen Teou. Vous vous souvenez que je vous ai parlé de nos « fleurs », que vos commerçants de Canton apprécient tant ? Je ne parlais pas des espèces que vous avez pu admirer dans mon jardin cet après-midi, monsieur Perkins. Je parlais de nos jeunes gens qui, sur scène, interprètent des rôles féminins. Voilà nos « fleurs ».

— Je suis confus, bafouilla Perkins.

Fleur de Prunus laissa échapper un petit rire et, sans abaisser son éventail, elle dit :

— Ne le soyez pas, monsieur Perkins. Vous m'avez fait le plus beau compliment possible... Cela rachète un peu la manière cavalière dont vous avez quitté le spectacle tout à l'heure.

Perkins se confondit à nouveau en excuses, mais Yen Teou intervint :

— Il ne faut pas en vouloir à monsieur Perkins, Fleur de Prunus. C'est moi qui suis seul responsable de cette perturbation. Je ne l'ai pas prévenu qu'il serait notre invité et le départ de la flotte l'a... inquiété.

— Alors, c'est vous qui devrez vous faire pardonner, Yen, susurra la jeune artiste-fleur, en posant une main sur la cuisse du commissaire du sel.

Le musicien était frappé par l'intonation si féminine de Fleur de Prunus. Tout, dans son expression comme dans son attitude, était d'une jeune fille. Jamais il n'avait vu métamorphose aussi impressionnante. Jusqu'aux pieds de Fleur de Prunus, qui semblaient minuscules, comme ceux des Chinoises. Pourtant, en y regardant de plus près, il réalisa qu'il s'agissait d'un effet d'optique produit par des sortes de cothurnes évasés vers le bas. En réalité, les pieds de Fleur de Prunus n'étaient pas atrophiés.

Perkins songea qu'il commençait à peine à mesurer à quel point Yen Teou avait raison : il avait tout à apprendre sur les coutumes de ce peuple étrange.

6

Quand Perkins retrouva son pavillon, il avait l'esprit en ébullition. Il savait désormais ce qu'était une « fleur ».

Après leur prise de pouvoir, intervenue un siècle et demi plus tôt, les nouveaux dirigeants du pays, les Mandchous, n'avaient pas tardé à interdire la présence des femmes dans les théâtres. En conséquence, les actrices s'étaient trouvées systématiquement évincées de la scène. La mesure visait à éradiquer la prostitution à laquelle celles-ci se livraient couramment. Pour interpréter les rôles féminins, on commença à recourir à des acteurs travestis. Sur le plan de la moralité, cette évolution du théâtre ne fut guère concluante, car la prostitution masculine eut tôt fait de remplacer la prostitution féminine. Les « mœurs méridionales », comme on en vint à qualifier cette forme d'homosexualité — la plupart des acteurs travestis venant du Sud —, se répandirent dans les milieux lettrés comme une traînée de poudre.

Alors que Perkins devisait avec son hôte, Fleur de Prunus finit par s'éclipser.

— Nous aurons sûrement l'occasion de nous revoir, monsieur Perkins, dit-elle.

— J'en serais très heureux. J'aimerais beaucoup parler musique avec vous. J'ai été véritablement ébloui par votre voix, répéta Perkins en éprouvant toujours des difficultés à dissimuler sa gêne.

— Et votre musique m'a... intriguée, monsieur Perkins, fit la fleur. Je vous demande, maintenant, de bien vouloir me pardonner, je me dois à nos hôtes.

Après avoir salué le musicien, elle se dirigea vers un autre pavillon de verdure. Fleur de Prunus marchait à petits pas, reproduisant à merveille la démarche entravée des femmes chinoises. Lorsqu'elle fut partie, Yen Teou se permit de parler plus librement et il expliqua à son invité l'origine des actrices-fleurs.

— Les comédiennes n'étant plus autorisées à monter sur scène, les acteurs durent bien interpréter les rôles féminins. Mais pour que l'effet soit crédible, il leur fallait imiter le plus fidèlement possible les manières des femmes. Seuls les plus jeunes y parvenaient avec un tant soit peu de crédibilité. Avec le temps, certains se sont fait une spécialité de ces rôles. Leur succès est allé grandissant et on a vu des maîtres...

— Des maîtres ? l'interrompit Perkins.

Yen Teou se frappa le front comme pour montrer qu'il oubliait que son invité n'était pas au fait des mœurs locales.

— Les maîtres sont les personnes chargées d'assurer la formation des actrices-fleurs, que nous nommons également « garçons de lumière ». Leur apprentissage terminé, les maîtres s'occupent aussi de... disons gérer la carrière de leurs élèves.

— Quelle jolie façon de présenter les choses ! le coupa Zhang d'un ton glacial.

Yen Teou fit la moue et poursuivit sans relever l'interruption de la jeune fille.

— Certains maîtres en sont venus à acheter des enfants de plus en plus jeunes à leurs parents.

— Acheter ? reprit Thomas.

Yen Teou haussa les épaules avec une expression lasse et résignée.

— La vie est dure dans les campagnes, expliqua-t-il. Certains parents considèrent une telle opération comme une chance unique d'offrir une existence meilleure à l'un de leurs enfants tout en améliorant, pendant un certain temps au moins, l'ordinaire du reste de leur progéniture.

— Je vois, fit Thomas en songeant que la situation des enfants miséreux n'était pas forcément plus enviable dans son pays.

Yen Teou reprit alors son explication :

— Après avoir achevé une formation longue et parfois pénible, un garçon de lumière demeure lié à son maître pour une durée déterminée par contrat. C'est une manière pour lui de rembourser ses années d'apprentissage. Ensuite, il est libre de mener sa carrière comme il l'entend.

— Quand son maître ne le maintient pas de force sous sa dépendance ! précisa Zhang.

— Notre jeune amie a le sang bouillonnant, monsieur Perkins, fit Yen Teou avec un sourire conciliant. C'est une... rebelle ! A vrai dire, elle suit les traces de son père. Mais, hormis ce trait de caractère parfois irritant, elle est de fort plaisante compagnie.

Se tournant vers Perkins, Zhang dit, avec une flamme dans les yeux :

— Mon père était un grand lettré, monsieur Perkins. Un bel esprit. Je suis fière d'être sa fille.

— Zhang a toutes les raisons d'être fière de son père, monsieur Perkins, mais je doute que vous ayez eu l'occasion de lire ses ouvrages dans votre pays.

— Malheureusement, reconnut Perkins en affichant un air désolé. Mais s'il est possible de m'en procurer ici... Il semble que je sois appelé à passer quelque temps avec vous.

— C'est hélas impossible, monsieur Perkins, répondit Zhang, le visage brusquement fermé. Tous ses livres ont été brûlés. Mais votre intérêt me touche.

— Revenons à nos garçons de lumière, coupa le commissaire du sel, soucieux de détourner le cours de la conversation. Les comédiennes-courtisanes ayant disparu du monde du théâtre et la nature humaine étant ce qu'elle est, le vide créé devait naturellement être comblé. Certains lettrés se sont donc pris de passion pour les fleurs. Quelques-unes ont ainsi trouvé un protecteur, d'autres... ont joué le rôle laissé vacant, dans les alcôves, par les comédiennes.

Yen Teou avait conclu son récit et Thomas hocha la tête.

— Fleur de Prunus est donc l'un de ces garçons de lumière, fit-il.

— Oui, mais elle ne se prostitue pas, précisa Zhang, le regard accroché à celui du commissaire du sel.

Le musicien nota comme une pointe de défi dans le ton de la jeune fille. Il avait l'impression d'assister à une joute oratoire, toute en non-dits, entre Zhang et Yen Teou ; une joute dont il ne possédait pas les clés.

— Chez nous aussi, les femmes ont longtemps été interdites sur les scènes de théâtre, observa-t-il, désireux de ramener un peu de sérénité dans l'échange.

Perkins s'interrompit et, après une pause, demanda, les sourcils froncés :

— Il y a toutefois une chose que je ne comprends pas. Si cette interdiction visait à supprimer la prostitution, pourquoi la maintenir dès lors que le délit se perpétue sous une autre forme ?

Yen Teou éclata de rire.

— Mon cher ami, n'y a-t-il pas de ces incohérences dans votre pays ?

Perkins mêla son rire à celui du commissaire du sel.

— Vous avez raison.

— Le théâtre fait rêver tout le monde, monsieur Perkins, mais ceux qui en vivent sont fort mal vus chez nous. Ainsi les acteurs n'ont-ils pas le droit de se présenter aux examens impériaux, qui constituent pourtant le seul moyen d'améliorer sa position sociale. Ce qui n'empêche pas les lettrés comme moi, qui avons passé et réussi ces examens, de nourrir une passion dévorante pour certaines de ces fleurs parfois vénéneuses. Il fut un temps où les fonctionnaires entretenaient des troupes entières — jusqu'à trente comédiens. Aujourd'hui, l'Empereur a interdit ce genre de pratique.

— Ne m'avez-vous pas dit que vous-même... ? fit Perkins, mais il n'osa pas achever sa phrase.

— Vous avez raison, mon ami. Je vous ai bien dit que j'entretenais la troupe du Paravent de soie rouge, mais comme Zhang l'a fort gracieusement précisé, nul ne se prostitue ici. Et puis...

Le commissaire du sel laissa sa phrase en suspens, mais il échangea un regard complice avec Zhang.

— Je crois, monsieur Perkins, glissa la jeune Chinoise, que cette soirée a été éprouvante pour vous. Nos coutumes semblent vraiment différer considérablement des vôtres. N'aspirez-vous pas à un peu de repos ?

C'était la deuxième fois de la journée qu'on lui proposait de se reposer, mais il était toujours aussi tourmenté par la curiosité et n'avait pas la moindre envie de dormir.

— Oh... fit-il.

Désireux de poursuivre la conversation, il enchaîna :

— En Angleterre, la prostitution existe également. Pas sous cette forme, mais sous une autre. Quant aux incohérences du gouvernement, elles sont aussi remarquables que chez vous.

Ce fut au tour de Yen Teou de froncer les sourcils.

— Faites attention à ce que vous dites, monsieur Perkins. Entre nous, cela ne prête guère à conséquence, mais si des oreilles indiscrètes venaient à surprendre de tels propos, nous aurions tous deux de sérieux ennuis. Le gouvernement est un sujet capital en Chine. Il ne peut donc être incohérent. S'il apparaît comme tel, c'est que nous n'avons pas l'intelligence de comprendre les subtilités qui le sous-tendent.

Perkins en demeura interloqué. Son hôte ne l'avait pas habitué à une telle gravité.

— Je suis confus, bafouilla-t-il.

— Ne le soyez pas, intervint Zhang. Il vous reste tant de choses à découvrir ! Le gouvernement est assimilé à un art chez nous. Le plus subtil qui soit !

Puis, changeant brusquement de sujet, la jeune fille lui demanda :

— Et vous-même, monsieur Perkins, dans votre pays, êtes-vous considéré comme un garçon de lumière ?

Le jeune musicien en demeura sans voix. Mais Yen Teou éclata de rire.

— Zhang est intriguée par votre mise.

Perkins porta la main à sa perruque et il éclata lui aussi de rire.

— Non, je ne suis pas... un garçon de lumière, mademoiselle Zhang. Dans mon pays, les hommes qui appartiennent au monde de ce que vous appelez les lettrés, si je vous ai bien compris, s'habillent comme moi. Les femmes, voyez-vous, portent des vêtements encore plus... excentriques que cela.

La jeune Chinoise s'excusa de sa question. C'était la première fois que Perkins la voyait perdre de son assurance. A vrai dire, s'il ne désirait pas prendre congé de ses hôtes, c'était pour prolonger son entretien avec elle. Depuis son arrivée en Chine, il n'avait pas vu une seule femme capable de rivaliser en beauté avec elle. Certes, Fleur de Prunus était une jeune personne des plus gracieuses, mais Fleur de Prunus n'était pas une femme... Thomas Charles Perkins ne put toutefois nier que la beauté de l'artiste-fleur et la pureté de sa voix l'avaient troublé et il comprit que les commerçants britanniques de Canton aient pu se laisser éblouir par les « fleurs » de Chine, si toutes étaient aussi séduisantes que Fleur de Prunus. L'absence prolongée de femmes dans les factoreries devait favoriser certaines déviances.

Zhang se mordilla les lèvres et, hésitante, elle dit :

— J'aimerais beaucoup que vous m'expliquiez le fonctionnement de votre instrument, monsieur Perkins.

— Ce sera avec le plus grand plaisir, mademoiselle Zhang.

Elle sourit.

— Appelez-moi simplement Zhang, ce sera plus commode pour tout le monde. D'autant que nous serons amenés à nous voir en maintes occasions dans les mois à venir.

— Zhang ! fit le commissaire du sel avec une certaine sécheresse de ton.

La jeune fille fit mine de ne pas l'avoir entendu.

— Maintenant, si vous le permettez, je désire me retirer.

Et après avoir salué Yen Teou et Perkins, Zhang quitta la tonnelle. Intrigué, le musicien la regarda traverser le jardin en direction des pavillons.

— Je vais vous raccompagner, mon ami, annonça le commissaire du sel.

Tout en contournant l'étang, Perkins regarda le garçon de lumière. Il avait suivi son petit jeu d'un œil distrait pendant toute la conversation. Fleur de Prunus était passée de table en table. Dès qu'elle quittait un groupe, ses membres se levaient et s'en allaient sans venir saluer leur hôte. Mais il sembla à Perkins que nul ne serait parti avant d'avoir reçu la visite de l'actrice-fleur.

— Elle est belle, n'est-ce pas ? observa Yen Teou.

Perkins se trouva pris de court. Soucieux de ne pas commettre d'impair, il bafouilla :

— Elle... Il...

Puis, ne sachant s'il devait considérer Fleur de Prunus comme une femme ou comme un homme, il dit :

— Fleur de Prunus semble bien jeune pour exercer ce métier avec un tel brio. Je veux dire pour avoir une maîtrise aussi parfaite de sa voix.

— La carrière d'une actrice-fleur s'achève vers vingt ans, monsieur Perkins, précisa Yen Teou. Fleur de Prunus a dix-huit ans. Elle n'est pas si jeune que ça.

— En tout cas, j'ai rarement entendu une voix aussi pure. Et... il est difficile d'imaginer qu'elle... qu'il ne soit pas une femme. Il y a tant de grâce et de charme dans toute sa personne...

Son hôte et lui approchaient du pavillon, quand il se risqua à demander :

— Zhang... Elle est mandchoue, n'est-ce pas ?

Le commissaire du sel secoua la tête.

— Vous avez de la chance qu'elle ne vous entende pas. Zhang est chinoise, monsieur Perkins. Elle est originaire de Kunshan, la région qui a vu naître l'opéra le plus raffiné qui soit. Rien à voir avec le spectacle populaire auquel vous avez assisté aujourd'hui. Un jour peut-être aurez-vous l'occasion de goûter la différence entre ces deux modes d'expression.

Intrigué, le commissaire du sel demanda cependant :

— Qu'est-ce qui vous a fait penser qu'elle était mandchoue ?

Perkins répondit en s'efforçant de maîtriser sa gêne :

— Elle n'a pas... les pieds... enfin, ses pieds sont normaux.

Perkins s'empressa d'ajouter :

— Je croyais que les Chinoises avaient... de petits pieds. Sauf les paysannes, bien sûr, ce que ne semble pas être Zhang.

— Vous avez raison, monsieur Perkins. Comme nous vous l'avons dit, le père de Zhang était un lettré de premier plan. Elle aurait sûrement suivi sa trace si elle n'était pas née fille. La carrière des lettres n'est guère plus favorable aux femmes que celle de la scène.

— Mais alors ? insista le jeune musicien.

— Monsieur Perkins, vous abordez là un sujet délicat.

Yen Teou plongea son regard dans celui de son invité, comme s'il voulait le sonder. Perkins ne chercha pas à se soustraire à son examen, ce qui parut rassurer le mandarin et orienter sa réponse.

— En l'an 29 du règne de Qianlong[1] a commencé une période de répression, dont de nombreux auteurs ont fait les frais. Ils avaient commis un crime pour lequel il n'est pas de pardon : ils avaient critiqué nos institutions ! Plus de dix mille ouvrages ont été mis à l'index et quelque deux mille, entièrement détruits. Leurs auteurs, et dans certains cas leurs proches, ont été exécutés ou ont vu leurs biens confisqués. Cette tourmente a duré une quinzaine d'années.

Perkins ne put réprimer un soupir.

— Et j'imagine que le père de Zhang était du nombre, dit-il.

— Zhang n'était encore qu'une enfant. Sa mère est morte en voulant s'opposer aux soldats qui emmenaient son mari. Des amis ont sauvé la vie de la fillette en la confiant à des comédiens itinérants. C'est ainsi qu'elle a été recueillie et adoptée par la troupe du Paravent de soie rouge et qu'en définitive elle s'est retrouvée ici. C'est également ce qui lui a valu d'échapper aux lys d'or.

— Les lys d'or ? interrogea le musicien.

— C'est le nom que nous donnons aux pieds bandés des femmes, monsieur Perkins.

— Cette mode est...

Mais Perkins s'interrompit, de crainte de heurter son hôte en portant un jugement sur une coutume de son pays.

— Cette mode est barbare ? C'est bien cela ? releva Yen Teou.

— J'ai encore beaucoup de choses à apprendre sur vos mœurs, n'est-ce pas ? enchaîna Perkins avec un petit sourire.

Yen Teou lui rendit son sourire.

1. 1765.

— Lorsque les Mandchous se sont emparés du pouvoir, expliqua-t-il, ils ont interdit cette pratique à leurs femmes. Me croirez-vous si je vous dis que celles-ci ont fort mal pris la chose ? Elles se sont révoltées contre cet interdit. Il faut savoir que les petits pieds sont considérés chez nous comme... très érotiques.

Il marqua un temps avant de conclure :

— Elles n'ont pas eu gain de cause. Les Mandchous étaient-ils choqués par cette pratique... barbare ? Voulaient-il marquer leur supériorité ? Ou l'idée que leurs femmes puissent éveiller le désir des Chinois leur était-elle insupportable ? N'oubliez pas que les mariages mixtes sont toujours interdits !

Perkins écoutait son hôte avec une pointe d'incrédulité. Comment des femmes pouvaient-elles déplorer de se voir épargner une telle mutilation ? Ils venaient d'arriver au pavillon du musicien et Yen Teou le salua :

— Nous nous reverrons demain, monsieur Perkins. Ne vous ai-je pas promis que lors de votre départ, vous posséderez une meilleure connaissance de notre pays que la plupart de vos compatriotes ?

— Et je dois dire que cette soirée a déjà été riche en enseignements, monsieur Yen Teou.

Le commissaire à la gabelle sourit :

— Zhang avait raison, monsieur Perkins, nous sommes appelés à nous voir souvent pendant les semaines qui viennent.

Allongé sur la natte qui lui servait de lit, le jeune musicien passait en revue les événements de la journée. Mais les questions de Yen Teou relatives à sa présence en Chine le ramenaient près d'un an en arrière. Et Thomas Charles Perkins s'endormit en songeant à l'Angleterre. A sa vie dans ce monde qui semblait déjà appartenir à une autre existence.

Tandis qu'il dormait, trois Britanniques enveloppés dans des manteaux amples et sombres regagnaient Canton sur une jonque officielle, affrétée par le commissaire du sel de T'ien-tsin. Le duc à la mine sombre, lord Williams et monsieur Moore avaient déjà tout oublié de ce compatriote qu'ils venaient de condamner à mort.

7

Le père de Thomas Charles Perkins, sir Hilary Perkins, avait fait fortune en consacrant plus de quinze années de sa vie à la Compagnie britannique des Indes orientales — laquelle était donc liée à l'histoire de Thomas depuis bien avant sa naissance. A quarante ans, sir Hilary avait quitté la colonie pour rentrer au pays et s'adonner à son amour des... arts et des lettres. Ce célibataire impénitent avait fini par succomber aux charmes considérables de la fortune de lady Jane Hamilton — de douze ans sa cadette —, qu'il avait épousée en grande pompe en juillet 1764. Un an plus tard, Thomas Charles Perkins avait vu le jour ; il n'avait donc pas trente ans quand il s'était embarqué sur l'*Indostan*, à destination de l'Empire du Milieu.

Sir Hilary passait le plus clair de son temps à son club, où il ne manquait jamais de gratifier de ses conseils avisés des politiciens qui lui prêtaient une oreille condescendante, mais s'empressaient de n'en faire qu'à leur tête. Le soir, il honorait de sa présence les loges de jeunes comédiennes qui, si elles ne faisaient guère plus de cas de ses avis sur leur jeu, savaient se montrer... « reconnaissantes » des faveurs qu'il ne manquait pas de leur prodiguer. Epouser une femme riche offre d'innombrables avantages.

A vrai dire, lady Jane ne souffrait guère des absences de son époux. Elle avait ses œuvres, son fils et son clavecin pour occuper ses heures de solitude conjugale. Certes, de bonnes âmes ne manquaient pas de lui rapporter les frasques de sir Hilary, mais elle n'y accordait aucune importance. Elle n'avait jamais nourri le moindre sentiment amoureux pour cet homme ; son père n'avait pas pris la peine de lui demander son consentement quant à cette union — consentement que, de toute façon, elle aurait plus que probablement donné, en fille obéissante et soucieuse des usages.

Après la naissance du petit Thomas, lady Jane décida de se retirer dans une demeure familiale de son Devon natal, prétextant l'effet bénéfique des embruns sur sa santé. En réalité, elle s'était souvenue d'un jeune hobereau qui lui faisait délicieusement la cour lorsque, adolescente, elle accompagnait sa mère chaque fois que celle-ci décidait de fuir Londres — c'est-à-dire dès l'arrivée du printemps. La vieille dame étant décédée peu après le mariage de sa fille, la demeure n'était plus occupée que par un vieux couple de domestiques, qui avaient été ravis de voir revenir celle qu'ils avaient aidée à grandir. Leur ravissement fut d'autant plus grand qu'elle était accompagnée d'un petit garçon au tempérament aimable et rêveur.

A Londres, sir Hilary menait une existence de débauche débridée qui le conduisit prématurément à la tombe, l'une de ses conquêtes l'ayant fort généreusement gratifié d'un mal hérité d'un autre admirateur. En épouse respectable, lady Jane avait versé une larme de circonstance, tout en continuant à partager sa vie entre ses œuvres, son fils, son clavecin et désormais le charmant hobereau, qui n'avait pas oublié son amour de jeunesse.

Elevé dans ce contexte douillet, choyé de tous, Thomas avait hérité de l'amour de sa mère pour la musique. Quand il avait été question pour lui de donner une orientation à son existence, il avait déclaré que ce serait la musique ou rien. Sa mère avait souri et l'avait inscrit chez un maître de musique, hautement apprécié du beau monde et dont on disait le plus grand bien. Elle avait toutefois versé une nouvelle larme, car pour satisfaire son fils il lui avait fallu renoncer à son cher Devon et à son tendre amour — que d'ailleurs elle ne revit point, l'ingrat n'ayant jamais envisagé de lui rendre visite à la grande ville.

Le vieux maître de musique, le respectable William Spencer, n'avait pas tardé à constater qu'il avait en la personne de Thomas Charles Perkins un élève suprêmement doué. Un virtuose comme on n'en rencontre guère. C'était ce cher homme qui avait permis à Thomas Charles de rencontrer Mozart à l'occasion d'un séjour à Londres du génie autrichien — lequel s'était déclaré impressionné par son talent de compositeur. Les deux musiciens avaient ensuite nourri une correspondance aussi régulière que le permettaient les activités chaotiques de Mozart.

Un jour, William Spencer avait dû se rendre à l'évidence : le disciple avait surpassé le maître. C'est à dater de ce moment-là qu'il avait demandé à Tom — comme il en était venu à appeler son élève par affection — de composer les oratorios que certains commanditaires lui réclamaient. Contrairement à ce que crut Thomas, il ne lui avait pas adressé cette requête parce qu'il n'avait plus le cœur à composer lui-même, mais parce qu'il avait réalisé que les œuvres de son disciple étaient beaucoup plus subtiles que les siennes.

Parallèlement à son enseignement musical, le jeune Thomas avait bénéficié des services d'un précepteur français et jésuite, le père de Beauvais, qui avait développé en lui cet amour de la Chine qui allait mener son élève jusqu'au cœur de l'Empire du Milieu, au centre d'un complot impitoyable.

Mais pour l'heure, la vie souriait au fils de sir Hilary.

Thomas Charles Perkins avait commencé à se faire un nom dans le milieu de la musique. Tout Londres parlait déjà de lui comme de la prochaine coqueluche de la Cour. Lady Jane était si fière de son rejeton et si heureuse de l'avenir qui lui semblait promis qu'elle en oublia combien son hobereau lui avait manqué pendant les premiers mois de leur séparation.

Le bonheur de la chère dame ne connut plus de limites le jour où Thomas lui annonça ses fiançailles avec Grace Hastings, nièce du fameux Warren Hastings, qui s'était illustré comme gouverneur général de l'Inde de 1773 à 1785, avant de se voir accuser de malversations, à la suite de sa démission et de son retour en Angleterre. Il s'en était suivi un procès long et pénible, au terme duquel les tribunaux l'avaient blanchi, non sans l'avoir simultanément... « lessivé » — le pauvre Warren Hastings était, en un mot comme en cent, ruiné ! Ce revers n'avait, fort heureusement, pas éclaboussé son frère, sir Malcolm, et Grace apparaissait aux yeux de tous comme une héritière riche et parfaitement respectable.

La demoiselle suscitait maintes convoitises, mais son cœur avait fini par s'exprimer et son père avait su entendre raison. Thomas Charles Perkins n'était peut-être pas le gendre idéal aux yeux de sir Malcolm — le brave homme caressait d'autres desseins pour sa fille —, mais il n'était pas non plus un mauvais parti. N'était-il pas appelé à devenir maître de chapelle à la Cour ? En vérité, sir Malcolm aurait souhaité pour sa fille une existence moins morne que celle qu'un musicien pourrait lui apporter — il faut dire qu'il n'entendait rien à la musique ni à l'art. En revanche, question finances, il ne s'en laissait pas conter. Cependant, si le bonheur de Grace devait passer par là, il n'envisageait pas de s'opposer à cette union.

Tout paraissait sourire au jeune homme, mais quand les perspectives sont trop belles, il arrive qu'un grain de sable vienne gripper la belle mécanique, la vie se chargeant de rappeler que rien n'est jamais acquis. Et c'est cette vérité que Thomas Charles Perkins allait apprendre à ses dépens.

En l'occurrence, le grain de sable eut pour nom Andy McCarthy.

Sir Malcolm Hastings avait fait fructifier le patrimoine familial en commerçant avec les colonies. En 1790, il avait engagé à son service un secrétaire dont on lui avait considérablement vanté les mérites : Andy McCarthy. Le jeune homme était, en vérité, un ambitieux, qui avait très vite réussi à se rendre indispensable. Sir Malcolm s'était de plus en plus reposé sur lui pour faire tourner ses affaires. C'est ainsi qu'Andy était devenu un familier des Hastings.

Enjoué et cultivé, il avait su gagner la sympathie de Grace. Partant du principe que le meilleur moyen d'accéder à la fortune est de la cueillir toute faite dans le verger d'autrui, le jeune homme avait conçu le dessein de séduire la riche héritière. Projet d'apparence raisonnable, car Grace ne paraissait pas insensible à son charme, d'autant que son père ne tarissait pas d'éloges sur celui qui avait donné un nouvel essor à son commerce en ouvrant le champ des « colonies » à la Chine. Par la suite, d'aucuns étaient allés jusqu'à prétendre que les jeunes gens avaient eu une liaison secrète, sur laquelle sir Malcolm aurait délibérément fermé les yeux. Aucun élément objectif ne permettait toutefois de confirmer cette information.

En garçon avisé, Andy savait que pour s'épanouir l'amour a besoin de s'appuyer sur la confiance ; or la confiance est un fruit lent à mûrir. Il s'était donc accordé du temps pour arriver à ses fins ; surtout qu'il ne tenait pas à être accusé d'être mû par l'intérêt. Certaines vérités deviennent fort gênantes quand elles se trouvent exposées au grand jour. Grace affichait toujours une attitude tellement distante envers ses prétendants, et si complice envers lui, qu'il était persuadé de ne courir aucun risque en prenant son temps.

Ses projets s'étaient trouvés compromis le jour même où Grace avait fait la connaissance de Thomas Charles Perkins, à la faveur d'une réception organisée par le respectable William Spencer en l'honneur de son jeune élève. Le coup de foudre avait été réciproque.

Mais Andy n'était pas homme à s'avouer vaincu.

Lorsque Grace lui avait annoncé son intention d'épouser le musicien, il n'avait pas fait de scène. Il avait même juré de respecter le choix de son amie la plus chère et il avait tenu parole. C'est du moins ce qu'il s'était efforcé de faire croire. Pendant plusieurs semaines, Andy avait pris ses distances, assumant avec grand talent le rôle de l'ami fidèle qui sait s'effacer. Il avait ainsi déserté la maison des Hastings au point que Grace en était venue à lui écrire pour lui faire reproche de ses absences. Dès lors Andy, « faisant contre mauvaise fortune bon cœur », avait repris ses visites de courtoisie. C'est ainsi qu'il avait fait la connaissance de Thomas et s'était lié d'amitié avec le jeune musicien. Là aussi, c'est du moins l'impression qu'il s'était évertué à donner...

Dès qu'il en avait la possibilité, Andy allait écouter son rival dans l'un ou l'autre salon où celui-ci était invité à se produire. Il l'emmenait ensuite dîner à son club, où l'on aperçut souvent Thomas en compagnie du secrétaire de sir Malcolm Hastings et d'un troisième personnage, un certain Peter Boyle, âme damnée d'Andy McCarthy. Le roué tendait les fils de sa toile ; Thomas et Grace s'y engluaient en toute innocence.

Enfin, le jour de passer à l'action était arrivé !

Andy avait alors envoyé son majordome à la jeune fille, pour la prier de lui faire la grâce d'une visite. Il désirait l'entretenir, en privé, d'une affaire de la plus haute importance. Une affaire qui concernait Thomas !

Pourquoi Grace se serait-elle méfiée ? Andy n'était-il pas un ami ? N'avait-il pas su respecter l'inclination de son cœur, en dépit de ses propres sentiments ? Elle avait donc répondu, en toute innocence, à son invitation.

A peine était-elle arrivée chez lui qu'Andy avait, enfin, joué sa grande scène. Il s'était effondré en larmes et avait avoué à son amie désemparée qu'il était toujours fou amoureux d'elle.

« J'ai tenu à respecter votre choix, Grace. J'ai sincèrement cru qu'il me serait possible d'être votre ami, mais c'est au-dessus de mes forces. »

Andy connaissait bien Grace et les mots qu'il fallait prononcer pour toucher son cœur. Il s'était donc montré aussi éloquent que convaincant. La jeune fille en avait été profondément bouleversée. Elle avait tenté de le consoler. Mais il était... inconsolable. Fut-ce l'art oratoire du jeune homme, ou le reste de tendresse d'une idylle passée, elle avait fini par le laisser s'abandonner dans ses bras. C'est alors que la porte s'était ouverte et que Thomas était arrivé — de manière d'autant plus « fortuite » qu'il se trouvait en compagnie de Peter Boyle. Andy avait soigneusement organisé le traquenard !

Thomas Charles Perkins avait toujours été choyé et adulé par ses proches ; il n'était pas préparé à affronter la trahison. Le choc de voir sa fiancée dans les bras d'un autre l'avait brisé. Grace avait tenté de lui expliquer la réalité de la situation ; il n'avait rien voulu entendre. Elle s'était effondrée, en pleurs, et l'avait supplié. Il s'était enfui, le désespoir au cœur.

Andy s'était confondu en excuses. Il avait juré d'aller parler à Thomas et de lui faire entendre raison. Là aussi, il avait tenu parole. Mais ce qu'il avait dit au jeune musicien ne correspondait en rien au message que Grace aurait voulu lui transmettre.

« Je conçois que vous me détestiez, Tom, mais Grace et moi sommes amoureux depuis longtemps. Nous avions même envisagé de nous marier. Et puis, un jour... J'ignore ce qui m'est passé par la tête. La peur, sans doute, de la médisance. Qui étais-je pour prétendre à la main de la fille de sir Malcolm, mon propre employeur ? Je lui ai exposé ma réflexion ainsi que mon intention de rompre ce qui, par bonheur, n'était pas encore un engagement. Nous en avons éprouvé beaucoup de chagrin l'un et l'autre. Mais elle a, je crois, compris mes scrupules et s'est engagée à respecter ma décision. C'est peu après que vous vous êtes rencontrés. Encore sous le choc de la rupture, elle s'est crue amoureuse de vous. Mais la date de votre mariage approchant, elle a réalisé qu'elle ne pouvait se mentir plus longtemps. Vous aurez constaté que j'avais pris mes distances avec les Hastings, bien que Grace m'ait souvent écrit pour me prier de revenir la voir. »

Et Andy avait tendu une main négligente vers un tas de lettres entourées d'une faveur bleue ; sans avoir à les parcourir, Thomas avait pu, d'un simple regard, reconnaître l'écriture fine et élégante de Grace sur la première enveloppe. Dès lors, comment aurait-il pu douter de la parole de son ami ?

« Grace n'a jamais cessé de m'aimer. C'est ce qu'elle était venue me dire. Je vous jure qu'il m'a fallu lutter contre mes sentiments, mais j'ai trouvé la force de lui dire que je n'avais pas le droit de vous trahir. Vous êtes mon ami. Je suis demeuré résolu, en dépit de ce que cela a pu me coûter. »

Il avait baissé la voix et c'est dans un souffle qu'il avait conclu :

« Je comprends mal la réaction qu'elle a eue à votre arrivée, Tom. J'imagine qu'en comprenant que je ne lui céderais pas, elle a voulu sauver ce qui pouvait l'être avec vous. »

Andy avait eu une moue dépitée pour ajouter :

« Ce n'est pas droit, Tom. Je suis déçu... »

Comment Thomas Charles Perkins aurait-il pu ne pas croire en la sincérité de son « ami » ? Il ne connaissait rien de la fourberie des êtres. Il n'avait jamais été confronté à des sentiments vils et bas.

« Je comprends, Andy. Malheureusement je serais incapable de revoir Grace. Je lui souhaite d'être heureuse. A vous aussi. Dites-le lui. Allons, Andy, vous l'aimez, ne luttez plus contre vos sentiments. La place est libre, désormais. Quant à votre déception, elle se dissipera au premier sourire de Grace. »

Andy avait baissé la tête et posé une main sur l'épaule du musicien.

« Je suis passé par là, Tom. Quand Grace m'a annoncé vos fiançailles, j'ai pensé m'enfuir à l'autre bout du monde. »

Thomas avait soupiré.

« J'en ferais bien autant ! Avec le temps et la distance, peut-être que... Ah ! Si elle avait tenté de me parler, j'aurais souffert, mais j'aurais pu comprendre. On n'est pas maître de son cœur. Seulement, là... j'ai le sentiment d'avoir été trahi.

— Je vous jure... ! » s'était exclamé Andy.

Thomas avait posé une main confiante sur l'épaule du fourbe.

« Je sais, Andy. Ce n'est pas à vous que j'en veux. comment pourrais-je douter de votre loyauté ? »

Les deux jeunes gens étaient demeurés silencieux pendant un long moment. Andy avait écrasé une larme hypocrite et, après un soupir profond, il avait fini par rompre le silence.

« Figurez-vous que, dans mon désespoir de voir les deux êtres que j'aimais le plus au monde s'unir pour la vie, j'avais formé le projet de partir pour la Chine ! »

Thomas avait levé la tête.

« La Chine ?

— Oui, lord Macartney met sur pied une ambassade comme on n'en a jamais vu. Il doit appareiller dans trois mois de Portsmouth pour Pékin.

— Pékin ! Je rêve depuis si longtemps de me rendre en Chine... avait murmuré Thomas.

— Vous ? » s'était exclamé Andy, feignant la surprise.

Andy McCarthy n'était pas homme à agir à la légère. Avant de mettre son projet à exécution, il avait glané le plus d'informations possible sur Thomas Charles Perkins. Il avait cherché son point faible, sachant que ce serait là qu'il lui faudrait porter le coup. Il avait ainsi découvert l'existence du père de Beauvais, qu'il avait été facile d'amener à parler de son élève. En conséquence, Andy n'ignorait rien du désir passionné de Thomas de découvrir l'opéra chinois. Ce que celui-ci s'était empressé de confirmer lui-même.

« Oui, vous ignorez sans doute que le père de Beauvais, ce vieux jésuite dont ma mère s'est entichée dans le Devon, m'a enseigné le chinois. »

Andy McCarthy en était resté bouche bée.

« Vous parlez le chinois ?

— A en croire mon maître, je ne me débrouille pas trop mal. Il prétend que je parle aussi bien que lui, mais je le soupçonne de me flatter.

— Je vois... Et c'est cela qui vous a donné l'envie de partir pour la Chine ?

— Pas exactement. Le père de Beauvais, connaissant ma passion pour la musique, m'a souvent parlé des opéras auxquels il assistait avec tant de plaisir pendant sa mission là-bas. Je suis ainsi devenu curieux de cet art qui me semble bien étrange. »

Perdu dans ses pensées, Thomas n'avait pas vu le sourire de celui qui se disait son ami.

« Tom ? Seriez-vous vraiment prêt à entreprendre un tel voyage ? » avait demandé Andy.

Thomas Charles Perkins avait haussé les épaules.

« Je ne vois pas ce qui me retient encore ici.

— Mais ne parle-t-on pas pour vous d'un poste à la Cour ? »

Thomas avait ri.

« On en parle, c'est exact, mais je suis un créateur, Andy, et un tel poste s'accompagne d'une telle somme de contraintes... »

Le musicien était exalté.

« Imaginez ce qu'une expérience comme la découverte d'un art plusieurs fois millénaire, et pourtant inconnu de l'Occident, représente pour moi ! Croyez-vous qu'un poste à la Cour puisse m'offrir des satisfactions comparables à celle-là ? Jamais ! »

Andy s'était gratté le menton.

« J'ai une dette envers vous, Tom. Je sais que rien ne compensera jamais le mal que je vous ai fait, mais... je m'engage à obtenir votre passage pour Pékin.

— Vous croyez que c'est possible ?

— J'en fais mon affaire, mon ami. C'est bien le moins... Cela prendra sans doute un peu de temps, mais je réussirai. Serez-vous à Londres dans les semaines qui viennent ? »

Thomas avait soupiré.

« Je ne suis pas certain de supporter Londres, ces jours-ci. Le Devon n'est pas la Chine, certes, mais là au moins je ne risque pas de croiser Grace.

— Je viendrai moi-même vous apporter les documents nécessaires à votre embarquement dès qu'ils seront en ma possession. J'en fais le serment. En attendant, Peter vous accompagnera dans le Devon. Je ne serais pas rassuré de vous savoir seul avec d'aussi sombres pensées. »

Andy McCarthy comptait que son âme damnée trouverait, le cas échéant, le moyen d'empêcher Thomas de rentrer à Londres pour avoir une explication directe avec Grace. Il avait pris congé du musicien et s'était empressé d'aller faire son rapport à la jeune fille.

« Je suis désolé, Grace, mais Thomas ne veut rien entendre. Je vous fais grâce de ses propos. Même blessé, il est des termes qu'un gentleman se doit de ne pas employer à l'égard d'une jeune fille qu'il dit avoir aimée. »

Grace, effondrée, avait remercié Andy de son dévouement. Elle s'était affirmée choquée du peu de confiance de son fiancé, qui refusait d'entendre sa défense.

Lorsqu'il avait quitté la fille de son employeur, Andy McCarthy avait hélé un fiacre et s'était fait conduire à son club, où devait se jouer une partie du destin de Thomas Charles Perkins.

8

— Bonsoir, Clive, ces messieurs sont-ils là ? demanda-t-il dès son arrivée.

— Dans le salon vert, monsieur McCarthy.

— Parfait.

Il confia sa redingote au majordome et s'empressa de rejoindre « ces messieurs ». Un petit homme gras se leva aussitôt pour le saluer.

— Andy ! Vous êtes en retard, mon ami.

Le jeune homme sourit.

— Je travaillais pour nous, lord Williams.

— J'y compte bien ! J'arrive tout juste de Canton, où la nouvelle de l'ambassade organisée par ce prétentieux de Macartney a provoqué un tollé général !

Peter avait précédé son ami pour accueillir leurs associés. Outre lord Williams, il y avait là un membre du comité de direction de la Compagnie britannique des Indes orientales, sir Donald Humphrey.

— Macartney a pour mission d'obtenir de Qianlong l'ouverture des frontières et... commença sir Donald, mais lord Williams ne le laissa pas poursuivre.

— Nous savons ! Mais nous savons aussi qu'aucun des organisateurs de ce beau projet n'a jamais mis les pieds en Chine.

— Milord... reprit sir Donald sans plus de chance d'achever sa phrase.

— Lord Macartney s'est brillamment illustré auprès de la tsarine de toutes les Russies, aux Caraïbes et à Madras. Je connais ses états de service aussi bien que vous, sir Donald, précisa lord Williams. Toutefois, la Chine n'est ni la Russie ni les Caraïbes, et encore moins Madras ! Pour traiter avec les Chinois, il faut se plier à leurs règles. Un homme comme Macartney n'est pas capable d'une telle souplesse. Je n'attends donc rien de lui ni de son ambassade.

— Que voulez-vous dire ? demanda sir Donald, irrité. Vous ne cessez de vous plaindre des contraintes qu'impose l'Empire du Milieu à nos commerçants... Vous devriez être content de...

Mais lord Williams l'interrompit à nouveau.

— Voilà une question qu'il aurait été sage de nous poser avant d'envisager tout ce déploiement de forces, rétorqua-t-il. Nous aurions pu vous suggérer de meilleurs moyens de dépenser l'argent de Sa Majesté le roi George.

— Messieurs, intervint Peter à qui Andy avait adressé un petit signe de tête, nous voilà partis sur de bien mauvaises bases. Je propose que nous commandions quelque cordial et que nous apaisions nos esprits.

Le service fait, Andy reprit la conversation à son compte.

— Voyons, lord Williams, je crois avoir compris que les contraintes qui vous sont imposées par les autorités chinoises nuisent gravement à nos affaires.

— C'est exact, grogna lord Williams. Dès que nous réussissons à négocier avec un fonctionnaire, il est déplacé et remplacé par un autre qui se montre inflexible. Tout est toujours à recommencer. Ces Chinois imaginent qu'ils sont le centre du monde. Ils estiment n'avoir besoin de rien de ce qui vient de l'extérieur.

— C'est pourquoi nous avons envisagé d'envoyer une ambassade... commença sir Donald.

— Sir Donald, l'interrompit lord Williams d'un ton faussement calme, on ne négocie pas avec le Fils du Ciel. On se soumet ! Savez-vous ce qu'il résultera de vos démarches ? L'Empereur se sentira humilié et il imposera des sanctions encore plus drastiques à tous les sujets britanniques, s'il ne leur ferme pas purement et simplement ses frontières. Au lieu de faire un pas en avant, nous en aurons fait dix en arrière et nous aurons perdu nos maigres acquis.

Le front de sir Donald Humphrey se plissa. Il n'était pas homme à s'entêter dans une voie sans issue. Il n'avait jamais mis un pied en Chine alors que lord Williams y vivait depuis plusieurs dizaines d'années. Il était donc prêt à lui accorder sa confiance.

— La Couronne ne reviendra jamais sur sa décision, murmura-t-il, songeur.

— C'est déplorable, gronda lord Williams.

— Sans doute, intervint Andy McCarthy, mais quand il s'avère impossible de modifier une situation, il convient d'étudier les moyens de la... contourner. Lord Williams, vos courriers m'ont permis de me faire une petite idée des difficultés que vous rencontrez à Canton. Si j'ai bien compris, notre problème consiste à trouver les moyens d'ouvrir un territoire qu'une maladresse officielle risque de nous fermer.

Lord Williams acquiesça. Il connaissait l'estime dans laquelle sir Malcolm tenait le jeune homme, que lui-même n'avait vu qu'une seule fois, lors de son dernier séjour à Londres. Cette rencontre lui avait permis d'apprécier son dynamisme et son audace.

— Sir Donald, c'est vous qui détenez la solution de notre problème.

— Moi ? s'exclama l'intéressé, surpris.

— Nous ne pouvons empêcher l'ambassade, soit. En conséquence, nous devons anticiper ses répercussions pour nos hommes dans la région et prendre les mesures qui s'imposent.

— Quelles sont donc ces mesures ? s'inquiéta sir Donald.

— Lord Williams... à vous de nous exposer votre idée, lança Andy en se carrant dans son fauteuil.

Le gros homme s'épongea le front, avala une rasade de whisky et, avec un air de conspirateur, exposa sa réflexion en veillant à replacer la situation actuelle dans son contexte.

— Les Mandchous, un peuple venu de Tartarie, ont pris le pouvoir en 1644, après avoir renversé la dynastie des Ming. De nombreux Chinois, excédés par l'incurie des derniers empereurs, se sont empressés de se rallier à la cause des nouveaux dirigeants. Mais d'autres n'ont jamais pu se résoudre à la domination d'un peuple venu de l'autre côté des frontières. Ces hommes ont organisé un mouvement de résistance, particulièrement actif dans le Sud. Pour l'heure, ils ont été défaits, mais divers groupes activistes continuent à rêver au retour des Ming. Longtemps, les récriminations de ces dissidents n'ont pas trouvé d'écho dans la population. La situation était stable sous le gouvernement mandchou et une certaine prospérité muselait les plus virulents loyalistes. Seulement, depuis que le nouveau Premier ministre sème la terreur dans les campagnes et extorque des impôts prohibitifs aux paysans, la grogne s'installe à nouveau. Un groupe en profite pour organiser patiemment une révolution. Or, il se trouve qu'un de nos hommes entretient des relations privilégiées avec leur leader.

— Où voulez-vous en venir, lord Williams ? s'impatienta sir Donald.

— Les opposants se recrutent désormais dans tout le pays. Ils sont un peu plus nombreux chaque jour, mais ils ne sont pas encore prêts à agir. Avant de sortir au grand jour, ils veulent être sûrs de disposer d'une force de frappe suffisante pour renverser le pouvoir en place. Or, il se trouve que nous pourrions les aider dans leur entreprise...

— De quelle manière ? s'enquit sir Donald, subitement intéressé.

— Voyons, sir Donald, intervint Andy, de quoi des révolutionnaires ont-ils besoin pour avoir une chance de vaincre l'armée en place ?

— Ils ont besoin d'armes ! répondit l'intéressé d'une voix blanche.

— Des armes, certes, mais des armes supérieures à celles de leurs adversaires, sir Donald. En d'autres termes, des armes britanniques ! triompha lord Williams. Des canons, notamment. Imaginez-vous que les Chinois, qui ont inventé la poudre il y a plusieurs siècles, ne l'ont jamais utilisée autrement que pour exécuter... des feux d'artifice !

De toute évidence, sir Donald ne goûtait pas l'ironie de la situation.

— Vous voulez que nous leur vendions des canons, je vous ai bien compris ? demanda-t-il avec gravité.

Andy McCarthy s'empressa d'intervenir avec tout le calme qui le caractérisait.

— Nous sommes parfaitement conscients que la Couronne ne peut être mêlée à un tel... négoce. Pas plus que la Compagnie britannique des Indes orientales ! C'est pourquoi j'ai organisé cette petite réunion... informelle.

— Il faut pourtant bien que quelqu'un leur vende ces armes, observa sir Donald.

— Ne vous souciez pas de ces questions, nous nous en chargeons. Tout passera par des commerçants indépendants, sans qu'aucune trace ne permette de remonter jusqu'à nous. En revanche, vous, vous avez un rôle à jouer dans cette affaire.

— Je vous écoute.

— Un rôle qui assurera votre fortune et celle de tous vos descendants, mon cher ami, ponctua lord Williams.

— Nous allons aider des révolutionnaires à renverser le pouvoir en place. Ensuite, soit ils nous sont reconnaissants pour notre aide et nous signons des traités dont Macartney n'ose même pas rêver...

— Et s'ils ne nous sont pas reconnaissants ? le coupa sir Donald. Ou si leur entreprise échoue ? Nous nous retrouvons à notre point de départ, n'est-ce pas ? Sauf qu'ils disposeront d'armes plus puissantes qu'aujourd'hui !

— Pas exactement, rétorqua lord Williams. Ils disposeront, effectivement, de nos armes, mais elles ne leur seront d'aucune utilité lorsqu'ils se trouveront à cours de munitions.

Lord Williams marqua un temps avant d'ajouter :

— Toutefois, nous devons nous réserver une porte de sortie.

— Tout juste ! s'exclama Andy. Il nous faut trouver le moyen de miner l'ensemble de leur système quoi qu'il arrive ! Or, si les insurgés échouent, nous disposons d'une arme encore plus puissante que les canons. Une arme qui ne fait pas de bruit. Une arme qui brise les volontés, qui soumet les êtres et les rend dépendants.

— Je n'ose vous précéder dans votre raisonnement, fit sir Donald en secouant la tête.

— Vous avez tort, mon cher ami, reprit lord Williams, car cela prouve que vous êtes arrivé à la même conclusion que nous.

Sir Donald se gratta le menton.

— L'opium, n'est-ce pas ?

— Vous en avez des quantités colossales aux Indes. Aujourd'hui, les Chinois en consomment fort peu, dans des circonstances très particulières...

— Vous voulez que je vous livre...

— Je veux que des vaisseaux chargés d'opium mouillent à Canton, sir Donald, conclut Andy McCarthy sur un ton de général en chef. Les ballots porteront de belles étiquettes avec des noms de thé ou de ce que voudrez. Sur place, nous nous chargerons de la distribution. Votre position vous permet d'agir sans en référer à la Compagnie. Ni vu, ni connu. Tout bénéfice pour vous...

— ... et pour nous, à Canton, ponctua lord Williams.

Sir Donald plongea son regard dans celui du jeune secrétaire de sir Malcolm.

— J'imagine que votre patron n'est pas au courant de cette démarche ?

— Tout ce qui se dit ici, sir Donald, doit demeurer strictement confidentiel, que vous nous suiviez dans l'aventure ou non, répondit Andy sans détourner les yeux.

— C'est une question de vie ou de mort, précisa Peter Boyle sur un ton presque menaçant.

Sir Donald semblait perdu dans de sombres réflexions. Quand il eut mis de l'ordre dans ses idées, il finit par dire :

— Il y a un problème dans votre bel échafaudage, messieurs. Si ni la Compagnie ni les commerçants de Canton, ni le gouvernement de Sa Majesté ne sont impliqués dans cette affaire, qui portera le chapeau en cas d'échec ?

— Vous mettez le doigt sur un point délicat, sir Donald, concéda lord Williams. Il nous faut trouver un bouc émissaire.

Andy McCarthy sourit.

— Messieurs, je viens de régler ce... point de détail. Mais nous allons encore avoir besoin de vous, sir Donald.

Devant l'expression inquiète de son interlocuteur, Andy s'empressa de poursuivre :

— Je souhaite que vous obteniez le droit de participer à l'ambassade Macartney pour un jeune homme de... mes amis, dit-il avec un regard en coin à Peter.

— Vous savez que lord Macartney tient à choisir personnellement tous les membres de sa suite.

— Je le sais. Je sais aussi que son voyage est financé en grande partie par la Compagnie britannique des Indes orientales. Pourrait-il se permettre de vous refuser une faveur ? D'autant que l'homme que vous lui recommanderez est un musicien de grand talent. Un compositeur pressenti pour le poste de maître de chapelle à la Cour. Seulement, il se trouve qu'il préfère s'embarquer pour la Chine, dans l'espoir d'y trouver le remède à une peine de cœur.

— Le nom de cette perle rare ? ironisa lord Williams.

— Thomas Charles Perkins, messieurs. Si les choses tournent mal, le ciel lui tombera sur la tête sans même qu'il ait compris ce qui lui arrivait.

— Thomas Charles Perkins, murmura sir Donald. J'ai bien connu son père. Quel raseur ! Il voulait toujours me dire comment mener ma barque au temps où je me mêlais encore de politique. La seule fois où j'ai suivi l'un de ses conseils, j'ai sauté !

— Vous êtes bien le seul à avoir jamais suivi un conseil de ce vieux filou, ricana lord Williams.

— Je l'ai maudit, gronda sir Donald, mais il est mort avant que j'aie pu lui rendre la monnaie de sa pièce. Bah ! Le fils paiera pour le père !

— Messieurs, nous sommes d'accord. Il nous reste à discuter des détails pratiques de cette affaire, mais réservons cela pour le dîner. En attendant de passer à table, je lève mon verre à l'ouverture de la Chine au commerce britannique.

— Santé ! s'exclamèrent les quatre hommes d'une même voix.

— Et n'oubliez pas, conclut Andy McCarthy d'un ton glacial, si un mot de cette conversation venait à filtrer...

Il n'eut pas à achever sa phrase. Son ton avait été assez éloquent.

9

Grace Hastings avait beaucoup pleuré. Elle n'avait pas compris que Thomas, qui prétendait l'aimer, n'ait même pas consenti à l'écouter. Qu'il se fût enfui en la découvrant dans les bras d'Andy, elle l'admettait aisément, mais qu'ensuite il lui ait fermé sa porte tout en conservant son amitié à Andy McCarthy, voilà qui la laissait désemparée. Elle ne pouvait même pas en vouloir à Andy, qui ne savait comment racheter son moment d'égarement. Le secrétaire de sir Malcolm avait multiplié les démarches auprès du musicien pour lui faire comprendre que Grace n'avait commis aucune faute. Qu'elle ne l'avait trahi à aucun moment. En vain. Or, Grace n'avait aucune raison de douter de la parole d'Andy, qui avait si souvent montré combien il était digne de confiance.

« Si seulement je pouvais lui parler, je suis sûre que je trouverais les mots capables de toucher son cœur. Il entendrait les accents de la sincérité dans ma voix. Thomas est un garçon sensible... »

Mais le jeune musicien avait quitté Londres sans confier à personne qu'il se retirait dans le Devon — à personne sinon à son *fidèle* ami, lequel s'était bien gardé de transmettre l'information à Grace. La malheureuse n'aurait sûrement eu aucune peine à retrouver son fiancé perdu si elle s'était adressée à la mère de Thomas. Lady Jane aurait d'emblée songé à la maison du Devon, qui lui avait si souvent servi de retraite. Seulement, Grace Hastings avait honte. Elle ne pouvait se résoudre à affronter un regard qu'elle supposait plein de reproche et de dédain. Ce en quoi elle se trompait. Lady Jane aurait, elle aussi, été capable de reconnaître les accents de la sincérité dans la voix de la jeune fille. Et puis, la chère dame, qui avait connu l'infidélité pendant tout le temps de sa vie conjugale, avait jugé légère l'attitude de son fils, qui accordait plus de poids à la parole de son propre rival qu'à celle de la jeune fille qu'il aimait éperdument. Cela, lady Jane avait eu beaucoup de mal à le comprendre, mais il ne lui serait jamais venu à l'idée d'adresser la moindre critique à son fils.

En réalité, lady Jane aurait été ravie de recevoir Grace et de lui exposer sa pensée. Elle l'aurait encouragée à se précipiter dans le Devon et à ne se fier qu'à elle pour représenter ses intérêts. Et surtout, à ne pas laisser Andy McCarthy s'exprimer en son nom ! Andy ! N'était-il pas la cause de tout ? Avec une femme — qui pourrait être sa fille, qui plus est —, lady Jane n'aurait eu aucune peine à s'exprimer.

Hélas, Grace Hastings était fort mal entourée et encore plus mal conseillée. Andy McCarthy avait non seulement l'oreille de la jeune fille, mais encore celle de son père, sir Malcolm, et le secrétaire fourbe ne se gênait pas pour communiquer à son employeur des informations aussi fantaisistes que mensongères.

« De mauvaises langues racontent que Thomas aurait quitté l'Angleterre... Il se serait rendu à Paris, lui avait ainsi confié Andy.

— Paris ? Mais la France est à feu et à sang... La royauté n'en a plus pour bien longtemps. Ces sauvages vont paraît-il trancher la tête de leur roi et installer une république...

— Ce serait justement la raison du départ de Thomas, avait expliqué Andy. Il aurait choisi de se joindre aux insurgés pour renverser le roi et participer à l'instauration de la république. Voyez comme ces bruits sont absurdes, sir Malcolm ! Thomas est un musicien, qu'irait-il faire dans une telle pétaudière ? En outre, je ne l'ai pas une seule fois entendu parler de politique. Royauté, république, je suis sûr qu'il ne fait pas la différence entre les deux. »

Andy inventait les rumeurs, puis il s'empressait de prendre la défense de son *ami* contre les « méchantes langues » ; en agissant ainsi, il savait pertinemment ce qu'il faisait. Il connaissait les sentiments de sir Malcolm à l'égard du musicien. Le père de Grace avait accepté de voir sa fille unir son destin à celui du violoncelliste, dont tout le monde parlait comme du prochain maître de chapelle de la Cour, mais sans le moindre enthousiasme. Il avait fait bonne figure à Thomas tant que celui-ci avait participé au bonheur de sa fille. Mais dès qu'il avait fait naître des larmes dans les yeux de Grace, sir Malcolm l'avait voué aux gémonies. Sa chère enfant avait, sans doute, commis une imprudence, au pire une indélicatesse, mais de là à la traiter comme une... malpropre ! De là à lui refuser tout crédit, non, non et non ! Monsieur Thomas Charles Perkins avait dépassé les bornes et, en se comportant de la sorte, il s'était fait un ennemi.

« Vous êtes jeune, Andy, mais vous n'avez pas l'ingénuité de votre ami, avait rétorqué sir Malcolm. Vous ne pouvez donc pas comprendre ce genre de réaction. Monsieur Perkins est un artiste et il souffre, monsieur Perkins est malheureux, monsieur Perkins nage en plein désespoir, aussi monsieur Perkins s'est-il mis en tête de brûler tout ce qu'il a adoré. A commencer par le bonheur de ma fille ! Et comme cela ne lui suffit pas, il décide de détruire la société même qui lui a offert une existence tellement choyée qu'au premier revers il perd la tête. Mais attention ! S'en prendre à une couronne solidement posée sur la tête de notre bon roi George, voilà qui serait au-dessus de ses forces ; cela demanderait plus de courage qu'il n'en a. En revanche, aller donner une chiquenaude à une couronne déjà branlante sur la tête de leur Louis, cela ne réclame pas trop d'énergie.

— Vous êtes dur envers Thomas, sir Malcolm, s'était récrié Andy. J'ai appris à le connaître ces derniers temps ; c'est un garçon sensible et je suis sûr que ces bruits relèvent de la calomnie pure et simple.

— Décidément, mon bon Andy, seriez-vous aussi naïf que ce musicien ? Allons, oublions ce garçon. Venez dîner à la maison, ce soir. Le moment est propice pour vous, ce me semble. Une femme n'est jamais plus fragile que lorsqu'elle est désespérée. Celui qui sait lui tenir la main dans ces moments-là s'assure déjà d'une parcelle de son cœur. Or, je n'oublie pas que Grace vous l'avait déjà presque accordé tout entier. »

Le jeune secrétaire avait pris son air le plus abattu pour répondre :

« Je crois qu'il serait plus sage que je m'abstienne de fréquenter votre table pendant quelque temps, sir Malcolm. N'oubliez pas que je suis entièrement responsable du drame que vit Grace.

— Le drame ? Le drame ! Quel grand mot pour une bien petite chose ! Voyons, Andy, vous imaginez la vie que ce gratteur de boyaux de chat[1] aurait pu lui offrir ? Maître de chapelle à la Cour ! En voilà une bien noble ambition ! Une existence coincée entre ronds de jambe et révérences. combien de temps Grace aurait-elle supporté cela ? Elle, dont toute l'enfance et la jeunesse ont été bercées par les parfums de l'Inde, elle aurait été confinée sur cette île devenue trop étroite pour le monde que des hommes comme vous et moi s'emploient à créer. Elle n'aurait jamais quitté l'Angleterre. Elle n'aurait jamais eu l'occasion de découvrir le monde, aux côtés de son maître de chapelle. Alors que l'Empire est si vaste ! Une vérité que vous avez comprise, mon garçon. Avec vous, mon cher Andy, c'est le monde qui s'ouvre à ma fille. »

1. Autrefois, les cordes des violons, violoncelles, violes de gambe, etc. étaient en boyaux d'animaux ; aujourd'hui, il leur arrive d'être métalliques.

Le monde... Grace n'en demandait pas tant. Le soir même, au cours du dîner auquel participait Andy McCarthy, sir Malcolm rapportait à sa fille les propos de son secrétaire concernant la fuite à Paris de Thomas Charles Perkins. Le brave homme évita de préciser la source de ses informations. Il allait jusqu'à les attribuer à un collaborateur qui aurait assisté, par le plus grand des hasards, à l'embarquement du musicien. Andy s'était bien gardé de relever le mensonge. Il s'était contenté de prendre à nouveau la défense de son ami, ce qui lui avait valu de la part de Grace un regard plein de reconnaissance.

Quand ils s'étaient retrouvés seuls, sir Malcolm s'étant, fort opportunément, retiré pour fumer dans sa bibliothèque, Grace s'était empressée de demander :

« Andy, croyez-vous que Thomas ait effectivement pris le bateau pour la France ? »

Andy avait fait la grimace.

« J'imagine mal Tom allant prêter main-forte aux révolutionnaires français pour renverser leur roi. Seulement, je dois bien avouer qu'en dépit de toutes mes recherches je n'ai pas réussi à retrouver sa trace. Sa mère elle-même ignore où il se trouve. »

Un mensonge n'est dangereux que si l'on n'a pas de parade prête pour le cas où il serait éventé. Andy connaissait bien Grace, qui lui avait confié qu'elle n'oserait jamais aller frapper à la porte de lady Jane. Toutefois, si elle parvenait à surmonter sa honte, ou si quelque amie lui transmettait une information contradictoire, Andy n'aurait qu'à affirmer qu'il tenait lui-même ses renseignements de Peter Boyle, lequel avait donc mal fait son travail, ou encore laisser entendre que lady Jane lui avait menti délibérément, sachant qu'il était responsable de la détresse de son fils. Et puis, Andy aimait jouer avec le feu.

Après avoir cédé à la tristesse, Grace avait succombé à la déception. Si Thomas l'avait aimée, comme il le prétendait, il n'aurait pas fait la sourde oreille à ses suppliques. Puis, après la déception, c'était la colère qui s'était emparée d'elle. Comment son fiancé pouvait-il se montrer aussi impitoyable ? Comment pouvait-il la juger sans même avoir entendu sa défense ? Dès lors, Andy avait pu reprendre ses visites régulières à la jeune fille, qui n'hésitait plus à s'afficher en sa compagnie.

Le jeune secrétaire de sir Malcolm n'avait jamais paru aussi enjoué. Il faut dire qu'il avait le sentiment que tout lui souriait. En France, les révolutionnaires avaient renversé le roi. A Southampton, l'ambassade Macartney avait appareillé, avec à son bord un Thomas Charles Perkins ravi de mettre le monde entre Grace Hastings et lui. Tout se déroulait comme le jeune ambitieux l'avait prévu. Il s'offrit même le luxe de prendre à nouveau la défense de Thomas en présence de Grace et de son père.

Sir Malcolm, qui avait formé le projet d'écrire ses mémoires, avait été invité chez l'éditeur Joseph Johnson, qui donnait des réceptions tous les quinze jours, lesquelles rassemblaient des personnes originaires de mondes très divers. A côté d'hommes d'affaires et de politiciens, on trouvait des écrivains et des philosophes comme Thomas Paine, William Goodwin ou la toute nouvelle coqueluche du monde littéraire, Mary Wollstonecraft. Ce soir-là, la discussion portait essentiellement sur l'ambassade Macartney. Andy attendit le moment propice pour placer son intervention :

— Sir Malcolm, vous souvenez-vous des rumeurs qui avaient envoyé Thomas Perkins à Paris ? Eh bien, elles étaient sans fondement.

Sir Malcolm, qui avait déjà oublié que l'information lui avait été transmise par son jeune secrétaire, s'empressa de réagir.

— Voyons, Andy, un de mes courtiers l'a vu monter dans un bateau pour la France !

Le vieux commerçant avait une tendance prononcée à croire en ses propres mensonges — tendance sur laquelle Andy McCarthy n'avait pas hésité à miser.

— Pardonnez-moi, sir Malcolm, mais votre courtier aura été victime d'une méprise, je vous l'assure. Thomas s'est bel et bien embarqué, mais en aucune façon à destination de Paris.

Le cœur de Grace Hastings s'était mis à battre la chamade.

— Et quelle est sa destination ? demanda-t-elle en s'efforçant d'adopter un ton détaché.

— La Chine ! asséna Andy, sûr de son effet.

— Impossible ! s'exclama sir Malcolm. D'ailleurs, que serait-il allé faire en Chine ?

— Expliquez-vous, Andy, insista Grace.

— Je tiens mes informations de lord Williams lui-même, répondit le jeune secrétaire. Thomas s'est mis en tête de profiter de l'ambassade Macartney pour aller enseigner la musique à ces gens avec qui nous espérons tisser des liens commerciaux. L'entreprise me paraît noble et... désintéressée.

— Moi, elle me paraît absurde, rétorqua sir Malcolm. Il y a bien d'autres priorités, pour l'heure, que d'aller jouer du violoncelle chez ces barbares.

— Sir Malcolm, insista Andy, il me semble que la démarche de Tom peut présenter quelque intérêt, même sur le plan commercial...

— Allons, Andy, je connais votre amitié pour ce jeune fat, mais ne la laissez pas vous égarer. Ce voyage n'aura d'autre intérêt que d'enseigner un peu à monsieur Perkins ce qu'est la vie. Une lutte et non un rêve éveillé.

Andy échangea un regard d'impuissance avec Grace, qui lui offrit un sourire empreint de reconnaissance. Elle avait beau nourrir de la rancœur à l'encontre de son ex-fiancé, elle ne supportait pas de l'entendre ainsi dénigrer.

Au moment où, le repas terminé, les hommes se levaient pour gagner le fumoir, Andy glissa à l'oreille de Grace :

— Maintenant que nous savons Thomas parti pour l'autre bout du monde, Grace, je puis, enfin, me risquer à vous poser une question qui me brûle les lèvres depuis des mois : accepterez-vous de m'épouser ?

La jeune fille demeura sans voix. Cette demande ne la surprenait pas. Elle était la conclusion naturelle de la tournure qu'avaient prise ses relations avec le jeune secrétaire de son père. Avant qu'elle ait pu rassembler ses esprits, Andy avait discrètement posé un doigt sur ses lèvres et avait murmuré :

— Ne me répondez pas tout de suite, Grace, prenez le temps de réfléchir. Je sais que vous sortez d'une période particulièrement douloureuse. Peut-être craignez-vous d'être trahie une nouvelle fois. Je comprendrais et je saurais me montrer patient.

Et il avait tourné les talons pour rejoindre les autres invités.

Grace l'avait regardé s'éloigner avec un sentiment de gratitude. Non, elle ne redoutait pas d'être à nouveau trahie. Andy avait toujours su respecter ses choix, et il n'avait à aucun moment ménagé sa peine pour tenter d'infléchir l'intolérant Thomas. En ce moment même, il témoignait d'une prévenance dont peu d'hommes auraient su faire montre en pareille circonstance.

— Ce jeune homme est trop poli pour être honnête, murmura une jeune femme à son oreille.

Grace Hastings sursauta et découvrit le visage souriant et légèrement ironique de Mary Wollstonecraft[1]. Mary était, depuis peu, une personnalité respectée et admirée dans les milieux mondains, où son livre *Défense des droits de la femme*

1. Mary Wollstonecraft est considérée comme l'un des architectes du féminisme moderne. Elle épousa le philosophe William Goodwin avec qui elle eut une fille, Mary Shelley.

alimentait de nombreuses conversations. Grace avait eu l'occasion de sympathiser avec elle, au temps où celle-ci était employée comme gouvernante chez un couple d'amis de son père. La position de Mary à l'égard du mariage était connue de tous et sa vie, que d'aucuns n'hésitaient pas à qualifier de dissolue, ne lui valait pas que respect et admiration. Grace ne fut donc ni surprise ni choquée de la remarque de celle qui prônait haut et fort l'absurdité de l'union conjugale.

— Détrompez-vous, Mary, Andy est un garçon d'une grande probité, s'empressa-t-elle pourtant de rétorquer.

— Ma chérie, vous oubliez que ce jeune homme d'une grande probité n'est pas sans reproche dans l'affaire qui vous bouleverse tant.

— Qui m'a bouleversée, rectifia Grace.

Mary lui saisit le nez et le pinça très légèrement, comme si elle avait affaire à un enfant.

— Grace, nous sommes amies depuis suffisamment longtemps pour que je me permette de vous parler franchement. Je vous ai observée, ce soir, lorsque ce « cher » Andy a évoqué votre fiancé voyageur. Votre émotion était évidente. Ne me dites pas que Thomas Charles Perkins vous est devenu indifférent.

— Andy porte sans doute une part de responsabilité dans ce qui est arrivé, Mary, répliqua Grace piquée au vif, mais il a fait tout ce qui était en son pouvoir pour m'obtenir une entrevue avec Thomas, qui n'a rien voulu entendre.

— Grace, croyez-vous vraiment qu'Andy, l'homme dans les bras duquel vous a surpris votre fiancé, était le meilleur intermédiaire possible ?

La question laissa la fille de sir Malcolm sans voix. Elle ne se l'était encore jamais posée. Andy avait si bien su endormir sa confiance qu'elle n'avait pas seulement songé à remettre en cause sa qualité d'ambassadeur auprès de son fiancé. Subitement, elle réalisait que Thomas était désormais hors de sa portée et perdu sans espoir de retour. Elle ne mit pas pour autant en doute la bonne foi d'Andy ; elle se contenta de se reprocher sa candeur.

— Où étiez-vous, ces derniers mois ? demanda-t-elle à Mary d'une voix qui trahissait le sens de ses réflexions.

Mary Wollstonecraft poussa un profond soupir.

— J'étais perdue dans une relation passionnelle, qui, hélas, ne pouvait rien m'apporter, ma chère amie. Mais que voulez-vous ? Quand nous manquons de recul, il nous arrive d'être aveugles et sourdes tout à la fois. On s'étonnera ensuite que je vilipende cette institution aberrante qu'est le mariage !

Grace réussit à sourire.

— Mary, j'ai été stupide, j'en conviens, mais ne jugez pas mal Andy pour autant. Il manquait de recul, autant que moi.

La jeune femme fit la moue.

— Sans doute, Grace, sans doute, mais prenez le temps de voir clair en vous-même avant de vous lancer dans une nouvelle aventure sentimentale. Voyons, pourquoi ne m'accompagneriez-vous pas à Paris ?

— Vous partez pour Paris ? Mais la révolte fait rage, là-bas ! On massacre à tour de bras.

Mary balaya l'air de la main.

— Quand votre heure viendra, Grace, elle sonnera dans la quiétude de votre résidence aussi bien que dans la tourmente, croyez-moi. Vous avez besoin de vous changer les idées.

— Je ne sais pas, murmura Grace. Andy est si prévenant ! Il a déjà sacrifié ses sentiments une fois, je serais bien cruelle en l'obligeant à...

— Vous ne l'obligerez à rien, mon amie. A rien d'autre qu'à un peu de patience.

Grace connaissait le tempérament volontaire de Mary et ne désirait pas poursuivre plus avant cette conversation.

— Je promets de réfléchir à votre invitation, Mary. Mais accordez-moi quelques jours, voulez-vous ? Pour l'instant, j'en veux beaucoup trop à Thomas de ne pas m'avoir accordé une seule entrevue, de ne pas m'avoir donné la chance de m'expliquer.

La jeune femme haussa les épaules.

— La rancœur n'est jamais que l'un des multiples travestissements de l'amour. Croyez-moi, je sais fort bien de quoi je parle.

Grace fit la moue. Mary lui pinça à nouveau le nez et déclara :

— Je ne quitterai pas Londres sans vous en informer.

Elle prit ensuite congé de son amie.

Mary Wollstonecraft sentait que Grace avait besoin de se retrouver seule avec ses réflexions. Elle sentait aussi que la fille de sir Malcolm ne l'accompagnerait pas à Paris, car elle préférerait répondre à la demande de ce jeune ambitieux d'Andy McCarthy. Quelle dommage ! Grace méritait mieux qu'un coureur de dot, mais nul ne pouvait choisir son destin à sa place.

Grace, troublée par les propos de son amie, demanda à son hôtesse de bien vouloir l'excuser auprès de son père et de monsieur McCarthy.

— Dites-leur, voulez-vous, que je suis indisposée par une violente migraine et que j'ai préféré rentrer sans les attendre.

10

Grace marcha dans l'air frais de la nuit. Avait-elle été sotte ! Mary avait raison, bien sûr. Andy avait mis tout son cœur dans ses démarches auprès de Thomas, mais il était la dernière personne à qui elle aurait dû confier une telle mission. Certes, Andy était devenu le meilleur ami de Thomas, mais le jeune musicien ne pouvait manquer de lui garder rancune. Andy avait eu beau assurer Grace qu'il n'en était rien, que toute la rancœur de Thomas était dirigée contre sa fiancée, elle aurait dû au moins tenter une démarche personnelle. Elle aurait dû surmonter son orgueil.

Elle aurait dû... Hélas, elle n'en avait pas été capable. Et maintenant, Thomas voguait vers les mers de Chine. Mon Dieu, quelle idée avait-il eue de s'embarquer pour une telle expédition ! Oh, bien sûr, elle n'ignorait rien de sa curiosité à l'égard de la musique de l'Empire du Milieu, pas plus que de sa maîtrise du chinois. Thomas lui avait si souvent parlé du père de Beauvais... Mais de là à entreprendre une navigation de plusieurs mois... Cela signifiait-il que Thomas l'aimait toujours ? Ne cherchait-il pas simplement à mettre de la distance entre elle et lui ? Aurait-il agi ainsi si ses sentiments étaient morts ?

Grace se sentait perdue en pleine tourmente. Certes, cela n'enlevait rien au fait que Thomas avait refusé de lui parler. Il restait qu'il l'avait condamnée sans prendre la peine d'écouter sa défense ! Mais peut-être portait-elle sa part de responsabilité dans le mutisme de son fiancé. Elle lui avait adressé le seul messager qui ne pouvait réussir à percer la carapace sous laquelle Thomas avait protégé son cœur.

La jeune fille ne savait plus comment réagir à la demande d'Andy. Mary avait sûrement raison de lui conseiller de prendre du recul, mais elle n'était pas sûre d'avoir assez de courage pour s'embarquer avec l'audacieuse écrivain pour un pays en proie aux tumultes d'une révolution. Et de toute façon, elle voulait d'abord s'entretenir avec Andy. Il le méritait. C'était elle qui avait commis l'erreur de lui confier ses intérêts. Elle ne pouvait lui tenir grief de sa propre sottise.

Andy McCarthy avait souvent répété à son amie que sa porte lui serait toujours ouverte. De jour comme de nuit. Grace réalisa qu'elle ne parviendrait pas à trouver le sommeil. Elle ne réussirait pas à calmer ses esprits tant qu'elle ne se serait pas entretenue avec Andy. Elle ne savait pas très bien ce qu'elle attendait de cet échange, mais elle était sûre qu'Andy trouverait les mots pour l'apaiser. Il était le seul être à qui elle pût se confier.

Surmontant sa réserve naturelle, elle héla un fiacre et donna au cocher l'adresse du secrétaire de son père. Le jeune homme habitait un vaste appartement dans le même quartier que Thomas — hélas, Thomas n'habitait plus Londres désormais. La traversée de Kensington en fut d'autant plus douloureuse pour Grace. Dieu, combien les souvenirs heureux peuvent engendrer de souffrance !

Andy, dont la situation financière s'était considérablement améliorée depuis qu'il était entré au service de sir Malcolm — et plus encore depuis qu'il dirigeait l'affaire du brave homme vieillissant sans l'informer de toutes ses initiatives —, avait aujourd'hui à son service une cuisinière et un majordome. Quand Grace sonna à sa porte, ce fut ce dernier qui vint lui ouvrir.

— Bonsoir, Mademoiselle Grace. Je croyais que Monsieur était avec vous.

— Il l'était, Edward, il l'était, mais monsieur McCarthy doit encore fumer avec ces messieurs, alors que j'ai dû me sauver par la faute d'une affreuse migraine... Je souhaiterais l'attendre dans le salon.

— Comme Monsieur le dit toujours : « Mademoiselle Grace est ici chez elle ».

Grace s'était installée dans le salon où Edward avait réactivé le feu dans l'âtre avant de se retirer pour attendre le retour de son maître. La jeune fille, rompue par la fatigue et l'émotion, n'avait pas tardé à s'endormir dans son fauteuil.

Le feu brûlait toujours quand elle rouvrit les yeux. Des voix lui parvenaient de l'entrée. Elle reconnut aussitôt celle d'Andy. Il était, de toute évidence, accompagné de Peter Boyle. Grace n'aimait pas beaucoup ce garçon. Elle ne comprenait pas qu'Andy ait pu accorder son amitié à un être qui lui glaçait les sangs — Peter Boyle lui faisait songer à un serpent. La voix d'Edward se joignit bientôt aux deux autres, mais Andy le congédia aussitôt.

— Laissez-nous, Edward, je dois m'entretenir avec monsieur Boyle.

— Je voulais juste signaler à Monsieur..., tenta de glisser le majordome, mais Andy ne lui laissa pas terminer sa phrase.

— Edward ! Je vous ai demandé de nous laisser, je crois. Ne vous ai-je pas dit que je dois m'entretenir avec monsieur Boyle de choses urgentes ? Ce que vous avez à me dire serait-il si important que vous vous autorisiez à m'interrompre et à me désobéir ? Allez, du balai, mon vieux !

Grace demeura consternée. Andy, toujours d'une politesse à la limite de l'obséquiosité, ne l'avait pas habituée à ce genre de propos. Il devait être profondément contrarié pour traiter de la sorte son majordome.

Elle attendrait que Peter fût parti pour rejoindre son ami. Cela donnerait à celui-ci le temps de se calmer.

— Alors, quelles sont les dernières nouvelles, Peter ?

— La flotte a perdu le *Jackall*, mais par bonheur notre homme se trouve à bord de l'*Indostan.*

— Quelle chance ! Il ne manquerait plus qu'une tempête nous l'envoie par le fond !

Peter éclata de rire.

— Ce serait surtout gênant pour nos amis de la Compagnie des Indes orientales, fit-il avec une ironie mordante. Plus de bouc émissaire pour porter le chapeau en cas de difficulté, mais pour vous, cela ne changerait pas grand-chose.

— Vous avez raison, Peter, concéda Andy sur le même ton que son compagnon. Que ce malheureux Thomas périsse en mer ou en Chine, cela m'importe peu, somme toute. L'essentiel est qu'il ne réapparaisse pas avant que la petite dame ait dit « oui » !

Grace porta la main à sa bouche pour étouffer un cri de surprise. Se pouvait-il qu'Andy parlât d'elle ? Qu'il fût aussi cynique ? L'avait-elle si mal jugé ? Non, c'était impossible. Elle devait être victime d'un cauchemar. Elle n'allait pas tarder à se réveiller. Eperdue, elle regarda autour d'elle. Non, elle ne rêvait pas. Les deux hommes continuaient à parler, mais son émotion était telle qu'elle ne comprenait plus ce qu'ils se disaient.

Mon Dieu, comment Andy réagirait-il en la découvrant ici ? Il comprendrait qu'elle avait surpris sa conversation avec Peter. Elle devait trouver le moyen de s'enfuir sans que les jeunes gens ne se doutent de sa présence. Elle s'approcha de la porte du salon en prenant soin de ne pas faire de bruit, mais son cœur battait si fort dans sa poitrine qu'elle avait le sentiment que toute la maisonnée devait l'entendre.

Au même instant, elle vit la porte s'ouvrir devant elle et Edward pénétrer dans la pièce. Grace sentit une sueur glacée lui parcourir l'échine. Andy et Peter s'étaient installés dans le bureau, juste à côté du salon. Il ne fallait pas qu'ils la découvrent ici. Pas après ce qu'elle venait d'entendre ! Edward s'empressa de la rassurer. Le majordome posa un doigt sur ses lèvres. Il se dirigea vers la cheminée et raviva le feu. Il fit signe à Grace de rester près de la porte du salon ouvrant sur le vestibule. Puis il ouvrit la porte à double battant du bureau et annonça :

— Monsieur, j'ai allumé du feu dans la cheminée. J'ai pensé que vous seriez mieux ici pour discuter avec monsieur Boyle.

Grace entendit les deux hommes qui repoussaient leur fauteuil. Dans un instant, ils allaient la surprendre.

— Bonne initiative, Edward, lança Andy. Servez-nous un scotch, mon garçon, et laissez-nous.

Edward fit signe à Grace de s'esquiver. La jeune fille se glissa dans le couloir et se dirigea sur la pointe des pieds vers la porte d'entrée. Dans le salon, la conversation avait repris, toujours aussi animée. Grace ne se décidait pas à partir. Elle voulait en entendre plus, mais Edward sortit à son tour et, tout en refermant la porte derrière lui, il lui indiqua que la voie était libre. Comment lui expliquer qu'elle voulait maintenant espionner son maître ?

— Dès que j'aurai épousé Grace, je me débarrasserai du vieux et le monde sera à nous, Peter. Sir Malcolm est un fossile. Dès que nous ne l'aurons plus dans les pieds, nous aurons les coudées franches pour introduire l'opium en Chine.

A ces mots, Grace faillit hurler, mais Edward qui l'avait rejointe posa une main sur sa bouche. Il poussa ensuite la jeune fille vers le palier, et là, il murmura :

— J'écoute toujours aux portes. Monsieur dit que ce n'est pas bien. Moi, je dis : parfois c'est bien.

— Merci, Edward. Mais je voudrais encore écouter, moi aussi, murmura-t-elle dans un souffle.

Le majordome secoua la tête.

— Vous m'en demandez trop, Mademoiselle Grace. Si Monsieur découvre que je me suis fait votre complice, il ne sera pas content et il sait se montrer très violent.

Grace comprit qu'il ne servirait à rien d'insister.

— Merci, Edward, murmura-t-elle.

Grace erra dans les rues de Londres, l'esprit en feu. Elle s'était montrée stupide. Comment avait-elle pu accorder sa confiance à un tel misérable ? Les événements des derniers mois s'éclairaient subitement d'un jour bien différent. Tout n'avait été qu'odieuse machination. Elle avait été la dupe d'un forban. Les idées se pressaient dans sa tête. Le rendez-vous chez Andy, la déclaration du jeune homme, leur étreinte, l'arrivée ô combien fortuite de Thomas... accompagné de Peter Boyle ! Dieu, combien il avait dû souffrir ! Comment avait-elle pu se laisser bercer par les belles paroles d'un monstre tel qu'Andy ?

Elle devait s'empresser de raconter ce qu'elle avait entendu à son père. Lui aussi était en danger. Mais sir Malcolm accordait une telle confiance à Andy... Ecouterait-il sa fille ? Ne verrait-il pas, dans ses déclarations, le désir de châtier l'homme qui lui avait fait perdre celui que, de toute évidence, elle aimait toujours ? Sir Malcolm était un brave homme, il adorait sa fille, mais il ne comprenait rien aux sentiments. Grace marchait de manière presque machinale. Elle se retrouva ainsi devant l'imposante bâtisse familiale, sans savoir comment ses pas l'avaient ramenée chez elle. Elle franchit la porte cochère de l'hôtel particulier, gravit les marches du perron, pénétra dans le hall d'entrée. Son père sortait de sa bibliothèque et se dirigeait vers le grand escalier ; il s'apprêtait à gagner sa chambre.

— Oh ! mon enfant, je vous croyais déjà endormie !

Le vieil homme fronça les sourcils en voyant l'attitude désorientée de sa fille.

— D'où venez-vous à une heure aussi tardive ? demanda-t-il.

Grace regardait son père, elle voyait ses lèvres bouger, mais les mots qu'il prononçait ne parvenaient pas jusqu'à son cerveau. Elle ouvrit la bouche, mais pas un son n'en sortit.

Quand Grace reprit ses esprits, elle était allongée dans son lit. Elle commença par regarder autour d'elle, sans très bien réaliser ce qui lui arrivait. Le sang battait avec force à ses tempes. Sa vue était trouble. La vieille Fanny était assise à son chevet. La brave gouvernante, qui veillait sur elle depuis la mort de sa mère, affichait une expression catastrophée. Quand elle vit sa maîtresse ouvrir les yeux, elle poussa un soupir de soulagement.

— Mon Dieu, Mademoiselle Grace, vous nous avez fait une de ces peurs !

— Que m'est-il arrivé ? s'enquit la jeune fille d'une voix faible.

— Vous êtes rentrée au milieu de la nuit, l'autre soir, s'empressa d'expliquer la vieille Fanny, et vous avez perdu conscience au pied du grand escalier. Depuis, vous n'avez pas cessé de délirer.

— Délirer ? répéta Grace. L'autre soir ? Mais depuis combien de temps est-ce que je... délire, Fanny ?

— Cela fait deux jours entiers, Mademoiselle.

— Deux jours entiers ?

La jeune fille essaya de se redresser, mais la gouvernante se précipita pour l'en empêcher.

— Le médecin a dit que vous deviez rester allongée. Vous avez encore de la fièvre.

Grace ne parvenait pas à mettre de l'ordre dans ses pensées. Que lui était-il arrivé ? Avait-elle eu un malaise ? Oui, ce devait être ça. Elle se souvenait vaguement d'une conversation avec Mary Wollstonecraft. C'était chez l'éditeur Joseph Johnson. Oui, Mary lui avait parlé d'un voyage à

Paris. Elle avait dû la contrarier par ses réflexions sur Andy. C'était cela sans doute qui...

Mais l'évocation d'Andy fit monter un cri aux lèvres de la jeune fille. Tout lui revenait, maintenant. Andy, Peter, et leurs propos affreux. La gentillesse d'Edward et sa fuite dans la nuit.

— Vous voilà enfin éveillée, ma fille.

La porte venait de s'ouvrir. Le cri de Grace avait attiré son père. Le vieil homme paraissait contrarié. Dès qu'elle le vit, Grace se redressa, malgré les exhortations de sa gouvernante.

— Père, je dois vous parler... commença-t-elle — mais sir Malcolm ne la laissa pas poursuivre.

— Vous m'avez déjà beaucoup parlé pendant votre délire, ma fille.

— Qu'ai-je dit, Père ? s'enquit-elle.

— Des monstruosités, Grace. Je préfère ne pas vous les répéter.

— Je vous en prie, Père, de quoi était-il question dans mon... délire ?

Le vieil homme hésita et finit par lâcher :

— Il était question d'Andy, de ce... Thomas, de vous, de moi, et...

Sir Malcolm leva les yeux au ciel et ajouta :

— ... d'opium ! Du délire, vous dis-je, mon enfant ! Des monstruosités !

— Mais ce ne sont pas des monstruosités, Père.

— Il suffit, Grace. Je conçois que vous soyez malade, et j'entends que vous receviez les meilleurs soins, mais que vous preniez vos délires pour la réalité, non !

— Père !

— Grace, la coupa le vieil homme d'un ton sec, je n'avais pas mesuré à quel point ce gratteur de boyaux de chat vous avait tourné l'esprit. Il est parti pour la Chine, aujourd'hui. Bon débarras ! Je vous prierai de ne pas reporter votre rancœur sur Andy, qui n'a pas cessé de venir prendre de vos nouvelles. Si le pauvre garçon avait entendu les propos que vous teniez durant vos délires... Par bonheur, le médecin et moi-même lui avons interdit l'entrée de votre chambre. Reprenez vos esprits, mon enfant.

Grace demeura sans voix. Son père ne la croyait pas et il ne la croirait jamais. Dans son état normal, elle aurait déjà eu toutes les peines du monde à lui faire entendre raison, mais il avait fallu qu'elle lui dévoile la vérité sur son secrétaire alors même qu'elle délirait. Jamais le vieil homme n'accorderait crédit à son histoire. Il demeurerait persuadé que celle-ci était le produit d'un esprit malade.

— Je ferai selon votre volonté, Père.

— Alors, prenez bien vos potions, mon enfant, et reposez-vous. Le médecin prétend que le repos est le meilleur remède. Nous parlerons de votre avenir lorsque vous serez à nouveau sur pieds.

— De mon avenir ? s'exclama Grace.

— Lorsque vous serez sur pieds, Grace, répéta sir Malcolm.

Le vieil homme posa un baiser sur le front de sa fille. Une larme brillait au coin de son œil droit, mais il fit un effort pour la retenir.

— Vous m'avez fait peur, murmura-t-il pourtant avant de sortir de la chambre.

Grace était bouleversée.

— Fanny, il a parlé de mon avenir. Je suis sûre que tu as entendu quelque chose. De quoi s'agit-il ?

La gouvernante se rapprocha pour lui répondre.

— Monsieur McCarthy a officiellement demandé votre main à Monsieur votre père.

— Mon Dieu ! s'exclama Grace, défaite. Père a accepté, n'est-ce pas ?

— Je le crains, Mademoiselle.

Grace posa un regard surpris sur sa vieille gouvernante.

— Tu le crains, Fanny ? demanda-t-elle.

— J'ai tout entendu. Tout ce que vous avez dit pendant ce que Monsieur votre père appelle votre délire.

La vieille femme secoua la tête.

— Je ne crois pas, moi, que vous déliriez. Oh, bien sûr, vous étiez malade et vous ne saviez pas ce que vous disiez, mais je suis sûre que vous racontiez ce que vous avez entendu. Moi, je n'ai jamais fait confiance à ce monsieur McCarthy. Il est trop poli pour être honnête.

« Ce jeune homme est trop poli pour être honnête. » Exactement les mots qu'avait prononcés Mary Wollstonecraft... Son amie avait percé à jour la vraie nature d'Andy. Mais il était trop tard, maintenant. Non ! Peut-être pas...

— Fanny, si tu me crois, il faut me rendre un service.

— Tout ce que vous voulez, Mademoiselle.

Et la vieille gouvernante ajouta, avec un haussement d'épaules :

— Même si je ne vous croyais pas, Mademoiselle, je ferais ce que vous voulez.

Grace sourit.

— Apporte-moi de quoi écrire, Fanny.

La gouvernante se précipita dans le petit salon de sa maîtresse, ouvrit son secrétaire et lui rapporta son écritoire en prenant soin de n'être vue de personne. Grace lui remit bientôt une enveloppe en lui disant :

— Lorsque monsieur McCarthy sera ici, je veux que tu ailles chez lui et que tu remettes cette lettre à Edward. Il y a une réponse. Attends-la et rapporte-la-moi au plus vite. Mais veille à ce que personne ne soit présent au moment où tu me la donneras.

Fanny n'eut pas longtemps à attendre. Grace avait repris ses esprits depuis moins d'une heure quand Andy McCarthy se présenta au domicile des Hastings. La jeune fille accepta de le recevoir. La vieille gouvernante s'éclipsa aussitôt, sous prétexte de laisser les jeunes gens seuls. Grace dut consentir beaucoup d'efforts pour faire bonne figure à celui qu'elle considérait désormais comme un coureur de dot, doublé d'un meurtrier potentiel. Elle attendit le retour de la brave Fanny pour prétexter la fatigue.

— Je vous laisse, Grace, dit Andy. Si vous le permettez, je passerai m'enquérir de votre rétablissement tous les jours.

— J'en serai ravie, mon ami, mentit-elle.

Dès qu'il fut sortit, elle se tourna vers Fanny.

— Tu as la réponse ? Donne vite !

La gouvernante fit la grimace.

— Hélas, Mademoiselle, Edward ne sait ni lire ni écrire.

— Mon Dieu !

— Je me suis permis de lui faire la lecture.

— Tu es une fée, Fanny ! s'exclama Grace.

— Encore hélas, Mademoiselle, Edward ne veut pas confirmer à Monsieur votre père les propos qu'il a surpris, en votre compagnie, entre monsieur McCarthy et monsieur Boyle. Il dit que si sir Malcolm ne croit pas sa fille, il le croira encore moins, lui, qui n'est qu'un domestique. Et si monsieur McCarthy apprend ce qui s'est passé, il le tuera.

La vieille Fanny fit à nouveau la grimace pour dire :

— Je crois, malheureusement, qu'il a raison, Mademoiselle. Monsieur McCarthy en serait tout à fait capable.

Grace se laissa retomber en soupirant :

— Je crains que vous n'ayez raison tous les deux.

Fanny prit la main de sa jeune maîtresse et la tapota doucement.

— Il ne faut pas que vous épousiez cet odieux personnage, murmura-t-elle.

Grace luttait pour ne pas éclater en sanglots.

— Allons, Mademoiselle, laissez-vous aller contre moi. Venez pleurer dans les bras de votre vieille Fanny, comme quand vous étiez petite.

Mais Grace se redressa.

— Non, Fanny, non ! L'heure n'est plus aux pleurs. Cours chez Mary... Mary Wollstonecraft. Dis-lui que je désire lui parler au plus tôt. Elle seule peut encore m'aider.

— Mademoiselle Wollstonecraft ?

La vieille gouvernante connaissait la réputation de la sulfureuse écrivain et elle ne voyait pas d'un très bon œil que sa maîtresse fréquentât une femme qui entretenait des liaisons avec des hommes mariés.

— Fanny, dit Grace, monsieur McCarthy a une réputation irréprochable, n'est-ce pas ? Cela ne l'empêche pas d'être un forban. Eh bien, mademoiselle Wollstonecraft a mauvaise réputation, cela ne l'empêche pas d'être une femme de cœur.

Un large sourire éclaira le visage de la vieille gouvernante.

— Mademoiselle a raison. Je cours chez mademoiselle Wollstonecraft.

11

Assis à l'ombre d'un bosquet de cyprès dont les frondaisons semblaient effleurer le ciel, Thomas Charles Perkins laissait son esprit voguer avec insouciance au fil du petit cours d'eau artificiel qui serpentait à ses pieds. Il avait appris que le terme signifiant paysage en chinois s'écrivait avec deux caractères, l'un signifiant « montagne » et l'autre « eau » ; ainsi un jardin devait-il toujours inclure des montagnes et des cours d'eau artificiels.

Il y avait plus d'une semaine qu'il était arrivé à T'ien-tsin et qu'il bénéficiait de l'hospitalité de Yen Teou, le commissaire du sel. Depuis ce jour, riche en émotions, où la flotte de l'ambassade était repartie sans lui, il avait le sentiment de vivre un rêve. Une sorte de détachement et presque d'indolence avait pris possession de son être. Après quasiment une année de navigation, ces retrouvailles avec la terre ferme lui étaient une source de satisfaction incommensurable. La simplicité presque spartiate de son pavillon ne s'était pas avérée aussi dépaysante qu'il l'avait redouté de prime abord. En outre, les vêtements mis à sa disposition par Yen Teou lui permettaient de ne pas trop attirer l'attention.

Cela dit, son hôte lui avait promis que son séjour lui permettrait de découvrir l'opéra dont il était si curieux, et il n'était toujours pas retourné sur le port assister au spectacle quotidien de la troupe du Paravent de soie rouge. A vrai dire, Thomas n'avait pas encore eu l'occasion de s'aventurer hors de la propriété du commissaire du sel. Cela ne l'inquiétait pas outre mesure, cependant. Plusieurs semaines s'écouleraient avant le retour des Britanniques : il avait donc tout le temps de découvrir T'ien-tsin et l'opéra chinois.

Chaque matin, Yen Teou venait le saluer et, sur sa demande, Thomas interprétait l'une ou l'autre sonate de Vivaldi, Boccherini, Locatelli, ou encore une composition personnelle. Ensuite, les deux hommes parlaient philosophie ou commentaient les us et coutumes de leurs nations respectives. Le mandarin s'exprimait toujours avec beaucoup de franchise ; il se montrait au moins aussi curieux des mœurs occidentales que Thomas des modes de vie et de pensée orientaux. Souvent, il arrivait que le commissaire du sel ponctue d'éclats de rire les propos du jeune musicien, lequel en venait à se demander qui, du Chinois et du Britannique, était en définitive le plus barbare des deux.

Quand son hôte prenait congé de lui, c'était l'un ou l'autre acteur de la troupe du Paravent de soie rouge qui venait s'entretenir avec Thomas de musique ou de théâtre. Le jeune homme, que la Couronne britannique avait pressenti pour le poste de maître de chapelle à la Cour, découvrait ainsi une manière d'aborder la musique et le chant qui le contraignait à remettre en question tout ce qu'il tenait pour acquis. S'il voulait pénétrer l'art à la rencontre duquel il était venu depuis l'autre côté du globe, c'était toute une manière de penser différente qu'il lui fallait appréhender.

Ici pas de portées, les notes n'étaient pas au nombre de sept, pas de croches — simples, doubles ou triples —, pas de notions de contrepoint ou d'harmonique... En fait, Thomas découvrait que la pensée chinoise, dans son ensemble, n'était pas orientée vers l'abstraction. Pas de grandes théories philosophiques ou scientifiques au pays de Confucius : ici la pensée s'exerçait de façon essentiellement pratique. Sans doute était-ce pour cela que les Chinois, qui avaient inventé la poudre, n'avaient jamais conçu de canons. Les théories permettant leur conception étaient trop abstraites. Thomas notait dans son journal tous ces renseignements et les réflexions qu'ils lui inspiraient. Avait-il jamais été aussi heureux ?

Cette question entraîna une autre pensée : l'instant que Thomas attendait avec le plus d'impatience, dès que les premiers rayons du soleil traversaient les rideaux de chanvre tendus devant ses fenêtres, c'était celui où la belle Zhang quittait son pavillon, traversait la cour dans sa robe blanche immaculée et venait lui proposer de découvrir les secrets du jardin de leur hôte. Pendant ces flâneries, qui lui donnaient le sentiment que le jardin était infini, les jeunes gens devisaient sans retenue sur les sujets les plus divers : musique, théâtre, littérature, traditions ou coutumes locales. Thomas ne savait plus si c'était la curiosité qui le poussait à interroger la jeune fille, ou le pur plaisir de l'écouter parler. Ce qu'il savait, en revanche, c'était qu'il aurait prolongé indéfiniment ces instants de joie parfaite.

Les jours s'écoulaient ainsi, semblables les uns aux autres, dans une quiétude intemporelle. Assis au pied des cyprès, Thomas avait fermé les yeux et il écoutait, avec ravissement, le murmure d'une chute d'eau voisine.

— Le poète Bo Juyi compare le son de la cascade, la nuit, au tintement des pendentifs accrochés à la ceinture d'une jeune fille qui marche...

Il sourit, tourna la tête et découvrit Zhang, qui s'assit sur la terre moussue à côté de lui.

— Vous ne portez jamais de bijoux, observa-t-il.

— Non.

— Hormis, parfois, un lotus blanc accroché à votre épaule, à la manière d'un joyau naturel.

— Oui.

Le musicien savait qu'elle n'en dirait pas plus. Chaque fois qu'il avait essayé d'amener Zhang à parler d'elle-même, elle s'était cloîtrée dans un mutisme distant ou s'était empressée de détourner l'attention du Britannique vers un sujet moins personnel. Pourtant, ce jour-là, il insista :

— J'ai observé que vous ne portez jamais de vêtements colorés, contrairement aux autres. Pourquoi ? Le blanc n'est-il pas couleur de deuil en Chine ?

Zhang plongea son regard dans celui du musicien. Les yeux de la belle Chinoise paraissaient sans expression, comme si ses pensées l'avaient subitement entraînée loin du jardin de Yen Teou ou comme si elle cherchait à exclure le Britannique de son monde. Thomas se mordit les lèvres. Il s'en voulait de ne pas avoir respecté leurs conventions tacites. Mais le regard de Zhang se modifia imperceptiblement ; ses traits s'apaisaient et seule une petite ride au milieu du front trahissait encore l'inconfort dans lequel l'avait plongée la question du musicien.

— Tom..., dit-elle.

Thomas se sentit subitement ému ; c'était la première fois que Zhang l'appelait ainsi. C'était aussi la première fois qu'il percevait dans son ton une nuance qui pourrait être une pointe d'affection.

— Tom, si je ne réponds pas à vos questions, ne croyez pas que ce soit par défiance ou par réserve. C'est juste que... Il est des vérités qu'il vaut mieux ne pas partager.

Et ce fut en détournant les yeux qu'elle ajouta, d'une voix presque inaudible :

— Mon silence ne vise qu'à vous protéger.

Troublé, le Britannique ne put retenir la question qui lui brûlait les lèvres :

— Me protéger ? Mais de quoi ? De qui ?

Zhang sourit et secoua doucement la tête, en faisant voler de délicieuse façon ses cheveux qu'elle ne nouait jamais en queue de cochon quand elle n'était pas appelée à quitter la résidence du commissaire du sel. Elle les laissait alors flotter librement autour de son visage et sur ses épaules.

— Vous voyez, murmura-t-elle, la moindre confidence appelle un déferlement de questions. C'est pourquoi il vaut mieux ne rien dire du tout.

— Voyons, Zhang, dit Thomas en prenant machinalement les mains de la jeune fille dans les siennes.

Il sentit d'abord une légère crispation, mais la belle Chinoise ne retira pas ses mains ; elle se détendit même, une fois passée la réaction première, instinctive.

— Ne suis-je pas l'invité de Yen Teou ? demanda encore Thomas. N'est-ce pas lui qui m'a séparé de l'ambassade Macartney ? N'est-il pas l'homme le plus puissant de la région ? Quel danger puis-je craindre avec un tel protecteur ? Et n'est-il pas prévu que je rejoigne l'ambassade lors de son retour à T'ien-tsin ? En quoi le fait de connaître votre histoire pourrait-il me...

Zhang dégagea une main et posa deux doigts sur les lèvres de Thomas.

— Ne m'interrogez plus, mon ami. Je serais dans l'impossibilité de vous répondre.

Zhang tendit la main autour d'elle, embrassant le site qui les entourait.

— Voyez le jardin de Yen, Tom. Il a été conçu, comme tous les jardins dans ce pays, pour aider l'esprit à échapper à la réalité, à méditer. Il offre au promeneur un paysage miniature qui a pour but d'apaiser son âme, de l'arracher à l'agitation de la ville, de le replacer au contact de la nature. Pourtant, ce jardin n'est pas la nature, il n'en est qu'une reconstitution.

Thomas ne commenta pas les propos de Zhang ; il s'employa à en pénétrer le sens caché, car il ne doutait pas que la jeune fille cherchait à lui transmettre un message. Suggérerait-elle que la vérité n'était pas ce qu'elle paraissait être ? Il se garda de lui poser la question. Troublé, il s'efforça de lire la réponse dans les yeux de la belle Chinoise. Ils étaient si sombres et pourtant si lumineux ! Ses prunelles étaient tellement mobiles... Elles se dilataient, se rétractaient... tellement vivantes.

Thomas en vint à oublier les dangers évoqués par Zhang. Il ne voyait plus rien que deux puits si lumineux qu'ils en devenaient presque aveuglants. Combien de temps resta-t-il ainsi absorbé par le regard à la radiance ténébreuse de la belle Chinoise ? Il aurait été bien en peine de le dire. Ses mains ne lâchaient pas celles de Zhang, si douces et si fines. La nature miniature et reconstituée qui l'entourait avait cessé d'exister. Il songea que son amie semblait abriter deux êtres en elle. Une jeune fille douce et fragile, qui aimait rire, et une femme marquée par une souffrance, une sagesse, une détermination qui n'étaient pas de son âge. Et ces deux êtres se succédaient d'une façon le plus souvent imprévisible. Il aurait aimé savoir lequel de ses visages correspondait à la vraie Zhang, tout en craignant de découvrir que c'étaient les deux.

— Tom, demain des jésuites viennent rendre visite à Yen Teou, reprit Zhang d'une voix si basse qu'elle ne troubla pas la fascination du jeune musicien. Avant de partir, ils vont toujours se recueillir dans la petite chapelle bouddhiste où ils se sentent à l'aise pour rendre grâce à leur dieu avant de reprendre la route. Vous connaissez l'endroit : il se trouve juste derrière les petites grottes artificielles que nous avons visitées il y a deux jours.

Elle marqua un temps avant d'ajouter :

— Je suis sûre que vous serez heureux de vous entretenir avec des Occidentaux comme vous.

Thomas entendait le chant de la voix de Zhang, il suivait le mouvement de ses lèvres fines mais, subjugué, il n'enregistrait pas le sens de ses propos. La belle Chinoise, consciente qu'il ne prêtait pas vraiment attention à ce qu'elle disait, dégagea une main et l'agita devant les yeux du musicien, en souriant tendrement.

— Thomas Charles Perkins ! fit-elle. Des Occidentaux, comme vous, seront ici, demain. Vous aurez certainement plaisir à les voir. J'en suis sûre.

Et brusquement, Thomas renoua avec la réalité, car il venait d'entendre très clairement ce que lui avait dit Zhang. Non pas « vous aurez plaisir à les voir », mais « vous *devriez* les voir ». Il commençait à avoir l'habitude des formules elliptiques de la belle Chinoise et, quand il n'était pas entièrement sous son charme — ce qui devenait de plus en plus rare —, il n'éprouvait aucune peine à interpréter le sens de ses litotes. Mais pourquoi Zhang tenait-elle tant à ce qu'il rencontrât les jésuites après leur visite à Yen Teou ? Une fois encore, Thomas se garda de poser la question, sachant que la jeune fille n'y répondrait pas.

— Zhang, murmura-t-il...

Mais elle s'était relevée.

— Tom, dit-elle, un jour vous repartirez dans votre pays ; c'est dans l'ordre des choses. Vous traverserez à nouveau le grand océan. Les premiers temps de votre navigation vous penserez à nous, et puis le souvenir s'estompera et vous renouerez avec votre existence d'avant. Que vous restera-t-il de ce voyage ? Vous vouliez découvrir notre musique, croyez-vous que quelques semaines vous suffiront à en pénétrer l'esprit ? Et puis, à supposer que vous en veniez à maîtriser à la perfection notre art musical, que ferez-vous de cette connaissance une fois revenu en Angleterre ?

La belle Chinoise était soudain devenue grave. Thomas ne comprenait pas ce brusque changement de ton et de sujet. Il se leva à son tour et dit :

— Voyons, Zhang, si l'ambassadeur Macartney a été dépêché par notre roi auprès de votre empereur, c'est pour que nos deux nations nouent des relations plus étroites. Certes, il y a des objectifs commerciaux à cette démarche, mais il y a aussi le désir de rapprocher nos cultures, de faire en sorte que nos deux peuples apprennent à se connaître, que...

Zhang éclata de rire. Ce fut à son tour de saisir les mains de Thomas.

— Vous êtes un enfant, Tom. Est-ce que tous les musiciens vivent en dehors de la réalité, chez vous ?

Elle ne lui laissa pas le temps de répondre, mais son expression était devenue presque douloureuse quand elle enchaîna :

— Ici, les artistes participent à la vie politique et sociale, car toute activité doit contribuer à assurer l'ordre du monde. Croyez-moi, Tom, jamais l'empereur Qianlong n'acceptera que des Occidentaux, quels qu'ils soient, s'établissent sur notre sol. Cela serait contraire à l'ordre du monde.

— Voyons, Zhang, en Occident il est courant que des ambassades...

— Tom, vous n'êtes pas en Occident. N'avez-vous pas observé les banderoles qui accompagnent vos bateaux ? Elles établissent clairement que l'envoyé de votre roi n'est rien de plus qu'un porteur de tribut venu faire soumission au Fils du Ciel. On ne négocie pas avec le Ciel, Tom ! Jamais ! Jamais les Anglais, les Français ou qui que ce soit ne seront autorisés à s'établir sur notre sol. Vous repartirez et jamais vous ne reviendrez. Vous ne connaîtrez quasiment rien de notre musique, vous en saurez à peine un peu plus sur notre mode de vie, et de nous... de nous, Tom, vous ne saurez rien.

— Zhang... intervint Thomas, qui dans ce « nous » avait entendu « moi » — mais elle ne le laissa pas poursuivre.

— Vous ne saurez rien, parce qu'un visage de Chinois est un masque, Tom. Vous autres, Occidentaux, vous ne savez jamais ce que cache le sourire d'un Chinois.

— Je ne comprends pas, Zhang... commença le jeune musicien.

Mais Zhang le coupa à nouveau.

— Je le sais, Tom. Je le sais.

Thomas était désemparé. Il avait l'impression qu'elle devait faire des efforts pour ne pas pleurer.

Elle tourna les talons et s'éloigna sans presser le pas. Thomas ne bougea pas. Il ne servirait à rien de la rattraper. Zhang avait dit ce qu'elle était disposée à dire. Il y avait de la tristesse dans sa voix. Non ! Plus que de la tristesse, quelque chose de lourd, de pesant, d'indéfinissable. Avait-elle perçu le trouble qui s'était emparé du musicien ? Sûrement ! Elle avait parlé de son retour au pays, était-ce parce qu'elle aussi était troublée ? Etait-ce une façon de lui dire qu'ils n'avaient rien à espérer de l'avenir et qu'il serait inutile de se laisser envahir par leurs émotions ? Peut-être. Il aimerait le croire, car cela signifierait qu'elle partageait ses sentiments. Mais il était persuadé qu'il y avait plus que cela dans les propos de la jeune fille. Que venait faire ici cette mise en garde à l'encontre des Chinois ? « Un visage de Chinois est un masque »... Etait-ce une façon de lui dire que sa bienveillance à l'égard de l'invité de Yen Teou n'était qu'apparence ? Qu'elle se contentait de remplir son rôle de maîtresse de maison, en quelque sorte ?

Non ! Peut-être y avait-il de cela, mais il y avait autre chose aussi. Comme une mise en garde. « Mon silence ne vise qu'à vous protéger. » C'était la deuxième fois qu'elle paraissait évoquer un danger qui menacerait le jeune Britannique.

« Allons, c'est absurde, songea Thomas. Je suis sous la protection de Yen Teou, l'homme le plus puissant de T'ien-tsin. Que pourrait-il m'arriver ? Et puis, qui pourrait en vouloir à un simple musicien qui n'a d'autre souci que son art ? »

Pourtant, il ne parvenait pas à chasser un sentiment d'angoisse diffus.

12

Ce matin-là, Yen Teou se présenta au pavillon de Thomas Perkins aux premières lueurs de l'aube.

— Mon ami, pardonnez-moi de vous importuner de si bonne heure, mais voyez-vous, mes affaires vont m'occuper pendant la majeure partie de la matinée et je ne voudrais pas me consacrer au commerce sans avoir, au préalable, rendu hommage à l'art. Que m'interpréterez-vous, aujourd'hui ?

Thomas contempla un long moment son hôte sans répondre. Il songea à ce que Zhang lui avait dit la veille au sujet des jésuites qui devaient rendre visite au notable chinois. Pourquoi Yen Teou parlait-il de « commerce » s'il était appelé à rencontrer des missionnaires ? Pourquoi n'informait-il pas son invité de la visite imminente d'Occidentaux ? Thomas lui avait parlé de ce vieux professeur jésuite, pour lequel il nourrissait une vive affection : Yen Teou devait se douter que le musicien ne pourrait que se réjouir de rencontrer des membres de cette communauté religieuse.

— Thomas ? s'inquiéta le commissaire du sel. Tout va bien, mon ami ?

Thomas secoua la tête en forçant un sourire sur ses lèvres.

— Pardonnez-moi, Yen, j'ai passé une nuit épouvantable. Il faisait une telle chaleur... Je n'ai pour ainsi dire pas fermé l'œil.

Le Chinois fronça les sourcils.

— Si cela devait se reproduire, Thomas, n'hésitez pas à appeler. La personne chargée de votre service s'empressera de vous apporter de quoi soulager votre insomnie.

Ce fut au tour du musicien de froncer les sourcils.

— Opium ? demanda-t-il.

Yen Teou agita aussitôt les mains devant lui.

— Ne prenez pas cet air outré, mon ami. Les Chinois connaissaient le pavot bien avant que vos compatriotes ne cherchent à en faire un objet de commerce... et une arme. Seulement, nous ne l'utilisons pas pour aider notre esprit à s'égarer en des espaces aussi dangereux qu'illusoires. Ignorez-vous que les poisons les plus foudroyants peuvent s'avérer des remèdes très efficaces si on les utilise de façon subtile ? Faites-moi confiance, je ne suis pas comme vos amis, je ne tiens pas...

— Les hommes qui font commerce de l'opium ne sont pas mes amis, Yen, interrompit Thomas sans dissimuler son irritation. A vrai dire, je n'ai rien à voir avec les commerçants, quoi qu'ils vendent.

— Vous avez raison, mon ami, fit Yen Teou avec un sourire qui se voulait apaisant. L'art est un bien sans prix. Le seul bien qui ne puisse se négocier.

— Le seul ? demanda Thomas. Je ne dirais pas cela, Yen, je crois qu'il existe beaucoup d'autres biens qui n'ont pas de prix. L'amour, par exemple. La foi...

Le commissaire du sel nota que l'esprit de son « ami » paraissait s'égarer. Il ne parvint pas, toutefois, à identifier l'origine de ce trouble et cela le contraria, car il tenait à conserver la maîtrise du musicien appelé à jouer le rôle de « bouc émissaire », si les projets du Lotus Blanc venaient à échouer. Il se força pourtant à lui sourire de plus belle.

— Je ne pourrai pas vous consacrer beaucoup de temps ce matin, Thomas, mais j'ai une surprise pour vous. Je suis sûr que vous l'apprécierez.

Le jeune musicien fronça les sourcils. Quelle était cette défiance que la belle Zhang avait fait naître en lui ? Depuis qu'elle l'avait laissé seul avec le chant de la cascade, il n'avait pu se défaire d'un trouble, auquel il ne trouvait aucune explication, sinon le caractère sibyllin des propos de Zhang.

— Vous n'avez pas oublié Fleur de Prunus, n'est-ce pas ? demanda Yen Teou. Notre ravissante « fleur » dont la voix vous a tant séduit... Vous n'avez pas eu l'occasion de la revoir depuis votre arrivée dans mon humble demeure. Il faut dire qu'elle a été très occupée, ces jours-ci. Eh bien, ce matin, elle est libre et elle a beaucoup insisté pour vous rencontrer. Vous accepterez bien de la recevoir, n'est-ce pas ?

Thomas se remémora aussitôt l'émotion qu'il avait éprouvée en entendant la voix si cristalline, si pure, de la jeune... fleur. En d'autres circonstances, il aurait répondu avec enthousiasme à la demande du commissaire du sel, mais ce matin cette requête elle-même lui paraissait... suspecte. Depuis son arrivée dans « l'*humble* demeure » du commissaire du sel, il avait réclamé à plusieurs reprises le privilège de s'entretenir avec Fleur de Prunus. Yen Teou avait toujours été incapable de lui donner satisfaction. Or, ce matin, c'était Fleur de Prunus elle-même qui exprimait le désir de le rencontrer. Précisément le jour où des jésuites, dont Yen Teou semblait vouloir dissimuler la présence à son invité, se trouvaient dans son *humble* demeure...

Thomas dut lutter pour ne pas céder à des pulsions qu'il jugeait déraisonnées.

— Je serai très heureux de revoir Fleur de Prunus... dit-il enfin.

Et il ajouta, avec une pointe d'amertume dans la voix :

— Depuis le temps que je vous prie de m'accorder cette faveur...

Le commissaire du sel leva les bras au ciel.

— Nous ne sommes pas toujours maîtres des éléments, Thomas.

— Vous avez raison, Yen, observa le musicien. A vrai dire, il arrive souvent que nous imaginions les maîtriser alors que nous n'en sommes que les jouets.

Le Chinois sembla désarçonné par la remarque du Britannique, qui s'empressa d'ajouter :

— Je parle des éléments, bien sûr.

Yen Teou prit congé et, en le regardant s'éloigner, Thomas éprouva un malaise subit. Pourquoi avait-il adopté une attitude aussi hostile envers cet homme qui s'était toujours montré la bienveillance même à son égard ? L'inaction ? L'oisiveté ? Le dépaysement ? Oh, les excuses à son incorrection pouvaient être nombreuses, mais il devait bien se rendre à l'évidence : l'attitude de Zhang était seule responsable de sa nervosité. Et s'il voulait être tout à fait honnête, il devait admettre que sa mauvaise humeur n'était pas tant causée par les propos sibyllins tenus par la jeune fille au bord de l'étang, que par la distance qu'elle avait brusquement installée entre eux.

« Elle a raison, songea-t-il non sans une certaine amertume. Le jour viendra où je rentrerai dans mon pays et où elle choisira de rester dans le sien... Choisir ? Quel choix a-t-elle ? Et quel droit ai-je d'envisager qu'il puisse en être autrement ? »

Thomas se dirigea vers le violoncelle qui savait toujours le consoler de ses peines et soulager ses contrariétés. Mais ce matin-là, il n'avait pas le cœur à saisir son archet. Il se contenta de caresser les éclisses délicatement vernies de l'instrument.

« Et puis, lui ai-je proposé de m'accompagner en Angleterre, quand l'ambassade repassera ? Non ! Je ne lui ai même pas parlé de... du trouble qu'elle a fait naître en moi... Suis-je seulement prêt à aborder ce genre de sujet avec une femme ? La blessure ouverte par Grace n'est pas encore totalement cicatrisée. N'est-ce pas Zhang elle-même qui m'a assuré que le visage d'un Chinois est un masque ? N'est-ce pas contre elle-même qu'elle me mettait ainsi en garde ? »

Le Britannique en était à ce point de ses réflexions quand une voix semblable à un souffle de vent le fit sursauter.

— Monsieur le musicien, m'autorisez-vous à...

Fleur de Prunus n'acheva pas sa phrase ; elle se tenait sur le seuil du pavillon et embrassa la pièce du regard avant de baisser timidement les yeux. Thomas sourit. « Voici l'illustration parfaite des propos de Zhang. Le visage d'un Chinois est un masque. »

— Soyez la bienvenue, Fleur de Prunus, dit-il en invitant d'un geste la jeune chanteuse à s'installer devant la table où la dame toute vêtue de noir, à qui Yen Teou avait confié le soin de son invité, disposait déjà des tasses et une théière.

— Notre hôte, expliqua Fleur de Prunus, m'a dit que vous souhaitiez vous entretenir avec moi. Or, il se trouve que je serais ravie, moi aussi, d'échanger quelques propos sur la musique avec vous.

Le musicien observait la « fleur » avec beaucoup d'attention. Elle était vêtue avec à peine plus de simplicité que lorsqu'il lui avait été présenté après son concert du premier soir. Si personne ne lui avait dit qu'elle n'était pas la jeune fille qu'elle paraissait être, Thomas ne se serait pas le moins du monde douté de cette subtile métamorphose. Fleur de Prunus avait réussi à s'identifier de manière tellement parfaite au rôle qu'elle devait jouer depuis son plus jeune âge, que ni ses gestes ni ses vêtements ni sa voix n'avaient rien d'emprunté. Elle était la jeune fille qu'elle incarnait.

— Je connais fort mal votre musique, Fleur de Prunus, dit Thomas en s'asseyant à son tour devant la table basse. J'ai assisté en tout et pour tout à une représentation théâtrale chez le gouverneur militaire de Dinghai — sans parler de la représentation que j'ai perturbée ici même, l'autre jour.

Fleur de Prunus sourit.

— Rassurez-vous, fit-elle, votre départ n'a perturbé personne. Ici, une représentation de la troupe du Paravent de soie rouge est un instant... magique.

Sans marquer de temps, elle ajouta :

— Si c'est tout ce que vous connaissez de notre musique, c'est effectivement bien peu de chose, monsieur le musicien.

— Vous avez raison, reconnut Thomas. Il n'en demeure pas moins que j'ai été véritablement subjugué par votre talent. J'ai rarement entendu une voix aussi pure, aussi parfaite que la vôtre. Votre art me déconcerte, c'est évident, mais... j'aimerais beaucoup vous entendre chanter un air de mon pays.

Fleur de Prunus changea brusquement de position. Son visage perdit son aspect lisse et impassible.

— Je ne crois pas que ce soit une bonne idée, monsieur Perkins. Ma voix ne se prêterait pas...

— Bien sûr que si ! insista Thomas, subitement enflammé. Votre voix s'accorderait parfaitement à la musique de Mozart ou de Haendel, cela ne fait aucun doute.

La fleur fit une moue en secouant la tête.

— Je ne connais rien à votre musique.

— Je pourrais vous l'enseigner. J'en serais très heureux, je vous assure.

— Je risquerais de prendre de mauvaises habitudes qui nuiraient, ensuite, à mon art. N'insistez pas, trancha Fleur de Prunus en se relevant.

— Ecoutez, Fleur de Prunus, nous pourrions essayer... juste une fois.

Thomas leva les mains, puis les laissa retomber lourdement à ses côtés avec une petite expression tout à la fois dépitée et comique.

— Je n'ai rien d'autre à faire de mes journées. Un après-midi, peut-être... ou un matin, si vous préférez.

— Je suis rarement... disponible le matin, dit-elle.

Elle tourna un regard distrait vers ce qu'elle devinait être la chambre du musicien.

— Un après-midi, alors ?

Fleur de Prunus n'eut pas l'occasion de répondre. Zhang venait de pénétrer dans le pavillon du Britannique. La fleur vit apparaître la belle Chinoise avec un soulagement visible.

— Vous devriez accepter la proposition de monsieur Perkins, dit Zhang avec un large sourire, mais sur un ton qui ne semblait pas admettre de réplique.

La fleur baissa la tête et murmura :

— Je vous promets d'y penser, Zhang.

Thomas était toujours impressionné de voir l'autorité que la jeune fille exerçait sur les membres de la troupe du Paravent de soie rouge. « Quel étrange personnage », songea-t-il.

— J'avais promis de vous faire visiter les grottes artificielles aujourd'hui, dit Zhang en s'adressant au musicien. Mais je vous dérange peut-être ?

— Non, pas du tout, fit Fleur de Prunus visiblement ravie de saisir l'occasion pour s'esquiver.

Thomas la regarda traverser la cour dallée de son petit pas rapide. Quand elle eut disparu derrière le pavillon de Zhang, il se retourna et dit, un petit sourire ironique aux lèvres :

— Ainsi, vous aviez promis de me faire visiter les grottes ?

Zhang ne lui rendit pas son sourire.

— Il fallait l'éloigner, pour vous permettre de rencontrer les jésuites.

Thomas ne chercha pas à masquer son irritation.

— Voyons, Zhang, je n'ai jamais dit que je souhaitais rencontrer ces jésuites.

— Je sais, mais moi, je vous l'ai conseillé.

Thomas n'eut pas le temps de répliquer, la belle Chinoise avait déjà repris :

— Thomas, ne m'obligez pas à en dire plus que je ne le désire. Voyons, depuis quand désirez-vous rencontrer Fleur de Prunus ?

— Vous le savez, Zhang, depuis que je l'ai entendue chanter. Mais n'allez pas croire...

— Je ne crois rien, fit-elle agacée. Ainsi, vous désirez rencontrer Fleur de Prunus depuis votre premier jour parmi nous. Combien de fois l'avez-vous déjà rencontrée ?

— C'est la première fois, répondit le musicien en fronçant les sourcils.

— Précisément le jour où Yen Teou reçoit des jésuites.

Thomas se dirigea vers son instrument, il prit l'archet et en tapota légèrement l'extrémité contre la paume de sa main gauche.

— Où voulez-vous en venir, Zhang ?

— Vous n'avez peut-être pas envie de converser avec ces missionnaires de chez vous, Thomas, mais de toute évidence quelqu'un d'autre ne désire pas que vous les rencontriez.

— Vous voulez dire que Fleur de Prunus a été envoyée ici par Yen Teou pour veiller à ce que je ne puisse rencontrer, malencontreusement, ses visiteurs ?

Même si Zhang ne faisait qu'exprimer des pensées qui lui avaient déjà traversé l'esprit, Thomas conclut :

— Voyons, c'est absurde. Fleur...

— Fleur de Prunus passe toutes ses nuits avec votre hôte, mon cher Tom.

Thomas demeura sans voix.

— Tom, je vous le répète : ne m'obligez pas à en dire plus que je ne le désire.

Et subitement excédée, elle lança :

— C'est à vous aussi de vous démener un peu si vous voulez assurer votre protection.

— Voyons, Zhang, insista Thomas qui avait retrouvé toute sa présence d'esprit, cela fait deux fois déjà que vous semblez me mettre en garde contre un danger. Dois-je donc me méfier de Yen Teou ?

La jeune fille ne répondit pas, mais elle soutint le regard du Britannique.

— Yen Teou me veut-il du mal ? s'obstina Thomas.

— Yen ne vous veut pas de mal, Tom, précisa la belle Chinoise sur un ton radouci. Cela au moins, je puis vous l'assurer. Il n'en demeure pas moins que vous auriez intérêt à vous entretenir avec les jésuites avant qu'ils ne repartent.

Thomas n'hésita plus. Il rencontrerait ces jésuites. Mais que pourraient-ils lui apprendre ? Personne n'avait connaissance de sa présence à T'ien-tsin. Et s'il s'avérait qu'il courait un quelconque danger, quel moyen aurait-il d'assurer sa protection ? L'ambassade était loin. Il était hors de question qu'il la rejoigne par ses propres moyens. Que pouvait-il espérer ?

— J'irai m'entretenir avec les visiteurs de Yen Teou, Zhang. Et je vous remercie de... l'intérêt que vous me portez.

— Je resterai ici, si vous le permettez.

— Bien sûr, dit le musicien. Je serai très heureux de vous retrouver dès que les missionnaires seront repartis.

— Passez par-derrière et veillez à ce que nul ne vous voie, conseilla Zhang.

Thomas tourna les talons, mais la jeune fille le rappela :

— Yen voudra savoir pourquoi Fleur de Prunus vous a quitté aussi rapidement. Nous savons quoi lui répondre : elle ne veut pas de vous comme maître de chant. Il voudra savoir ce que vous avez fait après son départ...

— Nous sommes restés ici, ensemble, et nous avons parlé... de tout, de rien, les yeux dans les yeux, la main dans main.

Le musicien eut l'impression de voir Zhang rougir légèrement.

— Nous avons parlé, dit-elle. Oui... de tout et de rien.

Thomas s'éloignait à nouveau et Zhang le rappela encore une fois :

— Tom ! Vous n'avez vraiment rien de mieux à faire de vos journées que d'enseigner le chant à Fleur de Prunus ?

Thomas en oublierait presque les jésuites. Il ne se trompait pas. Il y avait de l'émotion dans la voix de la belle Chinoise, et ses yeux brillaient plus encore qu'à l'accoutumée. Il revint sur ses pas, posa les mains sur les épaules de Zhang et demanda :

— Seriez-vous jalouse ?

— Jalouse ? répéta-t-elle en se dégageant doucement.

— Zhang, les moments les plus agréables que j'ai vécus, depuis mon arrivée dans votre pays, sont ceux que j'ai passés en votre compagnie. A vrai dire, ce sont les plus heureux de ma vie.

— Vous devriez vous dépêcher de gagner la chapelle, Tom, suggéra la Chinoise en baissant les yeux. Les jésuites ne restent jamais très longtemps à prier.

— Zhang, accepteriez-vous de m'accompagner en Europe quand l'ambassade repartira ?

La voix de Thomas s'était légèrement voilée. La belle Chinoise le regarda, interloquée.

— Vous n'êtes pas sérieux, Tom ?

— Pourquoi ne le serais-je pas ? Moi, je ne puis rester ici, parce que vos lois me l'interdisent — je serais mis à mort si on me trouvait, et Yen Teou ne sera pas toujours en mesure de me cacher. De toute façon, je ne puis passer le reste de mes jours sans jamais sortir de cette propriété, aussi vaste soit-elle. En revanche, Zhang, en Angleterre, nos lois n'interdisent pas à une Chinoise de vivre en parfaite liberté, avec qui elle le désire !

Zhang resta un moment bouche bée. Elle secoua la tête. Thomas crut voir des larmes se former au coin de ses yeux, mais elle se détourna.

— C'est impossible, murmura-t-elle. Impossible.

Thomas s'approcha de Zhang, qui lui tournait le dos. Il la prit dans ses bras.

— Rien n'est impossible à qui le désire vraiment. Voyez, je voulais découvrir votre pays et votre musique...

Elle se dégagea brusquement et lui lança en se retournant :

— Et à quoi cela vous a-t-il avancé ? Vous êtes un enfant, Tom. Un enfant !

— Mais...

— Allez voir les jésuites.

— Zhang...

— Je vous attends ici, Tom. Allez, maintenant.

Thomas se mordit les lèvres, puis il tourna les talons et s'empressa de quitter le pavillon par l'arrière. Des larmes scintillaient maintenant dans ses yeux.

13

Pour accéder à la chapelle où les jésuites étaient censés se recueillir, Thomas dut traverser de petites grottes qui étaient en réalité des constructions artificielles constituées d'élévations de terre maintenues par des madriers et recouvertes de roches aux formes fantasques. L'ensemble offrait au regard l'illusion d'une montagne du sommet de laquelle le promeneur avait une vision originale du paysage. Originale, mais partielle, car la composition d'un jardin chinois ne devait jamais être appréhendée d'un seul coup d'œil, aussi était-il toujours conçu de manière qu'aucun lieu n'offrît une perspective complète de l'ensemble. Faute de respecter cette règle sacrée, l'esprit n'aurait pu s'échapper librement et l'imagination aurait été entravée et enfermée dans un cadre limité. Les pierres utilisées pour la construction de ces montagnes provenaient le plus souvent de la région du lac Taihu, entre Nankin et Shanghai. Sculptées par l'eau, elles évoquaient par leurs formes des animaux, des personnages, des êtres mythiques.

Thomas leur trouva un aspect inquiétant.

A l'entrée du sentier qui conduisait au sommet de la montagne, une pierre de la taille d'un homme évoquait un vieil ermite penché sur son bâton. Zhang avait montré au musicien qu'en la contournant et en s'enfonçant dans la pénombre qui s'étendait derrière elle, on parvenait dans une grotte où des sentiers sinueux dessinaient un labyrinthe. La belle

Chinoise avait indiqué à son ami le moyen de ne pas se perdre dans cet entrelacs de galeries, aussi fut-ce d'un pas assuré que Thomas traversa le ventre de la montagne. De l'autre côté, la clarté solaire l'éblouit un bref instant. Quand ses yeux eurent fait la transition entre le monde des ténèbres et celui de la lumière, il aperçut la petite chapelle, qui n'était rien de plus qu'une sorte de maisonnette au toit de chaume avec pour seul mobilier un autel toujours fleuri devant une statue du Bouddha assis.

Lorsqu'il y pénétra, Thomas fut surpris de découvrir trois Chinois portant la queue de cochon imposée par les Mandchous ; tournés vers le Bouddha, ils semblaient plongés dans un profond recueillement. Se serait-il trompé ? Les jésuites n'étaient-ils pas encore arrivés ? Il s'apprêtait à ressortir quand l'un des trois hommes se retourna et découvrit sa présence.

— Oh ! s'exclama-t-il.

Intrigués, ses deux compagnons se retournèrent à leur tour et Thomas s'aperçut de sa méprise. Ces trois hommes étaient bien des Occidentaux et il lui revint que les jésuites avaient adopté la mode chinoise afin de se faire accepter par les autorités de l'Empire du Milieu. Les quatre hommes s'observaient, aussi décontenancés les uns que les autres. Ce fut, en définitive, le plus jeune missionnaire, celui qui n'avait pas su retenir son cri, qui prit la parole.

— Pardonnez notre surprise, fit-il. Nous ne nous attendions pas à rencontrer un Occidental en ce lieu.

— Que faites-vous ici ? demanda l'autre jésuite. Comment se peut-il...

Mais le troisième religieux, un homme au visage marqué par les ans et qui semblait exercer une autorité naturelle sur ses deux compagnons, leur imposa le silence d'un simple regard.

— Que Dieu soit avec vous, mon fils. Voici le père Jacques, qui n'est pas avec nous depuis très longtemps ; il est venu remplacer le père Simon, qui lui ne devrait pas tarder à nous quitter pour rentrer au pays. Quant à moi, je suis le révérend père Clément ; je dirige la mission de T'ien-tsin depuis une dizaine d'années.

Thomas se présenta à son tour.

— Jeune homme, dit le père Clément, votre présence en ce lieu est à ce point insolite que mes compagnons en ont perdu toute réserve. Je vous prie de les pardonner.

— Je comprends leur étonnement, dit Thomas, soucieux d'apaiser d'emblée les missionnaires.

Le jeune musicien avait parlé français, la langue dans laquelle les jésuites s'étaient spontanément adressés à lui. La surprise des missionnaires en découvrant la présence d'un Occidental faisait écho aux propos de Zhang et leur conférait un tout autre poids. Thomas songea subitement que son hôte ne verrait sans doute pas d'un très bon œil qu'il s'entretienne ainsi avec ses coreligionnaires. Courait-il un danger quelconque ? Faisait-il courir un danger aux missionnaires ? S'il se fiait à la bienveillance affichée par Yen Teou à son égard, il avait peine à le croire. Mais si les mises en garde de Zhang étaient fondées, il convenait de faire montre d'une extrême prudence. Ne désirant pas inquiéter les religieux, Thomas se garda d'évoquer ses craintes ; en revanche, il alla se placer à côté de la statue du Bouddha, de manière à ne pas être visible depuis l'extérieur de la chapelle.

— A vrai dire, je faisais partie de l'ambassade Macartney, expliqua-t-il. C'est Yen Teou qui a tenu à m'offrir l'hospitalité. Je suis musicien et...

Thomas Charles Perkins narra aux jésuites les diverses péripéties de son séjour à T'ien-tsin. Les trois hommes l'écoutaient en échangeant de temps à autre des regards qui traduisaient mieux que les mots leur perplexité. Quand Thomas évoqua, pour finir, l'attitude de Zhang et ses diverses mises en garde, le révérend père Clément secoua la tête.

— Mon ami, cette jeune personne a montré beaucoup de sagesse et de bienveillance à votre égard, commenta-t-il. Il me paraît évident que vous ne pouvez être en sûreté ici.

— Voyons, intervint Thomas, Yen Teou est un hôte fort obligeant...

En réalité, il était de moins en moins sûr de ce qu'il affirmait.

— Ne vous fiez jamais au sourire d'un Chinois, Thomas, insista le vieux missionnaire.

— C'est ce que m'a conseillé Zhang.

— Sagesse et bienveillance ! répéta le père Clément. Yen Teou est certes un lettré, mais au même titre que la plupart des notables chinois. La société est organisée de telle manière qu'il est difficile d'occuper un poste quelconque dans l'administration sans être un lettré. Les fonctions officielles sont attribuées à l'issue d'examens structurés selon des règles traditionnelles immuables, comme chaque chose dans l'Empire du Milieu. Yen Teou est simplement un mandarin qui occupe une charge plus importante que d'autres.

— Mais cet homme voue un amour immodéré aux arts en général, et à la musique en particulier, insista Thomas, désireux malgré tout de se convaincre qu'il n'avait aucune raison sérieuse de s'inquiéter.

Le père Clément et le père Simon sourirent.

— Votre hôte se passionne pour les arts, c'est le propre du lettré, intervint le père Jacques. Mais vous ne me ferez pas croire qu'il s'intéresse le moins du monde à notre musique.

— Tous les matins, il vient me demander de lui interpréter une sonate de Vivaldi, s'obstina Thomas.

— Vivaldi ! répéta le vieux missionnaire, incrédule.

— Ce qu'il serait intéressant de savoir, glissa le père Simon d'une voix à peine audible, c'est pourquoi cet homme s'emploie ainsi à endormir votre méfiance. Pourquoi il cherche à vous faire croire que votre musique le passionne.

— Ne se pourrait-il tout simplement, le coupa le musicien subitement irrité, que cet homme ait compris que notre musique est incomparablement supérieure à leur manière de frapper et de racler des jarres et des instruments en terre cuite ?

A peine ces mots eurent-ils franchi ses lèvres, qu'il réalisa que lui-même n'y croyait plus. Certes, il n'en était pas arrivé à juger la musique chinoise supérieure à celle qu'il considérait toujours comme le summum de l'art, mais il ne la méprisait plus. Depuis son arrivée, il avait découvert un art complexe et subtil, beaucoup moins primaire qu'il ne l'avait cru de prime abord. Il s'était même pris d'un intérêt réel pour un instrument que les Chinois nommaient *zheng* et qui ressemblait à une cithare. Pourquoi continuait-il à faire écho à des préjugés qui en disaient plus long sur la sottise des Occidentaux que sur l'arriération des Chinois ? Mais le père Clément s'était contenté de sourire. De toute évidence, le vieux missionnaire était conscient du combat qui se livrait dans l'esprit du musicien.

— Yen Teou ne remettra jamais en cause la manière dont son peuple appréhende la musique, pour la simple raison qu'ici tout est question de rites.

— Cela perturberait l'équilibre et l'harmonie du monde, je sais, soupira Thomas, las d'entendre répéter inlassablement les mêmes arguments.

— Très juste, reprit le père Clément. Il est donc impensable que l'intérêt manifesté par notre hôte à l'endroit de votre instrument et des sonates de Vivaldi soit réel.

— Mais si Yen Teou ne s'intéresse pas à mon art, pourquoi m'a-t-il invité chez lui ? Pourquoi m'a-t-il empêché de poursuivre ma route avec l'ambassade ? Je n'avais rien demandé à personne. C'est lui qui a voulu me fournir l'opportunité de découvrir son pays et l'opéra que...

— Son pays ? le coupa le vieux missionnaire. Voyons, Thomas, combien de fois êtes-vous sorti de la propriété du commissaire du sel depuis votre arrivée à T'ien-tsin ? Combien de fois vous a-t-il conduit sur la place où vous avez assisté à une partie d'opéra, le jour où il vous a invité à attendre chez lui le retour de l'ambassade ? Vous a-t-il dit qu'il ne s'est pas passé un jour sans que la troupe du Paravent de soie rouge ne s'y produise ?

Thomas demeura sans voix. Il était vrai que depuis son arrivée il n'avait pas quitté une seule fois la propriété de Yen Teou. Celle-ci était si vaste, et le jardin offrait tant de coins et de recoins à découvrir... Pourtant, hier, ne s'était-il pas fait lui-même la réflexion qu'il avait tout le temps d'aller visiter les environs de T'ien-tsin avant le retour de Macartney ? Il ne s'était jamais senti en captivité, mais il devait bien admettre que l'idée lui avait traversé l'esprit, alors qu'il écoutait le chant de la cascade, au pied des cyprès, qu'il ne disposait pas de la moindre liberté de mouvements.

Et puis, Yen Teou n'avait-il pas veillé à ce qu'il fût toujours occupé ? N'était-ce pas la raison des visites quotidiennes des acteurs de la troupe du Paravent de soie rouge ? Et n'était-ce pas, comme l'avait suggéré Zhang, pour l'empêcher de rencontrer des Occidentaux plus au fait de la situation de leurs semblables en Chine, qu'il avait fait en sorte que Fleur de Prunus lui rendît visite, ce matin ?

Thomas se secoua. Il voulait encore essayer de croire à la sincérité de cet homme au sourire si franc. S'il écoutait tous ces oiseaux de mauvais augure, que devait-il conclure ? Que Yen Teou le manipulait ? Mais si tel était le cas, quel rôle le commissaire du sel lui réservait-il, et dans quel drame ? Il avait beau se creuser la cervelle, il ne trouvait pas la moindre réponse à ces questions. Il se risqua donc à dire :

— Vous avez raison, je n'ai pas encore quitté la propriété de notre hôte, mais elle est très vaste et je n'en ai pas encore fait le tour. Or, je suis appelé à passer ici plusieurs semaines. J'imagine que le commissaire du sel me fera visiter la région un peu plus tard, quand j'aurai épuisé les ressources infinies de ce jardin, pour lequel il semble avoir une véritable passion.

Le père Clément ne se départit pas de son sourire.

— Thomas, fit-il, expliquez-moi pourquoi il ne vous a jamais emmené écouter l'un des opéras que la troupe du Paravent de soie rouge interprète chaque jour tout près d'ici...

— Je vous l'ai dit : je suis appelé à passer encore quelques semaines ici. Je suis sûr que Yen...

— La troupe du Paravent de soie rouge quitte T'ien-tsin cette nuit même, Thomas, le coupa le père Clément.

— Cette nuit ? bafouilla le musicien.

— Oui.

— Mais, cette nuit... ne doit-il pas y avoir une éclipse de lune ? Nous sommes bien le 21 août, n'est-ce pas ?

Thomas se rendit compte aussitôt de l'absurdité de sa remarque. En quoi une éclipse de lune empêcherait-elle la troupe du Paravent de soie rouge de quitter T'ien-tsin ? Il ferait nuit noire, certes, mais les Chinois n'étaient-ils pas passés maîtres dans la fabrication et l'utilisation des lanternes ? La nuit aurait beau être d'un noir d'encre, le passage de la troupe s'accompagnerait forcément d'une clarté digne des journées les plus ensoleillées.

Le visage du jeune missionnaire appelé à remplacer le père Simon s'éclaira subitement quand il demanda :

— Se pourrait-il que vous ayez des éphémérides dans vos bagages, monsieur Perkins ?

Interloqué, Thomas répondit :

— Non, j'en suis désolé, mais...

Le sourire du jeune missionnaire s'éteignit aussitôt.

— Comme c'est ennuyeux, fit-il.

La question du père Jacques s'expliquait, en réalité, par le fait que les jésuites bénéficiaient à la cour impériale d'une réputation usurpée d'astrologues. L'Empereur comptait sur eux pour prédire les phases de la lune, les heures de lever et de coucher du soleil, les éclipses et tous les phénomènes naturels si importants dans les pratiques cultuelles du Fils du Ciel. Or les missionnaires puisaient tout leur savoir dans un ouvrage publié à Paris, *La Connaissance du temps*. Malheureusement, les éphémérides contenus dans ce volume n'allaient pas au-delà de l'an 1800 ; les jésuites, incapables d'effectuer eux-mêmes ces calculs, savaient que l'Empereur ne manquerait pas de mettre à nu leur supercherie s'ils ne réussissaient pas à se procurer la nouvelle édition de cet ouvrage.

— Père Jacques, ne nous faites pas perdre de temps, voulez-vous ! fit le vieux missionnaire sur un ton cassant.

— Je ne comprends pas, murmura Thomas. Yen Teou m'a pourtant assuré que j'aurais l'occasion de voir jouer sa troupe, de découvrir des opéras...

Les jésuites échangeaient des regards perplexes.

— Nous ne comprenons pas plus que vous, mon fils, fit le vieux missionnaire sans chercher à masquer son inquiétude.

— Tout cela ne devrait peut-être pas nous inquiéter, suggéra le père Jacques, soucieux de réparer son impair. Yen Teou a peut-être subi l'influence des Occidentaux. Ne nous a-t-il pas dit qu'il les avait fréquentés de près lorsqu'il était en poste à Canton ?

Mais le ton du jeune missionnaire n'était guère convaincant.

— Je suis un musicien, murmura Thomas. Je ne suis ni un militaire, ni un politique...

Puis, se redressant, il lança :

— Je vais de ce pas trouver Yen Teou et le sommer de s'expliquer !

— N'en faites rien ! s'exclama le père Clément en lui saisissant le bras. N'attaquez jamais un Chinois de front, mon fils. Notre hôte se retranchera derrière son sourire, il vous assurera de sa bonne foi, et vous serez plus perdu que jamais.

Lui, en revanche, saura que vous vous méfiez de lui et vos mouvements seront surveillés encore plus étroitement.

— Que puis-je faire, alors ? demanda le musicien, désemparé.

— Nous devons l'aider à sortir d'ici, suggéra le père Simon.

— L'éclipse de cette nuit ! enchaîna le père Jacques.

Le vieux missionnaire fit une grimace.

— Je crains que l'éclipse ne nous soit d'aucune aide, frère Jacques. Le départ de la troupe du Paravent de soie rouge s'accompagnera sûrement d'une débauche de lampions et de lanternes.

Thomas poussa un soupir et dit :

— Et puis, à supposer que je parvienne à partir, où irais-je ? Comme vous me l'avez fort justement fait remarquer, je ne suis jamais sorti de la propriété de notre hôte. Une fois dehors, je serai totalement désorienté.

Le père Clément se frotta le menton.

— Vous avez raison sur ce point. Pourtant... Seriez-vous capable de retrouver le port ? L'endroit où la flotte de l'ambassade a mouillé... ?

— Cela ne devrait pas m'être trop difficile, admit Thomas, qui songeait que c'était le seul trajet qu'il avait parcouru en dehors de la propriété de Yen Teou, depuis le départ de la flotte.

— Parfait ! exulta le vieux jésuite. Dans ce cas, nous vous attendrons là. Cherchez une jonque au mât de laquelle flottera la croix du Christ. Cette nuit, elle ne devrait pas attirer l'attention ; les Chinois seront trop accaparés par l'éclipse. Nous vous conduirons, ensuite, à la mission. Et là, il nous restera à prier pour que nul ne vienne vous chercher avant le retour de lord Macartney.

— Mais comment sortir d'ici ? insista Thomas. Vous l'avez dit vous-même, avec le départ de la troupe l'éclipse risque d'être plus un inconvénient qu'un avantage.

Le jésuite resta un long moment silencieux, comme perdu dans de profondes réflexions. Il finit par dire :

— Cette jeune fille qui vous a mis en garde...

— Zhang ?

— C'est cela. Ne vous aiderait-elle pas à fuir ?

Thomas songea que la belle Chinoise l'attendait, en ce moment même, dans son pavillon. Elle s'était déjà faite sa complice en éloignant Fleur de Prunus pour lui permettre de rencontrer les jésuites. Oui, mais jusqu'où irait son dévouement ? Ce fut pourtant sans hésitation qu'il répondit :

— Je suis sûr qu'elle fera tout ce qui est en son pouvoir pour me sauver la vie.

A peine eut-il prononcé ces mots que le jeune musicien se demanda ce qui le rendait soudain si sûr de lui — ou plus précisément, si sûr de Zhang.

— Bien ! fit le père Clément en se frottant les mains. Allons, nous n'avons pas de temps à perdre, mon fils ! Nous mouillerons à l'endroit où la flotte britannique a accosté et nous vous attendrons depuis le début de l'éclipse jusqu'à son terme. Ensuite, nous devrons tous nous en remettre à la divine Providence.

Le père Clément indiqua à ses compagnons que le moment était venu de partir. Il prit congé du musicien en lui rappelant de faire montre de la plus grande prudence. Le vieux missionnaire bénit Thomas avant de tourner les talons.

— Mon père... le rappela Thomas en prenant soin de ne pas élever la voix.

Mais le jésuite avait déjà disparu. A nouveau seul, Thomas sentit son cœur battre la chamade dans sa poitrine. Pour la première fois depuis son installation dans la demeure du commissaire du sel, la peur s'installait en lui. Il avait le sentiment d'être un pion sur un échiquier : il ne connaissait rien aux forces en présence, il n'avait aucune vue d'ensemble de la partie en cours et il ignorait, en outre, à qui appartenaient les mains qui manipulaient les pièces.

— L'ignorance est ce qu'il y a de plus angoissant, murmura-t-il.

Et subitement, il songea à nouveau à Zhang, qui l'attendait dans son pavillon. Elle savait de quoi il retournait, elle ! Sans quoi, elle ne l'aurait pas mis en garde à diverses reprises contre le danger qu'il courait en restant ici.

« Pourquoi prend-elle autant de risques pour me venir en aide ? se demanda-t-il. En me permettant de rencontrer ces jésuites, elle savait qu'ils comprendraient, eux, ce que ma situation a d'insolite. Elle savait qu'ils ne croiraient pas à la passion de Yen Teou pour ma musique. »

Il marqua un temps puis songea :

« Elle savait qu'ils essayeraient de m'aider à fuir... »

Une émotion s'empara de lui. Il revit la belle Chinoise au moment où elle s'était éloignée de lui après leur échange au pied des cyprès. Il songea au mouvement de recul quand il lui avait pris les mains — un mouvement fugace, bien vite réprimé. Il entendait encore sa voix se troubler quand elle avait prononcé son prénom pour la première fois. Et puis, elle l'avait prévenu : « Mon silence ne vise qu'à vous protéger... »

« Mon Dieu, soupira le musicien, Zhang en sait beaucoup plus qu'elle ne veut en dire. Il faut qu'elle me fasse confiance ! Il faut qu'elle m'explique à quoi tout cela rime. »

Et Thomas Charles Perkins se mit à courir en direction de son pavillon.

14

Quand Zhang le vit arriver tout essoufflé, elle était assise devant la table basse sur laquelle étaient posées une théière et deux tasses. Il lui suffit d'un regard pour comprendre que le musicien avait perdu ses illusions.

— Zhang, s'écria Thomas sans reprendre son souffle, vous devez me dire ce qui se passe.

La jeune fille lui tendit une tasse de thé dans laquelle flottaient de petits pétales blancs.

— La légende, dit-elle, veut que le Bouddha, craignant de s'endormir au milieu d'une méditation, se coupa les paupières et les jeta sur le sol. Elles se seraient ainsi mêlées à la terre pour engendrer le premier théier. C'est pourquoi le thé prémunit l'homme contre l'assoupissement et favorise la concentration.

— Zhang ! la coupa Thomas. Nous devons parler.

La belle Chinoise sourit.

— Mais n'est-ce pas ce que nous faisons en ce moment même, Tom ? demanda-t-elle en lui tendant toujours la tasse de porcelaine fine.

Décontenancé, le musicien s'efforça de maîtriser son agitation. Il fit une petite grimace, inspira profondément, expira tout aussi profondément et s'assit sur le sol face à la jeune fille. Il prit la tasse qu'elle lui tendait, sourit enfin, et but lentement. Il ferma un instant les yeux, parut tourner son regard vers l'intérieur, comme Zhang le lui avait enseigné au cours d'une de leurs longues flâneries ; après une brève méditation, il rouvrit les yeux et reprit calmement le fil de ses pensées.

— Je crois être sorti de ma torpeur, Zhang, dit-il d'une voix posée. Je n'ai pas encore une notion précise de la réalité, mais je ne suis plus prisonnier des illusions et des masques.

Le visage de la belle Chinoise se fit soudain plus grave, sans se départir aucunement de sa bienveillance. Elle semblait curieuse de voir comment le musicien réagirait à la nouvelle conscience qu'il avait désormais de sa situation.

— Vos mises en garde et mon échange avec les jésuites ont agi sur mon esprit comme... un bon thé, reprit-il avec un nouveau sourire. Cependant, je ne puis poursuivre ma méditation si je ne dispose pas de nouveaux indices pour l'alimenter. Il me faut comprendre en quoi consiste ce jeu dans lequel Yen Teou m'a lancé sans m'en expliquer les règles. J'ai le sentiment d'être une mouche prise dans la toile d'une araignée qui passerait son temps à lui faire des sourires et à la gaver de miel. Je vois qu'elle joue avec moi, mais j'ignore si elle entend m'avaler ou attendre que je perde la tête. Vous devez m'expliquer de quoi il retourne, Zhang !

— Le dois-je vraiment ? demanda-t-elle, le regard flottant à la surface du thé.

La lueur qui s'était allumée dans ses yeux n'avait pas échappé au musicien, qui se reprit aussitôt.

— Vous ne me devez rien, Zhang, rectifia-t-il. Vous avez raison. Mais vous avez choisi de m'ouvrir les yeux. Grâce à vous, je sais désormais que Yen Teou n'est pas mon ami, comme il le prétend. Je sais qu'il représente un danger potentiel pour moi, mais j'ignore toujours tout de ses motivations et de la nature du danger. J'ai besoin de savoir.

— Quand le chasseur se trouve face au tigre, Tom, il sait que le fauve représente un danger pour lui. Pour se sauver, a-t-il besoin de savoir pourquoi ?

— Zhang, dois-je me comporter comme le chasseur face au tigre ? Dois-je le tuer ?

Elle resta un long moment silencieuse, son regard rivé à celui du musicien, qui eut l'impression de la voir évaluer ce qu'elle était disposée à partager avec lui.

— Tom, finit-elle par dire, vous auriez tort de vouloir tuer Yen Teou. Il n'est pas votre ennemi. Yen est même le seul à pouvoir assurer votre protection.

De plus en plus interloqué, Thomas s'exclama :

— Je comprends de moins en moins... Mais alors, qui est mon ennemi ?

— Qui *sont vos ennemis* ? rectifia Zhang.

Mais elle ne répondit pas à la question.

— Zhang, je ne comprends rien à ce qui m'arrive. Je suis venu en Chine avec pour seul bien mon violoncelle et pour seule motivation mon désir de découvrir votre opéra. Comment aurais-je pu m'attirer des inimitiés ?

— Tom, les jésuites ne vous ont-ils pas proposé leur aide ? demanda-t-elle en guise de réponse.

— Ils m'ont suggéré de les retrouver...

— Vous n'avez pas à me le dire, Tom.

— J'ai confiance en vous, Zhang. Sinon, vers qui pourrais-je encore me tourner ? Les missionnaires m'ont suggéré de profiter de l'agitation que ne manquera pas de provoquer l'éclipse de cette nuit pour les rejoindre sur le port. Ils m'y attendront dans une jonque et m'emmèneront jusqu'à leur mission.

— C'est ce que vous avez de mieux à faire, Tom.

Le musicien aurait aimé insister, mais il réalisa que cela ne servirait à rien. Il décida dès lors de modifier son approche.

— Le père Clément m'a appris que la troupe du Paravent de soie rouge quittera la résidence cette nuit même, dit-il.

Zhang fronça les sourcils. De toute évidence, elle ne se montrerait pas plus diserte sur ce sujet.

— Serez-vous du voyage ? demanda Thomas.

— Je suis responsable de la troupe, répondit-elle avec une fierté évidente. Il est donc normal que je l'accompagne.

— Vous n'envisagiez pas de m'en informer, n'est-ce pas ?

— Je supposais que vous aussi vous partiriez cette nuit, fit-elle — mais sa voix se troubla.

Thomas se pencha vers Zhang et lui saisit les mains pardessus la table.

— Où allez-vous ?

— Nous nous rendons à Jehol, Tom. La troupe du Paravent de soie rouge jouit d'une grande renommée dans l'Empire du Milieu. Elle fait donc partie des troupes invitées à se produire devant le Fils du Ciel à l'occasion des festivités organisées pour célébrer son anniversaire.

— Vous allez rejoindre l'ambassade de lord Macartney, observa-t-il.

Zhang comprit ce que Thomas n'avait pas formulé, et elle s'empressa de préciser :

— A Jehol, l'ambassade Macartney fera l'objet d'une étroite surveillance. Il sera impossible à un Chinois de parvenir jusqu'à elle. Vous savez, Tom, ils sont prisonniers du Fils du Ciel autant que vous l'êtes de Yen Teou.

Après avoir marqué un temps, elle reprit avec une soudaine urgence dans la voix :

— Vous devez partir avec les jésuites, Tom ! Ecoutez-moi, je vous en conjure !

Ses yeux brillaient à nouveau et elle s'efforçait d'éviter le regard du musicien.

— Zhang, je vous écoute, dit Thomas en serrant plus fort les mains de la belle Chinoise. Je vous écoute et ce que j'entends c'est que cette séparation vous est aussi douloureuse qu'à moi.

— La question n'est pas de savoir si cela nous rend malheureux, Tom, mais de savoir comment sauver votre vie.

Or, il n'est qu'une réponse valable : vous devez vous réfugier à la mission !

Thomas secoua la tête.

— N'avez-vous pas dit que Yen est le seul à pouvoir assurer ma protection ?

— Jusqu'à un certain point, Tom. Au-delà...

Elle s'interrompit :

— N'insistez pas ! Je ne puis vous en dire plus. Vous devez rejoindre les missionnaires !

Elle avait prononcé cette dernière phrase comme s'il y allait de sa propre vie.

— Zhang, murmura Thomas, vous ne me dites pas tout.

Leurs visages étaient si proches, maintenant, qu'ils se touchaient presque. Le musicien sentait sur ses lèvres la chaleur du souffle de la belle Chinoise. Il lisait le trouble dans ses yeux ténébreux et lumineux à la fois.

— Je vous dis tout ce qui peut vous être utile, Tom, murmura-t-elle.

Des larmes se formaient dans ses yeux et sans qu'il pût s'expliquer pourquoi, Thomas demanda :

— Vous êtes en danger, vous aussi, n'est-ce pas ?

Zhang ouvrit la bouche, elle hésita un instant et dit :

— Je vous assure, Tom, que je ne cours, ici, aucun danger.

« Elle est sincère, songea le musicien. "Je ne cours, ici..." Pourquoi a-t-elle précisé "ici" ? »

— Mais à Jehol, ou sur le chemin, vous serez en danger, n'est-ce pas ? insista-t-il.

Zhang secoua la tête. Les larmes commençaient à perler à ses paupières.

— Tom, ne vous souciez pas de moi. De toute façon, nous ne nous reverrons jamais. Vous le savez aussi bien que moi.

Les larmes se mettaient à couler sur ses joues.

— Ces jours qu'il nous a été donné de vivre côte à côte nous ont permis de nous apprécier... de développer une certaine affection l'un pour l'autre... Aujourd'hui, j'ai la possibilité de — peut-être — vous sauver la vie, aussi...

Elle ne réussit pas à poursuivre. Thomas la prit dans ses bras et ce fut dans un souffle qu'il demanda :

— C'est votre cadeau d'adieu ? C'est bien cela ?

Elle détourna la tête, essuya furtivement ses yeux et dit :

— Voyez cela ainsi, si vous le désirez.

— Je le refuse, Zhang ! se récria-t-il. Je sais que vous allez au-devant de dangers au moins aussi grands que ceux dont vous entendez me protéger — je le sens. Si je reste ici, ma vie est en péril, soit. Mais je cours autant de risques si je rejoins les jésuites. Allons, Yen Teou n'est pas naïf : il n'aura aucun mal à faire le rapprochement entre leur présence ici, aujourd'hui, et ma disparition. Vous voyez, je n'ai vraiment rien à perdre. Laissez-moi vous accompagner, ou venez avec moi à la mission.

— Oh, Tom !

Mais elle ne put en dire plus. Les lèvres du musicien venaient de se poser délicatement sur les siennes. Zhang ferma les yeux et s'abandonna à son étreinte. Thomas sentit un bref instant vibrer contre son corps celui, svelte et ferme, de la belle Chinoise. Mais celle-ci se dégagea bien vite. Elle luttait contre son désir. Il chercha à l'attirer à nouveau vers lui, mais elle posa une main sur sa poitrine afin de le maintenir à distance.

— Je ne puis vous accompagner, Tom, dit-elle d'une voix qu'elle cherchait à rendre aussi assurée que possible. J'ai un combat à mener. Il est hors de question que je renonce. Je ne puis abandonner mes compagnons...

— Zhang ! l'interrompit le musicien, mais elle posa deux doigts sur ses lèvres.

— Vous ne pouvez pas m'accompagner, Tom. Ce combat n'est pas le vôtre. Et puis, c'est à mes côtés que vous seriez le plus exposé. Ne m'interrogez pas, je ne pourrais vous répondre.

— Zhang ! insista Thomas qui, cette fois, ne se laissa pas interrompre. C'est à moi qu'il revient de choisir les dangers que j'entends affronter. La plus grande liberté de l'homme ne consiste-t-elle pas à choisir sa manière de mourir ?

Zhang sourit tristement et posa un baiser furtif sur les lèvres de son ami.

— N'insistez pas, Tom ! Votre présence à mes côtés serait un danger pour vous, mais aussi pour mes compagnons et moi-même. A supposer que j'accepte le risque pour moi et pour vous, je ne puis le leur imposer.

Elle se leva et ce fut en rassemblant toute sa volonté qu'elle dit une dernière fois :

— Vous rejoindrez les jésuites ce soir, Tom.

Le musicien sentit que la jeune fille lui échappait. Elle l'aimait, il ne pouvait plus en douter, mais son cœur n'était pas libre. Elle l'avait donné à une cause dont il ignorait tout, mais avec laquelle il ne pouvait se mesurer. Ce combat passait avant tout le reste pour Zhang. Il laissa son regard courir autour de lui, dans l'espoir de trouver un moyen de lui démontrer qu'il ne pouvait partir sans elle. Ses yeux se posèrent sur le violoncelle.

— Zhang, je ne puis partir ainsi. Jamais je ne me séparerai de mon instrument. Et vous ne m'imaginez quand même pas courant au milieu de la nuit avec cet engin sur le dos. Je suis condamné à rester ici ou à vous accompagner.

La jeune fille sourit tristement.

— Ce soir, quand la nuit sera tout à fait noire, traversez la cour avec votre violoncelle. Une voiture bâchée sera arrêtée devant chez moi. Glissez votre instrument sous la toile et couchez-vous auprès de lui. Quand nous serons sortis de la propriété de Yen Teou, le convoi devra s'arrêter un bref instant à l'embranchement de deux routes. Profitez de cette halte pour descendre et récupérer votre violoncelle. Sur votre droite, vous verrez un sentier qui s'enfonce dans des fourrés. Suivez-le, il vous mènera sans peine jusqu'au port.

Zhang se dirigea d'un pas ferme vers la porte du pavillon. Arrivée sur le seuil, elle se retourna.

— Adieu, Tom. Prenez soin de vous.

— Soyez prudente, dit le musicien, la voix brisée.

Zhang sourit.

— Qui sait ? dit-elle. L'avenir nous réserve peut-être des surprises. Si les choses se déroulent ainsi que je l'espère, il n'est pas impossible que je sois de retour avant votre lord Macartney. Auquel cas je saurai où vous trouver.

— Et vous viendrez m'y rejoindre.

Il y avait quelque chose de farouche dans la lumière qui s'alluma dans les yeux de la belle Chinoise.

— Je ne vois pas qui pourrait m'en empêcher, déclara-t-elle.

— Et si les choses ne se passaient pas comme vous l'espérez ? demanda Thomas.

— Dans ce cas, murmura-t-elle sans se départir de son sourire, faites en sorte de rester en vie jusqu'au retour de l'ambassadeur, et partez d'ici au plus vite.

— Mais vous, Zhang ?

— Vous resterez en vie, Tom. Il le faut... pour faire vivre ma mémoire.

— Zhang !

Mais la jeune fille était partie.

Thomas la regarda s'éloigner. Il y avait une telle détermination dans sa démarche...

— Je connais peu d'hommes qui possèdent sa force de caractère, murmura-t-il. J'ignore quelle est la cause pour laquelle elle est prête à sacrifier sa vie, mais elle ne peut qu'être juste. Si seulement elle avait accepté que je me joigne à elle...

La nuit venait de tomber. Thomas Charles Perkins observait le ciel en s'efforçant de ne pas laisser ses pensées s'égarer.

Il suivait des yeux la course de la lune. Dès que le luminaire nocturne se fut éteint au firmament, il prêta l'oreille et perçut une agitation inhabituelle dans toute la propriété. Des bruits de pas furtifs, des grincements de roues, des martèlements de sabots... Curieusement, aucune lanterne n'avait été allumée dans la résidence, contrairement à toutes les autres nuits, et il lui était impossible de distinguer le pavillon de Zhang. Un crissement plus proche lui indiqua toutefois qu'un véhicule pénétrait dans la cour.

Thomas prit son violoncelle, qu'il avait soigneusement emballé dans des couvertures. Il avait décidé de ne rien emporter de plus. Les vêtements qu'il portait à son arrivée ne lui seraient plus d'aucune utilité ; d'ailleurs, il se sentait bien dans les habits mis à sa disposition par Yen Teou.

Le musicien traversa la cour avec la plus extrême prudence. L'absence de lanternes l'intriguait. Pourquoi personne n'avait-il pris la peine d'éclairer la propriété comme toutes les autres nuits ? Pourquoi les lanternes et les lampions qui étaient sûrement accrochés aux voitures n'étaient-ils pas allumés ? Pourquoi les membres de la troupe du Paravent de soie rouge avaient-ils attendu qu'il fît nuit noire pour partir ? Thomas ne pouvait croire que c'était uniquement pour l'empêcher de remarquer leur départ.

Parvenu devant le pavillon de Zhang, il constata qu'elle avait dit vrai. Une voiture bâchée semblait l'attendre. En tâtonnant, il sentit la toile sous sa main. Il la souleva, installa son instrument sur les couvertures posées à même le sol, puis il se glissa à son tour sous la toile. Brusquement, la voix de Zhang lui parvint, autoritaire et sourde :

— Tout est prêt ? demanda-t-elle.

— Tout est prêt, répondit une voix d'homme, que Thomas reconnut pour être celle de Chi, le joueur de *zheng* de la troupe du Paravent de soie rouge, qui était venu bavarder avec lui quelques jours plus tôt.

— Parfait.

La voix de Zhang était maintenant toute proche. Une main se glissa sous la toile ; elle tâtonna. Le musicien n'osait pas bouger. La main heurta la masse du violoncelle enveloppée dans ses couvertures. Elle se retira aussitôt.

— Parfait ! répéta la voix de Zhang. Nous pouvons partir. En route !

Aussitôt, la charrette s'ébranla. Thomas serra l'instrument contre lui, pour le protéger des chocs. Il retint son souffle lorsque le véhicule s'arrêta. Le convoi n'était pas encore sorti de la propriété. Il le comprit, car la voix du commissaire du sel lui parvint soudain, juste de l'autre côté de la toile. Il avait même l'impression que Yen Teou s'appuyait à la voiture.

— Soyez prudente, Zhang ! lança-t-il. Nos espoirs vous accompagnent. Si vous réussissez dans votre entreprise, nous n'aurons pas besoin de recourir aux services des *hong mao*. Nous serons libres... Bonne chance !

La jeune fille ne répondit pas et la charrette reprit sa course.

« Les services des *hong mao* ? Que viennent faire les "cheveux rouges" dans cette histoire ? » se demanda Thomas, de plus en plus intrigué. Zhang avait parlé de « ses » ennemis ? Faisait-elle allusion à des Britanniques ?

« Quoi qu'il puisse arriver, songea Thomas, j'en aurai le cœur net. »

Bientôt la charrette, comme tout le convoi, s'arrêta à nouveau, ainsi que Zhang l'avait annoncé. Thomas souleva légèrement la toile qui le recouvrait. Il distingua vaguement la masse sombre des fourrés, derrière lesquels se trouvait le chemin qui le mènerait jusqu'au port et à la jonque des jésuites. Il n'eut pas l'ombre d'une hésitation. Sa décision était prise depuis l'instant où Zhang l'avait quitté. Il attendit, sans bruit, couché au fond de la charrette. Il pria pour que Zhang ne vienne pas s'assurer que le violoncelle avait disparu, comme elle s'était assurée, avant le départ, qu'il était bien là.

Thomas Charles Perkins poussa un soupir de soulagement en entendant les voitures du convoi faire crisser à nouveau leurs roues sur la terre battue de la route.

« Maintenant, il est trop tard pour revenir en arrière, songea-t-il. Nous verrons bien quelle sera la réaction de Zhang quand elle découvrira que je lui ai désobéi. Mais à ce moment-là, nous serons loin... avec un peu de chance. »

15

A Londres, Grace Hastings n'avait pas hésité longtemps.

— Je n'ai pas le choix, Fanny. Si je reste, mon père me marie à ce forban de McCarthy.

La vieille gouvernante se torturait les mains.

— Mais, Mademoiselle Grace, de là à partir pour Paris... On raconte qu'en France on massacre tellement que les gens ne savent même plus pourquoi. Il paraît que les amis d'un jour deviennent les pires ennemis, le lendemain. Et nous, les Anglais, nous sommes mal vus. Il paraît...

Mais Grace l'interrompit par l'un de ces éclats de rire cristallins qui désarmaient tous ceux qu'elle approchait.

— Les gens racontent beaucoup de choses, Fanny. Quand je serai là-bas, je saurai ce qui est vrai et ce qui n'est que ragots. Allons, rassure-toi, Mary a des amis à Paris. Je ne serai pas seule, perdue au milieu de la tourmente.

Elle prit par les épaules la vieille gouvernante désespérée et ajouta :

— Mon propre père ne veut pas me croire, Fanny. Quel accueil recevrais-je si j'allais exposer ma situation aux responsables de la Compagnie des Indes orientales ? Tu le vois bien, je n'ai d'autre possibilité que de jouer la comédie. Je suis contrainte, de par la volonté de mon père, à faire bonne figure à l'homme qui m'a trahie, qui a envoyé mon fiancé à l'autre bout du monde, qui envisage de faire main basse sur ma dot, pour ensuite se débarrasser de l'homme à qui il doit tout. Non, Fanny, je ne puis rester ici. Si je reste, j'épouse Andy McCarthy et si je l'épouse, il assassine mon père.

La vieille gouvernante essuya ses larmes.

— Mademoiselle a raison, mais de là à partir pour Paris... N'y a-t-il pas d'autres destinations plus sûres ?

— Rassure-toi, Fanny, avec Mary et ses amis, je serai bien entourée.

Grace Hastings avait eu un bref moment d'abattement après la découverte de la duplicité d'Andy McCarthy, mais elle avait vite réagi. Elle avait sagement suivi les conseils du médecin pour retrouver toute sa vaillance. Elle ne s'était confiée à personne, sinon à cette brave Fanny et à Mary Wollstonecraft, laquelle n'avait pas été surprise outre mesure d'obtenir la confirmation de ce qu'elle pressentait depuis longtemps.

« Je vous l'avais dit, ce jeune homme était trop poli pour être honnête, avait-elle observé, triomphante. Quelle est votre décision, Grace ?

— Je veux vous accompagner à Paris !

— Voilà une excellente idée !

— Mais personne ne doit en avoir vent, Mary, sans quoi mon père et Andy feraient tout ce qui est en leur pouvoir pour empêcher mon départ.

— Ne vous inquiétez pas et reposez-vous sur moi pour les formalités de départ. En attendant, nous avons intérêt à ne pas nous voir trop souvent, afin de ne pas éveiller leurs soupçons. Je crois que ni votre père ni ce monsieur McCarthy ne me portent dans leur cœur. Je sens le soufre. »

Mary avait fait ainsi qu'elles en étaient convenues. Elle se montrait même d'une telle discrétion que Grace avait fini par se demander si son amie n'avait pas renoncé à leur projet de départ pour la France. Mais un jour, les deux jeunes femmes s'étaient retrouvées à l'entracte d'une pièce de Shakespeare, que Grace voyait pour la troisième fois.

— Ces *Commères*[1] ne sont-elles pas délicieuses ? lui demanda Mary d'un ton badin, avant d'ajouter, sur le même ton et sans baisser la voix : Dites-moi, Grace, j'organise une excursion dans la lande de Hampstead, demain ; nous serons quelques amis, vous joindrez-vous à nous ?

La jeune fille n'hésita pas.

— Avec le plus grand plaisir, Mary.

Sir Malcolm, qui accompagnait sa fille, s'étonna :

— Mais il fait un temps glacial. Croyez-vous que ce soit la bonne période pour organiser un pique-nique ?

— Rassurez-vous, sir Malcolm, répondit Mary avec un large sourire, nous ne pique-niquerons pas dans les bois. Après une promenade en voiture, nous ferons halte à la *Spaniards Inn*...

— La *Spaniards Inn* ? Ne raconte-t-on pas que le brigand Dick Turpin[2] aurait établi son quartier général dans cette auberge ? s'inquiéta sir Malcolm.

Mary Wollstonecraft partit d'un grand éclat de rire.

— C'est de l'histoire ancienne, sir Malcolm. Aujourd'hui, la lande est paisible et avec la neige qui nous vaut de si ravissants réveillons, elle offre un spectacle magnifique. Il paraît que les étangs sont gelés. Pourquoi ne nous accompagneriez-vous pas ? L'air vif est tellement revigorant...

Le vieil homme émit un son qui devait être un rire.

— A mon âge ? Je craindrais d'attraper la mort.

— Allons, Père, nous nous habillerons chaudement, glissa Grace avec un sourire délicieusement ingénu.

1. Allusion aux *Joyeuses Commères de Windsor*.

2. Dick Turpin est un célèbre bandit de grand chemin, qui attaquait les malles-poste sur la route de Londres, au XVIIIe siècle.

Sir Malcolm n'était pas un méchant homme, bien au contraire. Il adorait sa fille qu'il avait élevée avec beaucoup d'attention après la mort en couches de sa femme. Il était ravi de voir que Grace ne s'obstinait pas dans ses délires concernant Andy McCarthy. Il était donc hors de question qu'il s'oppose à cette sortie, même si une telle escapade lui paraissait plus appropriée à une journée de printemps qu'à une veille de nouvel an. En outre, il aurait préféré de meilleures fréquentations pour sa fille que cette virago. Mais Andy saurait sûrement remédier à ce genre de détail lorsque le mariage aurait été célébré. Lui non plus n'aimait pas ces femmes qui revendiquaient des droits au risque de déstabiliser une société dont la force dépendait du respect de ses traditions.

— Je compte sur vous pour faire montre de prudence, ma chère enfant, conclut-il. Je serai pris toute la journée par une réunion au siège de la société. Nous avons de grosses affaires à traiter et il semble que ma présence soit souhaitée. Andy viendra me chercher de très bonne heure et nous risquons de rentrer tard.

Grace se tourna vers Mary, qui lui sourit de manière parfaitement innocente, mais la fille de sir Malcolm était persuadée que son amie savait tout de l'emploi du temps de son père et d'Andy. Elle avait choisi le jour du départ en toute connaissance de cause. Car Grace ne doutait plus, désormais, que son amie n'avait jamais renoncé à leur projet.

— Je passerai vous prendre demain vers neuf heures, Grace, annonça Mary. Tenez-vous prête...

— Comptez sur moi, fit la jeune fille.

Grace suivit la fin du spectacle sans en perdre un seul vers. Dans la voiture qui les ramenait à la maison, son père et elle, elle s'étonna de ne pas éprouver plus d'émotion. Ne s'apprêtait-elle pas à quitter l'Angleterre pour la première fois de sa vie, sans l'autorisation de son père — sans même que celui-ci fût informé de ses projets —, sans certitude de retour, et, qui plus est, pour se rendre dans un pays en proie à une révolution sanguinaire ? Or elle se sentait calme, presque soulagée.

Quand elle retrouva la quiétude de ses appartements, elle s'empressa d'appeler sa vieille gouvernante.

— Prépare mes malles, Fanny, dit-elle. Mais sois discrète, il ne faut pas que mon père se doute de quoi que ce soit.

— Nous partons donc demain, Mademoiselle ? demanda Fanny.

— *Je* pars demain, Fanny, rectifia Grace. Mademoiselle Wollstonecraft et moi prenons la route de la côte, afin de nous embarquer pour la France. Je ne puis malheureusement pas t'emmener.

— Si vous ne pouvez pas, Mademoiselle, je me débrouillerai toute seule, mais il est hors de question que je vous laisse partir sans moi, rétorqua la vieille dame sur un ton pincé.

— Mais, Fanny, pour se rendre à Paris en ce moment, il y a de nombreuses formalités à remplir et...

Une lueur mutine s'alluma dans l'œil de la gouvernante :

— Ne vous en faites pas, je me débrouillerai, Mademoiselle, je vous l'ai dit.

— Fanny...

La vieille gouvernante posa un doigt sur les lèvres de sa jeune maîtresse.

— Vous ne croyez quand même pas que je vous aurais laissée partir dans un pays en guerre sans moi ? fit-elle, retrouvant sa bonhomie habituelle. J'ai dit à Mademoiselle Mary que si elle voulait que je ne dise rien à sir Malcolm, elle devait m'emmener avec vous.

— Fanny ! s'offusqua Grace.

— Elle savait bien que je ne vous trahirais jamais, va ! la rassura la vieille gouvernante, mais elle savait aussi que je mourrais d'angoisse en vous sachant toute seule dans cette ville de barbares ! Alors, elle a entrepris toutes les démarches pour que je puisse être du voyage.

Grace Hastings secoua la tête, émue :

— Je n'aurais pas été seule, Fanny, puisqu'il y a Mary et ses amis...

Mais, tout en serrant contre son cœur la vieille gouvernante, qui lui avait servi de mère, elle ajouta :

— Je suis heureuse de savoir que tu seras près de moi.

Elle se ressaisit aussitôt, et dit :

— Va donc préparer nos bagages, maintenant.

Un large sourire éclaira le visage de la gouvernante.

— Tout est prêt, Mademoiselle, annonça celle-ci. Mademoiselle Mary m'a fait prévenir pendant que vous étiez au théâtre. Je me suis occupée de tout en votre absence. Une voiture est passée peu de temps avant votre retour et elle a chargé les malles.

— Mais, s'inquiéta Grace, et les domestiques ?

La vieille gouvernante haussa les épaules :

— J'ai dit : « En voilà bien du chichi pour une journée à la campagne ! » Et puis, j'ai expliqué à la cuisinière que vous accompagniez, demain, mademoiselle Wollstonecraft dans les landes de Hampstead et que vous alliez déjeuner dans une taverne fréquentée par des brigands. J'ai ajouté que je vous accompagnais et que, moi, ça ne me plaisait pas d'aller traîner dans des lieux où on risquait de prendre de mauvais coups. A l'heure qu'il est, toute la maisonnée sait que vous allez à Hampstead.

— Tu es merveilleuse, Fanny ! s'exclama Grace.

— Merveilleuse, peut-être, mais si nous ne prenons pas quelque repos maintenant, je ne réponds de rien pour demain. La voiture vient nous chercher de bonne heure.

— Tu as raison, Fanny. Bonne nuit.

Grace avait beau être calme, elle ne réussit pas à trouver le sommeil. Alors que le petit jour commençait à poindre et qu'une fine neige tombait sur la ville, elle s'installa à son secrétaire et entreprit d'écrire une lettre à son père :

« Père,

Je vous demande, par avance, pardon de la peine que je vais vous occasionner. Lorsque vous lirez cette lettre, je serai en route pour Paris. Vous n'avez pas voulu m'entendre lorsque je vous ai parlé de votre secrétaire, monsieur Andy McCarthy. Vous avez mis mes propos sur le compte d'une quelconque divagation, ensuite vous m'avez interdit d'en reparler. Je puis vous comprendre, Père. Moi aussi, j'ai longtemps cru à l'honnêteté d'Andy. A son affection. Presque à son amour. Malheureusement, après avoir surpris son échange avec Peter Boyle, juste après la soirée chez l'éditeur Joseph Johnson, le doute ne m'est plus permis.

Andy et Peter ont tout manigancé pour éloigner Thomas Charles Perkins. Depuis cette farce, où mon fiancé m'a surprise dans les bras de cet odieux individu qui se disait notre ami, jusqu'au départ de Thomas pour la Chine. J'ai été la dupe de ces forbans. Andy n'avait d'autre objectif que de m'épouser pour mettre la main sur ma dot. Le pire n'est pas là. Combien d'hommes ne se comportent-ils pas de la sorte ?

Le pire est qu'il a l'intention de se débarrasser de vous, après le mariage. Il espère ainsi prendre la direction de la société et se trouver en position d'accroître sa fortune en développant le commerce de l'opium entre l'Inde et la Chine.

J'ignore comment il compte s'y prendre. Il m'a été impossible d'en entendre plus. Ce que je sais, c'est que Thomas court un grave danger et que je ne puis rien pour lui. Vous comprendrez qu'il m'est impossible d'envisager seulement d'épouser un homme tel que monsieur McCarthy. Non seulement ce serait me condamner à passer le reste de mes jours avec un escroc qui ne m'aime pas, mais ce serait encore — et surtout — vous condamner à mort.

J'avais espéré qu'Edward, le majordome d'Andy, qui a tout entendu, comme moi, accepterait de témoigner auprès de vous, mais il craint trop les représailles de son maître. Pour vous convaincre de ma bonne foi, je n'ai trouvé que ce moyen : m'enfuir !

Comprendrez-vous qu'il ne s'agit pas d'un simple caprice ? Encore moins d'un délire ? Comprendrez-vous que ma seule intention est de vous ouvrir les yeux sur un homme auquel vous avez tort d'accorder votre confiance ? Je l'ignore mais je forme l'espoir que vous saurez écouter votre cœur. Sans quoi, nous sommes perdus.

Père, aimez-vous assez votre fille pour croire en sa sincérité ? Adieu, ou au revoir... »

Après avoir plié sa lettre et l'avoir glissée dans une enveloppe, qu'elle prit soin de cacheter, Grace s'installa devant la fenêtre de sa chambre. Elle regarda la neige qui recouvrait les toits de la cité, en songeant qu'elle ignorait en quelle partie du monde Thomas célébrerait ce nouvel an qu'ils auraient dû passer ensemble... Elle serra les poings. Elle ne voulait pas laisser la tristesse prendre le dessus. Elle avait besoin de toutes ses forces. Huit heures sonnaient à la grande horloge du salon quand elle entendit la porte d'entrée s'ouvrir. La voix de son père lui parvenait, sans qu'elle distingue ses mots ; il devait donner ses ordres pour la journée. Elle songea que c'était la dernière fois qu'elle entendait sa voix, tout à la fois bourrue et chaleureuse, avant bien longtemps. Mais là encore, elle lutta pour chasser ses larmes. Elle ne voulait pas laisser quoi que ce soit entamer sa résolution.

A neuf heures, une voiture chargée de malles se présenta à la porte de la résidence des Hastings. Mary Wollstonecraft en émergea avec une pétulance qui ne lui était pas habituelle.

— Grace, ma chérie, dit-elle, j'ai pensé que nous pourrions passer la nuit chez mes amis le comte et la comtesse de Mansfield. Connaissez-vous leur somptueuse résidence de Kenwood House ? Non ? Oh ! vous adorerez, j'en suis sûre. Et avec cette neige, le parc est magnifique. Je...

Grace n'écoutait pas son amie qui virevoltait dans l'entrée en débitant ces mensonges destinés aux oreilles du majordome, qui ne manquerait pas de les rapporter à sir Malcolm ; cela aurait pour effet de retarder le moment où celui-ci découvrirait la fuite de sa fille. Grace songea à la lettre qu'elle avait disposée en évidence sur son secrétaire, mais il était peu probable que son père entrât dans sa chambre avant d'avoir eu des raisons de s'inquiéter de sa disparition. Quant aux serviteurs, seule Fanny était autorisée à pénétrer dans les appartements de sa maîtresse en son absence. Cela leur permettrait donc de gagner vingt-quatre heures.

Au moment de sortir, Grace lança au majordome :

— N'oubliez pas de prévenir mon père que je passe la nuit à Kenwood House.

Et, un petit sourire moqueur aux lèvres, elle ajouta :

— Vous présenterez mes civilités à monsieur McCarthy.

Quand la voiture s'ébranla, ce fut Fanny qui se retourna avec émotion vers la vieille bâtisse familiale. Sa jeune maîtresse gardait son regard tourné vers l'avant. Vers l'avenir !

Lorsque le petit groupe arriva à Paris, le Comité de défense générale venait tout juste de se faire chapeauter par un nouveau Conseil exécutif, qui entendait concentrer entre ses mains l'ensemble des pouvoirs. Grace découvrit une ville défigurée par les combats des derniers mois, et ne tarda pas à s'apercevoir que ceux-ci n'appartenaient pas au passé, car les esprits n'étaient nullement apaisés dans la capitale française. Diverses factions s'opposaient sans trêve. La jeune fille s'était imaginé, fort naïvement, qu'il y aurait d'un côté les partisans du roi et de l'autre ceux de la république ; elle découvrait qu'il n'en était rien. Des tensions déchiraient les différents groupes révolutionnaires.

Le 21 janvier 1793, elle fut catastrophée d'apprendre que la guillotine avait mis un terme à l'existence du roi. Elle comprenait qu'un peuple se révolte contre un pouvoir tyrannique, mais elle avait de la peine à admettre qu'il s'acharne sur un être déchu au point de le mettre à mort au terme d'une parodie de procès. Elle était révoltée également par les exécutions de prêtres, même si ceux-ci n'étaient pas de sa propre confession. Elle se gardait toutefois de mêler ses réflexions à celles de ses compatriotes. Elle s'efforçait d'analyser avec recul une situation qui lui apparaissait nettement plus complexe que les discussions de salon ne le laissaient supposer.

La jeune fille ne se sentait pas prête à prendre position ni pour les uns ni pour les autres. Elle estimait ne pas disposer d'éléments suffisants pour juger d'une crise dont les racines étaient beaucoup plus profondes que des Anglais fraîchement débarqués ne le pouvaient estimer. Fanny était impressionnée par la maturité dont sa jeune maîtresse faisait montre dans un univers qui lui était parfaitement étranger quelques semaines auparavant.

Au lendemain de la mort du roi, ses partisans eux-mêmes se divisèrent. Le régime monarchiste était en place depuis si longtemps que les hommes, quelles que fussent leurs aspirations ou leurs sympathies, semblaient éprouver toutes les peines du monde à affronter la situation. C'était, en vérité, un monde nouveau qu'il leur fallait apprendre à bâtir.

Le 1er février, Mary vint informer son amie que la France avait déclaré la guerre à l'Angleterre.

— Ce qui fait qu'elle est désormais en conflit ouvert avec presque toute l'Europe continentale, maritime et coloniale, précisa la jeune fille.

— Mon Dieu, s'exclama la vieille gouvernante, nous sommes perdues !

— Allons, Fanny, la rassura Grace, nous n'avons rien à voir avec ces événements. Rassure-toi, nous sommes en sécurité ici.

En vérité, Grace ne savait plus que penser de sa situation. Elle n'était pas persuadée d'être vraiment en sécurité à Paris, mais elle n'avait aucune envie de rentrer au pays. En fait, elle découvrait un univers que sa vie protégée ne lui avait jamais permis d'entrevoir et elle éprouvait le sentiment de vivre pleinement pour la première fois de son existence. Mary la présentait à tous ses amis et un nouveau cercle se formait autour des deux jeunes femmes.

Le simple fait qu'elles vivent seules au milieu de la tourmente de la Révolution influençait le regard que leurs compatriotes portaient sur elles. Les uns jugeaient cela courageux, mais pour la plupart une telle audace était inconvenante. Grace Hastings ne vivait plus en fonction de conventions sociales préétablies, elle existait désormais par elle-même, et se souciait peu du regard des autres. Pourtant, sa manière d'être lui gagna la sympathie de tous, même de ceux qui réprouvaient sa situation.

Mary s'était si bien intégrée à son nouvel environnement qu'elle n'avait pas tardé à nouer une relation amoureuse avec un entrepreneur américain, un certain Gilbert Imlay. L'homme ne plaisait pas à la fille de sir Malcolm. Il ne lui paraissait pas digne de confiance. Par certains amis, Grace avait appris qu'Imlay faisait commerce de fer, de savon et de charbon qu'il importait de pays neutres. Pour ce faire, il lui fallait contourner le blocus britannique. Mary, elle, voyait en cet homme un aventurier audacieux, ce qui n'était pas pour lui déplaire. Le fait qu'Imlay se fasse payer en bourbons d'argent, qu'il demandait à ses débiteurs de verser sur un compte en Suède, ne lui paraissait nullement suspect.

Grace se demandait parfois si sa méfiance à l'égard de Gilbert Imlay ne lui venait pas de ce que cet opportuniste lui apparaissait comme une réplique d'Andy McCarthy.

Toujours est-il qu'elle comprenait mal que son amie, qui était engagée avec une telle vigueur dans le mouvement de reconnaissance des droits des femmes, puisse se montrer aussi candide dans sa vie personnelle. Mais Mary était toute à sa nouvelle passion, laquelle ne l'empêchait pas toutefois de se réjouir que des femmes aussi en vue que l'actrice Claire Lacombe s'engageassent dans le combat pour les droits civiques des femmes.

« Le peuple français s'emploie à créer une société nouvelle où les hommes seront tous égaux, s'émerveillait-elle. Et les femmes seront les égales des hommes. Voilà la vraie Révolution ! »

Mary Wollstonecraft, qui rêvait toujours de créer une école, se réjouissait de voir que le nouveau gouvernement français plaçait au nombre de ses priorités la question de l'instruction publique. Les notions d'éducation obligatoire et gratuite la séduisaient. En revanche, la volonté de l'Etat de s'assurer le monopole de l'instruction lui paraissait nettement plus contestable. Mais la Révolution était en marche. Les mentalités évoluaient et Mary entendait participer à sa manière à l'avancée du progrès.

Grace, elle, était moins confiante en l'avenir. Elle n'était pas aveugle aux conflits qui déchiraient les troupes révolutionnaires. Elle voyait ceux qu'on nommait les « enragés » s'en prendre aux « affameurs » qui voulaient taxer le pain. Elle voyait les nombreuses émeutes qui, chaque jour, lançaient les Parisiens les uns contre les autres. Elle voyait les annonces d'exécutions sommaires. Elle voyait tant d'expressions de haine ! Et elle songeait que si la république réussissait à s'imposer, il lui faudrait encore bien du temps pour ramener l'équilibre dans le pays et pour réconcilier les frères ennemis. Elle mesurait le drame que représentait ce qu'elle considérait comme la pire de toutes les guerres, la guerre civile.

Le 25 février, alors qu'elle se rendait à une réception chez des amis anglais, en compagnie de Fanny qui refusait de quitter sa jeune maîtresse d'une semelle, elle assista à l'attaque de boulangeries et d'épiceries par des sans-culottes.

— Mon Dieu, tout cela va mal finir, Mademoiselle, s'exclama Fanny, terrorisée. Nous devrions rentrer à Londres.

— Non, Fanny, je ne retournerai pas à Londres. Sais-tu ce que m'a appris une connaissance de Mary, qui en arrive à peine ? Mon père a confié la direction de la société à son cher secrétaire.

— A monsieur McCarthy ? Mais c'est impossible !

— Malheureusement, c'est ainsi, Fanny, fit Grace en soupirant. J'avais laissé une lettre à mon père dans laquelle je lui expliquais tout. Il semble qu'il n'ait pas ajouté foi à ma parole.

— Je ne puis y croire, Mademoiselle, s'insurgea la vieille gouvernante. Si sir Malcolm se désintéresse de ses affaires, c'est sûrement parce que votre départ l'a plongé dans une profonde tristesse.

— Si c'était le cas, Fanny, il aurait pris en considération mes informations relatives à Andy, or ce forban assure seul, aujourd'hui, la direction de la société.

La vieille gouvernante secoua la tête.

— Sir Malcolm n'a sûrement pas eu connaissance de votre lettre, Mademoiselle.

— Hélas, ma bonne Fanny, mon père est persuadé que je divague et il n'est pas prêt à remettre en cause l'intégrité de son cher Andy McCarthy.

— Je ne puis le croire, murmura Fanny.

16

Grace Hastings ne pouvait avoir connaissance de ce qui s'était passé à Londres pendant son absence. Après sa réunion avec leurs associés, le soir même du départ de sa fille pour la France, Andy McCarthy avait raccompagné sir Malcolm chez lui. Au moment d'introduire son secrétaire au salon, le vieil homme avait demandé à son majordome de prévenir Grace de son retour.

— Vous lui direz que monsieur McCarthy m'accompagne et qu'il serait heureux de lui présenter ses civilités. N'est-ce pas, mon garçon ?

Andy se fendit d'un sourire respectueux.

— Mais, sir Malcolm, Mademoiselle Grace n'est pas encore rentrée, répondit le majordome.

— Elle n'est pas rentrée ? s'étonna le vieil homme.

— Non, sir Malcolm, mademoiselle Wollstonecraft est venue la chercher ce matin, et elles ont prévu de passer la nuit chez le comte de Mansfield.

— Chez le comte de Mansfield ? J'ignorais que notre championne des droits des femmes fût reçue à Kenwood House, fit le vieil homme avec une pointe d'ironie dans la voix.

Tout en se dirigeant vers le salon, sir Malcolm lança encore :

— Allez chercher Fanny, James, elle en saura sûrement plus sur cette escapade.

Le majordome se précipita pour ouvrir la porte du salon à son maître et déclara :

— C'est que Fanny a accompagné Mademoiselle Grace, sir Malcolm.

— Fanny ? Voilà qui est étrange.

James s'empressa d'ajouter :

— En vérité, sir Malcolm, mademoiselle Wollstonecraft a envoyé sa voiture dès hier soir, pendant que Mademoiselle et Monsieur étaient au théâtre, afin de prendre les affaires de Mademoiselle Grace et de Fanny.

Et il précisa, en affectant un air important :

— Maddy, la cuisinière, et moi-même, nous nous sommes fait la réflexion que Fanny prévoyait des malles bien grandes pour un aussi bref séjour.

Sir Malcolm fronça les sourcils.

— J'imagine qu'elle aura été impressionnée par le titre de leurs hôtes.

Et, se tournant vers Andy, il conclut :

— Je suis désolé, mon garçon, nous devrons nous passer de la compagnie de ma fille. Mais que cela ne nous gâche pas notre plaisir. Je vous ai promis un sherry dont vous me direz des nouvelles, et j'entends tenir parole au moins sur ce point.

Le vieux sir Malcolm, qui était la probité même, ne pouvait soupçonner sa fille de lui avoir menti, fût-ce par omission. En revanche, Andy McCarthy, habitué aux roueries en tout genre, suspecta immédiatement quelque tromperie. Que pouvait bien signifier cette absence soudaine ? Pourquoi Grace avait-elle emporté des malles dont l'importance surprenait jusqu'à ses domestiques ? Il s'efforça de ne pas trahir son impatience, mais dès qu'il estima pouvoir prendre congé de son hôte sans paraître impoli, il prétexta la fatigue.

— Vous avez raison, mon garçon, fit le vieil homme en se levant, la journée a été éprouvante et il se fait tard. Or, nous avons encore du pain sur la planche, demain. Je compte sur vous de bonne heure. Nous devons organiser la synthèse de la réunion de ce jour.

— Sir Malcolm, risqua Andy McCarthy, je souhaiterais laisser un petit mot à Grace, qu'elle trouvera dès son retour.

— Faites, Andy. Vous êtes ici chez vous, mon garçon. Je ne vous accompagne pas.

Andy McCarthy se rendit aussitôt dans les appartements de sa promise. Il ne fut pas surpris de constater que Grace avait effectivement emporté beaucoup d'effets pour une absence qui ne devait pas se prolonger plus d'une nuit. Il s'apprêtait à repartir, en proie à de sombres pensées, quand il aperçut la lettre cachetée posée bien en évidence sur le secrétaire de Grace.

« Tiens, tiens : “à mon père bien-aimé”. Voilà qui est étrange ! Pourquoi adresser une lettre à son père si elle compte rentrer demain ? »

Le jeune homme n'hésita pas.

« Au besoin, il me sera facile de recacheter l'enveloppe, Grace n'a pas emporté son matériel. »

D'un coup d'ongle, il fit sauter la cire et prit connaissance du message de Grace.

« Bon Dieu ! Quelle chance que j'aie découvert ce document avant sir Malcolm ! »

Il glissa aussitôt la lettre dans la poche de sa redingote et s'empressa d'aller retrouver son âme damnée.

Peter Boyle comprit que son ami était contrarié dès qu'il lui eut ouvert la porte. Andy n'attendit pas d'être installé dans le salon pour lui remettre la lettre de Grace. Peter la lut sans que son visage trahisse la moindre émotion.

— Edward est un danger pour nous, Andy, conclut-il simplement.

— Je le crains. Mais j'ai peur également que nos projets se trouvent sérieusement compromis. Je ne vois pas comment je puis encore espérer épouser la fille de ce vieux radoteur.

Peter sourit.

— Ce ne sera plus nécessaire. Vous vous souvenez du conte que nous avions inventé au sujet du départ de Thomas pour la France ? L'histoire peut resservir pour Grace. Et cette fois, ce ne sera qu'un demi-mensonge. Nous devons bien avoir des amis, à Paris, qui pourraient corroborer notre histoire à leur retour.

Andy fronça les sourcils.

— Je ne vois pas en quoi cela pourrait arranger nos affaires, Peter. Sir Malcolm ne croira jamais que sa fille est allée faire la révolution en France.

— Non, mais n'oubliez pas qu'elle est partie avec cette virago de Wollstonecraft. Je crois avoir remarqué que sir Malcolm ne portait pas dans son cœur cette femme à la vie scandaleuse. Pourquoi ne ferions-nous pas courir le bruit que Grace a été gagnée à la cause féministe...

— Vous avez raison, mais je ne vois toujours pas où cela nous mène.

Peter Boyle était encore plus roué que son ami.

— Sir Malcolm vous considère un peu comme le fils qu'il n'a jamais eu, n'est-ce pas ? dit-il.

— Oui, mais...

— Il adore sa fille, l'interrompit Peter. Son départ, dans de telles circonstances, ne pourra que lui porter un coup fatal.

— Continuez ! le pressa Andy.

— Il vous suffira de profiter de son état de faiblesse pour lui suggérer de penser à l'avenir de la société. Il a déjà pris ses distances par rapport à la gestion de ses affaires. De là à vous en confier la direction...

Andy secoua la tête.

— Cela ne me suffit pas, Peter.

— Qui dit que cela doive vous suffire ? Tout le monde comprendra que la santé de sir Malcolm se dégrade après le coup terrible que lui a porté sa fille. A nous de faire en sorte que cette indisposition ne soit pas seulement passagère. Quand il sera au plus mal, nous n'aurons aucune peine à lui faire signer tous les documents nécessaires pour faire de vous son légataire universel... N'aurait-il pas toutes les raisons du monde de déshériter sa fille ? Or, ce malheureux père bafoué n'a pas d'autre héritier.

Andy McCarthy se gratta le menton, puis il éclata d'un rire cruel.

— Vous êtes un ami précieux, Peter. Je crois effectivement pouvoir dire que sir Malcolm n'est pas homme à se remettre de l'abandon de sa fille...

— Mais pour l'heure, ajouta Peter Boyle d'une voix sourde, laissez-moi m'occuper de ce diable d'Edward !

A Paris, Mary Wollstonecraft était de plus en plus accaparée par sa liaison avec Gilbert Imlay et Grace, qui supportait de moins en moins cet entrepreneur américain et sa suffisance, avait pris ses distances avec son amie. Le 21 mars, des comités de surveillance étaient mis en place pour contrôler les étrangers et les suspects. La jeune fille ne voulut pourtant pas céder à l'inquiétude de Fanny. Elle parlait français avec de moins en moins d'accent et, dans les discussions de salon, elle prenait soin de garder soigneusement pour elle ses opinions sur la situation politique française. Pourquoi voudrait-on lui faire du mal ?

— Non, monsieur Somerset, expliqua-t-elle un soir à l'un de ses nouveaux amis, ce n'est ni un manque d'intérêt ni un excès de prudence. En tout cas, pas dans le sens où vous entendez le mot prudence. Comment voulez-vous prendre parti pour les uns ou pour les autres, quand ni les uns ni les autres ne savent où ils vont ? Voyez comme les républicains sont divisés... Vous pouvez prendre parti pour un principe, mais pas pour un camp.

— Prenez garde, mademoiselle Hastings, la formulation d'un principe peut suffire à vous valoir de nombreuses inimitiés. Voire plus...

— Monsieur Somerset, qui pourrait m'en vouloir de défendre le respect de la vie et des êtres ?

— Ceux qui tranchent les têtes, par exemple. Ceux qui massacrent les prêtres...

La jeune fille se rembrunit. Son ami avait raison. Il n'existait pas de principe innocent.

Plus le temps passait, plus Grace acquérait assurance et profondeur. Plus elle était appréciée dans les cercles britanniques. Mary ayant tendance à se renfermer quelque peu sur elle-même, la fille de sir Malcolm devenait véritablement la coqueluche de la communauté britannique de Paris. Les jeunes gens n'étaient pas insensibles à sa beauté et à son intelligence, aussi Grace ne manquait-elle pas de prétendants. Mais, si elle se montrait aimable et prévenante avec chacun, elle savait faire comprendre aux uns et aux autres que son cœur n'était pas à prendre.

En avril, alors que de violents conflits opposaient Girondins et Montagnards à la Convention, et que Fanny avait renoncé à convaincre sa maîtresse de se montrer raisonnable, Grace réalisa subitement qu'elle n'avait rien à faire dans cette ville. Elle se rendait chez Mary en traversant le jardin des Tuileries entre, d'un côté, la Convention en proie à des troubles violents et, de l'autre, la place de la République, où la guillotine s'activait sans relâche. Que pouvait-elle espérer de la vie oisive qu'elle menait au cœur de la tourmente parisienne ? Ce monde n'était pas le sien. Elle ne s'y intégrerait jamais.

Un jour, sûrement, il ferait bon marcher dans les rues de cette ville, mais pour l'heure les esprits étaient trop échauffés. Et ce combat n'était pas le sien. Elle ne supportait plus d'entendre des exhortations comme : « Soyons terribles pour dispenser le peuple de l'être[1] ! » Elle n'était pas loin de se demander si ces hommes qui prônaient un monde nouveau, où tous auraient droit à l'égalité, la liberté, la sécurité, la propriété, n'étaient pas aussi terribles que ce roi qu'ils avaient renversé.

Où était la sécurité, dans ce pays à feu et à sang ? Où étaient la liberté et l'égalité, quand chacun était à la merci de dénonciations et de procès-mascarades ? Quant à la fraternité... Non, le monde nouveau viendrait, elle en était persuadée, mais les hommes pour le bâtir, eux, n'étaient pas encore arrivés. Un monde nouveau ne se crée pas avec la haine au cœur, mais avec l'amour de son prochain.

Rentrer à Londres ? Grace ne pouvait se cacher que son père lui manquait. Bien sûr qu'elle lui en voulait toujours de ne pas lui avoir fait confiance, mais il avait toujours été si bon pour elle... Si prévenant, si compréhensif. N'avait-elle pas été injuste en balayant toutes ces années de bonheur pour un instant d'égarement ? Certes, elle ne se résoudrait jamais à épouser Andy. Mais aujourd'hui, elle aurait la force de s'opposer à la volonté paternelle. Elle n'avait plus à craindre une autorité à laquelle elle se sentait désormais en mesure de résister. Son séjour à Paris lui avait au moins apporté cela : la volonté de revendiquer ses droits. Et puis, à Londres, elle serait à même de lutter contre les menées d'Andy. Elle était loin, la jeune fille soumise qui s'en remettait aux autres pour diriger sa destinée !

Ses pensées la ramenant en arrière, Grace songea aussi à Thomas. Elle aimait toujours son cher violoncelliste. Elle avait eu beau chercher à se mentir, elle n'avait jamais cessé de l'aimer. Se pouvait-il qu'il soit perdu à tout jamais ? Non, elle se refusait à le croire. Quand il rentrerait de Chine, elle serait là et c'est elle-même qui irait plaider sa cause auprès

1. Phrase de Danton.

de lui. Avec le temps, la blessure se serait peut-être cicatrisée. Thomas serait peut-être en mesure de l'écouter. Quand elle lui aurait expliqué le rôle diabolique joué par Andy dans toute cette affaire, quand elle lui aurait fait entendre qu'Andy ne visait rien d'autre que sa fortune, il comprendrait peut-être qu'ils avaient tous deux été les dupes de ce forban. Alors, peut-être accepterait-il non seulement de lui rendre sa confiance et son amour, mais aussi de l'aider dans son combat contre ce jeune arriviste.

Quoi qu'il en soit, elle devait au moins tenter sa chance !

Mais soudainement, le passé retrouvant sa juste place par rapport au présent, Grace se souvint de la conversation qu'elle avait surprise dans le salon d'Andy McCarthy. Quand le fourbe était entré en compagnie de Peter Boyle, ils avaient parlé de Thomas. Ils avaient évoqué le fait qu'il aurait pu se noyer dans le naufrage de son bateau et Peter Boyle avait dit... Quels avaient été ses mots ? Oui, c'est cela :

« Ce serait surtout gênant pour nos amis de la Compagnie des Indes orientales. Plus de bouc émissaire pour porter le chapeau en cas de difficulté, mais pour vous, cela ne changerait pas grand-chose.

— Vous avez raison, Peter. Que ce malheureux Thomas périsse en mer ou en Chine, cela m'importe peu, somme toute. L'essentiel est qu'il ne réapparaisse pas avant que la petite dame ait dit "oui" ! »

Comment avait-elle pu se montrer aussi négligente ? Thomas était en danger. Ces hommes l'avaient utilisé comme une sorte d'appât. Mais dans quel but ? Pour faire main basse sur la fortune de sir Malcolm ? Non, l'éloignement était suffisant. Le temps que Thomas revienne de Chine, le mal aurait été fait. Et de façon irrémédiable puisque sir Malcolm devait disparaître après le mariage d'Andy et Grace. Il existait sûrement une autre raison à la manipulation du jeune musicien, sinon Peter n'aurait pas employé le terme de « bouc émissaire ». La jeune fille se remémora une autre phrase d'Andy :

« Dès que j'aurai épousé Grace, je me débarrasserai du vieux et le monde sera à nous, Peter. Sir Malcolm est un fossile. Dès que nous ne l'aurons plus dans les pieds, nous aurons les coudées plus franches pour introduire l'opium en Chine. »

Andy et Peter envisageaient donc de se lancer dans le commerce de l'opium... L'entreprise était hasardeuse. Si leur trafic était découvert, ils risquaient de sérieux ennuis, tant avec les Britanniques qu'avec les Chinois, sauf si quelqu'un portait le chapeau à leur place. Voilà donc où intervenait le « bouc émissaire » ! Mon Dieu ! comment avait-elle pu rester sourde aussi longtemps à ce qu'elle avait entendu ? Elle était tellement obnubilée par son désir de se soustraire à la perspective d'un mariage avec ce fourbe de McCarthy qu'elle n'avait pas mesuré les risques combien plus terribles encourus par Thomas. Et puis, elle n'était pas encore libérée de sa rancœur à l'encontre de son fiancé. Comme elle avait été stupide ! Oui, mais que pouvait-elle faire désormais ? Quelles mesures pouvait-elle prendre pour tenter de sauver Thomas, qui voguait vers l'autre bout du monde ? Les responsables de la Compagnie n'avaient pas plus de raisons de la croire aujourd'hui qu'hier. Elle avait beau posséder une meilleure appréhension des faits, elle n'en était pas plus avancée pour autant.

La situation de Grace n'était pourtant pas tout à fait la même qu'avant son départ de Londres. Et la jeune fille n'allait pas tarder à s'en rendre compte. Un après-midi qu'elle s'était rendue chez l'une de ses nouvelles amies pour écouter un récital de piano, un homme au port aristocratique et aux cheveux blancs comme ses épais favoris s'approcha d'elle.

— Mademoiselle Hastings ? s'enquit-il.

— C'est bien moi, répondit-elle avec ce sourire qui lui attirait l'affection des femmes comme des hommes — ce qui est une prouesse pour une personne jeune et jolie.

— Permettez-moi de me présenter : lord Fairbanks, William Fairbanks.

La jeune fille fronça les sourcils.

— Votre nom ne m'est pas inconnu, milord. Il me semble que mon père...

— C'est exact, mademoiselle, l'interrompit le vieil homme. J'ai été un associé de votre père pendant de longues années, au temps où nous étions tous deux nettement plus jeunes. A vrai dire, je pouvais me targuer, alors, du titre d'ami. Hélas, depuis quelque temps, votre père devient inaccessible. C'est à peine s'il sort encore de chez lui. Il ne veut plus voir personne.

Grace songea aussitôt à ce que lui avait dit Fanny. Sa fuite avait dû porter un coup terrible à son père.

— Je suis sans doute responsable de cette situation, lord William. En disparaissant ainsi que je l'ai fait...

Mais le vieil homme l'interrompit à nouveau. Il balaya l'air d'un large revers de la main.

— J'y ai pensé moi aussi, mademoiselle Hastings, mais cette explication ne me satisfait plus. Je connais l'affection de votre père pour ce monsieur McCarthy, mais il me semble qu'il pousse l'aveuglement un peu loin. Savez-vous qu'il a confié la direction de la société à ce blanc-bec arrogant ?

— J'en ai eu vent, milord.

— Et savez-vous que si je ne peux plus voir votre père, c'est parce que ce monsieur McCarthy joue les gardes-chiourme à votre domicile ? La santé de sir Malcolm s'est paraît-il dégradée, et il a besoin de repos. Un homme malade n'a-t-il pas besoin, plus que jamais, de l'affection de ses amis ? De ses vrais amis ?

— Je le crois également, milord, et s'il ne tenait qu'à moi, ce monsieur McCarthy n'approcherait plus mon père depuis longtemps. C'est, en réalité, pour ne pas avoir à l'épouser que je me suis... enfuie à Paris.

— Dieu, que je vous comprends !

Un homme roux, qui fumait tranquillement sa pipe dans un fauteuil, à quelques pas de lord Fairbanks et de Grace, se leva et s'approcha d'eux.

— Je vous ai entendus parler de sir Malcolm. Pardonnez-moi, mademoiselle, mais je crois avoir compris que vous êtes sa fille ?

— Oui, monsieur...

— Sir Andrew Bridgetown, mademoiselle Hastings. Il se trouve que je suis arrivé de Londres il y a deux jours à peine, et je suis porteur d'une bien triste nouvelle...

Le cœur de Grace s'arrêta de battre. Elle n'avait pas besoin d'entendre ce que sir Andrew allait dire pour savoir qu'elle ne se pardonnerait jamais de ne pas avoir écouté Fanny.

— Sir Malcolm s'est éteint il y a moins de quinze jours, mademoiselle.

Le visage de Grace se vida de tout son sang, mais elle ne vacilla pas. Ses poings se serrèrent, en même temps que ses dents. Non, elle ne sombrerait pas dans la culpabilité. Elle avait fui pour préserver sa liberté. Elle avait laissé une lettre à son père dans laquelle elle expliquait tout. C'était lui qui n'avait pas voulu accorder sa confiance à sa fille. Quant au responsable de tout ce gâchis, il se nommait Andy McCarthy. Grace n'était plus la jeune fille sans défense de Londres. Aujourd'hui, sa volonté s'était forgée et elle ne se lamenterait pas. Elle pleurerait son père, comme il le méritait, mais elle ne pleurerait pas sur elle-même. Elle avait une mission désormais. Elle n'avait rien pu faire pour sauver sir Malcolm, elle devait tout mettre en œuvre pour sauver Thomas Charles Perkins. Enfin, elle devait veiller à ce qu'Andy et son âme damnée paient pour leurs crimes.

— Mademoiselle Hastings, murmura lord Fairbanks.

Elle se ressaisit aussitôt et, forçant un sourire sur son visage livide, elle dit :

— J'imagine que tout le monde doit parler de ma responsabilité dans le décès de mon père.

Sir Andrew fit la moue.

— Inutile de me masquer la vérité, ajouta Grace.

— Ce que certains vous reprochent, fit le brave homme l'air gêné, c'est d'être partie sans laisser le moindre mot d'explication à votre père. Il a vécu des heures d'angoisse...

— Sans laisser le moindre mot ! s'exclama Grace. Mais j'avais écrit à mon père une lettre dans laquelle je lui expliquais les raisons de mon départ...

L'air venait à lui manquer. Ainsi, son père n'avait pas trouvé sa lettre. Il ne pouvait y avoir qu'une explication à cela : Andy avait dû la subtiliser. Mon Dieu, c'était terrible ! Elle avait vécu pendant tous ces mois avec la conviction que son père ne lui avait pas fait confiance, alors que celui-ci avait dû éprouver le même sentiment à son égard.

— Le monstre ! laissa-t-elle échapper dans un grondement de rage.

— De qui donc parlez-vous ? s'enquit lord Fairbanks.

Les lèvres serrées, Grace ne laissa échapper qu'un mot :

— Andy !

— Andy McCarthy ? demanda sir Andrew, stupéfait.

— Lui-même, ce monstre...

Le vieux lord Fairbanks posa la main sur l'épaule de la jeune fille.

— Mademoiselle Hastings, cet endroit n'est pas le lieu idéal pour ce genre de discussion. Accepteriez-vous d'accompagner un vieil homme jusqu'à son hôtel particulier ? J'aimerais que nous nous entretenions de ce monsieur McCarthy. Si je n'ai plus d'actions dans la société de votre père, je suis toujours actionnaire de la Compagnie des Indes orientales, et il se passe des choses qui ne me plaisent guère. Je soupçonne monsieur McCarthy de sombres desseins.

— Et vous êtes sans doute encore loin de la réalité, milord, répondit Grace, les dents toujours serrées. Pour ce qui est de vous accompagner jusqu'à votre hôtel, ma réputation est suffisamment établie, désormais — et si elle ne l'était pas, ce n'est certes pas cela qui m'arrêterait. Je vous suis.

Une heure après avoir appris la nouvelle du décès de son père, Grace Hastings était installée dans un fauteuil moelleux du salon de l'hôtel particulier loué par lord Fairbanks dans le Marais. Elle venait d'informer le vieil homme de tout ce qu'elle savait des projets d'Andy McCarthy.

— C'est donc bien cela, murmura le lord. Il a l'intention d'introduire l'opium en Chine. En ce cas, la Compagnie est impliquée, car je ne vois pas comment il se procurerait cette boue immonde sans la complicité de certains responsables. Le monstre ! Vous aviez raison, mademoiselle Hastings, ce mot convient parfaitement à cette canaille.

— Et Thomas Charles Perkins, milord ?

— J'ignore de quelle manière ils comptent l'utiliser, mais votre fiancé court un danger certain.

— Mon Dieu, peut-être est-il déjà trop tard...

— Rassurez-vous, je suis régulièrement informé de l'avancée de la mission diplomatique de lord Macartney. La flotte a essuyé une terrible tempête au début de l'expédition, ensuite des alizés l'ont contrainte à faire un détour par le Brésil. A l'heure actuelle, c'est à peine si elle pénètre en mer de Chine ; votre fiancé n'a rien à redouter.

— Sans doute, milord, mais que pouvons-nous faire ?

Le vieux lord se gratta le menton.

— Mademoiselle Hastings, dans quelques jours, le 7 juin très précisément, plusieurs navires de la Compagnie vont partir pour la Chine. Je me rendrai sur place, avec mon fils. Il importe que nous puissions mener une enquête sur le terrain. Je tiens à empêcher ce trafic d'opium, coûte que coûte. Je vous promets de me renseigner, en outre, sur votre fiancé et de m'efforcer de le retrouver afin d'assurer sa sécurité. Je vous promets de ne rien...

— C'est inutile, lord Fairbanks, le coupa Grace. J'ai confiance en vous. Quand avez-vous dit que nous partions ?

— Mademoiselle Hastings, le voyage est long, épuisant et la Chine est un pays dangereux. Une jeune fille comme...

— Ne croyez-vous pas, milord, que la France est en ce moment un pays autrement dangereux ?

— Je ne puis vous laisser courir ce risque, mademoiselle Hastings, objecta lord Fairbanks.

— En ce cas, fit Grace en se levant, vous me pardonnerez de prendre congé, milord, mais je n'ai plus de temps à perdre. Il me faut trouver un autre moyen de me rendre en Chine.

Impressionné par la détermination de la jeune fille, le vieux lord se leva et demanda :

— Il n'est rien que je puisse dire ou faire, n'est-ce pas ?

— Pour infléchir ma décision ?

Grace eut un petit rire qui fit courir des frissons sur l'échine du vieux lord.

— Demandez à ma gouvernante, milord. Voilà plus de six mois qu'elle me conjure de quitter Paris. J'irai en Chine, quel que soit le moyen auquel il me faudra recourir !

— Dans ce cas, je serais criminel de ne pas assurer votre protection, mademoiselle Hastings. Comptez sur moi, vous serez des nôtres.

Grace remit le pied sur le sol anglais moins de huit jours avant le départ du *Walsingham*, à bord duquel elle allait faire la traversée jusqu'à Macao. Elle s'était aussitôt mise en quête d'informations sur ses affaires, et avait ainsi appris que son père l'avait déshéritée au profit d'Andy McCarthy.

« Ce jeune homme ne l'emportera pas en paradis, Grace, lui avait assuré lord Fairbanks.

— Peu importe ma fortune perdue, milord, mais je ne le laisserai pas détruire l'œuvre de mon père. Un jour, je ferai la preuve qu'Andy McCarthy a assassiné sir Malcolm. Ce jour-là, je demanderai moi-même sa tête au roi George. Habituellement, je n'ai pas le goût du sang, milord, je vous le jure, mais je ne pardonnerai jamais à cet homme ce qu'il a fait subir à mon père... et à mon fiancé ! Mais chaque chose en son temps. Commençons par l'empêcher de nuire plus encore.

— Il ne faut pas qu'il parvienne à répandre l'opium en Chine, et nous devons aussi retrouver votre fiancé, Grace », avait conclu lord Fairbanks.

Le vieil homme avait pris sous son aile la fille de son ami défunt. Il avait été impressionné, comme tant d'autres ces derniers temps, par la maturité, le courage et la détermination de la jeune fille. A aucun moment, Grace n'avait donné libre cours à sa peine en présence de tiers. Seule Fanny avait eu droit à ses larmes. Pourtant, le vieux lord n'avait pas été dupe de son apparente froideur. Il avait senti toute sa détresse sous la carapace que s'était forgée la jeune fille. Il ne doutait plus désormais qu'elle serait parfaitement à la hauteur de l'épreuve qui l'attendait au cours des prochains mois.

Le 7 juin, le *Walsingham* quitta l'Angleterre avec à son bord Grace Hastings, lord Fairbanks et son fils, David. Parmi les autres navires composant la flotte, il y avait notamment le *Princess Royal*. Peu avant leur départ, Grace était accoudée au bastingage en compagnie de David Fairbanks.

— C'est curieux, dit-elle, il y a six mois j'étais toute bouleversée à l'idée de prendre le bateau pour la France ;

aujourd'hui, je m'embarque pour la Chine et cela ne me cause pas la moindre appréhension.

David était un jeune homme réservé, mais chez lequel Grace avait d'emblée perçu une grande droiture et une volonté au moins aussi affirmée que la sienne. Il avait pris fait et cause pour la fille de sir Malcolm dès que lord Fairbanks l'avait informé de la situation de sa nouvelle protégée. Il s'était aussitôt proposé pour accompagner son père et Grace à Macao. Depuis leur première rencontre, David avait su que son cœur n'était plus libre désormais. Qu'il serait incapable de voir Grace entreprendre un voyage aussi risqué sans être à ses côtés pour l'aider à affronter les dangers qui ne manqueraient pas de se dresser sur son chemin. Il savait que la jeune fille était amoureuse d'un autre et il souhaitait sincèrement retrouver Thomas Charles Perkins avant qu'il ne lui soit arrivé malheur, pourtant il espérait également que le voyage permettrait à Grace de se détacher du musicien. Il comptait, en outre, sur les quelques mois de navigation pour gagner le cœur de la belle orpheline.

Grace observait les derniers préparatifs quand, soudain, elle se recula en poussant un cri dans lequel il y avait tout à la fois de la surprise et de la rage.

— Là ! dit-elle en désignant la passerelle d'embarquement du *Princess Royal*. Ces deux hommes qui discutent !

— Eh bien ? la pressa David.

— Regardez ! Celui qui reste à terre c'est Peter Boyle, et celui qui s'embarque... c'est ce diable d'Andy McCarthy !

Grace s'empressa de se reculer, de peur que le meurtrier de son père ne la vît.

Sur le quai, Andy McCarthy donnait ses dernières consignes à Boyle.

— Je compte donc sur vous, Peter, pour diriger la société en mon absence. J'ai rempli tous les documents nécessaires.

Vous avez accès aux comptes, mais n'oubliez pas qu'à mon retour, c'est vous qui devrez m'en rendre... des comptes !

— Vous vous répétez, Andy. Rassurez-vous, je gérerai la société de telle sorte que personne ne pourra se douter de ce qui se trame entre l'Inde et la Chine.

— Je me serais bien passé de ce voyage pénible, mais ma présence sur place devient essentielle. Je ne tiens pas à ce que nos amis commettent la moindre bévue. Et si nos barbares du Lotus Blanc parviennent à leurs fins, je tiens à traiter directement avec eux. Le premier sur place sera le mieux servi.

Un sourire carnassier fleurit sur le visage du jeune homme.

— Et puis... même si nos amis prennent le pouvoir, même s'ils respectent leurs engagements, pourquoi n'introduirions-nous pas l'opium dans leur pays ? Il n'en a jamais été question dans nos négociations, pourtant l'opium est un excellent moyen de maintenir le peuple dans la soumission. Ils seront peut-être ravis de commercer avec nous... Qui sait ?

— Et s'ils ne voient pas les avantages d'un tel mode de gouvernement, cela nous empêche-t-il de faire découvrir les merveilles du pavot à un peuple auquel ses dirigeants refusent le droit au rêve ?

Les deux hommes éclatèrent de rire. Ils se serrèrent la main et Andy gravit la passerelle sous le regard sombre de David Fairbanks et de son père.

— Tout compte fait, murmura le vieil homme, j'aime autant le savoir près de nous. Ainsi, lorsque nous aurons réussi à déjouer son maudit plan, nous n'aurons pas à aller bien loin pour le cueillir et le remettre aux autorités britanniques.

— Croyez-vous qu'il soit vraiment nécessaire de lui faire accomplir le voyage de retour ? demanda le jeune homme, qui avait ressenti immédiatement une profonde répulsion à l'encontre d'Andy McCarthy.

— David, mon garçon, que Grace manque de recul, cela se comprend, mais vous n'avez pas ses excuses, se récria le vieux lord. Andy McCarthy est un gibier de potence, je vous l'accorde, mais en aucun cas nous n'avons à nous substituer à la justice. Apprenez donc à maîtriser vos passions, mon fils, sans quoi elles risquent de vous jouer des tours.

Le lord se détourna pour aller rejoindre Grace, mais avant de quitter son fils il ajouta :

— Et... David, n'oubliez pas que Grace est amoureuse de Thomas Charles Perkins...

17

Dans le port de T'ien-tsin, tous les gongs, les cloches, les claquettes et les tambours résonnaient à tout rompre et produisaient un vacarme assourdissant. Les Chinois s'efforçaient ainsi d'effrayer le dragon censé tenir la lune emprisonnée dans ses griffes. Sur le quai, assis à même un ballot de soie, le père Simon regardait la lune qui commençait à réapparaître dans le ciel — peu à peu, le dragon relâchait sa proie. A côté de lui, une jonque attendait — au sommet de son mât, un fanal brûlait telle une étoile et éclairait une bannière ornée de la croix du Christ. A bord de la seule embarcation silencieuse du port, les pères Clément et Jacques suivaient eux aussi la progression de la lune qui reprenait possession du ciel. L'éclipse serait bientôt terminée et les missionnaires comprenaient que le jeune Britannique qu'ils avaient rencontré l'après-midi même dans la petite chapelle de la résidence de Yen Teou ne les rejoindrait pas.

— Père Jacques, vous devriez ramener notre bannière avant qu'elle ne nous attire des ennuis, suggéra le père Clément. Père Simon, larguez les amarres et rejoignez-nous.

— Ce jeune fou joue avec le feu, observa le père Simon en s'exécutant.

— Nous ne pouvons malheureusement plus rien pour lui, soupira le père Clément. Il ne nous est même pas possible d'interroger le commissaire du sel à son sujet ; nous ne sommes pas censés avoir connaissance de son existence.

— Mon révérend, ne pourrions-nous évoquer notre rencontre fortuite dans la chapelle pour prendre de ses nouvelles ? s'enquit le père Jacques en ramenant la bannière.

— Si Yen Teou avait souhaité que nous rencontrions son invité, il l'aurait fait appeler et se serait lui-même chargé des présentations, répondit le père Clément. Non, père Jacques, pour des raisons qui m'échappent, notre hôte désire que nous ignorions la présence chez lui d'un Britannique. En l'interrogeant au sujet de ce jeune homme, nous risquerions de rendre sa situation encore plus précaire qu'elle ne l'est déjà... et la nôtre également.

— Pourquoi ne nous a-t-il pas rejoints ? demanda le père Jacques, comme pour lui-même. Se peut-il qu'il ait été repris au cours de sa fuite ?

Le père Simon avait libéré les amarres de la jonque et rejoint ses compagnons.

— J'en doute, père Jacques, murmura-t-il, j'en doute. Car, voyez-vous, je crois que ce jeune homme n'a pas tenté de s'enfuir. Il n'a jamais véritablement eu l'intention de nous rejoindre.

— Mais pourquoi ? s'exclama le père Jacques, incrédule.

Le père Clément sourit.

— La jeune Zhang, qui l'a mis en garde contre le danger qui le guette, est une bien belle jeune fille, père Jacques.

La troupe du Paravent de soie rouge traversait la nuit noire de T'ien-tsin en prenant soin de ne pas attirer l'attention. Par bonheur, le vacarme produit par la population désireuse de terrifier le dragon qui emprisonnait la lune dans ses griffes couvrait le crissement des roues et le martèlement des sabots sur la terre battue de la route. Pour l'homme qui conduisait le convoi, une parfaite connaissance de la route suppléait à l'absence de lumière. Peu à peu, le vacarme s'éloigna et s'estompa, puis le silence reprit possession de la campagne environnante, troublé désormais par le seul bruit de la progression du convoi.

Thomas Charles Perkins, allongé sur les couvertures qui recouvraient le plancher rugueux de la charrette, sentit bientôt une torpeur s'emparer de son être. Le balancement du véhicule avait quelque chose d'hypnotique. Il luttait pour ne pas s'abandonner au sommeil, mais ses yeux se fermaient malgré lui et les tensions de la journée finirent par avoir raison de sa résistance.

Combien de temps dormit-il ? Thomas aurait bien été en peine de le dire mais, quand il ouvrit les yeux, un fin rai de lumière filtrait par une déchirure de la toile qui le recouvrait. Le jour avait dû se lever. Des voix retentissaient autour de lui. Des ordres étaient lancés de-ci, de-là. Il lui fallut un certain temps pour réaliser que le convoi s'était arrêté. Ne devrait-il pas tenter de se glisser hors de la charrette, afin d'aller se cacher dans quelque fourré ? A quoi bon ! De toute façon, il ne pourrait emmener son violoncelle et, dès que celui-ci serait découvert, Zhang comprendrait qu'il n'était pas loin.

Le musicien n'eut pas le loisir de pousser plus avant sa réflexion. La toile se souleva subitement. L'homme qui venait de la rejeter parut aussi stupéfait que lui. Il réagit toutefois plus rapidement que Thomas et, tout en lançant l'alarme, il brandit un bâton au-dessus de sa tête. Bientôt, le Britannique se trouva entouré de visages aussi stupéfaits que menaçants.

— Laissez-le ! ordonna la voix ferme de Zhang.

La responsable de la troupe du Paravent de soie rouge écarta les hommes et vint se planter devant Thomas, qui s'assit sur le plancher de la charrette et s'efforça de sourire. Zhang resta un long moment à le contempler en silence. Enfin, elle fit signe aux membres de la troupe de se disperser.

— Allons, lança-t-elle avec autorité, vous connaissez monsieur Perkins. Yen Teou le traitait en ami à T'ien-tsin, il n'y a aucune raison que nous n'en fassions pas autant ici. Allez préparer le campement et le repas.

Les hommes s'égaillèrent aussitôt, sans la moindre protestation. D'un bond, Zhang se hissa sur la charrette et s'assit à côté du Britannique.

— Ainsi, vous n'avez pas pu résister, n'est-ce pas ? demanda-t-elle avec une certaine douceur.

Rassuré, Thomas n'eut plus aucune peine à sourire maintenant.

— Je me suis assoupi, fit-il en affectant un ton innocent.

— Vous vous êtes assoupi bien rapidement, fit Zhang sur un ton presque cassant.

Thomas lui saisit la main, mais la jeune fille la retira vivement. Le musicien observa qu'elle ne portait pas son habituelle robe blanche ; elle avait revêtu une tunique bleue sur un ample pantalon de la même couleur, maintenu par une corde tressée, serrée à la taille. Il lui en fit la remarque.

— Il est un temps pour pleurer ses morts, murmura-t-elle, et un temps pour les venger.

Le musicien fronça les sourcils, mais Zhang anticipa sa réaction.

— Pas de questions, Tom ! déclara-t-elle. Si je n'avais pas besoin de chacun, je vous ferais reconduire à T'ien-tsin. Comme c'est impossible, vous nous accompagnerez, mais cela ne vous donne aucun droit !

Thomas secoua la tête. Ce fut avec une petite flamme dans les yeux qu'il dit :

— Zhang, en me proposant de grimper dans la charrette, vous saviez que je risquais de ne pas en descendre à l'endroit convenu, n'est-ce pas ?

La jeune fille posa sur lui un regard interloqué.

— En ne vous assurant pas que j'avais bel et bien quitté le convoi, vous...

— Tom, l'interrompit-elle, ne me rendez pas responsable de votre sottise.

Il se mordit les lèvres.

— Vous avez raison, dit-il. C'est bien moi qui ai décidé de ne pas rejoindre les jésuites — les malheureux pères doivent se faire un sang d'encre à mon sujet. Seulement, voyez-vous, si je les avais rejoints, je serais mort d'inquiétude pour vous, Zhang.

La jeune fille posa deux doigts sur ses lèvres. Elle le contemplait avec une intensité telle que Thomas aurait aimé la serrer dans ses bras sur-le-champ, mais il y avait quelque chose dans son expression qui le rendait incapable du moindre mouvement.

— Je suis heureuse, Tom, murmura-t-elle. Vous avez raison, j'aurais pu m'assurer que vous aviez bien quitté le convoi, mais sans doute ne le désirais-je pas vraiment. Nous sommes tous des monstres de paradoxes. Je ne voulais pas vous quitter, c'est vrai, pourtant je sais qu'en vous permettant de nous accompagner je vous fais courir de terribles dangers.

— Vous souvenez-vous de ce que je vous ai dit : « La plus grande liberté de l'homme ne consiste-t-elle pas à choisir la manière dont il va mourir ? »

La jeune fille sauta de la charrette, elle fit trois pas, puis se retourna vers Thomas :

— Et la plus grande sottise de l'homme ne consiste-t-elle pas à mourir pour une cause qui n'est pas la sienne ? Venez !

Thomas Charles Perkins bondit à son tour hors de la charrette. Il se sentait léger. Qu'importaient les périls, s'il pouvait les vivre auprès de la femme qu'il aimait ! Zhang s'était déjà éloignée et il s'empressa de la rejoindre. La belle Chinoise se dirigea vers un chariot couvert d'étoffes plus précieuses que les grossières toiles des autres voitures. Elle écarta les tentures qui, à l'arrière, masquaient l'intérieur du véhicule et, d'un bond, pénétra dans les appartements ambulants de Fleur de Prunus. La jeune artiste, allongée sur un entassement de coussins brodés, souleva un sourcil pour marquer sa désapprobation à l'égard de cette intrusion, mais elle retrouva une attitude plus humble dès qu'elle s'aperçut que sa visiteuse n'était autre que Zhang.

— Fleur de Prunus, tu connais monsieur Perkins...

La fleur parut sidérée par l'apparition du musicien britannique. Zhang avait déjà enchaîné, tandis que Thomas la rejoignait.

— Je veux que tu t'occupes de notre ami, petite fleur. Il doit faire plus mandchou qu'un Mandchou ! Tu es maître en l'art du maquillage. Je te le confie. Tu me répondras de sa sécurité sur ta vie ! Aussi, ne commets pas la moindre erreur.

Puis, avant de quitter la voiture, elle se tourna vers le musicien.

— Quand Fleur de Prunus aura terminé de perfectionner votre métamorphose, rejoignez-nous.

Et avant que Thomas ait pu réagir, Zhang disparut.

— Elle est toujours comme ça ? interrogea le musicien en affectant un ton amusé.

Fleur de Prunus ne se départit pas de sa gravité pour lui répondre :

— Vous ne connaissez rien de Zhang, monsieur Perkins. Pour vous, elle est une charmante personne, qui aime à flâner en votre compagnie dans les jardins de Yen Teou. Ce n'est toutefois qu'un aspect de sa personnalité.

— Parlez-moi donc des autres aspects de sa personnalité, Fleur de Prunus.

La fleur fit la moue.

— Si quelqu'un doit vous parler de Zhang, monsieur Perkins, c'est Zhang elle-même. Et puis, j'ai du travail. Vous l'avez entendue, si vous ne donnez pas le change à tout le monde, c'est moi qui en porterai la responsabilité. Or, il se trouve que je tiens à la vie, monsieur Perkins.

La jeune chanteuse de la troupe du Paravent de soie rouge ouvrit une malle et fouilla parmi une multitude de vêtements.

— Voulez-vous que je fasse de vous un homme ou une femme, monsieur Perkins ?

Décontenancé par la question, le jeune musicien en resta bouche bée. Fleur de Prunus éclata de rire. Thomas joignit bientôt son rire à celui de la fleur.

— Je crois que je préférerais conserver mon sexe, répondit-il enfin.

— Je crois que Zhang préférera cela, elle aussi, ironisa la fleur.

Tandis qu'elle préparait la métamorphose du Britannique, Fleur de Prunus poursuivit sur un ton léger :

— Cela dit, la situation d'eunuque offre bien des avantages, monsieur Perkins. Certains voient dans cette extrémité un moyen d'échapper à la misère et d'obtenir un emploi au palais. Hormis les hauts dignitaires, les eunuques sont les seuls à pouvoir approcher du Fils du Ciel. Cela pourrait vous tenter... ?

Thomas écoutait la fleur en souriant. Il éprouvait vraiment beaucoup de peine à voir dans cette jeune artiste l'adolescent qu'elle était en réalité. Il y avait tant de grâce dans son comportement... Tant de... féminité ! Il le lui dit. Fleur de Prunus interrompit son mouvement et leva les yeux vers lui.

— Beaucoup d'hommes partagent votre avis, monsieur Perkins.

Le musicien se troubla sous l'insistance du regard de la fleur.

— Je... ce n'était pas une... avance, Fleur de Prunus, se crut-il obligé de préciser.

La jeune artiste sourit.

— Je ne l'avais pas pris ainsi, dit-elle.

Thomas eut le sentiment qu'elle prenait plaisir à jouer de son trouble. Il secoua la tête et éclata de rire.

— Allons, je me remets entre vos mains, dit-il en entrant dans le jeu des ambiguïtés initié par la fleur.

Tandis que Fleur de Prunus entreprenait de transformer le Britannique en un Mandchou crédible, Thomas s'efforça, à nouveau, de la convaincre d'accepter qu'il lui enseigne le chant. Elle finit par dire, en souriant :

— Monsieur Perkins, la route sera longue jusqu'à Jehol. Les journées, harassantes. Vos leçons m'apporteront sans doute un dérivatif à l'ennui du voyage. Soit ! Je vous recevrai ici, tous les jours après le repas de midi.

— Magnifique ! s'exclama le musicien. Avec votre voix, nous devrions faire des merveilles. Ah ! comme je me réjouis déjà à l'idée de vous entendre chanter le « Traurigkeit » de *L'Enlèvement au sérail* de Mozart ! Vous arracherez des larmes au Mandchou le plus obtus.

— Si je dois faire pleurer un Mandchou, fit la fleur d'une voix subitement sérieuse, je voudrais que ce ne soit pas seulement en chantant un air de votre pays.

Quand Thomas Charles Perkins retrouva Zhang, la belle Chinoise était assise sur le sol en compagnie des membres de la troupe du Paravent de soie rouge. Le musicien comprit instinctivement qu'il devait conserver une attitude réservée à son égard en présence des autres.

La troupe qui avait quitté T'ien-tsin se composait de trois acteurs, en plus de Fleur de Prunus, de trois musiciens et de quatre assistants chargés des tâches domestiques — les acteurs et les musiciens étant de vraies vedettes en Chine, il ne serait venu à l'idée de personne de leur demander de monter la scène ou de charger et décharger les véhicules.

Chi, le musicien avec qui Thomas avait parlé, un matin, de la cithare chinoise, le *zheng*, lui tendit un bol de riz. Thomas le remercia et s'assit sur le sol, au milieu du groupe. Depuis son arrivée à T'ien-tsin, il s'était familiarisé avec la manière de vivre près du sol des Chinois ; il s'était aussi fait à l'alimentation raffinée de ce peuple, pour lequel il commençait à éprouver une certaine affection avant d'en venir à douter de la sincérité de son hôte. En vidant son bol à l'aide des baguettes qu'il maniait désormais avec quelque dextérité, Thomas songea que l'ordinaire du voyage serait nettement plus frugal que celui que lui faisait servir le commissaire du sel.

— Vous faites un Mandchou acceptable, observa Zhang avec une lueur espiègle dans le regard.

— Croyez-vous, vraiment, que je parviendrai à donner le change ?

— Je crois que tant que vous n'attirerez pas l'attention sur vous, vous passerez relativement inaperçu, monsieur Perkins, commenta la jeune fille. Evitez toutefois de parler. Votre chinois est excellent, votre accent aussi acceptable que votre apparence, mais votre débit est beaucoup trop lent.

Les membres de la troupe se levaient un à un. Acteurs et musiciens regagnaient leurs voitures, tandis que les assistants entreprenaient d'éteindre le feu, de ranger le matériel de cuisine et de préparer le convoi pour le départ.

— Zhang, dit Thomas lorsqu'il se retrouva enfin seul avec la belle Chinoise, vous m'avez bien dit que vous vous rendiez à Jehol afin de jouer devant l'Empereur ?

— Oui, fit-elle en fronçant les sourcils.

— Alors, pourquoi avoir quitté T'ien-tsin à la manière de voleurs ?

— Que voulez-vous dire ? demanda Zhang en feignant l'incompréhension.

— Voyons, vous savez fort bien ce que je veux dire. Vous avez profité de l'éclipse pour quitter la propriété de

Yen Teou sans attirer l'attention. Vous avez pris soin de ne pas allumer de lanternes ; vous avez profité du vacarme produit par les villageois pour masquer le bruit du convoi... Pourquoi ?

La jeune fille demeura silencieuse.

— Zhang, j'ai entendu les dernières paroles de Yen Teou. J'ai eu l'occasion d'y réfléchir sous la toile de la charrette. Vous ne vous rendez pas à Jehol uniquement pour présenter un spectacle devant le Fils du Ciel. J'ai compris aussi que ma présence à T'ien-tsin était voulue par des Britanniques qui, pour une raison qui m'échappe, m'utilisent.

Le musicien s'interrompit. Zhang s'était levée et lui avait fait signe de la suivre. Elle l'entraîna dans un chariot plus sobre que celui de Fleur de Prunus, mais aménagé lui aussi de manière à offrir à la voyageuse un appartement relativement confortable.

— Zhang, reprit le musicien, quoi qu'il arrive désormais, mon sort est lié au vôtre. Il l'est pour diverses raisons. Il l'est parce que je n'ai plus d'autre possibilité que de vous accompagner jusqu'au bout du chemin. Il l'est parce que, d'une façon comme d'une autre, je ne suis plus maître de mon destin, dès lors que d'autres en ont pris les rênes. Il l'est aussi, et surtout, parce que je vous aime et que je ne veux plus vous quitter.

La jeune fille se détourna.

— Vous ne savez rien de moi, Tom. Comment pouvez-vous dire que vous m'aimez ? Les Occidentaux me semblent bien légers en matière de sentiments.

— Zhang, je vous connais mieux que vous ne le pensez. Votre beauté n'est pas votre seule qualité à mes yeux. Je sais que vous êtes une personne droite, sincère, passionnée. L'art fait partie intégrante de votre vie, mais pour vous, il n'est qu'une facette d'un tout plus vaste, qui est la vie ! Il est indissociable de notions telles que la philosophie, la justice, l'équité...

— Tom, l'interrompit Zhang, vous parlez trop.

Le musicien la prit dans ses bras. Au même moment, la voiture s'ébranla et, déséquilibrés, ils tombèrent sur le plancher recouvert de couvertures et de coussins. Thomas se retrouva allongé à côté de Zhang. Ils rirent, mais leur rire sonnait faux. Le visage de la jeune fille était habité par un feu dont elle ne tentait plus de masquer l'ardeur. Leurs lèvres se cherchèrent. Leurs mains, maladroites, couraient sur leurs corps fiévreux. Leurs regards ne voulaient pas se dénouer ; ils exprimaient toute la passion que les mots retenaient encore. Tout leur désir. Mais aussi toute leur angoisse face à ce qu'ils ne connaissaient encore ni l'un ni l'autre. Fébrilement, ils se dépouillèrent de leurs vêtements et leurs doigts hésitants s'aventurèrent sur une peau qui frémissait déjà, mais dont il leur restait à percer les secrets. Leurs caresses se prolongèrent indéfiniment, comme s'ils repoussaient le moment de ne faire qu'un. Quand, enfin, Thomas la pénétra, Zhang ne put retenir un petit gémissement. Elle ferma les yeux, une larme coula le long de sa joue mais, la tête renversée en arrière, elle s'abandonna au rythme lent et régulier de son amant.

18

Blottie dans les bras de Thomas, Zhang regardait, comme fascinée, une petite tache de sang sur la face interne de sa cuisse droite. Tandis que le musicien lui caressait tendrement la nuque du bout des doigts, elle finit de se livrer à lui en lui racontant son histoire.

— Mon père était un lettré, comme je te l'ai dit lors de notre première rencontre. Toute sa vie, il n'a cessé de lutter contre l'esprit de corruption qui sévit à tous les niveaux de l'administration de l'Empire. A vrai dire, la corruption n'est pas spécifique aux envahisseurs mandchous. Le responsable de cette situation endémique, c'est le système d'examens qui permet d'accéder aux plus hauts emplois. C'est drôle, aujourd'hui chacun se réfère à Confucius pour en vanter les mérites, alors que le grand sage lui-même mettait déjà en garde contre les dangers de la bureaucratie. Oh ! bien sûr, tout le monde peut passer les examens et même les réussir, quelle que soit sa condition d'origine — ou presque —, mais une fois en poste, certains parvenus ne songent qu'à assurer leur fortune par tous les moyens possibles. Et c'est, en définitive, le peuple qui fait les frais de leur promotion.

La jeune fille s'interrompit, comme si elle faisait le point pour ne pas s'égarer.

— Au début de son règne, reprit-elle, Qianlong semblait désireux de corriger cet état de fait. Les conditions de vie commençaient même à s'améliorer pour tous, mais depuis qu'il s'est entiché de Heshen et l'a nommé Premier ministre, la situation n'a jamais été aussi dramatique. La misère ravage les campagnes ; les sommes destinées à consolider les digues chargées de contenir les crues des fleuves vont gonfler les poches des complices de Heshen. Un jour, pas très lointain sans doute, les champs seront envahis par les eaux et le peuple connaîtra la famine.

Dehors, le soleil était haut dans le ciel et la canicule transformait l'espace clos en une sorte de bain de vapeur, mais les amants n'en éprouvaient aucun inconfort. Ils préféraient supporter cette moiteur plutôt que de quitter l'intimité du chariot.

— Mon père, poursuivit Zhang, était membre de la prestigieuse Académie de Hanlin, la Forêt des Pinceaux. Il participait à la Somme des ouvrages des Quatre Bibliothèques, la grande compilation de notre patrimoine littéraire ordonnée par Qianlong. C'est ainsi qu'il a découvert que d'autres penseurs, avant lui, avaient remis en question notre système d'examens. Il a cru pouvoir s'appuyer sur l'expérience du passé pour contribuer à modifier le présent, afin d'améliorer l'avenir. Il s'est très vite efforcé d'attirer l'attention du Fils du Ciel sur les failles de notre système. Hélas, Heshen faisait barrage. Personne ne peut parler à l'Empereur sans être passé au préalable par son Premier ministre. Mon père a donc cherché à alerter l'Empereur en introduisant ses messages dans ses livres. Ceux-ci ont été interdits et brûlés à l'occasion de l'un des grands autodafés organisés par Heshen. Mon père, comme tant d'autres lettrés, a été exécuté.

Thomas sentit le corps de la belle Chinoise frémir dans ses bras. Il se risqua à demander :

— Zhang, ne crois-tu pas que tu pourrais me dire quel est le but réel de cette expédition ?

Zhang ne chercha plus à éluder la question.

— Au cours de ses travaux, mon père a découvert l'existence d'une société secrète révolutionnaire, la société du

Lotus Blanc. Quand il a compris qu'il ne changerait jamais les institutions de l'intérieur, il s'est mis en quête des survivants de cette communauté, qui a organisé plusieurs insurrections par le passé.

Zhang s'interrompit.

— Il les a retrouvés ? interrogea Thomas.

— Il est mort avant d'en avoir eu l'occasion.

Elle marqua une pause et se recula légèrement. Elle plongea son regard dans celui de son amant avant de poursuivre :

— Je n'étais qu'une fillette quand mon père a été exécuté. La troupe du Paravent de soie rouge était composée d'hommes acquis à sa cause. Ils m'ont recueillie.

Elle sourit.

— Je leur ai mené la vie rude, car je ne voulais pas renoncer à la mission qui avait conduit mon père à la tombe. Nous avons donc profité de nos tournées pour poursuivre sa quête. Au fil des ans, nous avons ainsi réussi à identifier toutes les poches de résistance du pays. Par le passé, les actions du Lotus Blanc étaient essentiellement régionales. Pour la première fois, nous avons tenté d'organiser la lutte au niveau de l'Empire. Un grand soulèvement se prépare, Tom. Et...

Elle hésita, mais finit par lui confier :

— Tom, en décidant de nous accompagner tu n'as pas mesuré les risques que tu prenais. Aujourd'hui, c'est moi qui dirige la société du Lotus Blanc.

— Toi ? s'exclama le musicien.

Il contempla la jeune fille, qui soutint son regard. Il devinait dans ses yeux une ombre d'inquiétude. Thomas sourit.

— Zhang, cela ne m'étonne pas, dit-il en définitive. Que faut-il faire pour devenir membre de cette société ?

Ce fut au tour de la jeune Chinoise d'être décontenancée. Elle finit par dire :

— Pour commencer, il faut être Chinois ! Les Mandchous n'ont pas droit de cité parmi nous.

Elle marqua un temps avant d'ajouter :

— Les Occidentaux encore moins.

Thomas haussa les épaules.

— Je m'attendais à une réponse de ce genre.

Zhang secoua la tête.

— Thomas, tu me connais à peine, murmura-t-elle tandis que sa main jouait avec les cheveux de son amant. Tu ignores tout de la situation de mon peuple. Comment pourrais-tu prendre parti pour un camp ou pour l'autre ? C'est absurde. Tu serais commerçant, diplomate ou militaire, je comprendrais. Tu pourrais trouver quelque intérêt à cette lutte. Mais tu es musicien...

Thomas prit le visage de la fière rebelle entre ses mains.

— Zhang, fit-il avec gravité, si j'étais commerçant, diplomate ou militaire, j'aurais des raisons de choisir un camp, c'est exact. Et tout le monde le comprendrait, car ces raisons seraient directement liées à des notions telles que le pouvoir ou le profit. Il se trouve que je suis musicien ; cela signifie-t-il que je n'ai aucune raison sérieuse de choisir mon camp ? Non, cela signifie simplement que mes raisons sont moins évidentes, moins compréhensibles pour ceux qui accordent de l'importance au profit et au pouvoir. Mes motivations à moi sont liées à une notion sans doute beaucoup moins sérieuse à leurs yeux, mais essentielle aux miens : l'amour ! Oui, Zhang, mon cœur me dit que ta cause est juste, et il ne pourrait se tromper à ce point-là.

La belle Chinoise se mordilla la lèvre.

— Je sais, Zhang, reprit Thomas, que toi, tu ne te bats pas par goût du pouvoir ou du profit. Tu luttes par idéalisme. Or, il se trouve que c'est une forme d'idéalisme qui m'a conduit ici — je veux dire dans l'Empire du Milieu. Nous ne sommes guère différents, toi et moi. Toi, tu affrontes la mort pour améliorer le sort de ton peuple ; moi, je l'affronte simplement parce que j'ai entrepris un voyage périlleux par passion de la musique. Ta cause est plus généreuse que la mienne, qui est essentiellement égoïste. Vois-tu, je crois que je n'ai jamais rien aimé ni personne, en dehors de mon art. Toi, tu as introduit l'amour dans ma vie, de sorte qu'aujourd'hui j'aime mieux perdre la vie que l'amour.

La jeune fille posa ses lèvres sur celles du musicien, leurs corps se mêlèrent et déjà leurs peaux se reconnaissaient. Leurs mains retrouvèrent un grain, une texture découverts il y a peu, et les frémissements qui les parcouraient avaient désormais un sens qu'ils commençaient à savoir déchiffrer...

Leurs corps, couverts de sueur, étaient allongés côte à côte, bercés par les soubresauts de la voiture. Thomas pressa son amie de lui confier ce qu'ils allaient faire à Jehol. Si Zhang devait courir des dangers, il voulait les courir à sa place. Mais elle demeura inflexible.

— N'insiste pas, Tom, je ne puis te dire ce que nous allons faire précisément à Jehol, dit-elle avec un mélange de douceur et de détermination. Si nous venions à être arrêtés avant d'avoir mené notre mission à bien, il est préférable que nul n'ait une connaissance précise du plan que j'ai élaboré, seule. C'est une forme de protection pour chacun et pour notre mission.

— Je comprends, dit Thomas.

— Ce n'est pas de la méfiance à ton égard, Tom, précisa-t-elle. Je puis t'assurer que, pour l'heure, aucun des membres de la troupe ne sait en quoi consiste mon plan.

— Je te crois, Zhang, et je respecterai ton souci de discrétion. Peux-tu me dire, toutefois, pourquoi la troupe du Paravent de soie rouge a quitté T'ien-tsin de façon aussi... discrète ?

La belle Chinoise secoua ses longs cheveux de jais que la transpiration collait à son visage et le musicien songea qu'il n'avait jamais vu spectacle plus émouvant.

— Les commerçants de Canton ont des espions à T'ien-tsin, dit-elle. Si nous n'avions pas pris toutes ces précautions, ils auraient aussitôt été informés de notre départ. Or, je ne crois pas qu'ils verraient d'un très bon œil ce que nous envisageons de faire à Jehol, s'ils en avaient connaissance. Vois-tu, si mon plan réussit, nous n'aurons peut-être pas besoin des armes qu'ils veulent nous vendre.

— Des commerçants britanniques veulent vous vendre des armes ? s'inquiéta Thomas, incrédule.

— Ils veulent nous aider à renverser le pouvoir en place, Tom, expliqua la jeune Chinoise. L'Empire du Milieu est un formidable marché pour les Britanniques...

— Mon Dieu, oui, je le sais, fit Thomas en songeant à John Barrow qui comptait les monticules de sel, aux abords de T'ien-tsin, afin d'évaluer l'importance de la population chinoise.

— Dans toutes les régions de l'Empire, les groupes d'insurrection sont prêts à se soulever, poursuivit Zhang. Mais si nous devons nous battre contre les bannières, le rapport de force ne sera sûrement pas à notre avantage.

— Sauf si vous disposez d'armes britanniques.

— C'est juste. Mais même ainsi, il y aura beaucoup de morts dans les deux camps. Je voudrais éviter un nouveau bain de sang à mon peuple. J'ai donc conçu un plan qui pourrait nous permettre d'en faire l'économie.

— Si je te comprends bien, ce plan vous permettrait, en outre, de ne plus dépendre des Britanniques, n'est-ce pas ?

— C'est exact, confirma Zhang. S'ils nous vendent des armes, le jour où nous aurons pris le pouvoir ils ne manqueront pas de nous rappeler que c'est grâce à eux. Si nous pouvons éviter de leur être redevables de quoi que ce soit...

— Et quel rôle étais-je censé tenir dans ce trafic ? demanda Thomas.

La jeune Chinoise le regarda un long moment avant de dire :

— Tu devais leur servir de bouc émissaire.

Et Zhang expliqua à Thomas Charles Perkins le plan que les commerçants britanniques de Canton avaient mis sur pied avec Yen Teou, et la manière dont ils avaient sacrifié le jeune musicien, apparemment sans le moindre remords.

— L'un de ces hommes doit te vouer une haine féroce, conclut Zhang.

Thomas demeura un long moment comme prostré. Il finit par dire :

— Je ne me connais aucun ennemi. Qui plus est, je ne côtoie pas de commerçants et je ne connais personne à Canton.

Zhang fronça les sourcils et demanda :

— N'y aurait-il pas une histoire de femme là-dessous ? L'amour est souvent la cause des pires vengeances.

— Non, voyons, c'est absurde...

Mais à peine eut-il prononcé ces mots que Thomas songea à Grace et, tout naturellement, à Andy. Le jeune homme n'était-il pas le secrétaire de sir Malcolm Hastings, dont la société commerciale travaillait en collaboration étroite avec la Compagnie des Indes orientales ? Oui, mais Andy était son ami. Andy, sans doute, mais sir Malcolm ? Et si le vieil homme lui tenait rigueur d'avoir « délaissé » sa fille... Qui sait comment Grace lui avait présenté les choses ? Non ! Grace avait eu un instant de faiblesse, mais elle n'était ni fourbe ni malhonnête. Elle n'aurait jamais menti à son père en présentant Thomas sous les traits d'un vil séducteur. Oui, mais... Ni Andy, ni sir Malcolm, ni Grace... ? Quelqu'un devait pourtant bien le haïr pour n'avoir pas hésité à le sacrifier de façon aussi insouciante sur l'autel du commerce !

« Et si Andy n'était pas l'ami qu'il se prétend ? » songea Thomas. Plus d'un an s'était écoulé depuis la trahison de Grace. Thomas n'était plus le même homme qu'en ce temps-là. Il avait acquis plus de maturité et perdu bien des illusions. S'il se penchait sur le passé avec objectivité, il devait reconnaître qu'il lui était plus facile d'imaginer Andy sous les traits du traître que Grace.

Thomas chassa ces pensées de son esprit. Rien ne prouvait que la trahison dont il faisait l'objet fût liée à cet épisode de son passé. D'ailleurs, rien ne prouvait qu'il y ait eu trahison. Il pouvait avoir été choisi simplement parce qu'il était le seul voyageur indépendant de la mission Macartney. Un jour, sans doute, il obtiendrait la clé du mystère. En attendant, il serait injuste de soupçonner qui que ce soit sans la moindre ombre de preuve.

Zhang avait suivi sa réflexion à travers les changements d'expression de son visage.

— Il y a une femme, n'est-ce pas ? demanda-t-elle.

Thomas sourit.

— Il y a eu une femme, mais c'était dans une autre vie et il y a bien longtemps déjà qu'elle appartient au passé.

La jeune fille sourit. Puis, se redressant, elle ouvrit une jarre et, à l'aide d'une longue cuillère en bois, elle y puisa de l'eau qu'elle fit couler sur son corps, avant de passer la cuillère à Thomas. Ensuite, elle enfila une tunique légère et sauta hors du chariot, qui n'avait pas interrompu sa progression. Thomas la rejoignit et ils marchèrent à côté des véhicules qui avançaient au milieu d'un paysage de plaines et de collines ; les arbres étaient rares dans la région. Des paysans s'activaient dans les champs et cultivaient diverses espèces de millet, ainsi qu'une sorte d'ortie, dont Zhang expliqua à Thomas que les Chinois filaient les fibres pour en fabriquer de la toile, comme celle qui les abritait dans le chariot. Les chaumières des villageois étaient, pour la plupart, miséreuses. Sur le fleuve de grosses jonques transportant des cargaisons de soieries, de coton, de laine, de thé, se dirigeaient elles aussi vers la capitale.

— La flotte de l'ambassade a dix jours d'avance sur nous, expliqua Zhang, mais c'est un convoi officiel. Il est donc beaucoup plus lent. Et puis, les Britanniques passeront plusieurs jours à Tongzhou, pour décharger les jonques, avant de poursuivre leur voyage vers Pékin par voie terrestre. Dans la Cité aux Neuf Portes, il leur faudra encore demeurer plusieurs jours, pour installer les tributs qui ne poursuivront pas la route jusqu'à Jehol. Nous, nous atteindrons la résidence d'été de l'Empereur quelques jours seulement avant les festivités. Il est préférable de ne pas arriver trop tôt. En principe, à ce jour, ma troupe a réussi à ne pas éveiller les soupçons, mais on n'est jamais trop prudent.

Thomas l'écoutait sans parler. Il peinait à suivre le pas de sa compagne, tant le convoi avançait rapidement. Tous les membres de la troupe du Paravent de soie rouge marchaient à côté des chariots, à l'exception de Fleur de Prunus, qui ne quittait pas ses appartements.

Les jours s'écoulaient de manière monotone. Thomas passait la majeure partie de la journée à marcher à côté de Zhang. Le musicien songea que les membres de la troupe ne pouvaient plus ignorer quels liens l'unissaient désormais à celle qui les dirigeait tant sur scène que dans l'insurrection. Pourtant, nul n'en avait rien laissé paraître. Le premier soir, Thomas s'était demandé où il s'installerait pour la nuit. En fait, Zhang l'avait emmené dans son chariot sans commentaire et sans fournir d'explication à personne. Tous les membres de la troupe avaient accepté la situation sans même paraître la trouver singulière. La petite orpheline était véritablement devenue l'âme du groupe. Thomas sentit chez tous une sorte de vénération affectueuse pour la belle Chinoise. Il était prêt à parier que chacun de ces hommes la suivrait jusqu'à la mort sans hésitation ni regret.

Tous les jours, comme il le lui avait promis, le jeune musicien allait rendre visite à Fleur de Prunus, et il s'efforçait de lui enseigner le chant tel qu'il se pratiquait en Europe. Pour pouvoir s'accompagner, il avait fait installer le violoncelle dans les appartements de la fleur. Zhang venait avec lui le plus souvent.

Un jour, Thomas lui proposa :

— Si tu le désires, je puis aussi t'apprendre à chanter comme chez nous.

Zhang sourit.

— C'est Fleur de Prunus, notre chanteuse, répondit-elle en souriant tendrement à la jeune artiste.

Pourtant, Thomas avait beau faire, la fleur semblait totalement hermétique à la musique de Mozart. Sa voix si pure et fraîche quand elle interprétait les airs de sa tradition devenait presque grave et terne quand elle tentait de reproduire les paroles du « Traurigkeit » de *L'Enlèvement au sérail.* Les cours s'achevaient toujours de la même façon.

— Jouez-moi plutôt de votre violoncelle, suggérait la fleur, lasse de chercher à reproduire des sons qui se dérobaient à elle.

Et Thomas laissait alors courir librement son archet sur les cordes de son instrument. Le visage de Zhang s'éclairait aussitôt.

Un jour, la monotonie du voyage fut interrompue. Après l'un de ces cours à Fleur de Prunus, qui s'était achevé comme tous les autres, Zhang annonça à Thomas :

— Ce soir, tu auras l'occasion d'entendre chanter notre chère Fleur de Prunus. Nous arrivons à Tongzhou et nous donnerons un spectacle devant le temple où votre ambassade a été logée, il y a quelques jours.

— Je serai au premier rang de ses admirateurs, dit Thomas, soucieux de consoler la fleur de son incapacité à tirer profit de ses leçons de chant.

Ce soir-là, les assistants de la troupe montèrent la scène, sur laquelle le paravent de soie rouge demeurait le seul et unique élément de décor. Comme il l'avait promis, Thomas s'était installé au premier rang. L'opéra chinois lui paraissait toujours aussi hermétique, mais il commençait à discerner une certaine harmonie dans ce mélange de sons en apparence discordants pour un auditeur occidental. Zhang s'était éclipsée avant le début du spectacle.

— J'ai à faire, avait-elle simplement déclaré. Reste ici.

Pendant tout le spectacle, Thomas l'avait cherchée des yeux, mais sans réussir à l'apercevoir. Sur scène, les comédiens interprétaient une histoire d'amour trahi. Le vent du soir faisait frémir légèrement le paravent de soie rouge.

19

La troupe du Paravent de soie rouge n'avait pas encore quitté T'ien-tsin le jour où l'ambassade Macartney installait ses quartiers à Tongzhou. On avait logé la centaine d'hommes qui accompagnaient l'ambassadeur dans des temples dont les prêtres avaient été chassés sans ménagement pour faire place aux Britanniques. Trois mille paysans avaient, eux, été réquisitionnés pour décharger les jonques et organiser la caravane qui devait poursuivre le transport des présents par voie terrestre jusqu'à Pékin et Jehol.

C'est, en fait, le jour même où Thomas Charles Perkins quittait subrepticement la résidence de Yen Teou, le commissaire du sel de T'ien-tsin, que l'ambassade de lord Macartney atteignait Pékin. A Tongzhou, le vieux lord avait, en effet, été prié de se tenir prêt au départ le 21 août, à trois heures du matin. Le moment venu, le cortège avait cependant dû patienter plus de deux heures avant de s'ébranler, et la sortie de Tongzhou lui avait pris encore une heure. Il était six heures quand avait commencé la dernière partie du périple, celle qui allait s'accomplir par l'intérieur des terres.

Lord Macartney avait eu beau insister pour rencontrer l'Empereur à Pékin, il avait dû se rendre à l'évidence : même le représentant de la plus grande puissance occidentale ne négociait pas avec le Fils du Ciel. Non seulement il ne fut pas autorisé à présenter les cadeaux du roi George III à Qianlong, dans son palais de la Cité impériale, mais il ne fut même pas admis à passer la nuit à Pékin, en attendant le départ pour Jehol. Le diplomate fulminait tandis que ses guides lui opposaient des sourires d'autant plus irritants qu'ils ne servaient qu'à masquer une mauvaise volonté inébranlable.

La route qui les mena de Tongzhou à Pékin était bordée de maisonnettes misérables en terre ou en briques à moitié cuites, alors que la chaussée, elle, était splendide, composée d'énormes dalles de granit qui ne manquèrent pas d'impressionner les Britanniques. Ces pierres monumentales provenaient, en effet, de carrières distantes de près de cent kilomètres.

Pékin — la Cour du Nord, la Cité aux Neuf Portes —, ceinte de puissantes murailles, parut, de prime abord, bien terne aux membres de l'ambassade. La capitale avait la forme d'un carré, toutes les maisons présentaient une apparence relativement uniforme et les rues étaient de longues allées rectilignes, qui se coupaient à angle droit, sans la moindre fantaisie. Toutefois, les grandes artères, que le convoi emprunta pour traverser la ville, étaient bordées de boutiques aux étals richement colorés ; les façades des bâtisses étaient peintes de bleu ou de vert entremêlés d'or. Au sommet de mâts dressés sur les terrasses, des banderoles flottaient ou descendaient le long des façades, vantant les produits vendus dans les boutiques.

La foule qui se pressait dans cette espèce de marché permanent n'hésitait pas à envahir la chaussée, de sorte que la progression du convoi s'en trouvait entravée en dépit de la largeur des artères. Outre la foule, les rues étaient encombrées par les palanquins de mandarins accompagnés de leurs escortes, par des caravanes de dromadaires transportant du charbon de Tartarie ou encore par des processions suivant un enterrement en lançant vers le ciel des lamentations bruyantes. Les Britanniques furent surpris de voir dans la Cité aux Neuf Portes des femmes monter des chevaux à la manière des hommes. On leur précisa qu'il s'agissait de femmes tartares, lesquelles appartenaient à la grande famille mandchoue et étaient donc des cavalières émérites ; en outre, elles bénéficiaient de privilèges particuliers par rapport aux Chinois.

Le cortège mit deux heures pour traverser Pékin. Quand les Britanniques retrouvèrent la magnifique chaussée qui, parcourant la campagne chinoise, reliait la Cour du Nord à la résidence d'été de l'Empereur, ils poussèrent unanimement un soupir de soulagement. Les rues de la capitale n'étaient pas pavées, de sorte que la multitude soulevait des nuages de poussière qui faisaient suffoquer les membres de l'ambassade épuisés par la canicule et abrutis par les cris incessants de la populace.

Bientôt, ils arrivèrent à leurs nouveaux quartiers, situés au cœur du Yuanmingyuan, le Parc de la Parfaite Clarté. Inoccupés depuis plusieurs mois, les appartements mis à leur disposition par l'Empereur se trouvaient envahis par les scorpions et les moustiques. Ici, les Anglais eurent le sentiment d'être comme en prison, car interdiction leur était faite de quitter la résidence. Jamais lord Macartney n'avait été traité de la sorte au cours de sa longue carrière diplomatique. Mais jamais non plus aucun souverain n'avait considéré Sa Gracieuse Majesté britannique comme un vulgaire vassal. Le bras de fer se poursuivait donc entre un ambassadeur qui n'admettait pas d'être traité comme un valet, et un empereur qui entendait faire comprendre à ce vulgaire porteur de tribut qu'il n'avait à attendre aucun traitement de faveur du Fils du Ciel.

Au Parc de la Parfaite Clarté, les Anglais ne purent que prendre leur mal en patience. Ils visitèrent donc l'immense résidence avec ses centaines de pavillons reliés par des galeries creusées dans des roches artificielles. Quelle ne fut pas leur surprise d'y découvrir une réplique du château de Versailles[1], laquelle avait été réalisée sur les plans de jésuites à la

1. Cette bâtisse sera détruite elle aussi en 1860 lors du sac du Palais d'été.

demande de Qianlong lui-même. Ils purent y admirer des tapisseries des Gobelins que la cour de France avait envoyées à l'Empereur en gage d'amitié.

Lord Macartney aurait été stupéfait d'apprendre qu'ici Qianlong aimait à se déguiser en Européen. Des jeux d'eau et des cascades conféraient un charme incongru à ce petit coin de Chine. Aussi incongru que la pendule venue de Londres qui, dans la salle du trône, que l'ambassadeur fut autorisé à visiter, jouait toutes les heures un air différent de *L'Opéra du gueux*, de John Gay. L'ambassadeur trouva l'objet de fort mauvais goût.

Les Anglais s'ennuyaient dans leur résidence du Parc de la Parfaite Clarté, à l'exception, bien sûr, de ceux qui avaient reçu l'ordre d'installer les présents dans le palais de l'Empereur — ce qui constituait une nouvelle source de contrariété pour Macartney, qui aurait aimé déballer l'ensemble des merveilles de l'industrie britannique en présence de Qianlong lui-même. Hélas, les instructions étaient formelles : les principaux cadeaux du roi devraient attendre à Pékin le retour du Fils du Ciel.

Contraint de faire contre mauvaise fortune bon cœur, Macartney eut néanmoins une raison de se réjouir : l'Empereur consentit, en définitive, à ce qu'il s'installât à Pékin. La joie du vieux lord fut de courte durée, car l'état des appartements y était aussi déplorable qu'au Parc de la Parfaite Clarté, où les membres de sa suite restaient, quant à eux, cantonnés. En outre, l'interdiction de quitter la résidence était appliquée avec autant de rigueur à Pékin qu'au Yuanmingyuan.

Les Britanniques furent soulagés quand, le 2 septembre, ils reprirent la route de Jehol, où l'ambassadeur serait, enfin, admis en présence du Fils du Ciel, dont il espérait obtenir la satisfaction des desiderata de Sa Gracieuse Majesté britannique. En chemin, ils croisèrent des caravanes de chameaux, qui transportaient du bois et du charbon (un homme seul dirigeait jusqu'à deux cents bêtes), ils longèrent d'interminables plantations de tabac ; le 5 septembre, après avoir franchi une colline escarpée, baptisée « la Porte du Ciel », ils découvrirent la Grande Muraille. Le spectacle les déçut car la construction, qu'on leur avait tant vantée, commençait à tomber en ruine. Au-delà de cette espèce d'enceinte à nulle autre pareille, s'étendait la Tartarie, le pays des Mandchous, les derniers envahisseurs à avoir soumis un peuple que cette fameuse muraille n'avait jamais vraiment protégé contre les ennemis de l'extérieur.

La progression devenait inconfortable pour les Britanniques, car plus la route grimpait dans la montagne, plus la température, elle, baissait. Il n'y avait pas que pour l'ambassadeur et sa troupe que la région était inconfortable. Pour survivre ici, les paysans avaient dû réaliser des prodiges d'ingéniosité et installer de minuscules champs de culture en terrasses sur les flancs à pic de la montagne.

Enfin, le 8 septembre, l'ambassade pénétrait dans Jehol, en un cortège qui se voulait impressionnant mais qui, de l'avis même d'Aeneas Anderson, le valet de pied de Macartney, faisait bien triste figure. En effet, à l'exception des militaires et des diplomates, les membres de la compagnie n'avaient pas été autorisés à transporter leurs habits d'apparat. En conséquence, c'est un groupe très disparate qui s'offrit en spectacle à la populace et qui suscita plus de rires que d'admiration.

A Jehol également, les envoyés de George III furent enfermés dans un palais, avec interdiction de sortir du campement. Le Premier ministre, Heshen, fit annoncer sa visite à l'ambassadeur mais, en définitive, il se désista et convia lord Macartney à venir jusqu'à lui — une humiliation de plus pour celui que les documents officiels désignaient comme le cousin du roi, selon une formule purement protocolaire mais que les Chinois prenaient à la lettre.

Macartney était las du traitement qui lui était imposé depuis son arrivée en Chine — d'autant qu'il souffrait de crises de goutte récurrentes, qui le mettaient de fort méchante humeur. Il comprenait mieux que jamais la grogne des commerçants de Canton. Et s'il ne parvenait pas à faire respecter l'étiquette britannique, il entendait tout au moins ne pas se soumettre à l'étiquette impériale. C'était décidé, il ne pratiquerait pas le *kotow* ! L'Empereur, dans un esprit de conciliation, fit savoir qu'il se contenterait d'une prosternation simple au lieu de la nonuple exigée par le protocole. C'était encore trop pour Macartney, qui campait obstinément sur ses positions. On se trouvait à deux doigts de l'incident diplomatique. Qianlong envisageait même d'annuler purement et simplement l'audience qu'il avait prévu d'accorder au porteur de tribut. C'est en définitive Heshen qui réussit à apaiser la fureur de l'Empereur.

L'ambassadeur était ravi. Il avait remporté son bras de fer contre l'Empire céleste ! En réalité, obsédé par la volonté de ne pas se prosterner devant Qianlong, il avait perdu de vue l'objet même de sa mission. Certes, le Fils du Ciel n'aurait probablement pas accordé aux Britanniques tout ce qu'ils lui demandaient et l'échec de l'ambassade n'était pas totalement imputable au vieux lord acariâtre. Il n'en demeurait pas moins vrai qu'en l'occurrence lord Macartney n'avait pas su faire montre de... diplomatie. Persuadé de se trouver en position de force, il attendait avec impatience le 14 septembre, jour où il rencontrerait, enfin, l'octogénaire autocrate qui régnait sur un marché synonyme de profits considérables pour la Couronne britannique et la Compagnie des Indes orientales.

La troupe du Paravent de soie rouge arriva à Jehol le 12 septembre.

— Dans deux jours, les cortèges des porteurs de tribut défileront devant l'Empereur, expliqua Zhang à Thomas.

Pendant tout le temps que durera la cérémonie, des troupes de bateleurs, de jongleurs, de lutteurs et de chanteurs se produiront devant la tente de l'Empereur. Il faut bien distraire ces dignitaires venus de loin pour rendre hommage au Fils du Ciel, puisque le protocole prévoit qu'ils l'attendent pendant plusieurs heures.

— En Angleterre, si nous traitions ainsi les ambassadeurs de nations amies, cela équivaudrait à une déclaration de guerre.

Zhang sourit.

— Chez nous, dit-elle, l'honneur est d'autant plus grand que l'attente est longue.

Thomas songea que les différences entre les deux nations étaient telles qu'il serait difficile à un homme aussi rigide que Macartney d'obtenir des concessions de Qianlong. Il ne pouvait savoir, alors, à quel point il avait raison.

— Pourquoi toutes ces tentes dressées dans la plaine ? s'informa-t-il.

— A Jehol, les porteurs de tribut ne sont pas admis dans le palais impérial. Ici, Qianlong aime à rappeler qu'avant d'être l'empereur de la Chine, il est le khan des Tartares, un peuple de nomades habitués à vivre sous la tente. Si tu juges humiliante la manière dont il traite ton ambassadeur, sache qu'une telle affirmation de sa filiation mandchoue est un formidable camouflet infligé à toute la nation chinoise. C'est une manière de nous faire sentir que nous dépendons toujours du bon vouloir de nos envahisseurs.

Zhang parcourut la plaine en compagnie du musicien. Tout en lui parlant, elle observait soigneusement la disposition des lieux. Thomas comprit qu'elle cherchait l'endroit le plus propice pour installer la scène de la troupe du Paravent de soie rouge. Il ignorait toujours le plan imaginé par Zhang. Elle n'avait sûrement pas prévu de lancer les membres de sa troupe à l'assaut de la tente de l'Empereur. Les soldats des bannières étaient présents en grand nombre dans la plaine : les malheureux acteurs auraient été massacrés avant d'avoir seulement pu approcher le Fils du Ciel.

— Tiens, fit Zhang, les diables sont là.

— Les diables ? interrogea Thomas.

Le musicien venait à peine de poser sa question qu'il réalisa que la belle Chinoise désignait une tente devant laquelle s'affairaient des Britanniques. Zhang éclata de rire. Thomas demanda :

— Pourquoi appelles-tu mes compatriotes des « diables » ?

— Tu as dû observer que nos vêtement sont généralement assez amples, répondit Zhang, alors que ceux des Britanniques serrent beaucoup leur corps, comme les habits des diables dans notre théâtre. C'est pour cela que nous les appelons ainsi.

Thomas regarda les membres de l'ambassade qui déambulaient au milieu des tentes. Il aperçut le jeune Thomas Staunton et éprouva un élan de sympathie envers l'enfant avec qui il avait noué une relation d'amitié durant la traversée.

— Tu veux peut-être rejoindre les tiens ? suggéra Zhang.

Le musicien aperçut l'ambassadeur qui se pavanait en compagnie de son second et d'un membre de la Compagnie des Indes orientales — un lord dont Thomas Perkins avait oublié le nom. A leur vue, aucun élan de sympathie. Bien au contraire ! Thomas songea que ce lord dont le nom lui échappait était peut-être celui-là même qui avait résolu de le sacrifier. Il secoua la tête.

— Non, Zhang, je ne désire pas rejoindre les... « miens », déclara-t-il d'une voix ferme. Vois-tu, poursuivit-il songeur, je me souviens de notre arrivée dans les faubourgs de T'ien-tsin. Ce jour-là, j'ai pensé que ces hommes m'étaient aussi étrangers que les membres de ta race. Toi, ta cause est noble, pourtant tu as pris le risque de sauver ma vie, alors que je ne suis qu'un « cheveux rouges ». Eux, leur cause est sordide, et ils n'ont pas hésité à me sacrifier, alors que je suis l'un des leurs. Oh, bien sûr, tous ne sont pas méprisables, de même que tous les tiens ne sont pas respectables, seulement, étrangers pour étrangers, j'ai choisi mon camp.

— Si tu décidais de rejoindre l'ambassade, il ne s'agirait pas d'une défection, Tom, dit la jeune Chinoise. Ce combat n'est pas le tien, je te l'ai déjà dit. Je sais que même si tu devais nous quitter, tu ne nous trahirais pas. Nous n'aurions pas à craindre tes indiscrétions. Cela seul importe.

Thomas secoua la tête. Il aurait voulu prendre la jeune fille dans ses bras, la serrer contre son cœur, la couvrir de baisers...

— Zhang, se contenta-t-il de murmurer, tu te trompes quand tu dis que cette cause n'est pas la mienne.

Pour la première fois, le musicien songeait à la révolution qui avait renversé la monarchie en France.

— Quand un peuple souffre, sa cause est celle de tout homme loyal. Ta cause est donc la mienne autant que la tienne.

Thomas vit les yeux de la belle Chinoise se mettre à briller.

— Et puis, qu'adviendrait-il de moi si j'allais retrouver... les « miens » ? Quelle serait l'attitude de celui, ou de ceux, parmi eux, qui ont voulu m'utiliser comme bouc émissaire ? Ne s'empresseraient-ils pas de m'accuser de collusion avec l'ennemi ? Tu le vois, j'ai peut-être plus à craindre des miens que des tiens, Zhang.

Elle ne lui répondit pas, mais elle ne lui parla plus de regagner le camp de l'ambassadeur. Thomas eut le sentiment que, désormais, Zhang le considérait comme un membre de la troupe du Paravent de soie rouge à part entière — un membre d'honneur en quelque sorte —, et il en éprouva une sensation de fierté et de satisfaction. En même temps, une légère angoisse lui noua la gorge. Il n'était plus en sûreté parmi les siens et il était devenu un opposant au régime impérial. Tout à coup, l'Angleterre lui paraissait bien lointaine. Grace, Andy et sa mère elle-même, lady Jane Hamilton, semblaient appartenir à un monde révolu qu'il ne reverrait peut-être plus. Il sourit en songeant que si Grace et Andy ne l'avaient pas trahi, il coulerait aujourd'hui des jours paisibles, à Londres, comme maître de chapelle de la Cour, aux côtés d'une jeune fille belle, charmante et frivole. Il s'ennuierait sûrement à mourir.

— Qu'est-ce qui te rend joyeux ? demanda Zhang, intriguée par l'expression amusée de son compagnon.

— Oh, fit Thomas, je songe que si une femme ne m'avait pas trahi, je ne me serais sûrement pas embarqué avec l'ambassade de lord Macartney. Si des commerçants britanniques ne m'avaient pas eux aussi trahi pour conclure une vente d'armes, je n'aurais pas été abandonné à T'ien-tsin. Si je suis aujourd'hui à tes côtés, c'est donc grâce à deux trahisons. Ceux qui croyaient me perdre ont, en fait, assuré mon bonheur. Le destin a parfois de ces subtilités...

Zhang suivait des yeux un groupe d'hommes qui traversaient la plaine en direction d'une tente plus haute, plus grande, plus vaste que les autres et toute tendue d'oriflammes jaunes. Son regard était subitement devenu glacé et impitoyable.

— Ton bonheur risque, hélas, d'être de courte durée, Tom, dit-elle d'une voix sourde.

— Qu'importe la durée... Il est tellement intense ! répliqua-t-il.

Un frisson secoua le corps de la jeune fille. Le groupe s'était arrêté devant la tente impériale, que le musicien avait identifiée grâce à la couleur des oriflammes, car le jaune était la couleur réservée à l'Empereur. L'homme qui occupait le centre du groupe pénétra seul sous la toile. Les tentes des Mandchous, rondes et voûtées, étaient composées d'une armature en bambous entrelacés, sur laquelle était tendu un feutre épais. Zhang s'était immobilisée. Elle attendait, de toute évidence, que l'homme ressorte, ce qui ne tarda pas. Le groupe l'entoura à nouveau, et ils repartirent d'un pas décidé ; sur leur passage tout le monde s'écartait et se prosternait.

— Cet homme, dit Zhang, en sachant qu'il était inutile de préciser de qui elle parlait, c'est le Premier ministre de Qianlong : Heshen !

Les dents serrées, elle ajouta :

— L'homme qui a prononcé la condamnation à mort de mon père.

Thomas observa l'individu dont la seule vue faisait naître dans le cœur de son amie une haine telle qu'il en frissonna. Heshen ne paraissait pas avoir plus d'une quarantaine d'années. Il était plutôt bel homme, svelte, et dégageait une impression de puissance. Il était trop loin pour que le musicien pût apercevoir son regard, mais il émanait de toute sa personne une froideur implacable.

Zhang ne le quittait pas des yeux. Heshen et les hommes de son escorte pénétrèrent dans une vaste tente, gardée par des soldats qui portaient une cotte de mailles et un imposant casque d'acier qui leur couvrait tout à la fois la tête et les épaules. C'étaient des membres des fameuses bannières. Zhang tendit la main en direction d'un espace dégagé, situé entre la tente du Premier ministre et celle de l'Empereur.

— C'est là que nous dresserons notre scène, déclara-t-elle sur un ton sans appel.

— Zhang, tu ne comptes pas réussir à te glisser dans la tente de...

La jeune fille posa deux doigts sur la bouche de son compagnon, et d'une voix presque inaudible, elle lui glissa à l'oreille :

— Ce n'est pas moi qui me... glisserai dans la tente de notre ennemi, Tom. Et la personne qui parviendra jusqu'à lui n'aura pas à s'y... *glisser.* Elle sera invitée par Heshen lui-même.

— Mais...

— N'insiste pas ! Je n'en dirai pas plus.

Thomas Charles Perkins se mordit les lèvres, mais Zhang l'entraîna vers le campement de la troupe. Elle lui sourit et dit :

— Je te l'ai dit, Tom, je suis la seule à savoir comment nous nous y prendrons pour tuer Heshen. A vrai dire, tu es le seul, désormais, à connaître le véritable but de notre présence à Jehol. Les membres de la troupe du Paravent de soie rouge n'ignorent pas que quelque chose se prépare, mais ils ne se doutent pas de quoi il retourne. Or, il n'en est pas un qui refuserait de donner sa vie pour que notre projet réussisse. Je te l'ai dit, Tom, je n'ai aucune méfiance à ton égard.

Après avoir marqué un temps, elle ajouta :

— Dans deux jours, nous saurons si nous avons réussi ou si nous avons échoué.

20

Le samedi 14 septembre, à quatre heures du matin, l'ambassadeur et sa suite se préparèrent pour se rendre à l'audience de l'Empereur. Des lanternes avaient été allumées dans la cour de leur résidence, mais dès que le cortège s'éloigna il s'enfonça dans une obscurité complète. Lord Macartney voyageait dans un palanquin porté par des Chinois qui couraient, selon leur habitude. Les Britanniques furent donc contraints de faire de même. Bientôt des chiens, des cochons, des ânes se jetèrent dans leurs pieds. En Chine, la nuit appartenait aux animaux en tout genre. La confusion la plus extrême régnait dans les rangs britanniques. L'ambassadeur fulminait. Il ne doutait pas que l'absence de lanternes sur son passage était une autre humiliation qui lui était infligée par la cour impériale.

Lorsque les membres de la délégation arrivèrent à proximité de la tente où avait été installé le trône du Fils du Ciel, on leur désigna un chapiteau plus petit où il leur faudrait patienter plus de cinq heures avant l'arrivée de Qianlong. Pendant ce temps, la troupe du Paravent de soie rouge installait ses tréteaux à l'endroit précis désigné par Zhang deux jours plus tôt. Avant leur départ, la jeune Chinoise s'était longuement entretenue, en privé, avec Fleur de Prunus. Quand la fleur sortit de ses appartements, elle affichait une pâleur extrême. Zhang, quant à elle, arborait une expression de détermination farouche.

Fleur de Prunus chercha Thomas des yeux ; dès qu'elle l'eut aperçu, elle s'approcha de lui.

— Je suis désolée de ne pas avoir réussi à vous donner satisfaction, monsieur Perkins, murmura Fleur de Prunus en venant rejoindre le musicien.

Perkins fut troublé par la soudaine gravité de la fleur.

— Ne soyez pas désolée, dit-il. J'ai été stupide de vouloir vous imposer une forme de chant qui ne peut avoir le moindre sens pour vous. Je suis venu ici pour découvrir votre opéra, et je n'ai eu d'autre souci que de vouloir vous transformer. Lorsque je vous ai écoutés à Tongzhou, vous et tous les chanteurs de la troupe, j'ai réalisé que l'art n'est pas quelque chose d'abstrait. Il est l'expression d'une culture, il est l'âme d'un peuple. Quelle que soit sa forme d'expression, musique, littérature ou peinture, il ne peut traduire qu'une tradition ancestrale. Même si vos œuvres respectent une forme immuable, je n'en suis pas moins persuadé qu'elles évoluent avec l'esprit du temps — si imperceptibles que les modifications puissent paraître. Il en va de même chez nous. Votre voix possède une qualité exceptionnelle, Fleur de Prunus. En vous contraignant à modifier votre répertoire, je risquais de vous faire perdre sa pureté même. Ne permettez plus jamais à personne de vous faire perdre votre âme.

Fleur de Prunus sourit tristement.

— Vous êtes un artiste, monsieur Perkins, au même titre que notre très chère Zhang. Je suis heureuse de vous avoir connu.

Le musicien fronça les sourcils.

— Je n'ai pas l'intention de vous quitter de si tôt. Nous aurons tout le loisir d'apprendre à mieux nous connaître encore. Le temps que j'ai passé à vos côtés m'a considérablement enrichi. Je portais des œillères ; grâce à vous tous, elles tombent.

Fleur de Prunus se pencha subitement vers le musicien et posa un baiser sur ses lèvres.

— Je sais que vous aimez Zhang, murmura-t-elle. Elle aussi vous aime. Je prierai pour que la haine des hommes ne vous sépare jamais.

Et, sans laisser à Thomas l'occasion de réagir, elle tourna les talons et remonta dans sa voiture.

— Fleur de Prunus est fragile, fit une voix derrière Thomas.

— Zhang ! s'exclama Thomas, surpris. Fleur de Prunus m'a paru bouleversée, poursuivit-il. Je la comprends. C'est pour aujourd'hui, n'est-ce pas ?

La belle Chinoise baissa les yeux.

— Zhang, ne peux-tu me dire maintenant...

Elle secoua la tête.

— Tu sauras bientôt, Tom.

Le jour commençait à se lever quand Fleur de Prunus ouvrit les tentures qui fermaient ses appartements. Elle pencha la tête à l'extérieur et, apercevant Thomas, elle l'appela. Le musicien s'empressa de la rejoindre dans son chariot. La jeune artiste avait revêtu ses plus beaux habits : une tunique d'une blancheur immaculée, avec pour seule touche de couleur une branche de pivoines rouges courant sur le pan gauche du vêtement. Deux nattes noires entouraient son visage d'une blancheur presque aussi lumineuse que sa tunique, et retombaient jusqu'à ses chevilles. Un diadème ceignait son front de perles grises. Au milieu de ses lèvres, une sorte de cœur rouge accentuait encore l'éclat de ses dents.

— Monsieur Perkins, dit-elle, je conserve peu de souvenirs de mes parents. Ils étaient de simples paysans, le dos toujours courbé par le labeur. Ils ont été massacrés lors de la répression d'une révolte à laquelle ils n'avaient pas pris part, car ils ne comprenaient rien à ce qui se passait. Un des soldats qui les ont égorgés m'a vendue à un maître, pour se consoler de ne rien avoir trouvé à voler chez nous. Je devais avoir tout juste six ans. Je ne veux pas me remémorer cette période. En fait, j'ai recommencé à vivre le jour où Yen Teou m'a rachetée à mon maître. Il m'a fait donner une formation exceptionnelle par une vraie artiste. Grâce à lui, j'ai vécu dans des conditions dignes d'une princesse. Je n'ai jamais eu à redouter les caresses des clients...

La fleur marqua un temps, tandis que le musicien, ému, se demandait pourquoi elle lui faisait subitement le récit de son existence.

— Je suis devenue la maîtresse de Yen Teou alors que j'avais à peine treize ans, reprit-elle. Je n'ai jamais eu à me plaindre de lui. Je l'ai vraiment aimé, et je l'aime toujours. C'est un homme loyal et bon. Croyez-vous que je pourrai jamais lui rendre tout ce qu'il m'a donné ?

Décontenancé, Thomas répondit :

— Je ne crois pas que Yen attende que vous lui rendiez quoi que ce soit. Je suis même persuadé qu'il considère que vous lui avez déjà rendu plus que vous n'avez reçu.

Fleur de Prunus secoua la tête.

— Oh ! non, c'est impossible... Je le sais.

Elle s'approcha du musicien et posa sa tête sur sa poitrine. Dans un souffle, elle murmura :

— J'ai peur !

Thomas songea à ce qui se tramait. Il réalisa subitement que, quelle que soit l'issue du plan de Zhang, qu'il réussisse ou qu'il échoue, aucun d'eux ne réussirait à fuir le campement impérial.

— C'est normal, Fleur de Prunus, murmura-t-il, en la serrant contre son cœur. Il est normal d'éprouver de la peur quand la mort rôde à proximité.

— Oh ! soupira-t-elle, ce n'est pas la mort qui me terrifie, monsieur Perkins. Je m'y prépare depuis assez longtemps. Non, j'ai juste peur de ne pas être capable de tenir mon rôle.

Thomas secoua la tête. Il prit le visage de la fleur entre ses mains et murmura en souriant :

— Ne vous faites pas de souci pour cela. Vous serez parfaite. Une fois encore, vous ferez un triomphe.

Fleur de Prunus sourit tristement.

— Pour une fois, voyez-vous, le triomphe m'importe peu. Je souhaite seulement être capable d'accomplir le geste juste. Aujourd'hui plus que jamais.

Les tentures s'écartèrent et Zhang passa la tête par l'ouverture :

— Le moment est venu, dit-elle en découvrant la fleur dans les bras de Thomas.

— J'arrive, dit Fleur de Prunus, qui s'empressa d'aller rejoindre les autres membres de la troupe.

— Elle a peur, confia Thomas à Zhang.

La belle Chinoise était grave.

— C'est normal, murmura-t-elle. Le rôle qu'il va lui falloir jouer est le plus lourd de tous. Allons, viens.

Tout en se dirigeant vers la scène dressée non loin de la tente de Heshen, Zhang donna ses instructions à son compagnon.

— Mêle-toi à la foule. Evite de parler. Ne t'éloigne pas. Et surtout, quoi qu'il arrive, n'interviens pas.

— Mais toi ? demanda-t-il. Où seras-tu ?

— Avec eux !

— Pourquoi ne puis-je rester avec toi ?

Mais Zhang s'était déjà éloignée. Sans lui répondre, elle s'empressa de rejoindre les membres de sa troupe.

Tandis que les acteurs prenaient place sur la scène, que les musiciens entamaient les premières mesures, Zhang disparut derrière le paravent de soie rouge.

L'ambassadeur n'était plus accompagné que du jeune Thomas Staunton, de son père, sir George, et d'un tout petit nombre de diplomates de sa suite. Son escorte n'avait pas été autorisée à rester auprès de lui ; à peine arrivée à destination elle avait dû regagner le camp anglais. Lord Macartney fulminait toujours plus. Autour de lui, plusieurs milliers de personnes attendaient le lever du soleil, qui marquait l'instant où paraîtrait le Fils du Ciel. Les autres personnes présentes étaient des vassaux venus rendre hommage à Qianlong à l'occasion de son anniversaire.

Enfin, un cavalier arriva, les accents d'une fanfare se firent entendre au loin, des ministres portant des livrées jaunes survinrent à leur tour et formèrent une haie pour accueillir Sa Majesté octogénaire. Précédé par sa garde, Qianlong s'avança dans un palanquin porté par seize hommes. Sur son passage, tout le monde pratiquait la nonuple prosternation, le *kotow*. Thomas Charles Perkins imita soigneusement le mouvement de la multitude qui l'entourait. Seuls l'ambassadeur et sa suite se contentèrent de mettre un genou en terre.

Quand l'Empereur eut disparu sous la tente jaune, les Britanniques attendirent avec encore plus de fébrilité l'instant d'être admis en présence du Fils du Ciel, tandis que sur la scène ornée d'un paravent de soie rouge le spectacle reprenait son cours. Thomas s'était rapproché du groupe de ses compatriotes. Il ne fut pas surpris de retrouver sur le visage de Macartney cette expression de suffisance qui l'avait toujours irrité. Non, décidément, il n'avait rien de commun avec ces matamores. La culture et les traditions de l'Empire du Milieu avaient beau être fondamentalement différentes des siennes, Thomas se sentait beaucoup plus proche, désormais, de Zhang, Fleur de Prunus ou même Chi, le joueur de *zheng*, que de Macartney et sa bande de fantoches.

Oui, mais qu'adviendrait-il une fois que Zhang aurait mené sa mission à bien — à supposer qu'ils réussissent à s'échapper, ce qui n'était rien moins que sûr ? La mort de l'infâme Heshen ouvrirait-elle la voie à un ministre moins corrompu ? Qianlong ne profiterait-il pas de cet acte d'insurrection pour organiser de nouvelles répressions encore plus sanglantes ? Si tel était le cas, les membres de la société du Lotus Blanc ne pourraient pas se passer des armes des commerçants anglais. Vivait-il les prémices d'une guerre civile de grande ampleur ? Quel rôle serait-il appelé à y tenir ?

Thomas chassa toute pensée de son esprit. Ce genre de réflexion était vain. Il ne voulait pas s'éloigner de Zhang. Il ne voulait pas la perdre. Voilà tout ce qu'il savait de certain. Qu'importait l'avenir ! Il se détourna de l'ambassade britannique et revint vers la scène où se produisaient ses amis. Il s'en approchait lorsqu'il vit un groupe d'hommes qui s'avançait vers la tente impériale. Au milieu d'eux, il n'eut aucune peine à reconnaître le Premier ministre. Sur la scène, debout juste devant le paravent de soie rouge, Fleur de Prunus interprétait le rôle d'une jeune fille abandonnée par les siens et qui implorait un prince de lui accorder sa protection. Jamais sa voix n'avait été aussi pure. Jamais son chant n'avait été aussi poignant.

Heshen marchait sans accorder un regard aux bateleurs, aux jongleurs et aux lutteurs qui rivalisaient d'adresse sur son passage. Pourtant, son pas se ralentit comme il approchait de la scène au paravent de soie rouge. Thomas ne le quittait pas des yeux. Le Premier ministre s'arrêta, il tourna la tête en direction de la fleur, qui énumérait maintenant les vertus du prince auquel elle demandait protection. Elle parlait de sa bonté, de sa noblesse, de sa générosité... Fleur de Prunus avait le regard perdu au loin. Au moment d'aborder les qualités physiques du prince, ses yeux s'abaissèrent et parurent découvrir le Premier ministre. Sa voix se troubla imperceptiblement, mais elle se reprit et poursuivit son chant sans plus quitter des yeux le terrible Heshen. Elle semblait fascinée par le Premier ministre. Comme... séduite !

Un sourire carnassier fleurit sur les lèvres de Heshen. Il s'approcha de la scène et tendit une bourse à la fleur qui s'approcha, se prosterna et prit le présent en effleurant la main du Premier ministre du bout de ses doigts aux longs ongles laqués. Heshen saisit le poignet de Fleur de Prunus et l'attira vers lui, sans brutalité. Elle écouta l'homme de confiance de l'Empereur qui lui murmurait quelques mots à l'oreille avant de lui indiquer la direction de sa tente. Fleur de Prunus affecta une expression tout à la fois gênée et ravie, puis se releva en dissimulant son visage derrière un éventail.

Heshen reprit sa marche sans un regard en arrière. Fleur de Prunus ne le quitta pas des yeux, par-dessus son éventail. Thomas avait l'impression qu'elle refoulait des larmes et que son corps était subitement secoué d'un léger tremblement. Elle croisa son regard, pencha légèrement la tête sur son épaule gauche, puis retourna se placer devant le paravent de soie rouge. Là, elle reprit son chant sans abaisser l'éventail.

L'Empereur reçut, enfin, l'ambassadeur, mais leur entretien fut bref. Lord Macartney remit au Fils du Ciel la lettre de George III, ainsi que quelques menus cadeaux. Qianlong, de son côté, lui offrit deux personnages sculptés — l'un, pour lui, en serpentine[1], et l'autre, pour le roi d'Angleterre, identique mais de couleur blanchâtre. Macartney fut déçu, mais il voulut croire que cette réception n'était qu'une prise de contact et que l'occasion lui serait donnée de s'entretenir plus longuement avec le Fils du Ciel. Vain espoir !

Heshen avait assisté à toute la cérémonie. Quand celle-ci s'acheva, il veilla au départ de l'Empereur, puis regagna sa tente. Il ne s'arrêta plus devant la scène où Fleur de Prunus chantait toujours avec autant de ferveur, et il ne lui adressa pas même un regard.

Intrigué, Thomas ne put qu'attendre la fin des festivités pour, enfin, rejoindre Fleur de Prunus, mais celle-ci lui fit signe qu'elle ne voulait pas le voir. Des traînées noires sillonnaient

1. Pierre vert sombre.

son maquillage blanc et elle se précipita vers son chariot. Les lourdes tentures en tapisserie se refermèrent derrière elle. Les acteurs de la troupe regagnaient le campement en silence, tandis que les assistants s'empressaient de démonter la scène.

Thomas s'avança pour leur prêter main-forte, mais Zhang sortit de derrière le paravent et lui fit signe de la rejoindre.

— Il vaut mieux que tu les laisses démonter, dit-elle avec un petit sourire ironique. Nous avons nos manières de faire, les tiennes risqueraient de te trahir.

Elle l'entraîna vers leur campement.

— Fleur de Prunus semble bouleversée, observa-t-il.

— Heshen lui a donné rendez-vous, ce soir, sous sa tente.

— Mon Dieu, c'est impossible...

Zhang lui décocha un regard vide d'expression, mais qui lui glaça le sang.

— Ce qui est impossible, dit-elle, c'est de lui désobéir. Fleur de Prunus ira.

Et brusquement Thomas songea aux paroles de la fleur, juste avant le spectacle. « Oh, ce n'est pas la mort qui me terrifie, monsieur Perkins. Non, j'ai juste peur de ne pas être capable de tenir mon rôle. »

Et quand il avait tenté de la rassurer en lui disant qu'elle ferait un triomphe comme à chacune de ses prestations, elle avait répondu : « Pour une fois, voyez-vous, le triomphe m'importe peu. Je souhaite seulement être capable d'accomplir le geste juste. Aujourd'hui plus que jamais. »

Thomas eut subitement peur de comprendre l'origine de la peur de Fleur de Prunus.

— Zhang... dit-il en suivant la jeune fille dans leur chariot.

— Tom, il est des moments où les mots sont de trop. Ce qui doit s'accomplir s'accomplira. Il ne nous reste qu'à attendre.

— Ainsi, je ne me trompe pas ? demanda-t-il.

— Comment le saurais-je ? fit Zhang en plongeant son regard dans celui du musicien.

Thomas Charles Perkins ouvrit la bouche, mais elle posa deux doigts sur ses lèvres.

— Tom, il est une chose que tu peux faire, en ce moment, si tu le désires.

— Bien sûr, Zhang, tout ce...

— Alors, va trouver Fleur de Prunus. Ton instrument est chez elle. Je suis sûr qu'elle serait heureuse de l'écouter avant d'aller rejoindre Heshen.

Thomas ne répondit pas. Il sortit du chariot. Il sentait son cœur battre avec force dans sa poitrine. Etait-ce de la peur ?

Quand Fleur de Prunus le vit apparaître, elle se détourna. Elle ne voulait pas qu'il pût remarquer qu'elle avait pleuré. Thomas ne prononça pas un mot, il prit le violoncelle, le plaça entre ses jambes et interpréta le « Traurigkeit » de *L'Enlèvement au sérail.*

— Merci, murmura Fleur de Prunus en étouffant ses sanglots.

21

Fleur de Prunus sortit sans un regard pour Thomas. Le musicien continua de jouer, mais ce n'était pas le son chaud de son instrument qu'il écoutait, c'était le pas rapide et entravé de celle qui traversait le camp sans un mot à l'intention de ses compagnons. Le musicien reposa son archet, coucha le violoncelle sur les coussins qui recouvraient le plancher et sortit du chariot. Les membres de la troupe du Paravent de soie rouge s'activaient à des tâches diverses. Thomas avait le sentiment qu'ils s'efforçaient de ne pas suivre des yeux le passage de la fleur. Seule Zhang, adossée à son chariot, paraissait ne pouvoir détacher son regard de la frêle silhouette qui se dirigeait d'un pas décidé vers la tente du Premier ministre.

Thomas Charles Perkins alla rejoindre son amie, sans perdre de vue Fleur de Prunus, qu'il avait l'impression de voir frissonner sous sa fine robe de soie.

— Je voudrais tellement pouvoir être à sa place, murmura Zhang lorsqu'il arriva à sa hauteur.

— C'est ça ton plan, n'est-ce pas ? Tu comptais bien que Heshen la remarquerait et serait séduit par sa voix.

Zhang ne répondit pas.

— Elle a pour mission de tuer Heshen, n'est-ce pas ?

Zhang posa deux doigts sur ses lèvres. Des larmes coulaient sur ses joues.

— Je voudrais tellement être à sa place, répéta la belle Chinoise.

Thomas comprenait son désarroi. Zhang n'était pas fière du rôle qu'elle avait demandé de jouer à la jeune artiste. Elle mesurait les risques qu'elle lui faisait courir et en était sincèrement bouleversée. Il posa son bras sur les épaules de la jeune fille qui ne se déroba pas.

— La nuit sera longue, murmura-t-il.

La lune était déjà haut dans le ciel. Des lanternes en papier de toutes les couleurs éclairaient la nuit, et les saltimbanques avaient allumé des feux de camp. Les artistes venus à Jehol pour les fêtes d'anniversaire de Qianlong ne repartiraient pas tout de suite. De nouvelles manifestations étaient prévues pour les jours à venir. Une rumeur joyeuse avait pris possession des lieux. Chacun était heureux d'avoir eu l'occasion d'entrapercevoir le Fils du Ciel. Seul le camp de la troupe du Paravent de soie rouge ne participait pas aux réjouissances générales.

— Il faut faire du feu, déclara Thomas.

Zhang lui lança un regard d'incompréhension. Thomas répéta :

— Il faut allumer du feu et sortir les instruments. Regarde, ils chantent tous.

— Ici, personne n'a le cœur à chanter, murmura Zhang. Je n'ai rien dit à personne, mais ils sont comme toi. Ils ont compris. Et chacun voudrait être à sa place.

— Je comprends, Zhang, fit Thomas. Moi non plus je n'ai pas le cœur à chanter, mais raison de plus pour le faire. Nous devons nous garder d'attirer l'attention.

Et sans attendre que son amie réagisse, il s'avança vers le milieu du campement et commença à lancer des instructions aux membres de la troupe. Ceux-ci lui jetèrent un regard incrédule. Comment le « cheveux rouges » se permettait-il de leur donner des ordres ? Mais bien vite, il eut raison de leur résistance. A mots couverts, il réussit à leur faire comprendre ses motivations. Les assistants s'empressèrent de rassembler du bois et d'allumer un feu, tandis que les musiciens allaient chercher leurs instruments ; à leur retour, les acteurs entonnèrent de vieux airs populaires, sans rapport avec les spectacles qu'ils interprétaient sur scène. Thomas songea que c'était tout un pan de leur musique qu'il n'avait même pas abordé avec eux.

— Merci, Thomas.

Zhang avait rejoint le musicien.

— Il va falloir que je reste longtemps parmi vous, observa-t-il. Je ne connais même pas votre musique populaire.

La belle Chinoise lui prit le bras. Un petit sourire mélancolique fleurit sur son visage.

— J'espère que tu resteras très longtemps parmi nous, Tom.

Devant la tente du Premier ministre, les gardes de faction appartenaient tous aux fameuses bannières mandchoues. Vêtus de leur cotte de mailles et de leur casque retombant sur les épaules, ces soldats farouches veillaient à ce que nul ne franchît un périmètre de sécurité défini de façon stricte. Pourtant, quand Fleur de Prunus passa au milieu d'eux, pas un ne l'arrêta. Pas un ne leva même les yeux sur elle. C'était comme si elle était un spectre invisible à leurs yeux de mortels.

Arrivée devant le panneau de fourrure qui fermait la tente, elle s'arrêta, ferma les yeux un bref instant puis, rassemblant tout son courage, pénétra dans l'antre de Heshen. Un regard rapide lui apprit que le Premier ministre était seul. Fleur de Prunus se prosterna aussitôt devant le second personnage de l'Empire. Le front collé au sol, elle attendit le bon vouloir de son seigneur.

Heshen s'avança d'un pas lent et majestueux. Arrivé à hauteur de la fleur, il se pencha et, lui saisissant doucement le bras, l'aida à se relever.

— C'est moi qui devrais me prosterner devant votre beauté, dit-il avec un large sourire. Comment vous appelez-vous ?

— Fleur de Prunus, répondit-elle, les yeux baissés.

— Eh bien, Fleur de Prunus, tu portes bien ton nom. Tu parais aussi fragile que la fleur de ce prunier pourpre. Mais, rassure-toi, tu n'as rien à craindre de moi. Je sais que de terribles histoires circulent sur mon compte, mais je ne suis pas l'homme terrifiant que l'on prétend. Vois... fit-il en balayant d'un geste large et lent l'intérieur de la tente, tout ici est à toi.

Fleur de Prunus leva les yeux et parcourut l'espace dans lequel elle venait de pénétrer. Un grand lit surmonté d'un baldaquin et encombré de coussins en soieries précieuses occupait tout le fond de la tente. Près de l'entrée, une table basse était chargée de fruits frais, de fleurs et de jarres, dont l'adolescent supposa qu'elles contenaient du vin. Tout ici respirait le luxe et l'abondance. La fleur s'efforça de sourire et levant, pour la première fois, son regard sur le Premier ministre, elle demanda avec un petit sourire aux lèvres :

— Tout ?

Heshen sourit et confirma :

— Tout !

— Vous aussi, seigneur ?

Déconcerté, Heshen demeura un instant sans répondre, puis il éclata de rire. Il prit la fleur par la taille et l'entraîna vers le lit, sur lequel il se laissa tomber, en l'entraînant avec lui. Ils se retrouvèrent ainsi allongés dans les bras l'un de l'autre. Fleur de Prunus fit un effort pour maîtriser les tremblements qui s'emparaient de son corps.

— Eh bien, belle enfant, je vois que nous avons au moins un point en commun : l'ambition.

Fleur de Prunus déglutit avec peine, pourtant elle réussit à ajouter sans perdre son sourire :

— L'ambition ? Je ne comprends pas, seigneur. Si tout ce qui est ici est à moi, n'est-il pas normal que je désire ce qu'il y a de plus beau et de plus noble sous cette tente ?

Heshen éclata à nouveau de rire.

— Tu me plais, Fleur de Prunus, dit-il entre deux hoquets. Tu es d'une grande beauté, ta voix est d'une pureté rare et en plus, tu as de l'esprit... Allons, buvons à cette journée merveilleuse, qui a permis notre rencontre !

Et le Premier ministre saisit une jarre et remplit deux bols d'un liquide verdâtre.

— C'est du *zhuyeqing*, un vin de la province du Shanxi. Il doit sa couleur aux feuilles de bambou qui y ont macéré. Tu verras, c'est un véritable nectar !

Fleur de Prunus prit le bol des mains du Premier ministre. Elle contempla longuement ce liquide inquiétant. Yen Teou lui avait toujours interdit de boire de l'alcool, par crainte qu'elle n'y prît goût et ne sombrât dans une dépendance qui avait conduit de nombreux artistes à la déchéance. Surmontant sa terreur, elle porta le bol à ses lèvres et en avala une petite gorgée. Elle ne put retenir une grimace.

Heshen éclata de rire.

— Ne me dis pas que tu n'as jamais bu de vin, fit-il, visiblement égayé par l'innocence de la fleur.

— Je n'ai jamais été autorisée à y goûter, répondit sincèrement Fleur de Prunus.

— Alors, il est temps de te faire découvrir les plaisirs de l'existence, ma belle enfant.

La main du Premier ministre se promenait maintenant sur le corps de Fleur de Prunus, qui reposa son bol, prit la main de son hôte et la couvrit de petits baisers délicats.

— Non ! s'exclama le Premier ministre sans dégager sa main. Il faut vider ton bol, belle Fleur de Prunus. J'ai encore bien d'autres plaisirs à te faire découvrir.

Le ton de Heshen était suave, mais en même temps d'une fermeté qui n'admettait pas de réplique. La fleur laissa son regard courir autour d'elle. Heshen était plutôt bel homme et il ne se départissait jamais de son sourire avenant, pourtant elle ne se sentait pas en sécurité auprès de lui. Elle reprit son bol et le vida à petites lampées sous le regard amusé de son hôte.

— Allons, tu verras, on s'y fait vite, dit-il en caressant la nuque de la jeune artiste. Bientôt, tu ne trouveras plus cela trop amer, tu en redemanderas même.

Heshen remplit un autre bol. Ce liquide-là était jaune.

— Ce vin de Shaoxing existait déjà à l'époque des Dynasties du Nord et du Sud[1], à ce qu'on raconte, expliqua-t-il. C'est du *huadiao*. Il est très fort. Je t'en ferai goûter quand tu te seras habituée aux vins plus légers.

Fleur de Prunus sentit une vague de soulagement la parcourir. Ainsi, le Premier ministre n'avait pas l'intention de la forcer à boire. Et surtout, il comptait la revoir. Pour s'en assurer, elle demanda :

— Comment pourrai-je m'habituer à ces vins en l'espace d'une soirée ?

Heshen éclata de rire.

— Mais, ma belle enfant, nous sommes appelés à passer plus d'une soirée ensemble, déclara-t-il.

Fleur de Prunus baissa les yeux.

— Mais, seigneur, ma troupe...

Elle s'interrompit, releva les yeux et posa sur son hôte un regard désemparé, qui semblait signifier qu'elle était partagée entre son engagement envers les siens et son désir de rester auprès du Premier ministre.

— Nous devons nous produire dans quelques jours à Pékin, devant le Fils du Ciel.

Heshen vida son bol de *huadiao*, puis versa une nouvelle rasade de *zhuyeqing* dans le bol de la fleur ; il le lui tendit sans se départir de son sourire.

1. Ce qui correspond à notre VIe siècle.

— Tu appartiens à la troupe du Paravent de soie rouge, n'est-ce pas ? demanda-t-il.

Le cœur de l'adolescent se mit à battre la chamade dans sa poitrine.

— J'ai cet honneur, seigneur.

Heshen secoua la tête.

— La renommée de votre troupe est parvenue jusqu'à nous et l'Empereur désire effectivement vous voir jouer, à son retour à la Cour du Nord. N'est-ce pas merveilleux ? Cela signifie que vous regagnerez Pékin en même temps que nous et que nous pourrons nous voir régulièrement... ici et là-bas.

— Oh ! Seigneur... bafouilla Fleur de Prunus en baissant les yeux, comme pour masquer son émotion.

Le Premier ministre caressa le visage de la fleur et lui fit lever les yeux.

— Fleur de Prunus, annonça-t-il, tu viendras me retrouver ici tous les soirs. A Pékin, je mettrai l'une de mes résidences à la disposition de ta troupe et l'un de mes serviteurs viendra te chercher dès que mes obligations me permettront de songer au repos.

Elle s'efforça de paraître ravie ; le visage du Premier ministre se fit grave, subitement. Il ajouta :

— Et si je suis content de toi, tes amis devront trouver une autre fleur pour te remplacer.

— Seigneur ! s'exclama à nouveau Fleur de Prunus en feignant la pâmoison.

Il y avait, dans son expression, un mélange de joie forcée et de crainte instinctive. Mais Heshen ne s'embarrassait pas de telles subtilités. Il ne percevait que la joie. Comment la perspective de devenir la favorite du Premier ministre du Fils du Ciel pourrait-elle ne pas ravir une misérable actrice ?

— Allons, buvons encore, belle enfant ! dit-il en lui tendant un nouveau bol.

La tête de Fleur de Prunus commençait à lui tourner.

Les caresses de Heshen ne se limitaient plus à son seul visage désormais. Ses mains descendaient sur sa poitrine et il entreprit d'effeuiller lentement la belle artiste terrifiée. Fleur de Prunus ferma les yeux et s'abattit sur les coussins en soierie fine.

— Tu es vraiment très belle, Fleur de Prunus, murmura le Premier ministre, en refermant sa main sur le sexe dressé de l'adolescent.

Zhang et Thomas finirent par se coucher, mais ni l'un ni l'autre ne réussirent à trouver le sommeil. Le soleil pointait à peine à l'horizon quand ils sortirent du chariot. La plaine était encore endormie. Ils s'assirent à même le sol et le musicien entreprit d'allumer un feu pour préparer du thé. Il apporta un bol à Zhang dont le regard demeurait rivé sur la tente du Premier ministre.

— Elle avait peur, n'est-ce pas ? demanda-t-elle.

— Elle est courageuse, répondit Thomas.

Zhang resta silencieuse. Thomas savait que rien de ce qu'il pourrait dire ne réussirait à dissiper son angoisse. Elle se sentait coupable d'avoir confié à la fleur, si jeune et si fragile, une mission aussi dangereuse. Ils sirotèrent nerveusement leur thé.

Thomas n'eut pas besoin de regarder en direction de la tente de Heshen pour savoir que Fleur de Prunus venait d'en sortir. Il sentit le corps de Zhang se crisper. La fleur traversait l'espace qui la séparait du camp de la troupe du Paravent de soie rouge sans se retourner. Thomas fronça les sourcils. Elle avançait d'un pas mal assuré. S'il ne la connaissait pas, il la croirait saoule.

Fleur de Prunus vint s'asseoir devant le feu. Le musicien lui servit un bol de thé. Zhang se rapprocha, sans oser la regarder.

— Je n'ai rien pu faire hier soir, il n'y a pas la moindre arme sous sa tente, expliqua Fleur de Prunus d'une voix pâteuse. Il ne me fait pas fouiller quand j'arrive, mais je ne garde pas longtemps mes vêtements ; il me serait impossible d'introduire un poignard. Heshen boit beaucoup. Je pourrais glisser une fiole dans une manche de mon manteau. Avec un peu de chance, je réussirai même à m'esquiver avant qu'ils aient constaté sa mort.

— Il t'a fait boire ? demanda Zhang.

— Du vin, répondit la fleur, dont les yeux semblaient vides de toute émotion. Et il a promis que lorsque je m'y serai habituée, il me fera boire des alcools plus forts.

Elle marqua un temps avant d'ajouter :

— C'est bien. Ainsi, j'ai perdu connaissance avant qu'il ne...

Sa voix se brisa, et elle ne parvint pas à terminer sa phrase, mais ni Thomas ni Zhang n'avaient besoin qu'elle en dît plus.

— Il veut me voir tous les soirs, reprit Fleur de Prunus, la voix aussi vide que le regard.

— Nous devons modifier mon plan, murmura Zhang. C'est trop dangereux.

Fleur de Prunus laissa échapper un petit rire.

— Ne pas le rejoindre serait encore plus dangereux, observa-t-elle. Je n'ai plus le choix.

— Fleur... commença Zhang, mais Fleur de Prunus ne la laissa pas poursuivre.

— N'insiste pas ! fit-elle avec détermination. J'irai le retrouver tous les soirs, comme il le désire. Si Yen Teou ne m'avait pas prise sous sa protection, de combien d'hommes n'aurais-je pas dû... accepter les hommages ?

Elle marqua un temps et ajouta :

— Et puis, je le hais plus que jamais. Tu ne m'as pas obligée à accepter cette tâche. Je savais ce que je faisais, Zhang, et je désirais le faire. Tout comme toi, je désire venger mes parents !

Zhang se mordit les lèvres. Fleur de Prunus la regarda et, avec un petit sourire empreint de désespoir, elle dit :

— Des centaines de milliers de paysans vivent dans la misère à cause de cet homme. Combien d'autres sont morts pour satisfaire son... ambition ? Ton plan est sage. Nous le mènerons à bien. Ensemble !

Thomas était impressionné. Fleur de Prunus avait perdu en une nuit toute son apparente candeur. Désormais, il se dégageait d'elle une sorte de volonté farouche, que rien ne semblait pouvoir entraver. C'était le vide de ses yeux qui inquiétait le musicien.

— Une chose seulement, ajouta-t-elle, je ne le tuerai pas ici. Il m'a déjà fait savoir qu'à Pékin il mettrait l'une de ses résidences à notre disposition et qu'il enverrait un de ses domestiques me chercher, tous les soirs. C'est là que je le tuerai. Il devrait être plus facile pour vous de fuir dans la Cour du Nord qu'ici, au milieu de cette campagne désolée.

Fleur de Prunus se leva. Elle fit deux pas en direction de son chariot et s'arrêta.

— Il a dit que s'il était content de moi, il me garderait auprès de lui. Que vous devriez trouver quelqu'un pour me remplacer.

— Le salaud ! murmura le musicien.

Fleur de Prunus le regarda, les sourcils froncés, comme intriguée ; elle demanda :

— Pourquoi dites-vous cela, monsieur Perkins ?

— Il dispose de vous comme d'une esclave.

Un petit sourire se dessina à nouveau sur les lèvres de la fleur. Mais ses yeux, eux, ne souriaient toujours pas.

— Tel est mon lot, monsieur Perkins. En un sens, Yen Teou a-t-il agi autrement avec moi ? demanda-t-elle.

Thomas fut désarçonné par sa réponse. Elle poursuivit :

— Monsieur Perkins, je veux dormir maintenant. Accepteriez-vous de jouer de votre violoncelle pour me bercer ?

— Bien sûr, répondit Thomas, troublé.

Fleur de Prunus tourna les talons et se dirigea vers son chariot. Thomas échangea un regard avec Zhang. La jeune fille murmura :

— Que dois-je faire, Tom ?

— Il est trop tard pour renoncer, Zhang. Fleur de Prunus a raison. Si elle ne va pas retrouver Heshen tous les soirs, elle est perdue... et nous aussi. Même si nous réussissions à quitter Jehol sans attirer l'attention — ce qui me paraît illusoire —, ses soldats auraient tôt fait de nous rattraper.

Thomas s'approcha de son amie et la prit tendrement par les épaules.

— Tu as fait ce qu'il convenait, Zhang. Je sais que c'est terrible, mais tu ne dois pas songer à Fleur de Prunus pour l'instant. Songe plutôt aux centaines de milliers de paysans qui auront la vie sauve grâce à elle. Et puis, c'est son combat autant que le tien !

— Tu as raison, dit la fière rebelle en redressant la tête. Et c'est sûrement ainsi que je penserai avant que le soleil n'ait atteint son zénith, mais pour l'instant...

Thomas posa un baiser sur ses lèvres.

— Je n'aurais jamais cru que je pourrais tenir de tels propos, murmura-t-il. Je suis un musicien... si loin du guerrier ! Dieu, comme l'homme s'adapte vite à une situation de guerre !

Après avoir posé un autre baiser sur les lèvres de Zhang, il dit :

— Je vais bercer Fleur de Prunus. Si cela peut l'apaiser...

La tête enfoncée dans ses coussins, la fleur pleurait. Thomas posa une main sur son épaule.

— Vous avez raison, Fleur de Prunus, murmura-t-il, pleurez... Cela soulage.

Elle se redressa subitement. Les larmes barbouillaient son maquillage. Le noir, le rouge et le blanc se mêlaient de façon tragique sur son visage.

— Je ne pleure pas pour me soulager, monsieur Perkins. Je pleure de rage. Je pleure de haine.

Thomas n'eut pas le temps de répondre ; elle posa une main humide sur ses lèvres.

— Ne dites rien, je vous en prie. Jouez... jouez cet air si triste que vous vouliez m'apprendre à chanter.

Et tandis qu'il jouait, Fleur de Prunus enfonça à nouveau son visage dans les coussins. Son corps était secoué de sanglots.

22

Les trois soirs suivants, Fleur de Prunus quitta le campement de la troupe du Paravent de soie rouge sans un mot pour ses compagnons, sans un regard en arrière, sans l'ombre d'une hésitation dans son pas. Les trois matins suivants, elle rentra au campement aux premières lueurs de l'aube. Thomas observa que, chaque jour, son regard se faisait un peu plus vide, plus absent. Une sorte de moue de dédain ou de mépris commençait à tirer la commissure de ses lèvres. Mépris de soi ? Mépris pour ses compagnons qui savaient ce qu'elle vivait, mais ne pouvaient l'aider à porter son fardeau ? Mépris pour Heshen ? Un peu des trois, sans doute. Tous les matins, Thomas se rendait dans les appartements de la fleur pour lui jouer quelque air de violoncelle, tandis qu'un sommeil lourd s'emparait d'elle. Une odeur d'alcool flottait désormais autour de la fleur, quand elle rentrait de chez son « protecteur ».

Tout en jouant, Thomas observait que Fleur de Prunus restait prostrée un long moment, la tête dans les coussins, mais son corps n'était plus secoué de sanglots. Avant de la quitter, il s'approchait toujours d'elle et lui caressait tendrement la tête en prononçant des paroles de réconfort. Ce matin-là, le 18 septembre 1793, il ajouta avant de partir :

— Petite Fleur, aujourd'hui, la troupe doit donner un spectacle devant l'Empereur.

Elle releva la tête. Ses yeux étaient secs et vides. Ses lèvres dessinaient un sourire amer.

— Ne vous inquiétez pas, je saurai tenir mon rôle, là aussi.

Thomas fut surpris de voir une petite lueur malicieuse s'allumer dans le regard de la fleur. Mais il comprit, quand elle lui montra une jarre posée à côté d'elle.

— C'est du *huadiao*. Du fort... J'y ai droit maintenant, je me suis vite habituée aux vins légers.

— Fleur de...

La fleur secoua la main.

— Non, ne me faites pas la morale... murmura-t-elle d'une voix lasse. Je sais tout ce que vous pourrez me dire. Mais il est trop tard...

Le musicien sentit sa gorge se nouer. Elle avait raison. D'une certaine manière, il était déjà trop tard.

— Je serai là, dit-il en sortant du chariot. Au premier rang de vos admirateurs.

Fleur de Prunus le regarda s'éloigner, puis déboucha la jarre et but le vin fort de Shaoxing, volé dans la tente du Premier ministre.

Le spectacle, ce jour-là, avait lieu à la Cour. Thomas accompagna la troupe. Il s'était joint aux assistants et les aida à porter les malles de vêtements et à installer le paravent. Fleur de Prunus avait recouvert son visage d'une couche de fard blanc encore plus épaisse qu'à l'ordinaire, mais Zhang l'avait aidée à peaufiner son maquillage et elle était aussi belle qu'avant. Thomas ne put pourtant s'empêcher de glisser à l'oreille de sa compagne :

— Si elle tient debout ce sera un véritable miracle. Il est impossible qu'elle chante dans cet état.

Zhang secoua la tête.

— Elle chantera. Le Fils du Ciel présent, elle se transcendera, crois-moi.

Le musicien n'était pas vraiment convaincu que la présence de Qianlong suffise à éclaircir les cordes vocales de la fleur. Tandis qu'il finissait de dresser le paravent de soie rouge, sur le côté de la scène, il aperçut l'ambassadeur Macartney qui pénétrait dans la salle en compagnie de sir George Staunton. Les notables étaient installés sur une estrade face à la scène ; les femmes suivraient le spectacle derrière des jalousies, dans des loges closes. Thomas alla se mêler aux spectateurs des côtés, qui verraient l'opéra debout. Il s'amusa à l'idée que ni Macartney ni Staunton ne l'avaient reconnu lorsqu'il était passé devant eux. Une chance ! Sa situation aurait été délicate. Comme à son habitude lorsque débutait un spectacle, Zhang disparut derrière la scène et Thomas se retrouva livré à lui-même. Il dut attendre la fin de l'opéra en s'efforçant de passer inaperçu.

Perdu au milieu de la foule, le musicien suivit le petit jeu de l'ambassadeur qui essayait de converser avec l'Empereur. Il ne pouvait entendre ce que les deux hommes se disaient, par interprètes interposés, mais il n'était pas difficile d'imaginer que lord Macartney s'efforçait d'entraîner le Fils du Ciel sur le terrain de la diplomatie. A en juger par la mine des différents protagonistes, l'Anglais se heurtait à un mur d'indifférence. Lord Macartney s'agitait sur son siège et ses mâchoires se crispaient en un sourire forcé. L'Empereur, quant à lui, ne faisait visiblement aucun effort pour sourire. Il alla jusqu'à distribuer de petits cadeaux à ses invités, qui ne savaient visiblement qu'en faire. Sur la scène le spectacle avait débuté et un ministre se pencha vers Macartney pour l'inviter à ne pas gâcher le plaisir de son maître.

Les acteurs de la troupe du Paravent de soie rouge avaient revêtu des masques que Thomas ne leur connaissait pas : des masques à double face. Il était, en effet, impensable que, dans un mouvement de scène, un acteur tournât le dos à l'Empereur. Grâce à ce stratagème, l'honneur était sauf — l'acteur faisait toujours face au Fils du Ciel. Malgré la nature comique de certaines scènes, pas un rire ne fusait des rangs des spectateurs, qui suivaient l'action dans un silence recueilli. Si ces démonstrations théâtrales relevaient du divertissement pour l'Empereur, elles n'en avaient pas moins, pour chacun, valeur de cérémonies sacrées.

Dès l'entrée en scène de Fleur de Prunus, Thomas sentit son cœur se serrer. Il redoutait un drame, qui ne manquerait pas d'avoir de terribles répercussions pour tous les membres de la troupe. Mais lorsqu'elle entonna les premières mesures de son chant, le musicien demeura figé sur place. Il n'en croyait pas ses oreilles. La voix de Fleur de Prunus était plus pure et plus assurée encore que dans la plaine de Jehol, le jour où elle avait séduit le Premier ministre. Les gestes de la fleur et sa démarche étaient maladroits, l'alcool lui embuait l'esprit ; à plusieurs reprises, Thomas la vit fermer les yeux et sa tête parut osciller au sommet de son corps frêle, comme si, déséquilibrée, elle allait choir d'un instant à l'autre. Mais sa voix, elle, était parfaitement inaltérée.

« Quelle artiste ! » songea Thomas, émerveillé.

L'Empereur lui-même semblait fasciné par la voix de la fleur. L'homme qui était assis à sa droite ne quittait pas Fleur de Prunus des yeux. Un sourire de propriétaire déformait le visage de Heshen. Thomas sentit une onde de colère monter en lui, et il ramena son attention vers la scène afin de ne pas céder à une pulsion dangereuse. Fleur de Prunus retrouvait peu à peu une certaine assurance et sa voix demeurait, pour le musicien, le plus beau présent que Melpomène eût jamais accordé à une mortelle. Depuis le début de ce voyage, il avait eu l'occasion de découvrir la sensibilité de Fleur de Prunus — sensibilité qu'elle cachait parfois sous un masque de suffisance ou d'ironie. Il éprouvait même de la tendresse pour cet adolescent égaré dans le corps d'une jeune fille. Et il haïssait Heshen pour la manière dont il s'employait à souiller ce qui lui restait d'innocence.

Quand le spectacle s'acheva, un mandarin vint présenter à l'Empereur les artistes, auxquels s'était jointe Zhang. Thomas apprit ainsi que c'était la fière rebelle qui avait composé le spectacle présenté en l'honneur de Qianlong. Il songea que Zhang ne lui avait jamais confié qu'elle écrivait aussi des opéras. Il lui restait encore tant à découvrir de la jeune fille qu'il aimait ! Et chaque nouvel aspect de sa personnalité la lui rendait plus aimable. L'Empereur tendit une feuille de papier au mandarin, qui alla aussitôt la remettre à Zhang. Celle-ci parcourut d'un œil rapide le présent royal et s'empressa d'effectuer la nonuple prosternation en signe de gratitude.

Une fois qu'ils furent sortis du palais impérial, elle expliqua au musicien que le document que lui avait faire remettre l'Empereur était un poème rédigé de sa main. Une manière de marquer qu'il avait apprécié le spectacle.

— Le mandarin qui me l'a remis a précisé que nous étions la seule troupe à laquelle Qianlong ait accordé une telle faveur.

Puis, avec un petit rire amer, elle ajouta :

— Nous pourrions réussir une somptueuse carrière.

Fleur de Prunus, qui avait surpris le commentaire de Zhang, dit avec autant d'amertume :

— Il est trop tard !

Zhang la regarda.

— Je sais, Fleur de Prunus, murmura-t-elle. Il était déjà trop tard le jour où nous avons travaillé ensemble pour la première fois.

Elle adressa un petit regard à Thomas lorsqu'elle ajouta :

— Le seul objectif de la troupe du Paravent de soie rouge a toujours été de renverser la tyrannie du Premier ministre...

Après un silence, elle conclut :

— ... et du Fils du Ciel, s'il nous fallait en arriver là.

La troupe du Paravent de soie rouge cessa de se produire dans la plaine de Jehol, mais il n'était pas question pour elle de partir tant que Heshen n'aurait pas précisé à Fleur de Prunus la date de son retour à Pékin. Zhang réunit donc les membres de la troupe, à l'exception de la fleur, et leur expliqua de quelle manière la situation avait évolué. Chi, le joueur de *zheng*, dit :

— Nous devons informer Yen Teou.

Thomas participait à la réunion et il éprouvait un réel bonheur en constatant qu'il avait été complètement adopté par tous les membres de la troupe. C'était un peu comme s'il s'était trouvé une nouvelle famille, au sein de laquelle il avait sa place.

— Personne ne peut partir d'ici, répondit Zhang. L'honorable Heshen entend que nous regagnions Pékin avec lui. Peut-être désire-t-il que nous nous produisions encore devant l'Empereur, à l'occasion des dernières célébrations de son anniversaire.

Le nom de Fleur de Prunus n'avait pas été évoqué, mais nul n'était dupe des propos de Zhang.

— Et Tom ? insista Chi. Il ne fait pas vraiment partie de la troupe.

Le musicien fut surpris de la proposition du joueur de *zheng*, mais il s'empressa de dire :

— Je vous remercie de cette preuve de confiance. Je ferai ce qu'on attend de moi.

— C'est impossible, rétorqua aussitôt Zhang. Comment retrouverait-il, seul, le chemin de T'ien-tsin ? Il ne connaît pas le pays. Et même s'il connaissait la route, il ne parviendrait jamais à T'ien-tsin sans s'être fait démasquer au moins deux fois par jour. Il lui suffirait d'ouvrir la bouche... Yen devra attendre notre retour. Si nous revenons...

Thomas se demanda si Zhang s'était opposée à son départ pour les raisons qu'elle avait invoquées ou parce qu'elle ne désirait pas se séparer de lui. Son intervention ne souleva toutefois aucun commentaire. Le musicien songea qu'il aurait gagné T'ien-tsin sans la moindre hésitation, si cela avait pu servir les intérêts de ses amis, mais il devait reconnaître qu'il était bien heureux de ne pas avoir à se séparer de sa belle amie.

Le matin du 21 septembre, Fleur de Prunus s'arrêta auprès du feu, en revenant de la tente de Heshen. Comme tous les matins, Zhang et Thomas l'attendaient en silence. La fleur but un bol de thé. Ses yeux étaient vitreux. Elle semblait avoir du mal à les garder ouverts.

— Nous rentrons à Pékin, murmura-t-elle d'une voix à peine compréhensible. Aujourd'hui !

Elle tendit une feuille de papier à Zhang.

— Nous sommes... invités à résider dans cette maison, qui sera préparée pour nous recevoir.

— Fleur de Prunus, intervint le musicien, ne buvez plus d'alcool, je vous en conjure.

La fleur éclata de rire.

— Le voyage durera cinq jours, ami. Pendant cinq jours je ne verrai pas Heshen, mais... je ne serai pas privée de bon vin. Je lui en ai volé une jarre presque tous les jours.

— Fleur...

— Non, Tom, fit-elle, non ! Il est trop tard.

Et elle s'éloigna. Au moment de monter dans son chariot, elle dit :

— Ami, je ne veux pas de votre violoncelle, ce matin. J'ai besoin d'un peu de solitude. Ne m'en veuillez pas.

Zhang et Thomas regardèrent la lourde étoffe se rabattre derrière la fleur.

— Je suis inquiet, fit le musicien.

— Ce que vit Fleur de Prunus est très pénible. Quand elle a accepté sa mission, j'espérais qu'il lui serait possible d'exécuter Heshen dès le premier soir.

— Elle n'aurait jamais réussi à s'échapper... observa Thomas.

— Elle le savait, dit Zhang. Comme moi, elle était prête à mourir pour venger ses parents. Mais elle a voulu nous donner la possibilité de nous échapper. C'est vrai que nous aurons plus de chances de passer entre les mailles du filet à Pékin qu'ici. Mais chaque jour qui passe lui rend plus insupportable le sacrifice qu'elle a consenti. Il est temps que cela finisse. Les cinq jours qui viennent lui permettront peut-être de récupérer un peu.

Les cinq jours que dura le voyage vers la Cour du Nord furent un cauchemar pour tous les membres de la troupe du Paravent de soie rouge. Fleur de Prunus passa les trois premières nuits à boire l'alcool fort dérobé au Premier ministre. La quatrième nuit, ses provisions étant épuisées, elle commença à découvrir les affres du manque. Elle hurlait, en exigeant qu'on lui apportât à boire. Thomas passa le plus clair de son temps à ses côtés. Elle n'acceptait la présence de personne d'autre.

Fleur de Prunus ne prenait plus la peine de se maquiller ou de s'habiller. Sur sa peau commençaient à se lire les stigmates de l'alcool. Elle ne peignait plus ses longs cheveux. Elle n'avait plus rien d'une fleur. Elle redevenait un adolescent. Un adolescent d'autant plus gauche et maniéré qu'il avait perdu l'habitude de vivre dans son corps d'homme. Thomas, bouleversé, s'efforçait de lui apporter du réconfort, mais les mots ne parvenaient plus jusqu'à Fleur de Prunus.

La veille de leur entrée dans Pékin, Thomas saisit l'adolescent par le bras et l'entraîna vers le miroir devant lequel Fleur de Prunus passait de longues heures à se préparer pour les spectacles.

— Regardez-vous, dit-il, est-ce vraiment cette vision-là que vous désirez offrir à Heshen ?

— Laissez-moi, fit la fleur en le repoussant.

Mais Thomas insista. Debout derrière elle, il saisit son visage à deux mains et le plaça face au miroir.

— Si vous tenez vraiment à vous présenter ainsi devant Heshen, dites-le-moi, Fleur de Prunus, car si c'est le cas il vaut mieux que nous évitions Pékin. Jamais Heshen ne vous laissera parvenir jusqu'à lui dans cet état. Nous serons tous chassés, exilés... s'il ne nous fait pas mettre à mort.

L'adolescent fixait le miroir, mais il ne semblait pas le voir. Thomas commençait à perdre espoir. Le visage de Fleur de Prunus était à vingt centimètres de son reflet. Le musicien aurait voulu trouver les mots pour l'atteindre, pour réveiller son âme. Il était sur le point de lâcher le visage de l'adolescent, quand il crut voir une lueur s'allumer dans ses yeux. Une lueur si faible qu'il se demanda d'abord s'il ne s'agissait pas d'une illusion suscitée par l'espoir. Mais non, la lueur se faisait plus précise. Sous ses mains, il sentit les muscles du visage de l'adolescent se détendre, comme s'il abandonnait toute résistance. Fleur de Prunus finit par lever les yeux. Elle trouva ceux de Thomas dans le miroir et lui adressa un faible sourire.

— J'avais raison, Tom, quand je t'appelais mon ami. N'est-ce pas que tu es mon ami ?

— Oui, murmura le musicien. Je suis ton ami, Fleur de Prunus.

— Tu es mon ami, mais... tu aimes Zhang, n'est-ce pas ?

Thomas hésita un instant, décontenancé par le ton de la fleur.

— Oui, j'aime Zhang. C'est vrai.

— Elle aussi, elle t'aime, je te l'ai déjà dit. C'est bien... Je suis heureuse pour elle, c'est une femme courageuse, et pour toi aussi, tu es un homme généreux. Tu es le premier à ne pas m'avoir regardé avec du désir dans les yeux. Je t'en remercie. Va chercher Zhang, il faut qu'elle me prépare. J'en serais incapable, je tremble trop.

— C'est bien, Fleur, c'est bien... Je te l'envoie.

Thomas était sur le point de sortir quand l'adolescent le rappela :

— Si tu pouvais me trouver de l'alcool... Oh, juste un peu... Je t'en prie.

Il y avait une telle souffrance dans sa voix que Thomas en fut ému.

— Je n'avais jamais bu une goutte d'alcool, ajouta l'adolescent d'une voix presque inaudible. Yen ne m'avait pas préparée à cela.

— Je vais voir si je peux trouver quelque chose, Fleur. Promis.

Thomas alla transmettre le message de Fleur de Prunus à Zhang.

— Oh, Tom, comme j'ai hâte que cela s'achève !

— Il faut lui apporter un peu d'alcool, Zhang, dit-il. Si elle n'en boit pas juste ce qu'il faut pour maîtriser le manque, elle ne tiendra pas.

La belle Chinoise secoua la tête.

— Je lui en apporterai, dit-elle. Tom... merci ! Sans toi...

Elle n'acheva pas sa phrase, mais tourna les talons en répétant seulement :

— Merci !

23

La demeure mise à la disposition de la troupe du Paravent de soie rouge par le Premier ministre Heshen, à Pékin, était un vaste ensemble de quatre bâtiments entourant une cour dallée, avec une pièce d'eau en son centre. Ici, pas de scorpions, de scolopendres ou de moustiques comme dans la résidence de l'ambassadeur. Les murs extérieurs des bâtiments étaient repeints de frais ; les tuiles jaunes qui recouvraient les toits en pente indiquaient qu'il s'agissait d'une propriété impériale. Les acteurs avaient été invités à ranger leurs voitures et leurs animaux de trait sur une place voisine. Thomas avait pris soin de dissimuler son violoncelle sous un amoncellement de couvertures, derrière un amas de coussins, dans le chariot de Fleur de Prunus. Il n'était pas question de transporter cet instrument inconnu des Chinois dans les rues de Pékin, au vu et au su de tous, et encore moins de l'introduire dans une maison, où la présence de domestiques ne se livrant à aucune tâche ménagère suggérait clairement que la troupe faisait l'objet d'une étroite surveillance.

Le soir de leur arrivée Heshen ne fit pas chercher Fleur de Prunus, qui avait retrouvé un minimum de contenance. Rongé d'impatience, l'adolescent redevenu fleur marchait dans ses appartements comme un lion en cage. Thomas, qui lui tenait compagnie, n'avait pas besoin d'explication pour comprendre que son agitation n'était qu'un effet du manque. Lorsqu'il fut devenu évident que le Premier ministre ne la ferait pas quérir ce soir-là, la fleur appela les domestiques et exigea qu'on lui apportât du vin, mais leur réaction confirma qu'ils étaient plus des gardes que des serviteurs. Ils s'inclinèrent, promirent de faire le nécessaire, et quittèrent la place pour ne plus revenir. Ce fut Thomas qui alla lui chercher une petite jarre de vin léger. Après avoir bu, la fleur se jeta en pleurs sur son lit :

— Laisse-moi, murmura-t-elle. Laisse-moi, j'ai besoin d'être seule... Sans quoi je risque de devenir très méchante. Quel poison que l'alcool, Tom ! Quel poison ! Il me ronge les entrailles... Pars... Pars !

Le musicien alla retrouver Zhang.

— Je suis très inquiète, fit la belle Chinoise.

— Moi aussi. Ce salaud l'a complètement placée sous la dépendance de l'alcool. Elle n'est plus maîtresse d'elle-même.

— Je devrais peut-être aller trouver Heshen à sa place, suggéra Zhang.

Thomas fit la moue et secoua la tête.

— Je crois qu'il ne sera pas dupe du changement, dit-il en essayant de sourire. Non, Zhang, nous n'avons plus le choix. Il faut faire confiance à Fleur de Prunus.

Après une pause, il ajouta :

— Lui faire confiance, mais prévoir une défaillance.

Zhang acquiesça de la tête, sans ajouter un mot.

Le lendemain soir, un messager vêtu de jaune se présenta à la résidence et demanda Fleur de Prunus. Un acteur de la troupe alla la prévenir. La fleur s'assura que son maquillage était parfait et, souriante, elle s'empressa de rejoindre le messager de son « amant ». Au moment de quitter la résidence, elle passa devant Zhang, qui, faisant mine de vérifier sa tenue, d'une manière toute maternelle, lui glissa une minuscule fiole dans la main.

— N'aie crainte, murmura Fleur de Prunus à son oreille. C'est pour cette nuit !

— Sois prudente, souffla Zhang.

— Cette nuit, Zhang ! répéta Fleur de Prunus. Je ne tiendrai pas plus longtemps.

Quand la fleur eut disparu à sa vue, Zhang adressa un signe à Chi, le joueur de *zheng*. Aussitôt, les musiciens apportèrent leurs instruments dans la cour de la résidence et entreprirent de jouer des airs populaires de Mandchourie. Les « domestiques » mis à leur disposition par Heshen ne tardèrent pas à les rejoindre, ravis. Bien vite, l'alcool se mit à couler à flots. Thomas et les assistants de la troupe apportaient des jarres et faisaient circuler des bols de *huadiao* parmi les hommes de main du Premier ministre. Ceux-ci en vinrent bientôt à parler de leur pays, des bannières auxquelles ils appartenaient et à entonner d'autres chants, plus gaillards. Un à un, les musiciens de la troupe du Paravent de soie rouge leur tendirent leurs instruments, et ce furent, en définitive, les soldats des bannières eux-mêmes qui animèrent la nuit. Les hommes du Lotus Blanc, eux, se gardaient de toucher à l'alcool.

Les chants se firent de plus en plus braillards, puis de plus en plus hésitants, enfin de plus en plus incohérents ; l'un après l'autre, les soldats des bannières sombrèrent dans un sommeil lourd et profond. Zhang rassembla aussitôt ses hommes.

— Nous ne devons pas rester ici, expliqua-t-elle. Si Fleur de Prunus ne réussit pas à s'échapper après avoir empoisonné Heshen, la résidence deviendra un endroit particulièrement inhospitalier pour nous. Dispersez-vous ! Si les choses tournent mal, n'essayez pas de récupérer les chariots. Sortez de la ville au plus tôt. Regagnez T'ien-tsin comme vous le pourrez et restez toujours vigilants. Je surveillerai le palais pour le cas où la fleur réussirait à s'évader.

— Et si elle ne réussit pas à tuer Heshen ? demanda Chi.

— Si Fleur de Prunus ne réussit pas..., répondit Zhang, eh bien, cela signifiera que nous ne pourrons pas nous passer des armes des *hong mao* et que Yen Teou aura eu raison de traiter avec eux.

Elle baissa les yeux.

— Mais alors, il y aura beaucoup plus de morts que je ne l'aurais souhaité, ajouta-t-elle. De toute façon, si elle est capturée, nous serons tous en danger, y compris Yen Teou.

Chi dit :

— Tu ne pourras rien te reprocher, Zhang.

La jeune Chinoise sourit, mais Thomas comprenait son trouble. Que Fleur de Prunus réussisse ou qu'elle échoue, si elle était capturée Zhang se sentirait responsable du sort de chacun et, quoi qu'il arrive, elle se demanderait toujours si elle avait pris les bonnes décisions. Zhang était l'âme de la société du Lotus Blanc. Son chef ! Elle était donc seule face aux responsabilités.

— Allons, dispersez-vous, maintenant, ordonna-t-elle. Bonne chance à vous !

— Et l'Anglais ? demanda Chi.

Thomas nota que le joueur de *zheng* n'avait pas dit « le *hong mao* », mais « l'Anglais ».

Zhang le regarda.

— Il viendra avec moi, dit-elle. Allez !

Les membres de la troupe croisèrent tous le regard de Thomas, qui ressentit une intense chaleur le parcourir.

— Viens, dit Zhang, allons au palais.

Fleur de Prunus suivit le messager de Heshen, qui l'introduisit dans la Cité impériale et la conduisit jusqu'à un bâtiment imposant devant lequel deux dragons rouges montaient la garde. Elle était impressionnée par le luxe et le raffinement du lieu. La demeure de Yen Teou était belle, mais le commissaire du sel l'avait tellement dépouillée de toute ostentation qu'elle faisait triste mine comparée à ces appartements princiers.

— Attends là ! ordonna son guide.

Fleur de Prunus ne perdit pas de temps. A peine le garde fut-il sorti qu'elle parcourut la pièce du regard, à la recherche d'alcool. Sur une table, des plats étaient disposés sur des poêlons contenant des braises pour les maintenir au chaud ; sur une autre, elle aperçut, avec soulagement, des jarres. Elle se précipita et les huma, une à une. Elle cherchait du *huadiao*. Elle avait besoin d'un alcool fort pour éteindre le feu qui brûlait en elle.

— Alors, ma belle, tu as soif ?

Elle sursauta et pivota vivement. Heshen venait d'entrer dans la pièce.

— Seigneur...

— Je suis heureux de te revoir, Fleur de Prunus. Tu as fait forte impression sur l'Empereur. Il m'a encore parlé de toi après ton départ de Jehol.

— C'est un grand honneur, seigneur.

Heshen se laissa tomber sur un amas de coussins.

— Allons, ma belle, nous avons toute la nuit pour goûter à ces vins. Pour l'instant, chante-moi cet air qui m'a tant séduit, le premier jour, dans la plaine de Jehol.

— Oh, seigneur... maintenant ? demanda la fleur. Je...

Le regard de Heshen se durcit.

— C'est maintenant que je te le demande, petite fleur. Non ?

Fleur de Prunus fut saisie de tremblements. Ses yeux couraient vers la table sur laquelle les jarres de vin semblaient la narguer.

— C'est que, seigneur, tu m'as appris à apprécier le vin, bafouilla-t-elle, mal assurée.

— Et tu t'es montrée une élève particulièrement avide de connaissances, belle enfant, ironisa le Premier ministre.

— Le mérite en revient au maître, pas à l'élève, fit Fleur de Prunus en s'efforçant de minauder.

— Alors, le maître va devoir se montrer plus sévère, décréta Heshen sur un ton qui se durcit au point que la fleur en éprouva une subite inquiétude.

— Maître...

— Le vin est l'esclave de notre plaisir, Fleur de Prunus, la coupa Heshen en se levant. Celui qui devient l'esclave du vin tombe plus bas que l'esclave le plus vil.

Fleur de Prunus se jeta aux pieds de son protecteur en se tordant les mains.

— Pourquoi dis-tu cela, seigneur ?

Heshen la releva sans ménagement.

— Crois-tu que je n'avais pas remarqué, à Jehol, que tu emportais chaque matin une jarre pour ta consommation personnelle ?

Elle se détourna pour ne pas avoir à affronter le regard terrible du Premier ministre.

— Tu trembles, Fleur de Prunus, dit Heshen.

— C'est que j'ai honte, murmura-t-elle.

Le Premier ministre éclata de rire.

— La belle affaire ! Je t'ai appris à boire pour que nous prenions du plaisir ensemble, pas pour que tu m'échappes dans une ivresse solitaire.

Saisissant brusquement le poignet de la fleur, il la força à se mettre à genoux devant lui. Dans le mouvement, la petite fiole de Zhang, qu'elle avait glissée dans la manche de son manteau, tomba sur le sol. Fleur de Prunus se figea. Un bref instant, elle eut l'impression que Heshen n'avait rien remarqué, mais le regard plongé au fond des yeux de l'adolescent, le Premier ministre demanda :

— Qu'est-ce que cela, Fleur de Prunus ?

Sa main serrait le poignet de la fleur avec une telle force que celle-ci songeait qu'il n'allait pas tarder à se briser. Des larmes coulaient le long de ses joues, et elle ne chercha pas à les retenir. Elle était au-delà de la peur. Son esprit s'était subitement vidé. Sans détourner les yeux, elle dit, d'une voix à peine audible :

— On m'a demandé de te tuer, seigneur.

— Tu voulais me tuer ? s'exclama Heshen sans desserrer sa prise.

— Oh, fit Fleur de Prunus d'une voix monocorde, moi, vouloir te tuer ? Comment peux-tu dire cela ? Je te dois tout, seigneur. Tu es mon bienfaiteur.

Elle ouvrit la bouche, hésita, puis, le regard aussi vide que sa voix, elle dit :

— Seigneur, si tu ne peux me croire sincère, crois-moi au moins ambitieuse. Ne m'as-tu pas promis de me garder auprès de toi ? Toi, le confident du Fils du Ciel ! Serais-je assez sotte pour risquer de perdre tout ce que cela représente ? Oh, non ! Pas moi ! Tu as dit que tout ce qui est ici est à moi. N'est-ce pas toi que j'ai choisi ?

Le débit de la fleur devenait de plus en plus rapide et laborieux à la fois. Elle avait besoin d'alcool. De toute urgence ! Elle aurait fait n'importe quoi pour un verre de *huadiao*. A court de souffle, elle finit par s'interrompre.

Heshen resta un long moment sans dire un mot, puis il relâcha son étreinte et éclata de rire.

— Tu as raison, petite fleur vénéneuse, fit-il en marchant vers la table. Tu as raison ! Qui sacrifierait tout cela à une cause quelconque ? Ainsi, tes compagnons de la troupe du Paravent de soie rouge souhaitent ma mort ?

— Pas eux, fit la fleur, l'œil et la voix toujours vides.

— Pas eux ? Alors qui ?

La fleur hésita et finit par murmurer d'une voix quasiment inaudible :

— Zhang !

— Zhang ? La jeune fille qui dirige la troupe ? Tiens, tiens... Et qui d'autre ?

— C'est tout. Rien qu'elle, les autres ignorent tout de ce qu'elle trame. Je le jure.

— Vraiment ? Et pourquoi cette... Zhang souhaite-t-elle ma mort ?

Fleur de Prunus parlait sans reprendre son souffle et en se tordant les mains.

— Son père était un lettré ; il a été exécuté sur ton ordre, il y a quelques années. Le traître avait publié des écrits séditieux. Et puis, Zhang appartient à la société du Lotus Blanc.

— La société du Lotus Blanc ? s'exclama Heshen. Je croyais qu'elle n'existait plus depuis des années... Ne les avais-je donc pas tous exterminés ?

— Je ne sais pas, seigneur. Moi, hormis le chant...

— Hormis le chant !

— Oh ! seigneur, tu dois me croire.

Et d'un ton suppliant, le regard tourné vers les jarres, elle ajouta :

— Offre-moi un verre de *huadiao*, seigneur. Je t'en prie...

Heshen éclata à nouveau d'un rire qui ne fit même plus frémir la fleur.

— Alors, pourquoi t'a-t-elle fait confiance au point de te demander de me tuer ? demanda le Premier ministre avec un petit rire sardonique. Elle devait savoir qu'elle pouvait compter sur toi.

— Non, seigneur, elle se trompait. Elle croyait que je dépendais d'elle. Il suffirait, en effet, d'un mot de sa part pour que mon bienfaiteur me rejette.

— Ton bienfaiteur ? On raconte que la troupe du Paravent de soie rouge est entretenue par le commissaire du sel de T'ien-tsin, Yen Teou. C'est lui, ton bienfaiteur ?

— C'est exact, seigneur.

— Alors, lui aussi appartient à la société du Lot...

— Oh non, seigneur ! Pas lui ! le coupa Fleur de Prunus en s'arrachant subitement à sa prostration. C'est un serviteur fidèle du Fils du Ciel ; c'est Zhang qui dirige la troupe, en réalité. Si elle lui demandait de me chasser, il obéirait.

— Pour quelles raisons ?

— Tu l'as dit toi-même, seigneur. Je n'ai pas su dominer l'esprit du vin. Zhang l'a observé. Elle a menacé de me remplacer. Yen Teou aime la nouveauté et la fraîcheur. Elle m'a donné le choix : te tuer ou être vendue à une troupe misérable, qui oblige les fleurs à se prostituer. Elle ne savait pas quel sort tu m'avais promis...

Fleur de Prunus savait qu'elle ne tiendrait plus très longtemps sans alcool. Elle aperçut la petite fiole et, se baissant pour la ramasser, dit :

— Si tu le désires, seigneur, je puis te prouver ma sincérité sur-le-champ.

Elle ouvrit la fiole, mais Heshen la lui arracha des mains.

— Allons, petite fleur, tu m'as convaincu. Je te crois sincère.

Le Premier ministre remplit deux bols de vin fort. Il en tendit un à Fleur de Prunus.

— Tiens ! Dis-moi, maintenant, ce que tu comptais faire de cette fiole, lança-t-il sur un ton amusé.

— Je comptais te demander si tu voulais toujours de moi auprès de toi, seigneur. Si tu avais dit non... j'aurais avalé le contenu de cette fiole. Je ne serais jamais retournée vers Zhang.

Fleur de Prunus avait retrouvé sa voix monocorde et son œil s'était à nouveau éteint.

— C'est bien, petite fleur vénéneuse. C'est très bien. Allons, viens, maintenant, et donne-moi du plaisir.

Saisissant la fleur par la nuque, Heshen l'entraîna vers l'amas de coussins.

Le Premier ministre venait à peine de prendre son plaisir qu'il se releva et alla frapper sur un petit gong. Aussitôt un garde se précipita.

— Envoie des hommes à la résidence. Trouve la femme qui dirige la troupe, et apporte-moi sa tête ! Quant aux autres, tuez-les et jetez-les aux chiens.

L'homme s'apprêtait à repartir quand Heshen le rappela.

— Emmène aussi celle-là. Tu la conduiras aux fours. Confie-la à Zhao, il saura bien s'occuper d'elle.

Fleur de Prunus se redressa aussitôt et, le visage blême, elle supplia :

— Oh, seigneur, garde-moi, je t'en prie ! Ne t'ai-je pas sauvé la vie ?

Heshen éclata de rire.

— Tu m'as sauvé la vie ? Tiens, je n'avais pas envisagé les choses sous cet angle ! Allez, va !

Affolée, Fleur de Prunus se précipita sur la fiole que Heshen avait posée sur la table, à côté des jarres de vin, mais le Premier ministre fut plus prompt qu'elle. Plongeant son regard dans celui de Fleur de Prunus, il dit :

— Non, petite fleur vénéneuse, ce serait une fin beaucoup trop douce pour toi.

Dissimulés dans l'ombre de deux chariots, Zhang et Thomas surveillaient l'une des portes de la Cité impériale.

— C'est par ici que l'on accède aux appartements du Premier ministre, précisa la belle Chinoise. Si Fleur de Prunus doit sortir, ce sera par ici.

Elle n'ajouta pas que si des soldats étaient envoyés à la résidence pour procéder à leur arrestation, ce serait également par cette porte qu'ils sortiraient de la Cité.

La nuit régnait encore sur la ville quand la porte s'ouvrit. Une troupe d'hommes en cottes de mailles, avec des casques couvrant leurs épaules, surgit en courant ; ils passèrent à côté de Zhang et Thomas, qui sentirent leur sang se glacer.

— Ils ont sûrement reçu l'ordre de nous arrêter, fit Zhang. Heureusement qu'il n'y a plus personne à la résidence.

— Regarde ! murmura Thomas, qui n'avait pas quitté la porte des yeux.

Zhang suivit son mouvement et aperçut des soldats emmenant une jeune fille qui se débattait vainement.

— Fleur de Prunus ! s'exclamèrent-ils en chœur.

Zhang et Thomas attendirent que les soldats eussent disparu avec leur captive, à l'angle de la rue, pour sortir de leur cachette et se lancer à leur poursuite en prenant soin de longer les murs et de profiter de tous les coins d'ombre. La belle Chinoise avait prévenu le musicien de faire montre de la plus extrême prudence. Nul n'était censé errer dans les rues de Pékin une fois les portes de la ville fermées. Au fur et à mesure de leur progression, Zhang sentait l'angoisse monter en elle. Soudain, elle saisit le bras de son ami.

— Tom, nous ne pouvons pas aller plus loin.

— Mais... il faut savoir où ils l'emmènent, insista Thomas.

— Hélas, il vaudrait mieux l'ignorer, soupira Zhang. Je sais où ils l'emmènent. Heshen est bien l'être le plus immonde qu'ait porté cette terre.

— Mais où l'emmènent-ils donc ? demanda Thomas.

— Dans un quartier épouvantable, juste à l'extérieur de la ville, Tom. Autrefois, il y avait là des fours de potiers. Aujourd'hui, il n'en reste que des ruines. Pourtant les miséreux appellent toujours ce quartier... les fours !

— Pourquoi emmènent-ils Fleur de Prunus dans ce quartier ? Est-ce devenu une prison ? s'inquiéta Thomas.

Zhang secoua la tête. En dépit de l'obscurité, le musicien vit des larmes briller dans ses yeux.

— Non, Thomas, c'est pire qu'une prison. C'est le bordel le plus misérable qui soit. Les filles qui travaillent là ont parfois été enlevées. Certaines sont des mendiantes. D'autres, d'anciennes prostituées qui ne trouvaient plus de travail ailleurs. On ne leur demande ni d'être belles ni d'être jeunes. Seulement de satisfaire les désirs de leurs clients. Et quels clients !

24

Fanny accompagna donc sa maîtresse dans son voyage vers l'Orient. La vieille gouvernante en venait presque à prendre goût à cette nouvelle vie d'aventures. Depuis le départ d'Angleterre, Grace sentait grandir en elle une angoisse profonde pour son cher Thomas. Elle ne cessait de se reprocher le retard avec lequel elle avait réagi. A l'heure présente, il était peut-être déjà trop tard.

— L'ambassade de lord Macartney a subi de sérieux contretemps, chercha à la rassurer le jeune David Fairbanks. D'après mes informations, elle arrivait seulement en mer de Chine au moment où nous quittions le port. Dans le meilleur des cas, elle n'atteindra pas Pékin avant le mois de septembre. Si tout va bien, nous devrions arriver à Macao pour la fin de l'année. Elle n'en sera pas encore repartie.

Grace secoua la tête.

— Mais Thomas sera peut-être tombé dans le piège que lui a tendu Andy.

David Fairbanks prit les mains de la jeune fille dans les siennes.

— Voyons, Grace, si cette crapule de McCarthy s'est embarqué sur le *Princess Royal*, c'est sûrement pour aller superviser les opérations sur place. Tant qu'il ne sera pas arrivé en Chine, monsieur Perkins ne court aucun risque.

— David a raison, Grace, intervint lord Fairbanks. Vous faites tout ce que vous pouvez pour votre fiancé.

Grace aurait aimé croire ses amis, et sans doute avaient-ils raison, mais elle n'avait pas réussi à protéger son père, et elle se le reprochait vivement. Elle ne se pardonnerait pas d'apprendre que Thomas avait connu le même sort que sir Malcolm.

Profitant d'une escale à l'île de Ceylan, lord Fairbanks et son fils se rendirent à bord du *Princess Royal.* Le vieux lord retrouva, dans le très élégant salon du navire, d'autres représentants de la Compagnie, qu'il s'empressa de saluer. Très vite, le vieux lord orienta la conversation sur l'ambassade Macartney.

— Je comprends mal que la Couronne ait envoyé en Chine des navires aussi puissants que le *Lion* alors que la guerre avec la France est imminente, observa-t-il sur un ton critique.

Un autre actionnaire de la Compagnie, sir Hendrix Connoly, abonda dans son sens :

— D'autant que je ne vois pas ce que nous pouvons espérer d'une telle entreprise, dit-il. La situation en Chine est loin d'être favorable à notre commerce, mais avec un « diplomate » aussi arrogant que lord Macartney, elle risque d'être encore plus délicate.

— Jamais ce vieux prétentieux ne se soumettra aux coutumes de l'Empire, renchérit lord Fairbanks. Nous courons tout droit à la catastrophe et ce n'est pas la Couronne qui renflouera les caisses de la Compagnie en cas de désastre.

— Ce qu'il faudrait, glissa David en affectant un ton cynique, ce sont des hommes audacieux, qui n'hésiteraient pas à introduire dans cet empire refermé sur lui-même les ressources que nous offre l'Inde. Nous aurions tôt fait d'avoir face à nous un peuple de moutons, qui n'aurait plus l'énergie d'opposer la moindre résistance.

— David, un peu de tenue ! le réprimanda lord Fairbanks sans trop de conviction.

— Lord Fairbanks, intervint Andy McCarthy, qui avait jusque-là écouté la conversation sans y prendre part, votre fils dit tout haut ce que nombre d'entre nous pensent tout bas.

Sir Hendrix se redressa.

— Que voulez-vous dire, jeune homme ? demanda-t-il.

Andy n'eut pas le temps de répondre. David réagit avec fougue.

– Vous savez bien de quoi nous voulons parler, sir Hendrix, dit-il.

— David ! le coupa lord Fairbanks.

Mais le jeune homme poursuivit sur son élan.

— Nous voulons parler de cette petite merveille qui résoudrait notre problème en un temps record ! déclara-t-il avec enthousiasme. Du produit de cette ravissante plante qui fait tant d'heureux.

— L'opium ! s'exclama sir Hendrix.

— Ne prononcez pas ce mot, ironisa Andy. Vous savez que nous y songeons tous, mais personne ne veut l'avouer.

Sir Hendrix frappa du poing sur la table.

— Si c'est l'opium que vous qualifiez de petite merveille, jeune homme, explosa-t-il, c'est que vous n'en avez jamais vu les effets ! Il transforme les êtres en de véritables loques.

— Je ne suggère pas que nous le répandions parmi les sujets de Sa Gracieuse Majesté, sir Hendrix, s'obstina David, mais simplement que nous le commercialisions dans la population chinoise. Ce serait le moyen idéal de saper les fondements de toute opposition. Nous pourrions alors débarquer nos troupes et, bientôt, tous les ports de l'Empire s'ouvriraient à nous. La Couronne s'enrichirait d'une nouvelle colonie.

— Jeune homme, s'emporta sir Hendrix, il est des armes qui font peut-être gagner des guerres, mais qui font perdre l'honneur. Or, s'il est un bien que la Couronne ne peut se permettre de perdre, c'est son honneur ! Vous semblez l'oublier un peu trop facilement.

— Allons, sir Hendrix, intervint lord Fairbanks, mon fils est encore bien jeune pour avoir acquis de telles notions. Ses paroles dépassent sa pensée, j'en suis sûr, n'est-ce pas, David ?

Le jeune homme laissa son regard courir de son père à sir Hendrix, puis il le posa sur Andy, et un sourire malicieux aux lèvres, il déclara en se levant :

— La jeunesse a sûrement ses défauts, père, mais elle permet aussi de dépoussiérer des notions désuètes. L'honneur fait mauvais mariage avec l'économie et le commerce.

Et sans saluer ses compagnons, il quitta le salon. Arrivé sur le pont du *Princess Royal*, il s'arrêta, le temps d'allumer une pipe.

— Vous avez irrité bien des gens, fit une voix derrière lui.

David se retourna et sourit. Andy McCarthy vint le rejoindre et s'accouda au bastingage. Le fils de lord Fairbanks haussa les épaules. Il acheva d'allumer sa pipe avant de dire :

— Si nous laissons ces vieilles badernes diriger la compagnie, nous ne profiterons pas longtemps de leur héritage. Nous serons ruinés avant même que d'avoir pris leur succession.

Andy le dévisagea avec une vive acuité. David sentait que le meurtrier de sir Malcolm s'employait à évaluer l'homme qui tenait des propos aussi incendiaires sans la moindre retenue. L'examen dut le satisfaire, car il finit par poser une main sur l'épaule du fils de lord Fairbanks et l'entraîna vers le pont arrière. Là, à l'abri des oreilles indiscrètes, il lui demanda, les yeux dans les yeux :

— David, votre détermination se limite-t-elle à de beaux discours, ou êtes-vous prêt à joindre l'action à la parole ?

— Monsieur, lança le jeune homme en se reculant, si vous ne m'aviez pas inspiré une sympathie immédiate par vos prises de position, je vous demanderais sur-le-champ réparation d'une question aussi injurieuse.

Andy éclata de rire.

— Allons, mon ami, comprenez que je fasse montre de méfiance.

David Fairbanks songea qu'Andy n'était sans doute pas encore assez méfiant. Il décida donc de le pousser à se livrer davantage.

— Que voulez-vous dire ? demanda-t-il en fronçant les sourcils. Que je ne suis pas le seul à penser de la sorte, et que d'autres sont déjà passés aux actes ? Si tel est le cas, croyez bien que je ne demande qu'à vous prouver que je ne suis pas qu'un beau parleur.

— Soit ! Pour l'heure, nul n'est encore passé à l'action, mais une opération d'envergure se prépare. Je ne puis entrer dans les détails sans avoir d'abord éprouvé votre fiabilité...

— Monsieur... se récria David.

Mais Andy l'arrêta aussitôt.

— La confiance se doit d'être mutuelle, David, précisa-t-il. Vous aussi devez me faire confiance. Je n'engage pas que moi dans cette affaire.

Le fils de lord Fairbanks se mordilla les lèvres.

— Soit ! finit-il par dire.

— Des gens qui occupent des positions en vue sont impliqués dans cette entreprise, David. Qui plus est, je vous ai dit que l'opération qui se prépare est d'envergure, mais vous n'imaginez pas encore à quel point !

— Ne pouvez-vous rien me dire de plus, Andy ? interrogea David. Si votre projet est aussi ambitieux que vous le prétendez, je suis votre homme ! Tant que nous n'aurons pas soumis ces barbares corrompus de Canton, nous perdrons de l'argent. Il est temps que nous inversions la tendance, et l'opium me semble être le seul moyen d'y parvenir. Vendons à ces chiens l'opium que nous produisons en Inde, et nous ne tarderons pas à voir s'ouvrir à nous un marché des plus florissants.

Andy McCarthy éclata de rire et, posant la main sur l'épaule de son compagnon, il s'exclama :

— Mon cher David, je crois que vous avez raison quand vous dites que vous êtes notre homme. Voyez-vous, la manière dont votre père s'est opposé à sir Hendrix me donne à penser qu'il visait plus à le calmer qu'à vous désavouer.

— En vérité, mon père se repose de plus en plus sur moi pour la gestion de ses affaires, confia David. Je crois avoir compris qu'il en allait de même pour vous avec cette vieille baderne de sir Malcolm... au temps où il était encore vivant !

Andy McCarthy fronça imperceptiblement les sourcils. David se demanda s'il n'avait pas pris un risque inconsidéré en évoquant le père de Grace, mais il avait une idée précise en tête, et il entendait poursuivre dans cette voie. De toute façon, il ne pouvait plus reculer sans courir le risque d'éveiller les soupçons d'Andy.

— Il est des vieillards qui ont la sagesse de tirer leur révérence avant d'avoir fait trop de dégâts, dit-il. Lorsque j'ai appris que ce vieux fou vous avait désigné comme son légataire universel, je vous avoue que je l'ai béni. Il m'est revenu que vos idées sont plus avancées que celles de cette arrière-garde qui empêche la Compagnie de prospérer — et l'on m'a même donné à entendre, ajouta David en baissant le ton, qu'elles sont parfois... audacieuses.

Il esquissa un petit sourire complice qui, par son cynisme, acheva de séduire Andy McCarthy.

— Par bonheur, reprit-il, mon père, lui, a pris conscience que le monde a évolué d'une manière telle qu'il n'est plus en mesure de s'y adapter. Il se repose donc entièrement sur moi pour ses affaires, ainsi que je vous l'ai dit. Et j'ai réussi à lui faire comprendre que l'opium était sans aucun doute la seule arme possible contre la banqueroute inévitable de la Compagnie. Si d'autres responsables en viennent à partager nos idées, nous devrions finir par imposer silence aux cacochymes rétrogrades... Si la Couronne britannique n'est pas capable d'imposer sa loi à ces barbares de l'Empire du Milieu, elle a tort de se targuer d'être la première puissance mondiale. Qu'en pensez-vous, Andy ?

— J'en pense, mon cher David, que je suis ravi de cette rencontre, fit McCarthy, rayonnant. Pour ce qui est de l'opium... Vous avez raison, c'est une arme précieuse, mais...

Andy McCarthy eut une brève hésitation. Il semblait s'interroger sur l'opportunité de se confier plus avant à ce jeune homme dont il ne savait pas grand-chose. Percevant son trouble, David se décida à prendre un risque supplémentaire :

— Andy, si l'opération... d'envergure que vous avez évoquée exige le silence, croyez que je le comprendrai. Je sais maintenant que je ne m'étais pas trompé en me réjouissant de votre bonne fortune. Nous sommes faits du même bois, et il n'y a pas trop d'hommes comme nous, pour l'heure. Sachez simplement que si vous avez besoin d'aide, la mienne vous est acquise sans la moindre restriction.

— David, enchaîna aussitôt Andy qui semblait avoir évacué ses doutes, savez-vous ce que transporte ce bateau ?

David Fairbanks, ravi de voir que l'autre ne l'avait pas pris au mot et était tombé dans son piège, haussa les épaules en signe d'ignorance. Il fronça les sourcils et risqua d'une voix à peine audible :

— Ne me dites pas, Andy, qu'il s'agit de ballots d'opium...

Andy sourit.

— Je ne nie pas qu'il y en ait une certaine quantité, mon cher, mais l'essentiel de la cargaison est constitué... d'armes.

— Des armes ! s'exclama David en veillant à ne pas élever le ton. Vous n'envisagez pas de vendre des armes à ces barbares ? Ce serait un risque terrible pour nos hommes de Canton.

— Il n'est pas question que nous vendions des armes à ceux qui gouvernent l'Empire, mon ami. Mais vous ignorez, sans doute, que les campagnes chinoises commencent à s'agiter...

David sentit un frisson lui parcourir l'échine.

— Vous voulez dire que des forces dissidentes s'organisent en Chine et que vous comptez les armer ? C'est bien cela ? demanda-t-il.

Andy McCarthy esquissa un sourire énigmatique et reprit :

— Imaginez que le pouvoir en place soit renversé. Imaginez encore que le nouveau pouvoir nous soit redevable de son succès... Ne croyez-vous pas que cela modifierait entièrement la donne dans la région ?

— Bien sûr, mais supposons que les insurgés soient vaincus... Qui donc portera le chapeau ? La Compagnie, bien entendu ! Votre calcul est intéressant, mais le risque qu'il implique est énorme, Andy, observa David, catastrophé.

— Pas nécessairement, fit Andy visiblement satisfait de son petit effet. La Compagnie serait mise en cause, vous avez raison... sauf si nous fournissons à l'Empereur un bouc émissaire, qui supportera à lui seul tout le poids de nos crimes. Suivez notre raisonnement, David. Si la Compagnie des Indes orientales est impliquée, l'Empire du Milieu ne manquera pas de considérer que la Couronne britannique est responsable des soulèvements, ce qui entraînerait inévitablement un état de guerre entre nos deux nations. Cette perspective ne pourrait en aucune sorte satisfaire l'Empereur — d'autant que même s'il réussit à mater l'insurrection, ses forces subiront immanquablement de lourdes pertes. Il ne sera donc pas en état de se lancer, aussitôt après, dans un conflit à grande échelle contre une nation dont il mesurera certainement la puissance après l'ambassade de lord Macartney. Il sera donc trop content de se voir fournir une solution qui lui permettra de faire l'économie d'une guerre sans perdre aucunement la face.

— Mais ce bouc émissaire... ? risqua David, qui croyait connaître la réponse à sa question inachevée.

Andy rit.

— La question est déjà réglée, David. L'homme ne se doute de rien, et il ne se doutera jamais de rien si tout se passe comme nous l'espérons. En revanche, si les choses tournent mal, il ne pourra pas nous dénoncer, car il ignore tout de nos projets. Les Chinois ne manqueront pas de le soumettre à la torture — ces barbares sont très imaginatifs en matière... d'interrogatoires — et ils ne pourront qu'admirer sa résistance, car il ne leur livrera aucune information. Cela les confortera dans l'idée qu'ils tiennent le cerveau de l'opération.

Et Andy partit d'un grand éclat de rire. David se fit violence pour ne pas lui sauter à la gorge et dit :

— Andy, vous pouvez compter sur mon soutien. Pour l'heure, je vais regagner le *Walsingham*, avec mon père. Je m'efforcerai de modérer mes propos, afin de ne pas éveiller plus de soupçons et, dès que nous serons à Canton, je me tiendrai à votre disposition pour toute action susceptible de servir nos intérêts.

— David, je suppose qu'il est inutile que je vous conseille de garder le plus grand silence sur les propos que nous venons d'échanger, murmura Andy en serrant avec force le bras de son compagnon.

David esquissa un petit sourire mauvais.

— Mon ami, vos intérêts sont les miens, fit-il. En conséquence, vos amis sont les miens et vos ennemis... mes ennemis.

Andy McCarthy relâcha le bras de son nouveau complice et, avec une petite moue de mépris, il ajouta :

— Cet homme — notre bouc émissaire — n'est même pas mon ennemi. Il fut un temps où nous étions amis... du moins l'a-t-il cru et le croit-il toujours. A vrai dire, aujourd'hui, je n'ai plus la moindre raison de désirer sa disparition. Mais il faut savoir accepter des sacrifices en temps de guerre.

— Mais nous ne sommes pas en guerre, ne put s'empêcher d'observer David.

Andy McCarthy sourit.

— Hélas, si, mon ami. Nous sommes engagés dans la plus impitoyable des guerres... la guerre économique !

De retour sur le *Walsingham*, David s'empressa d'informer Grace et son père de la teneur de son entretien avec Andy McCarthy.

— Mon Dieu, s'exclama la jeune fille, Thomas est perdu !

— Bien au contraire, Grace, la rassura David. Les armes qu'Andy entend vendre aux opposants du régime sont transportées par le *Princess Royal.* Tant qu'elles voguent en notre compagnie, Thomas n'a rien à craindre. Il est parfaitement en sécurité avec l'ambassade. Et dès que nous arriverons à Canton, je vous promets de faire tout ce qui sera en mon pouvoir pour assurer sa protection. Andy me croit aussi cupide que lui, il s'est confié à moi, il se confiera plus encore lorsque nous serons arrivés à destination. Thomas n'a rien à craindre, Grace, je vous en fais le serment.

C'est la jeune fille, cette fois, qui saisit les mains du fils de lord Fairbanks.

— Puissiez-vous dire vrai, David, murmura-t-elle les yeux brillants.

— David a raison, intervint lord Fairbanks. Tant que les armes sont avec nous, Thomas est en sécurité. Il ne peut bénéficier d'une meilleure protection que celle de l'ambassade de lord Macartney. A Canton, David jouera le jeu de cet être méprisable. Quant à moi, je rencontrerai des gens sûrs, qui seront trop heureux de nous apporter leur soutien.

Hormis quelques êtres sans conscience comme ce McCarthy, aucun Britannique n'est disposé à utiliser l'opium comme arme pour briser la volonté d'un peuple, quel qu'il soit. La guerre de l'opium n'aura pas lieu.

David regarda son père mais se retint de faire le moindre commentaire. Le vieil homme lui paraissait bien naïf.

Une fois encore, le destin allait s'employer à modifier les plans les mieux élaborés. Lorsque la flotte anglaise arriva dans le détroit de Malacca, en septembre 1793, trois vaisseaux de guerre français se lancèrent contre elle. Le combat fut d'une grande violence. Le *Walsingham* réussit à forcer le barrage et à poursuivre sa route. En revanche, le *Princess Royal* fut capturé, avec à son bord Andy McCarthy. Après les émotions des combats, Grace serra les mains sur sa poitrine et s'exclama :

— Thomas est sauvé ! Les armes ne parviendront jamais en Chine et Andy est perdu ! Mon Dieu, que je suis soulagée...

25

Les soldats qui avaient conduit Fleur de Prunus au quartier des fours repassèrent, sans leur captive, devant Zhang et Thomas tapis dans la pénombre.

— Il faut tirer Fleur de Prunus de là, gronda Thomas, furieux.

— C'est impossible pour l'instant, répondit Zhang. La porte menant à la ruelle où se trouvent les fours est fermée du coucher au lever du soleil. Et puis, à supposer que nous réussissions à arriver jusqu'à elle, comment la ferons-nous sortir de là ?

— Allons chercher nos amis, suggéra le musicien.

Zhang secoua la tête.

— Nous ne les retrouverons pas. Ils ont dû se disperser dans la ville en attendant l'ouverture des portes pour quitter la Cour du Nord avant d'être pris.

Zhang laissa échapper un petit grondement douloureux. Thomas Charles Perkins la prit doucement dans ses bras. Elle ne se déroba pas. Le musicien ne pouvait se résoudre à abandonner la fleur.

— N'y a-t-il pas une mission de jésuites à Pékin ? demanda-t-il.

— Si.

— Allons-y ! suggéra Thomas.

— Que pourront-ils pour nous ? demanda Zhang. Eux-mêmes sont à peine tolérés ici. Ils ne sont pas libres de leurs mouvements.

— Zhang, murmura le musicien avec beaucoup de douceur, pour l'instant, je n'ai pas d'autre idée...

Puis, caressant le visage de son amie, il ajouta :

— Nous n'avons pas le droit d'abandonner Fleur de Prunus. J'ignore en quoi les jésuites pourront nous aider, mais ce sont des hommes pleins de ressources. Conduis-moi jusqu'à eux.

La jeune fille leva les yeux. Les premières lueurs de l'aube étaient visibles dans le ciel. Bientôt, la porte de la ruelle s'ouvrirait et les premiers clients se présenteraient aux fours. Fleur de Prunus était jeune, belle, et son ambiguïté ne pourrait que séduire les misérables qui fréquentaient ces bouges. Thomas avait raison, ils devaient trouver le moyen de l'arracher à cet enfer. Hélas, Zhang avait beau tourner et retourner le problème, elle ne trouvait pas de meilleure idée que celle de son ami.

— Suis-moi, dit-elle.

Le musicien lui emboîta le pas à travers les rues encore désertes.

— Nous allons passer à proximité de la résidence que Heshen avait mise à notre disposition. Il nous faudra être prudents.

Thomas aurait voulu suggérer à Zhang de faire un détour, par mesure de prudence, mais il devina qu'elle désirait s'assurer qu'aucun des membres de la troupe ne s'était fait prendre.

Une grande agitation troublait la résidence de Heshen. Les soldats qui avaient quitté la Cité impériale, juste avant la sortie de Fleur de Prunus, avaient investi les lieux. Les cris qui s'élevaient de la cour inquiétaient Zhang. Au moment où elle allait se risquer à approcher de l'entrée de la résidence, un homme sortit de l'ombre et lui empoigna le bras. Thomas s'apprêtait déjà à faire face mais il reconnut Chi, le joueur de *zheng*.

— N'y allez pas !

— Nos amis ? interrogea Zhang.

— Ils sont en sécurité. Ce sont les domestiques que nous avons saoulés cette nuit qui paient les conséquences de notre évasion. Pour le reste, les soldats ont détruit nos chariots et emmené nos bêtes.

Thomas sentit son cœur se serrer. Les chariots détruits ? Mais alors, son violoncelle... ? Il ne put réprimer son élan et se précipita vers la place où la troupe du Paravent de soie rouge avait rangé son équipement. Zhang et Chi le suivirent, sachant qu'il serait vain de chercher à le raisonner.

Par bonheur, la place était déserte. Les chariots n'étaient plus que d'informes tas de planches et de tissu. Thomas reconnut celui de Fleur de Prunus ; il s'avança vers les précieuses étoffes étalées sur le sol et subitement se figea. Son violoncelle était là, le manche séparé du corps de l'instrument, les cordes arrachées, les éclisses éclatées et la table fracassée. La gorge nouée, le musicien se baissa et caressa ce qu'il restait de son précieux instrument.

— Un drôle d'engin, pas vrai ?

Il sursauta. Un soldat s'approchait de lui. A son port, Thomas devina qu'il s'agissait d'un officier de rang supérieur. Zhang s'empressa de répondre à sa place.

— Je n'ai jamais rien vu de semblable, dit-elle.

— Ces affaires appartiennent à des rebelles, expliqua le soldat. Il doit y avoir un *diable* avec eux. J'ai déjà vu un instrument de ce genre lors d'une réception chez mon maître.

— Votre maître ? demanda Zhang.

— L'honorable Heshen.

La jeune fille s'empressa de se prosterner, de même que Chi.

— Le Premier ministre Heshen ? Vous devez être un homme important, alors !

L'autre sourit et se rengorgea. Tandis que Zhang et Chi détournaient son attention, Thomas s'efforçait de maîtriser sa peine et, fouillant les débris du violoncelle fabriqué à sa demande par Maître Vincent Panormo, il trouva une petite baguette de sapin d'une dizaine de millimètres de diamètre, aux extrémités taillées légèrement en biseau : l'âme de l'instrument. Elle était miraculeusement intacte. C'était elle qui transmettait au fond du violoncelle les vibrations du chevalet et de la table. S'assurant que le soldat ne regardait pas dans sa direction, il glissa la minuscule pièce de bois dans un repli de sa manche.

Zhang lui fit signe de s'éloigner, tandis qu'elle continuait à vanter les mérites de ceux qui avaient la chance d'approcher l'honorable Heshen. Enfin, se prosternant devant le soldat, elle le remercia d'être aussi vigilant et de protéger avec un tel sérieux le bon peuple contre les fauteurs de trouble. L'officier, flatté par les propos de la belle Chinoise, la laissa partir et alla rejoindre ses hommes.

— Nous avons eu de la chance, observa Chi. Zhang a l'art d'enjôler les gens, au point de leur faire oublier leur devoir.

— Ne perdons plus de temps, lança la fière rebelle.

— Où allez-vous ? demanda Chi.

Thomas s'empressa de l'informer de la situation de Fleur de Prunus et de sa décision de la faire évader.

— Je vous accompagne ! annonça le joueur de *zheng*.

La mission des jésuites était une résidence semblable à celle que venaient de quitter Thomas et ses compagnons. Dès leur arrivée, le musicien britannique se fit reconnaître et fut conduit auprès du père Jean-Joseph de Grammont.

— Comment vous êtes-vous retrouvé dans une telle situation, mon fils ? interrogea aussitôt le jésuite, intrigué.

Thomas Charles Perkins lui raconta la succession d'événements qui l'avaient amené à Pékin, depuis son arrivée à T'ien-tsin jusqu'à l'arrestation de Fleur de Prunus. Le missionnaire l'écouta avec attention et incrédulité. Au fil du récit, son visage se faisait de plus en plus inquiet.

— Vous devez rejoindre l'ambassade au plus tôt, déclara-t-il dès que Thomas se fut tu.

— C'est impossible, mon père, rétorqua Thomas. Je ne puis abandonner cet adolescent. Et de toute façon, je ne sais plus à qui accorder ma confiance.

— Si les Chinois vous trouvent, votre sort ne sera guère plus enviable que celui de Fleur de Prunus, commenta le père de Grammont. Vous ne pouvez vous risquer dans le quartier des fours. C'est beaucoup trop dangereux.

— Ne revenons pas là-dessus, mon père. La question n'est pas de savoir si je puis m'y rendre, mais comment sortir Fleur de Prunus de là.

Le jésuite secoua la tête.

— Votre décision est irrévocable ? demanda-t-il.

Thomas baissa la tête pour toute réponse.

— Fort bien.

— J'accompagnerai l'Anglais, déclara Chi.

— Suivez-moi, dit le père de Grammont.

Le jésuite entraîna le petit groupe dans une pièce où des enfants s'activaient à diverses corvées.

— Joseph ! appela-t-il.

Un garçon d'une douzaine d'années s'empressa de répondre.

— Notre mission, expliqua le père de Grammont, consiste à convertir les Chinois. Mais nous ne rencontrons guère de succès dans nos démarches. Un Chinois qui accepterait la bonne parole deviendrait aussitôt un paria aux yeux des siens et risquerait la mort. En revanche, les enfants qui errent dans les rues, parmi les miséreux et les mendiants, sont livrés à eux-mêmes. Nous les recueillons et leur prodiguons des soins ; il arrive que certains se convertissent. Comme Joseph. Nous recueillons aussi les enfants malades. Ceux que nous réussissons à sauver reçoivent également le baptême. Pour les autorités, ils sont considérés comme morts.

L'enfant attendait patiemment que le missionnaire lui explique ce qu'il attendait de lui.

— Joseph, tu connais bien le quartier des fours, n'est-ce pas ?

— C'est un quartier dangereux, dit-il. Il vaut mieux l'éviter.

— Nos amis veulent s'y rendre. Une de leurs amies a été enlevée et livrée à l'une de ces maisons de débauche.

— Alors elle est perdue, déclara l'enfant avec une expression grave. Vous ne pouvez rien pour elle.

— Nous voulons la faire évader, déclara Thomas.

Joseph le regarda. Son front se plissa. Il semblait perdu dans une réflexion qui donnait à ses traits une maturité inattendue chez un enfant de son âge. Il finit par hocher la tête.

— Non, personne ne réussit à s'évader des fours, dit-il.

Chi haussa les épaules.

— Nous irons tous les deux, lança-t-il à Thomas.

— Tous les trois ! intervint Zhang.

— Non ! dit Thomas. Tu doit rester ici. Si nous échouons, tu dois pouvoir rejoindre Yen Teou et poursuivre la lutte.

L'enfant se gratta le menton.

— Il y a peut-être un moyen, fit-il.

— Parle, insista le père de Grammont.

— Il faut aller là-bas à la tombée du jour, expliqua-t-il. Juste avant qu'ils ferment la porte de la ruelle. Il n'y aura presque plus de clients.

— Et alors ? demanda le jésuite.

— Alors ? Il faudra, tout d'abord, penser à emporter des vêtements, car votre amie aura été dépouillée des siens — les filles n'en ont pas besoin pour travailler, là où elle se trouve. Comme c'est une nouvelle, elle sera sûrement seule dans un four. Ils ne les mettent pas avec d'autres filles pendant qu'ils font leur apprentissage. Mais, dans chaque four, il y a un garde pour veiller à ce que tout se passe bien.

Il faudra se débarrasser de lui. Ensuite... ce sera une question de chance.

— C'est trop risqué, dit le père de Grammont.

— Nous n'avons pas le choix, rétorqua Thomas.

Le jésuite joignit les mains, comme pour une prière. Après une pause, il demanda :

— Et ensuite ? Admettons que vous réussissiez à faire évader Fleur de Prunus, que comptez-vous faire ?

Thomas se tourna vers Zhang.

— Nous devons regagner T'ien-tsin, dit la jeune fille. Chez Yen Teou, nous serons en sécurité. Quand l'ambassade reviendra, Thomas pourra retrouver les siens.

— Je ne veux pas... commença le musicien.

— Si tu ne pars pas, tu es perdu, Tom, dit-elle. Heshen sait aujourd'hui qu'un Européen était avec nous.

— Mais toi... ? demanda-t-il.

— Je dois poursuivre la lutte, tu l'as dit toi-même.

— Vous devriez prendre du repos avant ce soir, intervint le père de Grammont. Vous n'avez pas fermé l'œil de la nuit.

— Vous avez raison.

— Venez, je vous montre le chemin. Joseph viendra vous chercher le moment venu.

Le jésuite conduisit Thomas, Chi et Zhang dans un autre bâtiment.

— Les frères ne viendront pas vous déranger. Pendant la journée, ils sont occupés par leurs activités. Reposez-vous.

Thomas et son amie ne parvenaient pas à trouver le sommeil.

— Zhang, je ne veux pas te quitter. Je cours des risques en restant, et alors ? Toi aussi, tu en cours. Si votre insurrection réussit, je ne serai plus en danger... Je bénéficierai de votre protection. Si elle échoue... qu'adviendra-t-il de toi ?

Elle eut un sourire triste.

— Dès que nous avons pris la décision de réactiver la société du Lotus Blanc, Tom, nous avons tous eu conscience qu'il n'existait qu'une alternative pour nous : réussir ou mourir.

— Zhang, dit le musicien en prenant les mains de la rebelle, tu as accepté l'idée de mourir. Pourquoi ne pourrais-je en faire autant ?

— C'est mon peuple, Tom. Ce n'est pas le tien.

— Mais ce sont des êtres humains. Et puis... les miens m'ont trahi. Où se trouve ma place, désormais ? Je veux être des vôtres.

La belle Chinoise posa ses lèvres sur celles du musicien, qui répondit aussitôt à son baiser. Mais elle le repoussa doucement.

— Nous reparlerons de tout cela, Tom.

— Zhang...

Elle sourit.

— Viens te reposer.

Elle l'entraîna vers sa couche. Zhang se blottit dans les bras de son amant. Ils restèrent un long moment à écouter leurs cœurs battre. La fatigue et la tension nerveuse finirent pas avoir raison d'eux, et ils sombrèrent dans un sommeil agité.

Le jour commençait à décliner quand Joseph vint les réveiller. Zhang accompagna Thomas et Chi jusqu'à la porte de la résidence.

— Merci, dit le musicien à l'enfant.

— Eh ! mais je viens avec vous ! Vous aurez besoin de moi.

Thomas regarda le père de Grammont.

— Il a raison, dit-il. Joseph est né dans l'un de ces fours.

— Sois prudent, Tom, dit Zhang en serrant les mains de son ami.

Thomas eut le sentiment qu'elle ne voulait pas le laisser partir. Elle le regardait avec une intensité qui le troubla. Comme si elle voulait imprimer son image dans son esprit. Comme si elle craignait de ne pas le revoir.

— Je reviendrai, dit-il.

— Je sais, murmura-t-elle. Va !

Un paquet de vêtements sous le bras, le musicien rejoignit Chi et l'enfant, en courant.

Ils traversèrent la ville sans prononcer un mot. L'enfant marchait d'un pas rapide. Les rues étaient animées et Thomas fendait la foule avec la crainte de perdre de vue ses compagnons. Finalement, l'enfant s'arrêta. Thomas reconnut l'endroit où, la veille, Zhang l'avait empêché d'aller plus loin.

— C'est là, dit-il en désignant une haute grille.

Thomas avait la bouche sèche. Il avait passé toute son existence entre ses livres et ses instruments. Il n'était pas formé à se battre.

Subitement, l'enfant poussa un sifflement strident. Aussitôt, une nuée de gosses en guenilles surgit de partout et entoura le groupe. Joseph s'empressa de leur communiquer ses instructions dans un dialecte que Thomas ne comprenait pas.

— Ils vont nous aider à distraire les gardes, expliqua l'enfant en entraînant sa bande de jeunes mendiants vers la ruelle des fours.

Au moment où ils franchissaient la haute grille, Thomas ne put s'empêcher de porter la main à son nez. L'odeur qui régnait ici lui soulevait le cœur. Le calcul de Joseph était bon, cependant. L'endroit était presque désert. Quelques clients se pressaient encore devant des fours à moitié écroulés. Par des orifices pratiqués dans les murs, ils regardaient à l'intérieur pour choisir, parmi des femmes entièrement nues et outrageusement fardées, celle qui serait appelée à satisfaire leurs désirs.

— Si nous voulons trouver Fleur de Prunus, nous devons faire comme eux, dit Chi avec une expression dégoûtée.

Le joueur de *zheng* indiqua qu'il remonterait la ruelle par la droite. Thomas alla donc coller son œil au premier orifice sur la gauche. La scène qu'il découvrit le glaça d'effroi. Une femme les jambes écartées lui souriait et lui adressait des signes vulgaires pour l'inciter à la rejoindre. Elle se caressait le sexe et l'ouvrait largement en y enfonçant un doigt humide. A côté d'elle, deux autres prostituées, les jambes emmêlées, frottaient leurs sexes l'un contre l'autre en tendant la langue vers l'œil collé à l'orifice. Un homme, allongé dans la pénombre, paraissait somnoler. « C'est sans doute le garde dont a parlé Joseph », songea Thomas. Sa nausée était de plus en plus violente, mais il n'était pas sûr que ce fût encore en raison de l'odeur pestilentielle.

Joseph s'approcha de lui.

— Il ne faut pas perdre de temps, dit l'enfant.

Thomas ferma les yeux un instant. Il secoua la tête et reprit sa marche. Il passa à l'orifice suivant. Là, un homme, le pantalon baissé sur les chevilles, chevauchait une femme trois plus grosse que lui, qui l'encourageait de la voix. Thomas se recula et passa au troisième orifice. Il s'efforçait de ne pas penser à ce qu'il voyait. Retrouver Fleur de Prunus ! Il ne devait pas penser à autre chose. Il collait son œil au cinquième trou quand Joseph le tira par la manche. L'enfant lui montra Chi, qui désignait une porte. Le musicien s'empressa de le rejoindre.

— Elle est là, annonça le joueur de *zheng*.

Thomas voulut regarder, mais Chi le retint.

— C'est bien elle.

Le musicien le repoussa et colla son œil à l'orifice.

Fleur de Prunus, entièrement nue, était allongée sur le ventre, tandis qu'un homme adipeux, affalé sur elle, la pénétrait en ahanant furieusement. Un peu plus loin, le garde, assis sur une vieille caisse, injuriait la fleur, en lui reprochant sa passivité. Le visage de la fleur était tourné vers les orifices par lesquels les dernières lueurs du jour trouaient la pénombre du lieu. Son regard était vide, comme si son esprit n'habitait plus son corps.

Thomas se recula puis se dirigea vers la porte. Chi le retint.

— Non, mon ami ! Nous avons de la chance. Il n'y a plus personne après lui.

— Mais il faut arrêter ça !

Joseph intervint :

— « Ça » dure depuis ce matin. Il ne faut pas intervenir maintenant. Trop dangereux.

Thomas comprit que ses compagnons avaient raison, mais il souffrait en songeant à ce qu'endurait la fleur.

— C'est moi qui y vais, décréta Chi. Passe-moi les vêtements.

Thomas lui remit le paquet que lui avait confié le père de Grammont. Bientôt, la porte s'ouvrit et un gros homme sortit du four, le visage réjoui. Joseph poussa un nouveau sifflement. Les petits mendiants se précipitèrent aussitôt vers un four situé à l'arrière de la ruelle ; ils couraient en poussant des cris stridents et ils entreprirent de chahuter les derniers clients qui attendaient encore leur tour.

Chi s'apprêtait à franchir la porte quand Thomas le repoussa. Il saisit le paquet et pénétra, seul, dans le four. La pénombre le surprit, mais il aperçut, assis sur sa droite, un homme qui se leva à son entrée. Le garde lui tendit la main et lui réclama l'argent de la passe. Thomas voulait lui sauter à la gorge, mais son pied glissa sur un objet qui roula avec un bruit métallique. Le musicien se baissa aussitôt et sentit sa main se refermer sur une barre de fer, dont il se saisit prestement.

— Qu'est-ce que tu veux ? commença le cerbère, qui trouvait étrange le comportement de ce nouveau client.

— Ta peau ! s'exclama Thomas en abattant la barre sur le crâne de l'homme, qui n'eut pas le temps de lever les mains pour parer le coup.

Thomas entendit un bruit d'os fracassés, mais sa fureur était telle qu'il ne se contrôlait plus. Il continua à frapper l'homme, qui s'était effondré sur le sol. La porte s'entrouvrit derrière lui.

— Arrête ça ! tonna Chi.

Subitement rappelé à la réalité, Thomas lâcha la barre de fer et se précipita vers l'adolescent.

— Fleur de Prunus, c'est moi, Thomas, dit-il.

Mais la fleur ne bougea pas. Elle tremblait de tout son corps. Thomas sortit les vêtements du paquet et s'efforça de l'habiller tant bien que mal. Elle se laissa faire sans réagir.

— Allons, viens, murmura-t-il à son oreille. Nous devons fuir.

Fleur de Prunus demeurait prostrée. Thomas lui saisit le bras et l'aida à se relever.

— Allons, fais un effort, Fleur, dit-il. Tu dois marcher.

La porte s'ouvrit à nouveau et Chi les rejoignit. Sans un mot, les deux hommes saisirent chacun Fleur de Prunus sous un bras et se hâtèrent de sortir. A l'autre bout de la ruelle, les petits mendiants accaparaient l'attention des patrons et des clients furieux. Le curieux trio se hâta vers la haute grille. Chi parlait fort en faisant mine de se moquer de son compagnon, qui avait tellement bu qu'il s'était endormi sur la fille qu'il avait déjà payée. Des clients, qui quittaient eux aussi la ruelle, riaient en les regardant passer.

— Nous sommes bientôt arrivés, murmura Thomas.

Plus que quelques pas et ils seraient sortis de la ruelle ! Mais une sentinelle se dressa subitement devant eux. Thomas sentit un frisson glacé lui parcourir l'échine.

— Marche, lui souffla Chi, qui continuait de faire comme si Fleur de Prunus cuvait son vin.

Le trio franchit la haute grille. Joseph lança un nouveau sifflement. Aussitôt, l'essaim de gamins quitta à son tour la ruelle, accompagné des derniers clients. La sentinelle referma la grille derrière eux.

— Nous sommes sauvés, annonça Chi.

Et, se tournant vers Joseph, il dit :

— Tu as bien calculé ton coup, mon garçon !

Dès qu'ils eurent tourné l'angle de la rue, Chi et Thomas posèrent Fleur de Prunus sur le sol.

— Fleur, dit Thomas, en lui donnant de petites tapes sur les joues. Fleur...

L'adolescent leva les yeux vers lui. Une lueur s'alluma dans son regard, comme s'il reconnaissait son ami, mais elle s'éteignit tout aussitôt.

— Je vais chercher un pousse, dit Joseph, qui s'éloigna aussitôt en courant.

— Ce lieu est épouvantable, murmura Thomas. Comment des hommes...

— Les prix pratiqués ici sont si bas que les petits bordels de la ville ont été obligés de fermer leurs portes, lui expliqua Chi. Les prostituées qui n'avaient pas froid aux yeux sont venues travailler ici. Pendant la journée, c'est un vrai marché. Les filles n'ont même pas le temps de faire une pause.

Thomas caressait le visage de Fleur de Prunus en songeant à ce que la malheureuse avait subi depuis ce matin. La fureur montait à nouveau en lui. Les mâchoires crispées, il dit :

— Je serai des vôtres, gronda-t-il, ne serait-ce que pour faire payer à Heshen ce qu'il a fait subir à Fleur de Prunus.

Joseph revint avec un pousse. Chi se releva et, tout en glissant deux lourdes pièces dans la main de l'homme qui regardait Fleur de Prunus avec suspicion, il dit :

— Notre ami a abusé du *huadiao*. Conduis-le à la mission des jésuites. L'enfant te guidera.

Thomas et Chi placèrent la fleur dans le pousse qui repartit aussitôt, accompagné de Joseph.

En regagnant la mission, Thomas eut le pressentiment qu'il ne reverrait pas Zhang. Il pressa le pas. Son cœur battait dans sa poitrine. Non, c'était impossible !

— Que vas-tu faire maintenant ? demanda Chi tout en marchant.

— Vous accompagner à T'ien-tsin, dit le musicien, la gorge nouée.

— Nous ne devons pas voyager ensemble, l'Anglais. C'est trop dangereux. Et tu ne peux pas voyager seul. Tu devrais rejoindre les tiens. C'est le mieux que tu puisses faire.

— Pourquoi ne voulez-vous pas de moi ? explosa Thomas. Ne vous ai-je pas prouvé...

Chi lui fit signe de baisser le ton.

— Nous avons tous appris à t'apprécier, l'Anglais, dit-il. C'est pour ça que nous voulons que tu t'en sortes.

— Je te l'ai dit, Chi : maintenant, votre lutte est la mienne !

Le joueur de *zheng* ne répondit pas et les deux hommes demeurèrent silencieux pendant tout le reste du trajet. Dès leur arrivée à la mission, Thomas vit que le père de Grammont était seul, au milieu de la cour.

— Nous avons pris soin de votre jeune ami, annonça aussitôt le bon père.

— Où est Zhang ? demanda Thomas.

Le missionnaire baissa la tête.

— Elle est partie, Thomas. Elle devait sortir de la ville avant qu'ils ne ferment les portes. Si on la trouvait ici...

— Mais pourquoi ne m'a-t-elle pas attendu ?

— Voyons, Tho...

— Non, mon père, le coupa-t-il. J'aime cette femme. Rien de ce que vous pourrez dire ne me fera revenir sur ma décision. Je regagnerai T'ien-tsin par mes propres moyens. De toute façon, j'ai tué un homme. Je ne suis plus à l'abri ici.

Il marqua une pause. Un pli creusait son front.

— C'est curieux, mon père. J'ai tué un homme et je n'ai pas le sentiment d'avoir commis un péché.

Le père de Grammont fit la grimace. Le moment était mal choisi pour parler théologie.

— Je partirai demain à la première heure, annonça Thomas.

Le missionnaire connaissait la nature humaine et il savait qu'il ne servirait à rien de chercher à convaincre le jeune musicien.

— Thomas, je dois me rendre à Canton, finit-il par dire. Je passerai par T'ien-tsin. Voulez-vous m'accompagner ?

— Je veux partir au plus tôt, mon père. Je n'attendrai pas.

— Nous partirons demain, si c'est ce que vous désirez. Ce soir, il est trop tard. Les portes de la ville sont fermées.

Thomas se sentit aussitôt apaisé.

— Pardonnez-moi, mon père, dit-il après un silence. Je n'ai pas le droit de vous faire courir de risques.

Le missionnaire sourit.

— Mon fils, vivre en Chine, c'est courir des risques en permanence. Je dois vraiment me rendre à Canton. Il est important que je puisse m'entretenir avec les représentants des factoreries au terme de la mission britannique.

Le père de Grammont sourit.

— Votre ambassadeur ne veut pas me recevoir. Or, la manière dont les choses se sont passées depuis son arrivée, et dont elles se passeront jusqu'à son départ, risque d'avoir des répercussions pour nous, jésuites. Il est important que j'en sois informé au plus tôt. Vous voyez, ce voyage à Canton est une obligation pour moi. Vous me contraignez seulement à l'avancer de quelques jours.

— Je vous remercie, mon père. Pourrons-nous emmener Fleur de Prunus ?

Le père de Grammont secoua la tête.

— Nous la soignerions mieux ici, mon fils.

— Quand Heshen apprendra qu'elle s'est évadée, il n'aura de cesse qu'il ne l'ait retrouvée. Elle ne sera pas en sécurité à Pékin. Elle doit partir au plus vite.

— Soit, mon fils. Nous l'emmènerons. Mais son état de santé risque de nous retarder.

— Je ne puis l'abandonner, murmura le musicien.

26

Le père de Grammont tint parole. Dès le lendemain du départ de Zhang, il se mit en route pour Canton en compagnie de Thomas, Fleur de Prunus et du père Thibaut, un jeune missionnaire qui se chargerait de l'intendance du voyage. Chi, lui, partit de son côté. Thomas conserva ses vêtements chinois et sa fausse queue de cochon, à la manière des jésuites. Comme à l'aller, le trajet s'effectua par l'intérieur des terres.

Les deux premiers jours, Fleur de Prunus resta prostrée et Thomas voyagea dans le chariot, auprès d'elle. Ce fut au soir du troisième jour que l'adolescent, habillé à la manière d'un jeune Chinois et non plus d'une fleur, parut émerger de son état de léthargie profonde. Thomas s'apprêtait à rejoindre ses compagnons autour du feu, pour le repas du soir, quand il le rappela :

— Tom !

— Mon Dieu, s'exclama le musicien, tu as retrouvé la parole.

— Tom, j'ai froid.

Thomas prit des couvertures et en recouvrit l'adolescent.

— Tout ira bien désormais, Fleur de Prunus, dit-il.

L'adolescent saisit la main du musicien et s'y agrippa avec vigueur. Il tremblait.

— Heshen... murmura-t-il.

— Tu n'as plus rien à craindre de lui, dit Thomas.

— Je n'ai pas trahi, Tom.

— Je sais, Fleur. Reste calme.

— Il m'a fait mal. La fiole est tombée. Il faut le dire à Zhang. Je n'ai pas trahi. Je le tuerai, tu sais. Il faut le lui dire. La prochaine fois...

Le musicien prit le visage de l'adolescent dans ses mains.

— Tu dois oublier tout ça. C'est du passé. Zhang sait que tu n'as pas trahi. Elle s'en veut de t'avoir confié une mission aussi risquée.

— Je le tuerai, Tom. Je le tuerai !

— Non, Fleur, tu ne le tueras pas. C'est fini, tout ça.

— Je veux le tuer, fit l'adolescent en serrant avec force la main de Thomas. Je veux le tuer !

— Pour l'instant, tu dois commencer par reprendre des forces. Je vais te chercher de quoi manger.

— Non ! Attends... Où allons-nous ?

— Nous rentrons à T'ien-tsin.

L'adolescent lâcha la main du musicien et se retourna brusquement.

— Je ne veux pas revoir Yen Teou, dit-il en sanglotant. Il va me mépriser.

— Non, Fleur. Personne ne te méprisera.

— Ils m'ont souillée, Tom. Il le sentira.

— Personne ne t'a souillée, Fleur. Ils t'ont torturée, ce n'est pas la même chose.

— Tom, tu ne me méprises pas, dis ?

— Non, Fleur. Je te le jure, personne ne te méprise. Heshen paiera pour ce qu'il t'a fait.

L'adolescent retomba sur ses coussins. Il pleurait. Thomas alla rejoindre les jésuites et leur raconta ce qui venait de se passer. Il prit un plat de riz préparé par le père Thibaut et l'apporta à Fleur de Prunus, qui s'était endormie. Il mangea assis à côté d'elle.

L'état de Fleur de Prunus continua de s'améliorer pendant les jours qui suivirent, mais l'adolescent se refusait à sortir de son mutisme. Thomas lui demanda de chanter pour lui, mais Fleur de Prunus se contenta de secouer la tête.

— Il lui faudra du temps, dit le père de Grammont.

— Je suis sûr que Yen Teou saura l'aider à retrouver son estime de soi, dit le musicien.

Le voyage se passa sans incident, et Thomas vit avec soulagement les premières jonques du port de T'ien-tsin. Le soir, après avoir aidé le père Thibaut à dresser le camp, il annonça qu'il allait se rendre à la résidence de Yen Teou.

— Soyez prudent, Thomas, dit le père de Grammont. Heshen n'a pu manquer de faire le lien entre la troupe du Paravent de soie rouge et le commissaire du sel de T'ien-tsin.

Thomas secoua la tête.

— Raison de plus pour que je ne perde pas de temps. Zhang risque d'être en danger. Mais rassurez-vous, mon père, je serai prudent. Si je ne reviens pas, prenez soin de Fleur de Prunus.

Et, sans un regard en arrière, il s'en alla.

L'agitation du port était encore importante, mais dans son accoutrement Thomas Charles Perkins n'attirait pas l'attention sur lui — les Chinois étaient habitués à la présence des jésuites. Il n'eut pas de peine à retrouver le chemin qui menait à la propriété de Yen Teou. Comme il s'en approchait, il prit soin de quitter la route et d'avancer à l'abri des fourrés qui la bordaient. Tout semblait calme. Pas de présence militaire aux abords de la résidence. Il resta un long moment à observer l'entrée et finit par se convaincre que si Heshen avait fait le lien entre les rebelles du Lotus Blanc et Yen Teou, il n'avait sans doute pas encore eu le temps d'envoyer ses soldats sur place.

Thomas sortit de sa cachette et s'avança sur la route. Il approchait de l'entrée de la résidence quand un mouvement dans les fourrés attira son attention.

— Zhang ! s'exclama-t-il.

Mais son cri fut tout juste un murmure. L'attitude de la fière rebelle l'avait incité à la prudence. Il s'empressa de la rejoindre dans les fourrés.

— Je savais que tu viendrais ici, dit Zhang en tombant dans les bras de son ami. J'avais peur de manquer ton arrivée.

Thomas la serra contre son cœur mais leur étreinte fut de courte durée. Zhang dit :

— Ils ont arrêté Yen Teou. Il a été décapité sur la place où tu as assisté à notre représentation, le jour de ton arrivée.

— Mon Dieu ! Le père de Grammont avait raison. Heshen a fait le lien avec lui.

Et le musicien informa son amie de l'évasion de Fleur de Prunus et de son voyage jusqu'à T'ien-tsin, en compagnie des jésuites. Ensuite, ce fut au tour de Zhang de lui raconter son périple, qui s'était effectué sans anicroche, lui aussi. A son arrivée à T'ien-tsin, des amis l'avaient informée du sort qui avait été réservé au commissaire du sel.

— Je savais que tu viendrais ici, répéta-t-elle.

— Je ne veux pas rentrer dans mon pays, déclara Thomas. Je ne veux pas te perdre.

— Tom, notre échec complique les choses, expliqua Zhang. J'ai voulu éviter un bain de sang en frappant uniquement le responsable des malheurs de mon peuple. C'était une erreur. Enfin, mon erreur a été de me reposer sur quelqu'un d'aussi fragile que Fleur de Prunus. Heshen a déjà organisé des mesures de rétorsion. Il est clair que sa police surveillait nos groupes. L'insurrection des campagnes est devenue impossible dans l'immédiat. Nous devons rentrer dans la clandestinité et attendre le moment opportun.

Elle marqua un temps et ajouta :

— Un Occidental ne passera pas inaperçu.

— Regarde-moi : je puis me faire passer pour un jésuite, rétorqua le musicien.

Zhang sourit.

— Tom, la belle vie que nous avions dans la résidence de Yen Teou est terminée, expliqua-t-elle. Nous allons devoir vivre en nous cachant... le plus souvent au milieu des paysans. Il faudra voyager beaucoup pour réorganiser les troupes...

— Zhang, fit Thomas en prenant la jeune fille par les épaules et en plongeant son regard dans le sien, la belle vie que nous avions dans la résidence de Yen Teou est terminée depuis que nous avons quitté T'ien-tsin...

— Ce que nous avons vécu pendant notre voyage à Jehol n'est rien en comparaison de ce qui nous attend.

— Si tu es capable de supporter cela, pourquoi ne le serais-je pas ?

Elle secoua la tête.

— Tu ne renonceras pas, n'est-ce pas ?

— Je t'aime, Zhang, murmura le musicien. Je ne renoncerai pas tant que tu poursuivras le combat.

Zhang se serra contre son amant.

— Moi aussi, je t'aime, Thomas, c'est pourquoi je veux sauver ta vie.

— Ma vie est perdue si je dois la passer sans toi. Et puis, n'oublie pas que j'ai tué un homme. Si les autorités britanniques en sont informées, je ne serai pas plus en sécurité parmi les miens. Déjà que...

Zhang ferma les yeux et ses lèvres s'offrirent à celles du musicien.

— Thomas, nous ne pouvons rester ici, dit-elle en s'arrachant à son étreinte.

— Allons rejoindre Fleur de Prunus au camp des jésuites.

— Ils se rendent à Canton, n'est-ce pas ?

— Oui.

— Alors, nous devons les accompagner, déclara-t-elle. Je n'aime pas les gens avec qui Yen Teou négociait l'achat d'armes... ceux-là même qui t'ont manipulé, mais je dois les rencontrer — pour notre cause. Je dois savoir quelles sont leurs intentions après la mort de leur interlocuteur. D'autant que nous avons besoin de temps, désormais, pour réunir la somme que Yen Teou devait leur verser.

— Zhang, ils voulaient faire de moi une sorte de bouc émissaire, intervint Thomas. Celui sur qui retomberaient les foudres du ciel, en cas d'échec de votre insurrection. J'aurais été le trafiquant avec qui vous aviez négocié... Eh bien, je deviens précisément le personnage qu'ils voulaient me faire interpréter. C'est moi qui poursuivrai les négociations avec eux. Ils ne me trahiront pas plus qu'ils ne l'ont déjà fait, puisque j'accepte désormais le rôle qu'ils me réservaient.

— C'est risqué, Tom.

— Mais non, voyons. Je possède en Angleterre une fortune largement suffisante pour payer leurs armes. Cela devrait faire de moi un interlocuteur valable.

— Tom...

— Zhang, je n'ai plus besoin de cet argent, puisque je veux vivre avec toi et que tu ne quitteras jamais ce pays.

La jeune fille baissa les yeux.

— Je ne serai jamais maître de chapelle à la cour d'Angleterre. Et c'est tant mieux, car ce poste ne m'aurait apporté qu'ennui et lassitude. Alors, autant utiliser mon argent à améliorer les conditions de vie de ceux dont je vais désormais partager l'existence. Zhang, je suis aussi déterminé que tu peux l'être.

— Bien, murmura-t-elle. Profitons donc de la protection des jésuites pour gagner Canton. Là, je contacterai les interlocuteurs de Yen. Je les informerai de tes intentions et je verrai s'ils acceptent le rôle que tu entends jouer désormais. Si c'est le cas, tu pourras aller les trouver et négocier avec eux comme tu l'entends.

— Je suis donc des vôtres ? demanda Thomas.

Zhang sourit tristement.

— Tu ne me laisses guère le choix.

Après avoir marqué un temps, elle ajouta :

— Je vais trembler pour toi, maintenant, à chaque instant, mais je suis heureuse que tu restes. Moi aussi, j'aurais eu de la peine à vivre sans toi.

Pour se rendre de T'ien-tsin à Canton, le petit groupe dut traverser la Chine du nord au sud, mais grâce à la présence des jésuites le voyage se déroula sans incident. Fleur de Prunus était sortie de sa prostration, mais toujours pas de son mutisme. Un soir, alors que Thomas venait, comme à l'accoutumée, lui apporter son repas dans le chariot que l'adolescent partageait désormais avec Zhang, Fleur de Prunus lui demanda :

— Pourquoi sommes-nous partis de T'ien-tsin ? Pourquoi ne sommes-nous pas allés voir Yen ?

Le musicien regarda Zhang, puis il dit en prenant les mains de la fleur dans les siennes :

— Yen a été tué.

Fleur de Prunus ferma les yeux, elle serra les mains de Thomas, puis se replongea dans son mutisme.

A Canton, le père de Grammont conduisit sa petite troupe à la mission jésuite.

— Thomas, dit-il au musicien, le plus sage pour vous serait d'attendre le retour de l'ambassade et de la rejoindre juste avant son départ. Mais vous ne suivrez pas mon conseil, n'est-ce pas ?

Le musicien se contenta de sourire.

— Dans ce cas, je suis désolé, mon fils, enchaîna-t-il. J'ai fait tout ce que j'ai pu pour vous aider, et je souhaiterais faire beaucoup plus encore. Mais le vice-roi est un fidèle du Premier ministre Heshen. C'est un homme impitoyable. Vous comprendrez que, compte tenu de votre position, je ne puisse prendre le risque de mettre en danger toute ma communauté.

— Je comprends, mon père. Et je vous suis très reconnaissant pour tout ce que vous avez déjà fait pour nous.

— Thomas, sachez que si je puis faire plus, je n'hésiterai pas. Mais si je vous accorde l'hospitalité, cela finira par éveiller des soupçons... La présence d'une femme à la mission serait un double crime. Les Occidentaux n'ont pas le droit d'amener des femmes en Chine, et moins encore de frayer avec les Chinoises. Et si en plus les Occidentaux en question sont des religieux qui ont fait vœu de chasteté, et les Chinoises, des rebelles...

— Vous n'avez pas à vous justifier, mon père, l'interrompit Thomas. Si j'étais à votre place, j'agirais exactement de la même façon. Vous devez songer à tous vos frères.

— Avez-vous un endroit où vous abriter ? demanda le père de Grammont.

Thomas se tourna vers Zhang, qui sourit.

— Rassurez-vous, à Canton nous avons des amis aussi respectables que Yen Teou et qui n'ont pas encore été soupçonnés.

— Alors, que Dieu vous accompagne, conclut le missionnaire.

Zhang, Fleur de Prunus et Thomas Charles Perkins quittèrent donc la mission, et la rebelle les conduisit chez un certain Wang Daozi.

— Wang a travaillé à la compilation de notre patrimoine littéraire, ordonnée par Qianlong, comme mon père, qu'il a fort bien connu et dont il partageait les idées. Mais Wang s'est montré plus discret que mon père. Il est toujours un lettré respecté, aujourd'hui. Même s'il a renoncé à la lutte, il nous hébergera sans poser de questions.

Le lettré les accueillit en effet avec beaucoup de chaleur. Sa joie de revoir la fille de son vieil ami illumina son visage parcheminé par les ans. Il ne posa pas de questions et ne fit aucun commentaire quand Zhang installa ses appartements juste à côté de ceux de l'Anglais. Fleur de Prunus s'agrippa au bras de Thomas :

— Tu ne m'abandonneras pas ? murmura-t-elle.

Zhang, qui avait entendu la question, prit la fleur dans ses bras.

— Tu fais partie de notre famille, Fleur, dit-elle. D'ailleurs, ne crois-tu pas que nous devrions te rendre ton nom de naissance et t'appeler Feng ?

— Feng ? répéta la fleur. Je ne sais plus qui c'est.

L'adolescent baissa la tête et ajouta :

— Je ne sais plus qui est Fleur de Prunus non plus.

— Il va falloir oublier le chant, Fleur, poursuivit Zhang. Pour ta sécurité, tu dois redevenir un garçon. Nous t'aiderons... Feng.

— Feng... ? Oui, sans doute, bafouilla la fleur.

A peine furent-ils installés que Zhang annonça à Thomas :

— Nous ne devons pas perdre de temps. Dorénavant, nous ne pourrons jamais rester bien longtemps au même endroit. Nous devrons bouger sans cesse. Je vais me rendre dès demain, à la première heure, chez le seul contact de Yen que je sache où trouver. Yen m'a souvent dit que s'il lui arrivait quelque chose, je devais m'adresser à un certain monsieur Moore.

— Hormis ce monsieur Moore, Zhang, connais-tu d'autres interlocuteurs de Yen Teou ?

— Le seul dont je connaisse le nom est lord Williams.

— Lord Williams ? Le pair du royaume... ?

— Un être répugnant, rectifia Zhang.

27

Zhang pénétra dans le ghetto occidental, le quartier des factoreries. Elles n'étaient guère plus que des taudis. En réunissant les étrangers dans de tels locaux, les autorités chinoises entendaient afficher le mépris dans lequel elles les tenaient. La fière rebelle savait que les contacts entre les Occidentaux et les Chinois étaient interdits. Elle marcha donc d'un pas ferme et décidé, afin de ne pas attirer l'attention sur elle. Elle repéra aussitôt le pavillon britannique et pénétra sans hésitation dans le bâtiment, où des colis étaient entassés dans un coin, alors que dans un autre, des bureaux étaient surchargés de documents en tout genre. Elle se dirigea vers un employé et demanda à parler à monsieur Moore.

— Qu'est-ce qui vous amène ? demanda le *hong mao* sans lever le nez de ses documents.

— Dites-lui que je viens de la part de Yen Teou, répliqua la jeune fille sans se laisser intimider. Il saura ce qui m'amène. Faites vite, je suis pressée.

Décontenancé par l'autorité de la Chinoise, l'employé s'éclipsa et revint bientôt, accompagné d'un homme que Zhang se souvint d'avoir vu dans la charmille, le soir du concert de Thomas Perkins.

— Tiens, mais c'est cette délicieuse mademoiselle Zhang ! s'exclama Moore, rayonnant. Que me vaut le plaisir... ? Comment va notre cher Yen Teou ?

Sans baisser les yeux, la belle Chinoise répondit :

— Il est mort, monsieur Moore. Décapité sur ordre de ce chien de Heshen ! Ce n'est pas lui qui m'envoie à vous, mais un certain Thomas Charles Perkins. Ce nom vous évoque quelque chose ?

Le Britannique blêmit et lança aussitôt :

— Venez avec moi, mademoiselle Zhang.

Il entraîna la jeune fille dans une petite pièce que les commissaires de la Compagnie avaient agencée de façon plus conforme à leur statut. Il désigna un fauteuil à sa visiteuse et s'assit dans un autre.

— Voulez-vous du thé ? demanda-t-il.

— Non, merci. Je crois que nous n'avons pas vraiment la même conception de ce qu'est le thé. Venons-en plutôt aux faits.

— Je vous écoute, fit l'autre, visiblement contrarié.

— Heshen a fait exécuter Yen Teou et saisir tous ses biens.

— Voilà qui est très ennuyeux, bougonna Moore.

— Rassurez-vous, notre marché n'est pas tombé à l'eau. Nous avons trouvé un autre commanditaire.

Moore alluma une pipe et, fronçant les sourcils, demanda :

— Pourriez-vous être plus claire, mademoiselle Zhang ? Je ne vous comprends pas. Vous avez trouvé un autre notable pour financer votre insurrection ?

— J'ignore si vous considérez monsieur Perkins comme un notable, monsieur Moore.

Le Britannique resta bouche bée. Zhang le regarda en souriant, comme si elle attendait une réponse.

— Que vient faire Perkins dans cette affaire ? demanda Moore en durcissant le ton.

— Il souhaiterait vous rencontrer afin de négocier l'achat de nos armes.

— Perkins ? Mais... Expliquez-vous !

— Vous ne désirez pas le rencontrer, monsieur Moore ?

— Je n'ai pas dit ça. Mais...

Zhang sourit en regardant le Britannique se troubler.

— Ah ! oui, c'est vrai, finit-elle par dire, monsieur Perkins ne devait pas avoir connaissance de ce qui se tramait. Malheureusement, il s'est trouvé mêlé à notre aventure bien malgré lui. Et notre cause lui a paru juste. Il désire nous aider. Or, monsieur Perkins possède, en Angleterre, des biens qui lui permettraient largement de payer vos armes. Il souhaiterait négocier l'affaire avec vous.

Moore reprenait peu à peu ses esprits.

— Mais pourquoi n'est-il pas venu nous voir directement ? demanda-t-il.

— Je connais le rôle que vous lui réserviez dans cette aventure, monsieur Moore. Je ne voudrais pas qu'il lui arrive malheur.

Le Britannique affecta d'être vexé.

— Mademoiselle Zhang, vous vous méprenez, nous...

— Monsieur Moore, vous oubliez que j'étais présente le soir du concert de monsieur Perkins, à T'ien-tsin. Vous avez alors été très clair.

Le Britannique sourit à la manière d'un enfant pris en faute.

— La situation est toute différente aujourd'hui.

— C'est exact. Monsieur Perkins est désormais disposé à assumer le rôle que vous lui réserviez, et même à payer pour l'assumer. Cela lui assure-t-il votre protection ?

Monsieur Moore regarda la belle Chinoise dans les yeux. Il avait retrouvé toute sa morgue du premier soir.

— Mademoiselle Zhang, disons que cela le place dans une situation confortable pour venir négocier avec nous. En revanche, cela ne peut lui assurer notre protection, puisque nous ne désirons pas plus qu'à T'ien-tsin être impliqués dans cette affaire d'insurrection.

Zhang se leva.

— Lorsque vous parlez ainsi, monsieur Moore, je suis capable de vous accorder ma confiance, dit-elle avec un petit sourire dédaigneux. Quand pouvez-vous rencontrer monsieur Perkins ?

— Disons... ce soir, à la tombée du jour. Ainsi, il passera plus facilement inaperçu.

— Je lui ferai la commission, conclut Zhang, qui se leva et s'en alla sans se retourner.

Moore la regarda s'éloigner en tirant sur sa pipe. Une porte s'ouvrit derrière lui et un gros homme vint le rejoindre :

— Décidément, mon cher Moore, cette petite est un véritable poison.

— Vous avez raison, lord Williams, mais un si joli poison !

Le nouveau venu secoua la tête en prenant une expression contrite.

— Pauvre monsieur Perkins... Il était vraiment écrit qu'il devait être sacrifié.

Moore fronça les sourcils.

— Je ne comprends pas, lord Williams, dit-il. Il est prêt à payer nos armes.

— Vous êtes fou, Moore ! Après la tentative d'assassinat dont Heshen a été victime, nous ne pouvons plus courir le risque de vendre ne serait-ce qu'une fronde à ces rebelles ! Ils ont voulu se passer de nos services, eh bien, soit ! Qu'ils s'en passent ! Ce n'est pas ainsi que nous remplirons nos caisses, mais ne vous en faites pas, mon garçon. Après l'échec prévisible de l'ambassade de cet imbécile de Macartney, nous devrons recourir à des procédés plus... subtils et... combien plus rentables !

— L'opium ?

— Allons, ne prononcez pas ce mot, Moore ! Cela ferait frémir la Couronne. Nous allons introduire en Chine un produit dont nous ne prononcerons jamais le nom.

— Et qui ne figurera jamais sur aucun livre de comptes, compléta Moore.

— Vous voyez que vous êtes intelligent quand vous voulez vous donner un peu de peine, Moore.

Et retrouvant son ton grave, lord Williams conclut :

— Allons, ne perdons pas de temps. Faites prévenir le vice-roi que l'Occidental qui accompagnait la troupe du Paravent de soie rouge à Pékin viendra ici, ce soir même, pour demander notre protection. Soucieux de la qualité de nos relations avec l'Empire du Milieu, nous informons le vice-roi de cette visite importune pour nous comme pour lui.

Un sourire sardonique déforma le visage adipeux de lord Williams. Moore se dirigeait déjà vers la porte quand le lord le rappela :

— Moore ! Vous devriez vous acquitter vous-même de cette tâche.

— Moi ? fit l'autre, surpris.

— Mais oui, il est des détails qu'il vaut mieux garder secrets. Ainsi, lorsque vous serez en présence de Fuchang'an, avant de lui dire où et quand il pourra trouver Perkins, demandez-lui sa parole de ne pas le faire exécuter avant le départ de la flotte de l'ambassadeur. Qu'il le jette en prison, s'il le désire, mais qu'il retarde le moment de le garrotter. Si Macartney a vent de l'exécution d'un *hong mao*, il est capable de déclencher une crise diplomatique, qui sonnerait comme une déclaration de guerre.

— Je comprends, fit Moore. A vos ordres, milord...

Zhang insista pour accompagner Thomas.

— Non, ce matin tu es allée seule les trouver, répliqua Thomas. Ce soir, c'est à moi de les rencontrer. Ils veulent leur argent. La mort de Yen Teou représente un manque à gagner considérable pour eux. Ils ne laisseront pas passer l'occasion de se refaire sur mon dos. Allons, ne t'en fais pas pour moi, Zhang. Tout se passera bien.

Zhang se résigna. Le raisonnement de son ami était logique et Moore avait tombé le masque, sans quoi elle ne lui aurait jamais accordé sa confiance.

— Soit, Tom, mais sois prudent.

— Attends-moi ici, Zhang. Je ne serai pas long.

Thomas Charles Perkins quitta la résidence de Wang Daozi alors que la nuit venait tout juste de tomber. Il ne vit pas Feng quitter la mission derrière lui. L'adolescent, qui avait surpris sa conversation avec Zhang, ne voulait pas perdre son ami de vue.

Le musicien venait à peine de pénétrer dans le ghetto occidental que des soldats l'entourèrent. Thomas comprit qu'il serait inutile d'appeler à l'aide. Il n'opposa aucune résistance. Tandis que les hommes du vice-roi l'emmenaient, il eut un regard en arrière, vers le pavillon anglais. Il était pourtant si proche...

Lorsque les soldats du vice-roi arrêtèrent Thomas, Feng réussit à retenir le cri qui montait du plus profond de son être. Il ne perdit pas de temps et suivit le groupe jusqu'à la forteresse du vice-roi, puis il se précipita à la mission pour informer le père de Grammont de l'arrestation du jeune musicien.

— Mon Dieu, s'exclama le missionnaire, il est perdu !

— Vous devez essayer de le sauver, supplia l'adolescent.

Le père de Grammont resta un long moment perdu dans ses pensées.

— L'ambassadeur a toujours refusé de me recevoir, murmura-t-il.

— Je vous en conjure, mon père. Thomas est un homme bon. Vous devez l'aider !

Le missionnaire posa une main sur l'épaule de l'adolescent.

— Je demanderai audience au vice-roi, Feng. Hélas, je crains qu'il ne m'écoute pas.

Devant la mine désespérée de l'adolescent, il ajouta :

— Il reste peut-être une chance de le sauver... !

— Oh, mon père, dites !

— Le prince Jiaqing doit venir à Canton. Il me recevra. Avec un peu de chance, il m'écoutera. C'est notre seule chance, Feng.

Après un silence, le missionnaire ajouta :

— Maintenant, va prévenir Zhang de ce qui s'est passé. Dis-lui surtout de ne rien tenter pour faire évader Thomas. Je ferai tout mon possible pour le tirer de là.

Le missionnaire regarda l'adolescent repartir en courant. Il joignit les mains et, le regard tourné vers le crucifix accroché au mur de sa chambre, il murmura :

— Seigneur, fais que le prince arrive à temps !

L'adolescent ne retourna pas chez Wang Daozi. « Quand Zhang verra que Thomas ne revient pas, elle comprendra », songea-t-il. Il prit la direction de la forteresse. Là, il demanda à être reçu par le vice-roi.

— Que me veux-tu ? demanda Fuchang'an.

— Vous avez arrêté un *hong mao*. Il n'est pour rien dans ce qui s'est passé à Pékin. C'est moi qui ai tenté d'assassiner Heshen.

— Toi ?

— Oui.

Le vice-roi fronça les sourcils.

— Où sont tes complices ? demanda-t-il.

— Je n'ai pas de complices.

— Allons, ne me prends pas pour un imbécile. Je sais que c'est la société du Lotus Blanc qui a commandité ton geste.

— C'est faux, seigneur, répondit l'adolescent. J'étais une fleur. Ma voix a séduit le Premier ministre. Il m'a fait venir chez lui et m'a obligé à lui donner du plaisir. Et puis, il m'a fait boire. Il m'a fait boire beaucoup et ensuite, il a refusé de me donner de l'alcool. Ça m'a rendu fou, j'ai voulu le tuer.

Le vice-roi resta un long moment à contempler l'adolescent.

— Pourquoi viens-tu te livrer ? finit-il par demander.

— Pour que vous libériez le *hong mao*. Il est innocent.

Le vice-roi éclata de rire.

— Eh bien, puisque c'est par ta faute qu'il a été arrêté, je vais t'accorder le privilège de lui expliquer pourquoi il va mourir.

— Vous ne pouvez pas faire ça ! s'exclama Feng. C'est moi le coupable ! Ce n'est pas lui !

— Gardes ! appela Fuchang'an. Conduisez ce bel enfant dans la cellule du diable d'Anglais. Mon ami Heshen va être ravi d'apprendre que nous t'avons retrouvé. Allons, emmenez-le.

— Seigneur... s'écria Feng, en se débattant, tandis que les soldats l'emmenaient. Pourquoi serais-je venu me livrer si je mens ?

— Peu m'importe que tu mentes ou que tu dises vrai, mon joli. Rassure-toi, tu ne mourras pas tout de suite. Je vais d'abord demander au Premier ministre ce qu'il convient de faire de toi.

Et les soldats entraînèrent Feng, qui renonça à lutter.

Thomas entendit des pas derrière la porte de sa cellule. Quand celle-ci s'ouvrit, il retint un cri en voyant les soldats pousser Feng sur le sol et refermer la porte derrière lui.

— Feng ! Que fais-tu ici ? Comment...

L'adolescent se releva.

— J'ai voulu sauver ta vie, Tom, murmura-t-il entre deux sanglots. J'ai dit au vice-roi que c'est moi qui ai tenté d'assassiner Heshen, mais il n'a rien voulu entendre.

— Mais pourquoi avoir fait cela ?

L'adolescent regarda l'Anglais dans les yeux et dit avec un sourire triste :

— Tu as toujours été bon et tu n'as pas cherché à abuser de moi. Yen Teou était bon, lui aussi, mais il ne m'a pas laissé le choix. J'ai dû devenir son amant.

— Mon Dieu, Feng, ce n'est pas une raison pour vouloir mourir !

— Quelle importance !

Thomas aurait voulu trouver les mots pour convaincre son ami, mais à quoi cela aurait-il servi ? Rien de ce qu'il aurait pu dire n'aurait permis de défaire ce qui était fait.

— Tom, je suis content de pouvoir te parler avant de mourir, murmura Feng.

— Ne dis pas cela.

— Je dois soulager ma conscience, ami. Le soir où j'aurais dû tuer Heshen, je n'avais qu'une idée en tête : boire son satané alcool ! J'aurais fait n'importe quoi pour qu'il me donne du *huadiao*. Quand la fiole est tombée, je lui ai dit que Zhang m'avait ordonné de le tuer. Je lui ai dit qu'elle faisait partie de la société du Lotus Blanc. Je vous ai trahis, Tom.

Le musicien demeura un long moment sans réussir à prononcer un mot. Il finit par hocher la tête.

— Feng, tu n'étais pas responsable de tes actes. A ta place, nous aurions tous agi comme toi. Qui pourrait affirmer qu'il serait capable de résister à la torture ?

— Je n'ai pas été torturé, Tom.

— Quand on est sous la dépendance de l'alcool, le manque est une torture, Feng.

— Mais alors, pourquoi n'ai-je plus besoin de vin, maintenant ?

Le musicien haussa les épaules.

— Je l'ignore, Feng. Peut-être que le choc que tu as éprouvé dans les fours t'a dégrisé... Je ne sais pas. Ne t'adresse aucun reproche. Moi-même, j'aurais dû me montrer plus prudent. Je suis sûr que les soldats n'étaient pas là par hasard. C'est sûrement ce monsieur Moore qui a fait prévenir le vice-roi. Par ma faute, l'insurrection n'aura pas ses armes.

— Même si tu avais été plus prudent, les Anglais ne nous auraient pas vendu leurs armes. Sinon, ils ne t'auraient pas dénoncé.

Thomas soupira.

— Tu as raison. Tout est perdu, maintenant.

— Non, Tom. Zhang ne renoncera jamais.

Le musicien ferma les yeux. Il pensait à la femme qu'il aimait et qu'il ne reverrait pas avant de mourir.

— Tom, fit l'adolescent, je dois encore t'avouer autre chose. Tu sais, quand tu voulais m'apprendre à chanter...

— J'ai eu tort, Fleur de Prunus, murmura le musicien, perdu dans ses pensées.

— Ce n'est pas ça, Tom. Je n'ai jamais voulu apprendre ton chant pour la simple raison que cette voix qui t'a tant séduit... ce n'est pas la mienne.

Thomas Charles Perkins s'arracha brusquement à sa rêverie.

— Comment cela ? Mais je t'ai bien entendu...

— Non, Tom. Tu as cru m'entendre, comme tous les spectateurs. Mais en réalité, je n'ai jamais fait autre chose que de mimer les chants. Oh, bien sûr, je sais chanter, mais ma voix n'est pas aussi belle. Aucune voix n'est aussi pure.

— Mais Feng, si ce n'est pas toi qui chantais, alors qui ?

— Tu ne devines pas, Tom ?

Le musicien resta un moment interloqué. Se pourrait-il... ? Il finit par demander d'une voix mal assurée :

— Zhang ?

L'adolescent hocha la tête.

— C'est pour cela qu'il y avait toujours un paravent de soie rouge sur scène. C'est pour cela que Zhang n'était jamais avec toi pendant les spectacles. Elle se dissimulait derrière le paravent. Tu comprends, les femmes n'ont pas le droit de se produire sur scène. Mais elle a une voix exceptionnelle, ainsi que tu l'as remarqué : pour assurer le succès de notre troupe, nous avons imaginé cette supercherie.

— C'est incroyable, murmura Thomas.

— Tom, la voix que tu aimais tant appartient à la femme que tu aimes.

Le musicien sentit sa gorge se nouer. Une lassitude subite s'empara de lui. Pourquoi fallait-il qu'il fût trop tard ? Il ne voulait plus parler. Il désirait rester seul avec ses pensées. Il aspirait à retrouver le visage de Zhang derrière le voile de ses paupières.

— Il faut dormir, Feng. Je suis épuisé.

Il alla se coucher sur le sol, juste au-dessous de l'unique orifice ouvrant sur la nuit. Des larmes coulaient le long de ses joues. La mort ne lui faisait pas peur, mais le fait de ne plus revoir Zhang lui ôtait tout courage. Thomas sursauta. Quelque chose venait de l'effleurer. Il ouvrit les yeux et découvrit Feng, qui s'était allongé près de lui.

— Tom, s'il te plaît, prends-moi dans tes bras. J'ai peur.

Le musicien eut une brève hésitation, mais il ouvrit les bras et l'adolescent vint se blottir contre lui. Il le sentait pleurer contre sa poitrine. Il ne sentit bientôt plus rien, car il sombra dans le sommeil.

Quand les premiers rayons du soleil vinrent lui caresser le visage, Thomas Charles Perkins ouvrit les yeux. Feng n'était plus allongé contre lui. En revanche, sur le sol, un peu plus loin, une curieuse ombre se balançait. Thomas se redressa d'un bond.

Pendant la nuit, Feng avait trouvé une vieille caisse dans un coin de la cellule. Il l'avait placée sous la fenêtre. Puis il était monté sur la caisse et avait dénoué la ceinture de sa tunique. Il avait attaché une extrémité aux barreaux de la fenêtre ; à l'autre il avait fait un nœud coulant. Ensuite, il était redescendu. Il avait sorti le nécessaire à maquillage qu'il avait dissimulé sous sa tunique. Il s'était refait le visage de Fleur de Prunus, était remonté sur la caisse, avait passé son cou dans le nœud coulant, et avait repoussé la caisse en prenant soin de ne pas faire de bruit pour ne pas réveiller Thomas.

Le musicien n'eut pas besoin de s'approcher pour savoir que la vie avait quitté le corps de l'adolescent. Il n'appela pas les gardes. Doucement, il détacha la corde du cou de Feng et allongea son ami sur le sol. Il s'agenouilla et pria pour l'âme de Fleur de Prunus, puisque c'était dans cette peau que Feng avait voulu mourir.

Thomas aurait été incapable de dire combien de temps il était resté ainsi en prières auprès de son ami. Quand la porte s'ouvrit, il leva la tête et avant de le voir, il entendit le père de Grammont murmurer :

— Oh ! mon Dieu...

28

Le 29 décembre 1793, le *Walsingham* arriva à Macao. L'île, qui servait de sas entre les deux cultures orientale et occidentale, était administrée par un gouverneur portugais, mais en réalité les Chinois y régnaient en maîtres. Lord Fairbanks s'empressa de se rendre à terre pour rencontrer les commissaires de la Compagnie. Il s'entendit ainsi confirmer que l'ambassade de lord Macartney s'était soldée par un échec. Les navires partis d'Angleterre seize mois plus tôt étaient revenus à Canton le 19 décembre.

— Avez-vous entendu parler de troubles dans l'Empire du Milieu ? s'empressa-t-il de demander.

— Des troubles ? demanda Arnold Winkler, le haut-commissaire.

— Oui, des soulèvements dans les campagnes... Une révolution...

Winkler haussa les épaules.

— Nos seules informations sur ce qui se passe en territoire chinois émanent des jésuites, qui ont une liberté de mouvements limitée, certes, mais nettement plus grande que la nôtre. Il est certain que les campagnes supportent de plus en plus mal la corruption des mandarins du clan de Heshen, mais je n'ai pas eu vent de la moindre révolte. Pourquoi me posez-vous cette question, lord Fairbanks ?

Le vieux lord, soulagé, s'empressa d'informer le haut-commissaire des informations glanées par David.

— C'est absurde ! s'exclama aussitôt Winkler. Imaginez-vous les complicités que cela impliquerait au sein même de la Compagnie ? Voyons, on ne transporte pas des armes à bord de nos vaisseaux sans bénéficier de hautes protections !

— Justement, monsieur Winkler, il semble que des membres de la Compagnie soient impliqués dans cette conspiration. A qui voulez-vous qu'une telle entreprise bénéficie, sinon aux commerçants... et donc à la Compagnie ?

Le haut-commissaire fronça les sourcils.

— Si ce que vous dites est vrai, lord Fairbanks, il faut aussitôt arrêter ce McCarthy et lui faire avouer le nom de ses complices.

Le vieux lord secoua la tête.

— Nous aurons bien du mal à faire avouer quoi que ce soit à monsieur McCarthy. Ce jeune homme n'a aucun scrupule. Nous le soupçonnons d'être responsable de la mort de sir Malcolm Hastings, dont la fille voyage avec nous.

— C'est insensé ! murmura le haut-commissaire, déstabilisé.

— Et puis, monsieur McCarthy était à bord du *Princess Royal*, qui a été capturé par des vaisseaux français dans le détroit de Malacca.

Le haut-commissaire resta un long moment sans prononcer le moindre mot. Il finit par demander :

— Et les armes ?

— Elles se trouvaient à bord du *Princess Royal*, d'après ce qu'il a confié à mon fils.

— Elles sont donc tombées aux mains des Français ?

— Je le crains, soupira le vieux lord.

— Il n'empêche que nous devrions ordonner une inspection de la cargaison du *Walsingham*, avant d'autoriser le déchargement de sa cargaison. Imaginez que monsieur McCarthy se soit moqué de vous, ou qu'il ait chargé des armes sur les deux navires...

Lord Fairbanks frappa son poing dans la paume de sa main.

— Vous avez parfaitement raison, monsieur Winkler. Je propose que nous profitions de l'escale à Macao pour examiner la cargaison dans le plus grand secret. Ainsi, si certaines caisses contiennent des armes, nous aurons l'occasion de voir, à Canton, qui vient en prendre livraison. Disposez-vous d'hommes sûrs ?

Le haut-commissaire se renversa dans son fauteuil.

— Lord Fairbanks, je réponds de tous mes hommes, dit-il, l'air pincé. S'il y a des traîtres dans la région, ils sont à rechercher dans les factoreries de Canton, et en aucun cas à Macao.

— Dans ce cas, il n'y a pas de temps à perdre.

— Quant à vous, lord Fairbanks, reprit Winkler, êtes-vous sûr du capitaine du *Walsingham* ?

Lord Fairbanks fit la moue.

— De qui pouvons-nous être tout à fait sûrs, monsieur Winkler ? Je serais tenté de répondre que le capitaine Blair est un homme intègre, mais...

— De toute manière, enchaîna le haut-commissaire, nous n'avons guère le choix. Je dirigerai moi-même l'opération, dès demain matin. Nous devons prendre le risque de mettre le capitaine dans la confidence. Nous prétexterons une inspection sanitaire, préalable au déchargement de la cargaison.

Lord Fairbanks se leva et serra avec chaleur la main de son hôte.

— Monsieur Winkler, je vous remercie de votre compréhension.

— Lord Fairbanks, il y va de la réputation de la Compagnie. J'ai servi aux Indes assez longtemps pour ne pas avoir envie de voir tous nos efforts réduits à néant par la faute de forbans.

Le lendemain, le haut-commissaire Arnold Winkler montait à bord du *Walsingham*, accompagné d'une dizaine d'hommes. Après avoir salué le capitaine et avoir annoncé, de façon audible par toute oreille indiscrète, que ses hommes et lui devaient procéder à une inspection sanitaire, il emmena son petit groupe vers les cales contenant la cargaison, tandis que le capitaine demandait à ses hommes de veiller à ce que les envoyés de la Compagnie ne soient pas dérangés dans leur travail, tant que d'éventuels risques de contamination n'étaient pas entièrement dissipés.

L'inspection dura près de trois heures. Quand le haut-commissaire remonta sur le pont avec ses hommes, il annonça qu'il n'y avait aucun risque d'épidémie. Que tout était en ordre. Mais son visage livide racontait une tout autre histoire. Le capitaine l'invita à prendre un sherry dans sa cabine. Lord Fairbanks se joignit à eux.

— Alors ? demanda-t-il dès que le capitaine Blair eut refermé la porte de sa cabine.

Le regard sombre, le haut-commissaire de la Compagnie des Indes orientales dit :

— Vous aviez raison, lord Fairbanks, ce navire transporte des armes.

— Voyons, c'est impossible ! s'exclama le capitaine. J'ai ici la liste de toutes les marchandises...

— Votre liste ne semble pas correspondre à la réalité, observa lord Fairbanks.

— C'est impossible !

— Malheureusement, c'est la triste réalité, capitaine, confirma le haut-commissaire. Plusieurs caisses contiennent des armes démontées, et recouvertes de denrées diverses destinées à masquer leur présence.

— C'est impossible ! répéta encore le capitaine, défait. Messieurs, je vous jure...

— Allons, capitaine Blair, vous n'avez pas à nous assurer de votre bonne foi. Comme nous tous, vous avez été abusé par des êtres sans scrupules, intervint lord Fairbanks.

— Ces hommes vont payer... gronda le capitaine.

— Comptez sur moi pour prendre toutes les mesures nécessaires, assura le haut-commissaire. Je vais faire envoyer des ordres à Canton sans plus tarder. Espérons que l'armée n'est pas impliquée dans ce trafic. Quand les destinataires viendront prendre livraison de leurs colis, ils se feront cueillir comme des pommes sur un pommier.

— De mon côté, je veillerai à ce que tout se déroule sans anicroche, lui assura lord Fairbanks.

— Quant à moi, je vous assure de l'assistance de mes hommes, enchaîna le capitaine Blair. J'ai effectué de nombreuses traversées avec la plupart, et je réponds d'eux. Nous tiendrons à l'écart les recrues plus récentes, dont je ne puis encore me porter garant.

— Parfait, messieurs, lança lord Fairbanks en levant son verre de sherry. Je crois que nous pouvons être satisfaits de nous.

Et d'un ton attendri, il ajouta :

— C'est mon fils qui ne partagera pas entièrement notre liesse.

— Vous voulez dire... commença le haut-commissaire.

— Non, l'interrompit aussitôt le vieux lord, mon fils est au-dessus de tout soupçon. Mais il se trouve que, pendant la traversée, il est tombé amoureux de la fille de sir Malcolm, Grace Hastings. Or, notre intervention a pour but de sauver la vie du fiancé de mademoiselle Hastings, un musicien qui s'est joint à l'ambassade pour venir enseigner la musique aux Chinois.

— Un musicien ? s'exclama le haut-commissaire, qui blêmit tout à coup.

— Oui, un musicien, répondit lord Fairbanks, subitement inquiet. Auriez-vous de ses nouvelles ?

Le haut-commissaire secoua la tête.

— Hélas, milord, le gouverneur de l'île vient de m'informer qu'un musicien anglais a été arrêté par les Chinois à Canton, et qu'il est sur le point d'être exécuté...

Et il ajouta d'une voix presque inaudible :

— S'il ne l'a pas déjà été...

— Le gouverneur est-il sûr de son information ? demanda lord Fairbanks d'une voix blanche.

— Il la tient d'un jésuite portugais, qui lui-même la tient du père de Grammont, lequel rend, tous les jours, visite au prisonnier. Un certain Thomas Charles Perkins.

— Mon Dieu, capitaine, s'exclama le vieux lord, il n'y a plus un instant à perdre ! Pourvu que nous n'arrivions pas trop tard !

29

Thomas Charles Perkins s'arrêta d'écrire. Il leva la tête. Une sueur glacée coulait entre ses omoplates. Toute la nuit, il avait entendu des bruits inquiétants à l'extérieur de sa cellule. A force de tendre l'oreille, il avait fini par se convaincre qu'on était en train de préparer son exécution. Il avait été incapable de trouver le sommeil, aussi avait-il passé la nuit à écrire. Le soleil était levé depuis plusieurs heures déjà quand il entendit des bruits de pas martiaux. Non, ce matin, ce n'était pas le père Jean-Joseph de Grammont qui venait lui rendre visite. La porte de sa cellule s'ouvrit sur des soldats revêtus d'une lourde tunique bleu et jaune et portant un casque surmonté d'une espèce de plumet.

— Suivez-nous, ordonna l'homme qui semblait commander la troupe.

Thomas se leva. Il regarda la pile de papiers entassés sur le coin de sa table et son matériel d'écriture. D'une voix étranglée, il demanda :

— Pourriez-vous remettre ces documents au père de Grammont ?

— Venez ! ordonna l'officier d'un ton sans réplique.

Thomas sentit ses jambes se dérober sous lui. Il songea à Zhang et s'efforça de rassembler ses forces. D'un pas qui se voulait assuré, il suivit les gardes. Le musicien fut surpris de constater que la petite troupe en armes ne prenait pas la direction de la porte extérieure. Il avait l'impression de s'enfoncer vers l'intérieur de la forteresse. Sans doute voulait-on d'abord le conduire devant ses juges pour lui faire entendre leur sentence. L'officier arrêta la troupe devant une porte monumentale, qu'il ouvrit avant de pousser le jeune Britannique dans une pièce dont Thomas eut tout juste le temps de réaliser qu'elle était vaste.

L'officier le poussa à nouveau et Thomas perdit l'équilibre ; il se retrouva à quatre pattes sur le sol.

— Prosterne-toi, chien de barbare, devant le fils de notre Empereur.

Thomas Charles Perkins n'en croyait pas ses oreilles. Le fils de l'Empereur ! Ainsi, le père de Grammont avait dit vrai ! Il leva les yeux, mais le pied du garde se posa aussitôt sur son dos et le poussa vers le sol. Thomas ne chercha pas à lutter. Il savait ce qu'on attendait de lui et il n'entendait pas se soustraire à la coutume. Il pratiquerait le *kotow* de la façon la plus déférente possible. A côté de lui, il vit le garde faire de même.

— Relève-toi, dit une voix presque juvénile.

Lentement, Thomas Charles Perkins se redressa. Il aperçut un homme qui ne devait guère être plus âgé que lui, revêtu d'une élégante tunique longue, d'un jaune uni, assis sur un trône. « Ce doit être Jiaqing », se dit-il. A côté du prince, il découvrit la face grave du père de Grammont. Celui-ci lui adressa un petit signe de tête qui se voulait rassurant.

— Approche, ordonna le prince.

Thomas s'avança, en s'efforçant de conserver une attitude respectueuse. Arrivé au pied de la petite estrade sur laquelle était installé le trône princier, il baissa la tête et mit les deux genoux en terre.

— Ainsi, tu es musicien ? demanda Jiaqing.

— Pour vous servir, Majesté, dit-il.

— Voilà qui m'étonnerait, fit le prince sur un ton cassant qui déconcerta Thomas.

Mais le fils de l'Empereur avait déjà enchaîné :

— Le père de Grammont m'a raconté ton histoire. La manière dont tu as été abandonné en route par tes compagnons. Il n'en demeure pas moins que tu as comploté contre l'Empire.

— Pardonnez-moi, Majesté, mais je n'ai comploté contre personne. En revanche, certains commerçants britanniques, dont j'ai appris les noms, ont, eux, comploté pour vendre des armes à des troupes insurrectionnelles. Pour ne pas être inquiétés, ils ont cherché à me faire porter la responsabilité de leurs actes. Ces hommes sont coupables, car ils mettent en danger l'avenir des relations entre nos deux nations.

— Tu n'as pas comploté, dis-tu, le coupa Jiaqing, pourtant tu as été hébergé par Yen Teou, le félon, et tu as accompagné la troupe du Paravent de soie rouge, qui rassemble la bande de chiens qui ont tenté d'assassiner mon père.

— Les membres de la troupe du Paravent de soie rouge n'en voulaient pas à la vie de l'Empereur, Majesté, s'empressa de rectifier le jeune musicien. En revanche, il est exact qu'ils ont tenté de tuer le Premier ministre Heshen.

— Et tu étais avec eux ! gronda le prince.

— J'étais avec eux, mais je n'étais pas au courant de leurs projets, précisa le musicien en mentant légèrement. J'en ai eu connaissance après l'arrestation de Fleur de Prunus par Heshen, à qui elle venait de dénoncer le complot ourdi contre lui.

— Et tu as pris fait et cause pour ces révolutionnaires !

Thomas Charles Perkins sentait la sueur couler tout le long de son corps. Le prince n'était pas aussi amène que le père de Grammont l'avait prétendu. Jiaqing semblait même acharné à sa perte. Le musicien songea à nouveau aux bruits qui l'avaient maintenu éveillé toute la nuit. Sans doute l'avait-on amené dans cette salle du trône pour permettre au fils de l'Empereur lui-même de lui annoncer que le moment de son exécution était arrivé.

Thomas regarda le père de Grammont, qui semblait toujours aussi grave, mais qui une fois encore s'efforça de le rassurer d'un mouvement de tête. « De toute façon, songea le jeune homme, je n'ai rien à perdre. »

— Majesté, avez-vous connaissance de la situation dans les campagnes ?

Thomas surprit l'expression subitement réprobatrice du jésuite ; il vit aussi s'assombrir le visage du prince, mais il était décidé à jouer son va-tout. Sa situation ne pouvait être plus catastrophique. En revanche, il tenait là une chance d'informer le propre fils de l'Empereur — celui-là même qui serait appelé à succéder à son père — de la misère qui régnait dans les campagnes par la faute d'un Premier ministre corrompu. Jamais aucun membre du Lotus Blanc ne se verrait offrir une telle opportunité. Il ne pouvait se permettre de la laisser passer. Ne serait-ce que pour Zhang. Il ignorait ce que sa belle amie était devenue et peut-être, avant d'être exécuté, pourrait-il se faire son avocat auprès du prince Jiaqing. Qu'importait sa vie s'il parvenait à sauver celle de la femme qu'il aimait ! Mourir pour mourir...

— Oh, prince, partout j'ai entendu chanter vos louanges, déclara-t-il avec aplomb. Tout le monde, même les membres du Lotus Blanc qu'il m'a été donné de rencontrer, s'accordent à vanter votre probité et votre art du gouvernement...

Perkins sentit que le mensonge était un peu gros, car on ne pouvait dire que Jiaqing exerçait déjà une quelconque forme de gouvernement, mais il connaissait désormais l'importance de cet art aux yeux des enfants de l'Empire du Milieu. Il comptait que cette flatterie serait agréable au jeune prince.

— Si seulement ils avaient eu la possibilité, comme moi en ce moment, de vous exposer le drame que vivent les paysans, ils n'auraient jamais cédé au désespoir qui les a poussés à vouloir assassiner Heshen. Cet homme est une fripouille.

Le père de Grammont toussa à plusieurs reprises pour indiquer à son jeune ami qu'il s'engageait sur une voie dangereuse. Mais le prince, qui n'était pas dupe, adressa un regard sévère au jésuite avant d'ordonner :

— Continue.

— Votre Majesté, Heshen a placé aux postes clés de l'administration des hommes aussi corrompus que lui. Avec eux, il détourne les sommes destinées aux populations locales. L'entretien des digues n'est plus assuré, pas plus que celui des ouvrages de régulation des cours d'eau. Si la situation ne se modifie pas, de terribles inondations sont à prévoir. Des villages entiers risquent d'être dévastés. Les terres ne pourront plus être cultivées, et ceux que l'eau n'aura pas tués mourront de faim. En outre, le Premier ministre prélève des impôts exorbitants qui n'aboutissent jamais dans les caisses du trésor du Fils du Ciel.

Thomas marqua un temps avant d'ajouter :

— Les populations des campagnes ne sont pas les seules à être victimes des exactions de cet être veule et corrompu. L'Empereur lui-même est dépouillé de ses biens par ce faquin !

— Thomas ! ne put s'empêcher d'exploser le père Jean-Joseph de Grammont.

— Laissez, père de Grammont, ordonna le prince.

Jiaqing dévisagea un long moment le musicien. Thomas ne baissa pas les yeux. Il savait que le protocole interdisait à quiconque de soutenir le regard de l'Empereur mais, en l'occurrence, il avait le sentiment que le prince cherchait à pénétrer son âme, et il choisit d'enfreindre un peu plus le protocole, afin de ne pas se soustraire à son examen.

— Tu es musicien, n'est-ce pas ? reprit le prince sur un ton plus paisible.

— Oui, Majesté.

— Tu n'es pas commerçant ?

Thomas ne comprenait pas où voulait en venir le prince, mais ce fut avec la même franchise qu'il répondit :

— Majesté, je n'ai jamais eu qu'une seule passion : la musique. Si les soldats de Votre Majesté n'avaient pas détruit mon instrument, je me serais fait un plaisir de vous donner un aperçu de mon art.

Le jeune musicien enfonça la main dans une poche de sa tunique et il en sortit un minuscule morceau de bois. Il le contempla un instant, pinça les lèvres et, le tendant en direction du prince, il dit :

— Voyez, Majesté, c'est tout ce qu'il reste de mon violoncelle. Cette minuscule pièce de bois est peut-être l'élément le plus important de l'instrument. C'est elle qui transmet les vibrations des cordes...

Il s'interrompit, conscient que le moment était mal choisi pour se perdre dans de telles digressions. Il ajouta cependant :

— J'ai tenu à sauver cette pièce car elle revêt à mes yeux une grande importance symbolique. Cet objet est, en réalité, ce que nous nommons l'« âme » du violoncelle.

— L'âme, répéta le prince. Le père de Grammont m'a expliqué le sens de cette notion dans votre religion.

Il marqua un temps avant de dire, en secouant la tête :

— Je crois comprendre ce que tu veux dire, monsieur le musicien.

— Si Votre Majesté le permet, j'aimerais lui faire présent de cet humble objet.

Et Thomas tendit au prince le petit morceau de bois posé à plat sur sa main. Le père de Grammont paraissait médusé.

Le prince se leva et descendit de son estrade ; il s'approcha du musicien, le prit par le coude et le releva. Il tendit la main vers l'âme du violoncelle et la prit avec une infinie délicatesse.

— Si je t'ai bien compris, ce présent n'est pas aussi humble que tu veux bien le dire. Je l'accepte volontiers.

Stupéfait, le musicien n'osait croire en sa bonne étoile. Se pouvait-il qu'il ait réussi à se faire entendre du fils de l'Empereur ? Se pouvait-il que le prince Jiaqing ait décidé de lui faire grâce ? « Bah, songea-t-il, qu'importe ma vie si je ne puis sauver celle de Zhang ! Et je ne sais même pas où elle se trouve... »

— Tout ce que tu me dis du Premier ministre Heshen est parfaitement exact, reprit le prince. J'ai connaissance de ses agissements.

— Mais alors... commença le musicien.

Il s'interrompit en apercevant le geste du jésuite qui l'incitait à se taire.

Le prince sourit.

— Mais alors, pourquoi est-ce que je n'interviens pas pour mettre un terme à ses exactions ? Hélas, mon ami, Heshen est une fripouille, comme tu l'as dit, mais il a l'oreille de mon père. Nul ne peut rien contre les volontés du Fils du Ciel, mais sois assuré que dès que j'aurai pris les commandes de l'Empire...

Il s'interrompit comme s'il en avait déjà trop dit. Pourtant, il ne put s'empêcher de reprendre, d'une voix blanche qui trahissait une fureur mal contenue :

— Et tu n'as pas encore tout dit, n'est-ce pas ? Dès que quelques miséreux se soulèvent dans l'une ou l'autre région, Heshen organise, avec ses complices, une campagne militaire qu'il fait traîner en longueur pour pouvoir extorquer encore plus d'argent à mon père. Et ce lâche corrompu fait passer pour des victoires militaires de simples massacres de populations innocentes.

— C'est cet homme que la troupe du Paravent de soie rouge a cherché à assassiner, Majesté, glissa Perkins d'une voix très faible.

Le prince le regarda, puis reporta son attention sur le petit morceau de bois dont lui avait fait présent Thomas. Perdu dans sa contemplation, il dit :

— L'âme d'un instrument !

Il secoua la tête et reprit :

— Si tes amis avaient réussi à tuer Heshen, mon père aurait ordonné des mesures de rétorsion terribles.

— Mes « amis » étaient prêts à mourir, Majesté. Ils étaient prêts à sacrifier leur vie pour sauver celle de milliers de paysans.

— La jeune personne qui devait tuer Heshen, elle, a été jetée dans un bordel, selon ce qu'on m'a dit. Un de ces lieux abominables où vit une population qui ne mérite pas le nom d'humanité.

— C'est exact, Majesté, confirma Perkins.

— Toujours selon ce qu'on m'a dit, tu as risqué ta vie pour l'aider à s'évader.

Thomas se mordit les lèvres. Il ne pouvait prendre le risque de mentir à cet homme, dont il avait bien remarqué que le ton à son égard s'était sensiblement modifié.

— C'est exact, Majesté.

— Pourquoi ? Par amour ?

Perkins fit la moue.

— Par amour de la musique, sans doute. Par affection aussi. Fleur de Prunus était ce que vous appelez un « garçon de lumière », Majesté. Une fleur. Dans la troupe du Paravent de soie rouge, elle chantait et j'avais été émerveillé par sa voix. En vérité, j'ai appris depuis que ce n'était pas elle qu'entendait le public, mais plutôt une jeune fille, qui n'avait pas le droit de se produire sur scène.

Il s'interrompit, ne voulant pas laisser la conversation dévier.

— Qu'est devenue cette... Fleur de Prunus ? demanda le prince.

— Elle s'est donné la mort, Majesté, dans la cellule qu'elle a partagée avec moi pendant une nuit.

Le prince secoua la tête.

— J'en suis désolé, dit-il d'une voix presque inaudible.

Puis, sans transition, il dit :

— Tu sais que tu as été condamné à mort par le vice-roi ?

Thomas ne trouva pas la force de répondre. Son cœur se mit subitement à battre à tout rompre dans sa poitrine. Le prince, qui examinait toujours le petit morceau de bois, dernier vestige du violoncelle, bijou de Vincent Panormo, se décida enfin à le ranger dans une poche de sa tunique. Il répéta à nouveau :

— L'âme de l'instrument !

Puis revenant vers Thomas, il déclara :

— Je crois que tu nous seras plus utile vivant que mort. Tu m'as dit que tu connaissais le nom des commerçants anglais qui ont aidé au soulèvement des campagnes ?

— Je connais ces hommes, qui ont voulu introduire des armes dans votre pays, pour y fomenter une révolte qui dépassait de beaucoup les ambitions des membres de la troupe du Paravent de soie rouge, se risqua à mentir le jeune musicien.

— Crois-tu vraiment que le Lotus Blanc se serait contenté d'assassiner Heshen ? demanda le prince sur un ton incrédule.

Thomas vit là l'occasion de sauver, peut-être, la mise à sa chère Zhang, sans trop mentir pour autant.

— Majesté, l'homme qui dirigeait le mouvement, Yen Teou, a été capturé et mis à mort par les soldats des bannières. Il désirait, lui, une révolution de grande envergure. C'est lui, et lui seul, qui négociait avec les commerçants britanniques. En revanche, la jeune fille dont la voix m'a tant ému a imaginé d'assassiner Heshen pour éviter ce bain de sang. Cette jeune fille, je l'ai connue de très près pendant les quelques mois que j'ai passés avec la troupe...

Thomas se troubla, et ne réussit pas à masquer son émotion.

— Si j'ai découvert que j'étais manipulé, poursuivit-il néanmoins, que je devais servir de bouc émissaire en cas d'échec de l'opération, c'est grâce à elle. Si j'ai eu connaissance du nom des commerçants impliqués dans cette affaire, c'est également grâce à elle. Si j'ai échappé à la rafle qui a suivi la tentative d'assassinat sur la personne du Premier ministre, c'est toujours grâce à elle.

— Le nom de cette jeune fille, ordonna le prince Jiaqing.

Thomas n'hésita pas. S'il voulait sauver la vie de celle qu'il aimait, il devait prendre le risque de faire confiance au prince. Là non plus, il n'avait pas le choix.

— Elle se nomme Zhang, dit-il.

— Et tu aimes cette jeune personne, n'est-ce pas ? demanda le prince.

Pour la première fois, Thomas baissa les yeux sous le regard de Jiaqing.

— Oui, avoua-t-il.

— Continue, ordonna le prince.

— Zhang s'est toujours opposée à Yen Teou. Elle ne voulait pas prendre le risque de lancer les paysans dans une lutte qu'elle estimait inégale. Même s'ils recevaient des armes britanniques, ils n'en connaissaient pas le maniement et ils n'auraient jamais eu le temps de l'apprendre, car le bruit des armes à feu aurait attiré sur eux l'attention des troupes officielles. Et puis, Zhang n'oubliait pas que la situation du peuple s'était améliorée sous le règne de votre père... jusqu'à ce que Heshen ait été nommé Premier ministre.

Thomas s'interrompit et, plongeant à nouveau son regard dans celui du prince, il conclut :

— Majesté, je puis vous jurer que si Heshen venait à disparaître ou était mis hors d'état de nuire, la situation redeviendrait normale dans les campagnes, l'insurrection s'apaiserait aussitôt. Zhang y veillerait. A sa façon, elle est votre alliée.

Le prince Jiaqing gravit les marches de l'estrade et alla se rasseoir sur le trône. Il posa son menton dans sa main. Il paraissait plongé dans une profonde réflexion. Thomas prit soin de ne pas la troubler. Le père de Grammont attendait la décision ultime du prince en retenant son souffle.

Jiaqing se redressa.

— Je te l'ai dit, tu nous seras plus utile vivant que mort, fit-il en reprenant un ton altier. T'engages-tu à nous livrer les commerçants qui ont cherché à vendre des armes aux troupes rebelles ?

Thomas savait qu'il lui suffirait de répondre par l'affirmative pour sauver sa tête, mais il se refusait à mentir à cet homme qui, de toute évidence, lui faisait confiance. Il poussa un profond soupir et dit :

— Je ne puis faire une promesse qu'il me serait impossible de tenir, Majesté. Je connais les lois de mon pays. Je doute que les autorités britanniques acceptent de livrer un de leurs sujets à la justice chinoise. Je puis, en revanche, m'engager à dénoncer ces hommes. Je puis m'engager à réclamer qu'ils soient remis à la justice de mon pays, qui saura les châtier de manière exemplaire, afin que nul n'ait l'audace de suivre leurs traces.

Il marqua un temps et ajouta :

— Je puis m'engager également à transmettre votre demande, mais je ne puis vous assurer que je serai entendu, Majesté.

Le prince sourit.

— Tu es un homme droit et courageux, monsieur le musicien. Ce que tu dis là, je le savais. Ta réponse me satisfait donc. En conséquence, j'ordonne que tu sois libéré et conduit auprès de l'ambassade de lord Macartney, qui est regroupée ici même, à Canton.

Le père de Grammont fit signe à Thomas de se prosterner. Cette fois-ci, le jeune homme mit un genou en terre devant le trône et dit :

— Merci, Majesté. Je jure de tenir mon engagement sans faillir.

— Relève-toi, ordonna le prince, qui ajouta : Je n'en doute pas, monsieur le musicien.

Thomas se tourna vers le père de Grammont :

— Merci, mon père, sans vous...

Mais le jésuite, souriant pour la première fois depuis le début de cette entrevue, lui fit signe de ne pas poursuivre.

— Allez, maintenant, conclut Jiaqing. Mes gardes vont vous accompagner.

Le prince se leva, mais Thomas le rappela :

— Majesté, je vous en conjure, accordez-moi une faveur.

Le prince, surpris, se retourna et s'approcha de lui.

— Ne crois-tu pas que celle que je viens de t'accorder est suffisante ? demanda-t-il.

— Majesté, s'il me faut choisir entre deux faveurs, insista Thomas, prenez ma vie et accordez-moi celle que je vous demande.

— Celle que tu me demandes... ? Une vie ou une faveur, monsieur le musicien ?

— Une faveur qui est une vie, Majesté. Cette jeune fille...

— Ah ! Zhang ! fit le prince avec un sourire dans la voix.

— Oui, Majesté, confirma Thomas. Si elle venait à tomber entre les mains de Heshen ou de l'un de ses acolytes, elle serait mise à mort... d'une façon atroce, si j'en juge par le sort que ce barbare a réservé à Fleur de Prunus. Je vous demande sa grâce, Majesté.

Le prince sortit à nouveau l'âme du violoncelle de sa poche. Il la contempla et la caressa du bout des doigts.

— Hélas, monsieur le musicien, je ne suis pas encore empereur. Je n'ai pas ce pouvoir-là.

— Majesté... insista Thomas d'un ton suppliant.

— Où se trouve cette jeune fille ? demanda le prince.

Thomas savait qu'il ne pouvait nommer leur hôte à Canton, Wang Daozi, l'ancien collaborateur du père de Zhang : il le placerait dans une position trop dangereuse. En outre, Zhang avait certainement quitté la résidence du vieux lettré. N'avait-elle pas dit qu'ils ne devraient jamais rester très longtemps dans le même lieu ? En vérité, il serait incapable de retrouver son amie, même s'il était libre de ses mouvements.

— Hélas, je n'en ai pas la moindre idée. Nous avons été séparés, ensuite j'ai été arrêté et jeté en prison.

Il ajouta presque dans un souffle :

— J'ignore si elle est en liberté, et même encore en vie.

— Rassure-toi, mon ami, dit le prince, ta belle amie n'a pas été arrêtée, et encore moins exécutée, sans quoi j'en aurais été informé.

Thomas ne put retenir un soupir de soulagement. Au moins, l'espoir était encore permis.

— Monsieur le musicien, reprit le prince, je te promets d'être attentif au sort de cette jeune personne. Moi aussi, je me refuse à prendre des engagements que je serais dans l'impossibilité de tenir.

Thomas remercia le prince Jiaqing et se dirigea vers la porte.

— Monsieur le musicien ! le rappela le prince.

Thomas se retourna.

— Tu as circulé sans autorisation sur le territoire de l'Empire du Milieu. Aujourd'hui, l'estime et l'intérêt que tu as su m'inspirer font que je te laisse partir. Mais ne crois pas que cela t'autorise à remettre le pied sur notre sol. Toi, pas plus qu'aucun de tes compatriotes ! J'espère m'être bien fait comprendre...

— Parfaitement, Majesté, dit Thomas en quittant la salle du trône.

Le prince le regarda s'éloigner. Il resta un long moment silencieux à contempler le petit morceau de bois dont lui avait fait présent un homme qui se croyait sur le point d'être garrotté.

— Majesté, je ne sais trop comment vous remercier, dit le jésuite en cherchant à attirer l'attention du jeune prince.

— Alors, abstenez-vous, père de Grammont, trancha Jiaqing sans lever les yeux. J'ai fait ce que j'ai estimé juste. Et ne croyez surtout pas qu'en agissant ainsi j'ai dérogé à nos lois ou à nos coutumes. C'est aux vrais coupables de payer leurs crimes. Ce Perkins est un musicien, mais c'est aussi un poète, sans quoi il n'aurait pas conservé cet « humble » morceau de bois et il n'aurait jamais songé à m'en faire présent. Cet homme n'a rien à voir avec vos vulgaires commerçants.

Et, poussant un soupir, il ajouta d'une voix si faible que le père de Grammont ne l'entendit pas :

— Pas plus que moi avec cette... fripouille de Heshen. Mais ce problème, je le réglerai plus tard[1].

Le prince secoua la tête et se tourna, enfin, vers le père de Grammont. D'une voix pensive, il dit :

— Confucius raconte que l'intendant de Gongshu Wenzi se vit gratifier d'une promotion en même temps que Gongshu. Lorsque le Maître l'apprit, il déclara : « Il mérite son nom de "Civilisé". »

Le prince s'enfonça à nouveau dans le silence, puis sans quitter des yeux le petit morceau de bois, il conclut :

— Ce Perkins m'évoque cet intendant : il mérite le nom de Civilisé.

1. Jiaqing ne perdra guère de temps. Bien qu'ayant été proclamé empereur en 1796, à la suite de l'abdication de Qianlong, il n'exercera effectivement le pouvoir qu'en 1799, au lendemain de la mort de son père. Aussitôt, il fera arrêter Heshen et le condamnera à s'étrangler lui-même à l'aide d'une cordelette, comme la concubine qui était censée s'être réincarnée dans sa personne.

30

Les gardes entouraient Thomas Charles Perkins. Le jeune musicien marchait à la manière d'un somnambule. Il avait encore peine à croire en la réalité de la scène qu'il venait de vivre. Le prince Jiaqing l'avait reçu en audience, il lui avait permis de s'exprimer, il l'avait écouté et l'avait appelé son « ami ». Mais que ferait le prince, maintenant ? De toute évidence, sa liberté d'action demeurerait limitée aussi longtemps que son père occuperait le trône. Certes, Qianlong était vieux, mais l'homme que Perkins avait aperçu à Pékin semblait toujours alerte. Des années pouvaient encore s'écouler avant que le prince ne soit appelé à lui succéder. Et qu'adviendrait-il pendant ce temps-là ? Bien sûr, Jiaqing avait promis d'être attentif au sort de Zhang, mais cela suffirait-il pour protéger la jeune fille dont Thomas ne parvenait pas à chasser l'image de son esprit ?

Le prince ne pouvait être partout et les hommes de Heshen se garderaient bien de l'informer s'ils mettaient la main sur elle. Et puis, à supposer que Jiaqing réussisse à la retrouver avant la police du Premier ministre et qu'il lui parle ainsi qu'il l'avait fait en présence de Thomas, Zhang accepterait-elle de renoncer à son combat ? Non ! Le musicien en était persuadé. Les belles paroles du prince ne suffiraient pas à l'apaiser. Elle voudrait des faits ! Elle voudrait voir la situation de ses frères et sœurs des campagnes s'améliorer. Elle voudrait que les coupables soient châtiés ! Or, tant que Qianlong demeurerait sur le trône, Heshen conserverait ses privilèges et continuerait à diriger, avec le même cynisme, une administration corrompue. En conséquence, la vie dans les campagnes deviendrait de plus en plus précaire, d'autant que les mesures de répression s'étaient multipliées après la tentative d'assassinat dont le Premier ministre avait fait l'objet à Pékin. Oui, Thomas en était sûr : Zhang poursuivrait son combat !

Tandis qu'il traversait les couloirs de la forteresse, le jeune musicien se sentit submergé par une vague de désespoir. Oh, certes, il n'avait plus à craindre pour sa vie, mais il ignorait toujours où se trouvait Zhang. Or il était contraint de quitter le territoire chinois, avec interdiction d'y remettre jamais les pieds. Il se trouvait ainsi coupé, définitivement, de toute relation avec les survivants de la troupe du Paravent de soie rouge et avec la femme qu'il aimait.

— Arrêtez !

L'ordre avait claqué, sec et impitoyable. Le musicien n'avait pas eu besoin de se retourner pour identifier la voix du vice-roi de Canton, Fuchang'an, l'une des plus sinistres créatures de Heshen. La porte qui ouvrait sur la liberté n'était guère à plus de dix pas de lui. Il fit mine de poursuivre sa marche comme s'il n'avait pas compris l'ordre, mais les gardes croisèrent leurs lances pour lui bloquer le passage et il fut bien contraint de s'arrêter. Son cœur battait à un rythme accéléré. Thomas se retourna lentement pour faire face à l'âme damnée du Premier ministre.

— Où emmenez-vous cet homme ? gronda le vice-roi en le toisant.

Le chef des gardes se prosterna, le front contre le sol, pour répondre :

— Nous le conduisons au port, Excellence, afin de le remettre au porteur de tribut et...

— Quoi ? Et qui vous a donné un ordre aussi absurde ? Cet homme doit être exécuté. J'ai moi-même fait préparer l'estrade, cette nuit... Monsieur Perkins est un traître. conduisez-le plutôt à sa mort ! Sur-le-champ !

— Mais, Excellence..., intervint le garde sans relever le front.

— Ne discutez pas, garde ! Ou le peuple aura droit à une double exécution ce matin.

En entendant ces mots, Perkins fit vivement un pas vers le vice-roi :

— Les deux exécutions ne seront peut-être pas celles que vous croyez... Excellence ! lança-t-il sur un ton de défi.

Fuchang'an demeura pétrifié devant l'insolence du prisonnier, qui en profita pour ajouter :

— Vous ne voulez donc pas savoir qui a ordonné ma libération... Excellence ?

— Emmenez-le ! Qu'on l'exécute sur-le-champ ! gronda le vice-roi.

— C'est ça ! s'exclama Thomas, dans un ultime acte de révolte, tandis que deux gardes le saisissaient par les bras. Exécutez-moi... Excellence, et vous ne tarderez pas à être garrotté à votre tour pour avoir enfreint les ordres du prince !

— Les ordres du prince ? Du prince Jiaqing ? fit Fuchang'an, interloqué.

Mais il se reprit rapidement.

— Je n'ai personnellement reçu aucun ordre en ce sens. Allons, exécutez cet homme ! Faites vite !

Une voix presque juvénile retentit à l'autre bout du couloir ; elle était empreinte d'une colère terrible.

— Exécutez cet homme, Fuchang'an, et le peuple aura deux occasions de se réjouir aujourd'hui !

Le prince Jiaqing franchit rapidement la distance qui le séparait du vice-roi. Celui-ci, après une brève hésitation, se jeta sur le sol et pratiqua le *kotow* devant le fils de son souverain.

— Cessez vos simagrées ! ordonna Jiaqing, cassant. Le *kotow* n'est pas une attitude extérieure... C'est une discipline intérieure, un respect profond envers une fonction et son incarnation. Vous n'éprouvez pas le moindre respect pour ce que je représente, ne soyez donc pas hypocrite. Le porteur de tribut n'était pas fourbe, lui.

— Majesté, je vous assure..., commença le vice-roi en bafouillant.

— Il suffit ! le coupa le prince.

— Pourtant, Majesté, si vous me permettez...

Le vice-roi marqua un temps pour s'assurer que le prince lui laissait la liberté de poursuivre. Jiaqing ne l'interrompit pas, mais son visage affichait une expression de défi.

— Cet homme, reprit Fuchang'an en désignant Perkins, est un traître. Il a comploté contre la personne de l'Empereur. Il a voulu...

— Il a été livré par les siens à une troupe de miséreux qui voulaient mettre un terme aux exactions d'un Premier ministre corrompu. Comment aurait-il pu avoir connaissance des projets d'hommes qu'il ne connaissait pas la veille ? En outre, les faits ont démontré que c'est bien Heshen qui était visé. Vous voyez là une trahison quelconque envers l'Empereur ? Le traître n'est-il pas plutôt celui qui profite des privilèges que lui octroie sa position pour tromper mon père ?

— Majesté !

— Il suffit, Fuchang'an ! Cet homme est libre. Allez à l'encontre de mes ordres et je vous fais garrotter sur-le-champ !

Après avoir marqué un temps, le prince ajouta avec un sourire dédaigneux :

— Si vous désirez adresser un rapport à mon père pour dénoncer mon ingérence dans votre gestion des affaires à Canton, ne vous gênez pas... Excellence ! J'aurai ainsi l'opportunité de lui expliquer qu'en raison de votre incompétence et de votre incurie, j'ai été obligé de laisser partir un *hong mao* qui a profané pendant des mois le sol de l'Empire du Milieu, car seul ce *hong mao* est, aujourd'hui, en mesure de nous garantir que les traîtres aux cheveux rouges seront punis.

Le vice-roi collait son front au sol et demeurait immobile ; le prince, d'un simple signe de la main, ordonna aux gardes d'emmener leur prisonnier. La lourde porte s'ouvrit enfin. Thomas fut aveuglé par la lumière du soleil ; pendant de longs jours il ne l'avait vue que de manière chiche à travers un orifice grillagé. Au moment où il allait franchir le seuil, le prince lui lança, d'une voix subitement chaleureuse :

— Bonne chance, monsieur le musicien !

Thomas Charles Perkins se retourna vers son sauveur, mais Jiaqing avait déjà tourné les talons et disparaissait dans l'obscurité du couloir. Le vice-roi avait toujours le front collé au sol.

Sur le port, l'escorte de Thomas Charles Perkins confia son prisonnier à un groupe de marins britanniques accompagnés du jeune Thomas Staunton.

— Thomas ! s'exclama l'enfant en se précipitant vers le musicien. Quel plaisir de vous voir ! Je me faisais un sang d'encre...

— Tom ! dit le musicien, alors que son ami lui tombait dans les bras. Comment avez-vous su... ?

En rade, les silhouettes massives du *Lion* et de l'*Indostan* dressaient leur voilure. Thomas Charles Perkins les observait par-dessus l'épaule de l'enfant. Ces navires dont la vue, seize mois plus tôt, mettaient son cœur en joie, distillaient en ce moment une profonde amertume dans son esprit.

— Le père de Grammont nous a fait informer de votre arrivée, expliqua le fils de sir George. Mais où donc étiez-vous passé pendant tous ces mois ? Quand nous avons quitté T'ien-tsin, j'ai cru que vous étiez monté à bord d'une autre embarcation. Il m'a fallu un certain temps pour comprendre que vous aviez disparu avec armes et bagages. J'en ai été bouleversé. Personne ne pouvait me renseigner sur ce qu'il était advenu de vous. Et votre instrument avait disparu lui aussi. Cela m'a quelque peu rassuré. J'ai pensé qu'au moins la flotte ne vous avait pas oublié à terre...

Thomas sourit.

— Tout le monde n'a pas dû partager votre inquiétude, Tom, murmura le musicien, comme pour lui-même.

— Que voulez-vous dire ? s'étonna le fils de sir George Staunton.

— Oh, mon ami, c'est une histoire bien longue et bien compliquée...

— Allons, montez dans la barque, vous nous raconterez tout cela à bord du *Lion*, suggéra l'enfant. Lord Macartney est fort impatient de s'entretenir avec vous.

— Voilà qui tombe bien, releva le musicien, car moi aussi je suis impatient de m'entretenir avec lui, mon cher Tom.

Dès qu'ils eurent pris place dans la barque qui les ramenait jusqu'au navire de l'ambassadeur, le jeune Staunton se remit à parler avec volubilité. Il raconta à son ami comment il avait été reçu en audience par l'Empereur, et comment celui-ci lui avait offert une bourse destinée à contenir des noix d'arec[1] pour le féliciter de sa bonne connaissance de la langue chinoise[2]. Avant que l'embarcation ait rejoint le *Lion*, le musicien savait que le lord n'avait pas pratiqué le *kotow*, mais qu'il lui avait bien fallu coller son front au sol — « ce qu'il ne consignera probablement jamais dans son journal », avait ironisé le page de lord Macartney. Mais Thomas ne lui prêtait qu'une oreille distraite. Il regardait le rivage qui s'éloignait désespérément. Tout était donc

1. Fruit de l'aréquier, dont on tire le cachou.

2. Le fait est historique, et peut surprendre compte tenu de l'interdiction faite aux Chinois d'enseigner leur langue aux étrangers.

fini. Dans quelques heures, dans quelques jours au plus tard, la flotte ferait voile vers Macao d'abord, puis vers l'Angleterre, et Thomas quitterait à jamais cette terre où sa bien-aimée serait, désormais, livrée à elle-même. Jamais plus il n'entendrait parler de Zhang, l'âme de la troupe du Paravent de soie rouge, l'âme du Lotus Blanc. Il ne saurait jamais si le prince Jiaqing avait tenu sa parole et s'il avait réussi à protéger Zhang des griffes du terrible Heshen et de ses sbires.

Thomas Charles Perkins n'entendrait plus jamais la voix de rêve de Zhang. Plus jamais il ne serrerait dans ses bras le corps tout à la fois tendre et fougueux de la jeune femme. Plus jamais il ne l'écouterait lui parler de sa culture, de ses traditions, de ce peuple qu'elle aimait plus que sa propre vie.

— Mais vous pleurez, Thomas ?

Le musicien fut arraché à ses réflexions par la question toute de candeur du petit Staunton.

— Que se passe-t-il, mon ami ?

Thomas Charles Perkins força un triste sourire sur ses lèvres.

— J'étais venu ici pour apprendre la musique à un peuple de barbares, Tom, murmura-t-il sans détourner son regard de la berge. Je repars, émerveillé par la richesse d'un art qui vaut largement le nôtre. Quant à parler de barbares... Il y en a, certes, mais guère plus que chez nous. Et il y a aussi les êtres les plus beaux qu'il m'ait été donné de rencontrer. Voyez-vous, Tom, en arrivant en Chine j'étais un rêveur ; je vivais hors de la réalité — je me flattais d'être un artiste ! Aujourd'hui j'ai compris, grâce à quelques êtres merveilleux, que l'art ne peut être dissocié de la réalité. J'ai appris aussi que nous sommes toujours le barbare de quelqu'un, et qu'il me reste beaucoup à apprendre...

Thomas s'interrompit, tourna son regard vers les navires de la flotte, soupira et murmura en séchant ses larmes :

— Comment vais-je pouvoir me réadapter à l'existence vaine que je menais auparavant ?

— Thomas, vous paraissez totalement bouleversé... Je ne comprends pas...

Le musicien posa la main sur l'épaule de l'enfant et, avec un faible sourire aux lèvres, demanda :

— Pourrez-vous vivre sans ce pays, Tom ?

— Oh ! je serai bien heureux de retrouver Londres, croyez-moi, Thomas.

Le musicien se retourna vers le rivage et murmura comme pour lui-même :

— Alors, vous n'avez pas connu la Chine, Tom.

A peine eut-il posé le pied sur le pont du *Lion* que Thomas Charles Perkins fut entouré par des soldats en armes qui lui ordonnèrent de les suivre. Surpris par cet accueil incongru, le musicien accompagna les hommes aux uniformes rutilants. Il fut introduit sans ménagement dans la cabine de lord Macartney ; l'ambassadeur, assis derrière sa table de travail, le dévisagea sans aménité. De chaque côté de son bureau, deux hommes posaient un regard sombre sur le nouveau venu. L'un n'était autre que le père du petit Thomas Staunton, sir George ; l'autre n'était pas inconnu non plus du musicien, il s'agissait de lord Williams — cet être répugnant dont lui avait parlé Zhang. Sir George fit signe à son fils de sortir ; l'enfant posa un regard interrogateur sur son ami et quitta la pièce avec un haussement d'épaules.

Aussitôt, le lord prit la parole :

— Monsieur Perkins, vous voici enfin ! Alors, vous nous aviez faussé compagnie, jeune homme ?

Thomas était abasourdi par le ton du lord autant que par le sous-entendu de sa question.

— Moi, je vous ai faussé compagnie ? Voilà une façon bien originale de présenter les choses, lord Macartney, dit-il non sans une pointe de sarcasme. Dites plutôt qu'on m'a proprement débarqué avec armes et bagages à T'ien-tsin, sans s'enquérir de mon avis ni se soucier de ma sécurité.

— Surtout avec armes ! observa lord Williams avec un petit rire cynique.

— Si vous considérez un violoncelle comme une arme, dans ce cas vous avez raison, lord Williams, rétorqua Thomas. En revanche, si vous parlez de ces pièces à feu que certains renégats de la Compagnie des Indes orientales cherchent à vendre aux troupes d'insurrection chinoises... par votre intermédiaire et celui de vos complices, alors je dois dire que vous faites erreur. Je n'avais même pas un couteau de poche pour trancher mon pain et ma viande.

— Votre humour est aussi déplacé que vos insinuations, monsieur Perkins, tonna lord Macartney.

— Mes insinuations n'en sont pas, Excellence. Elles ne sont ni plus ni moins que des accusations. Eh oui ! J'accuse, ici même, lord Williams et un certain monsieur Moore, dont j'ignore malheureusement le prénom, mais qui occupe des fonctions importantes dans les factoreries de Canton, d'avoir négocié la vente d'armes britanniques à un groupe révolutionnaire chinois, le Lotus Blanc. J'affirme, en outre, que ces hommes et leurs complices avaient l'intention d'introduire en Chine l'opium fabriqué en Inde...

— Voilà qui est joliment tourné, mon ami, l'interrompit lord Williams.

Et, se tournant vers l'ambassadeur, le commerçant demanda avec un large sourire :

— La meilleure défense n'est-elle pas l'attaque, mon cher George[1] ?

Sir George, qui avait toujours éprouvé de la sympathie pour le jeune musicien, intervint avec un grand calme et la volonté évidente d'apaiser les esprits :

1. Comme Staunton, lord Macartney se prénommait George.

— Monsieur Perkins, vous êtes un musicien respectable. La Couronne vous faisait confiance au point de vouloir vous confier le poste de maître de chapelle. J'avoue que je vous imagine assez mal vous lancer dans une affaire de trafic d'armes. Cependant, lord Williams est un homme au-dessus de tout soupçon. Vous comprendrez, en conséquence, que nous ne pouvons nous contenter de vos... accusations. Avez-vous quelque preuve permettant d'étayer vos propos ?

— Pourquoi ne posez-vous pas la question à lord Williams, sir George ? Aurait-il, lui, la preuve de mon implication dans ce trafic ?

— Mon jeune ami, intervint lord Williams sans se départir de sa bonhomie, est-ce moi qui me suis arrangé pour quitter la flotte à T'ien-tsin ? Est-ce moi qui ai accompagné les membres de la société du Lotus Blanc à Pékin, avec l'intention de supprimer l'Empereur ? Est-ce moi qui ai été arrêté par les troupes chinoises et condamné à mort ? Est-ce moi qui dois ma liberté à l'intervention du père de Grammont et à la bonté du prince Jiaqing ? Mon cher, si le prince a sauvé votre tête, c'est bien pour que nous fassions justice. Les Chinois savent que nous ne tolérons pas qu'un sujet britannique soit jugé par leurs autorités. Si nous voulons éviter des incidents diplomatiques susceptibles de déboucher sur un conflit ouvert avec l'Empire du Milieu, nous n'avons d'autre choix que d'appliquer la justice, monsieur Perkins.

Thomas n'en croyait pas ses oreilles. Il s'estimait hors de tout danger et voilà que ses propres compatriotes se montraient plus implacables que les hommes qu'ils traitaient de barbares.

— Excellence, dit-il à l'ambassadeur, le prince Jiaqing m'a effectivement accordé la liberté, mais pas pour que vous m'exécutiez à sa place. Il m'a libéré parce que je lui ai promis que justice serait faite. Que voulez-vous, j'ai eu l'innocence de croire que les Britanniques étaient des hommes d'honneur...

— Jeune homme, intervint lord Macartney, je ne vous permets pas...

— Et moi, Excellence, le coupa Thomas, je ne vous permets pas de pratiquer une justice expéditive. Vous voulez connaître la vérité ? Ordonnez donc une fouille des entrepôts des factoreries. Si vous ne trouvez pas une once d'opium, si vous ne trouvez pas trace d'armes, je me soumettrai. Interrogez le père de Grammont. Il était présent lors de mon entrevue avec le prince Jiaqing...

— Mon Dieu, Perkins, fit lord Williams, vous savez pertinemment que le père de Grammont a repris la route de Pékin.

Troublé, Thomas insista :

— Fouillez les entrepôts !

— Cela me paraît tout à fait superflu, observa l'ambassadeur après un regard à lord Williams, qui ne se départit pas de son sourire mauvais.

— Superflu ? Dans ce cas, ne parlez pas de justice, Excellence ! Dites que les intérêts du commerce exigent qu'un innocent soit exécuté pour permettre aux actionnaires de la Compagnie d'augmenter leurs bénéfices.

— Je ne vous permets pas... fulmina l'ambassadeur — mais Thomas n'était plus le jeune homme policé et rêveur qui avait été débarqué à T'ien-tsin.

— Vous avez perdu tout droit de permettre quoi que ce soit, Excellence, dès l'instant où vous êtes devenu le jouet d'intérêts commerciaux.

— Perkins ! tonna le lord.

Mais Thomas était devenu, à son tour, un révolté.

— Vous ne servez plus la Couronne, lord Macartney, gronda-t-il. Vous la trahissez pour remplir les caisses d'êtres odieux comme lord Williams. Vous porterez seul la responsabilité d'une guerre entre l'Empire britannique et la Chine !

— Il suffit ! cria l'ambassadeur en abattant ses deux poings sur son bureau. Monsieur, je crois que vous avez amplement démontré votre félonie. Vos propos sont clairs. Vous n'avez plus le respect de l'autorité, vous bafouez la Couronne à travers son représentant officiel ! Je me vois contraint de suivre les recommandations de lord Williams. Sir George, faites préparer un peloton. Nous exécuterons monsieur Perkins en face des côtes, afin que les Chinois voient que nous avons rendu la justice. Il sera fusillé pour que le son de notre justice parvienne jusqu'aux oreilles du prince Jiaqing. Ainsi, nous ferons l'économie d'une guerre, monsieur Perkins.

— Vous êtes un pantin, Excellence. Un pantin entre les mains de commerçants habiles. En définitive, je ne regrette pas de périr ici. J'ai laissé mon âme entre les mains du prince Jiaqing et mon cœur...

Il s'interrompit.

— Prenez donc, ma vie... milord ! Sans âme et sans cœur, mon existence n'a plus aucune valeur. Décidément, vous ne méritez pas mieux que ce qui vous arrive, lord Macartney ! Allons, lord Williams, agitez les fils de ce pantin. Vous avez gagné !

— Gardes ! hurla l'ambassadeur, au comble de la fureur.

— Excellence, intervint sir George, ne croyez-vous pas que nous nous montrons quelque peu expéditifs ? Ne devrions-nous pas...

— Sir George, vous commanderez l'exécution. Ne discutez pas ! N'ajoutez pas la mutinerie à la haute trahison de ce musicien.

Thomas Charles Perkins refusa qu'on lui bandât les yeux. Il voulait mourir le regard tourné vers cette terre qui conservait la meilleure part de son être. Quand l'officier, en s'excusant, voulut lui lier les mains, il dit :

— C'est inutile, commandant. Je ne chercherai pas à fuir, rassurez-vous.

Le roulement du tambour couvrait le bruit des vagues qui battaient la coque du *Lion*. Le musicien eut un petit geste amical en direction du jeune Staunton, qui ne pouvait retenir ses larmes.

— En joue...

— Arrêtez !

— Qui ose... s'exclama l'ambassadeur.

Thomas se retourna et découvrit un jeune homme qui vint se placer entre lui et les fusils britanniques.

— Je suis David Fairbanks, votre Excellence. Mon père, lord Fairbanks, est l'un des principaux actionnaires de la Compagnie des Indes orientales ; il sera ici dans un instant. Son âge ne lui permet pas de gravir aussi rapidement que moi l'échelle de corde.

— Peu m'importe qui vous êtes, jeune homme. Vous venez d'interrompre une exécution et...

— Non, Excellence, je viens d'interrompre une forfaiture !

— Comment osez-vous... s'étrangla l'ambassadeur.

— Lord Macartney, lança un nouveau venu, je crois que vous devriez prêter attention à lord Fairbanks avant de commettre un acte qui, si vous le meniez à son terme, ne serait ni plus ni moins qu'un meurtre de sang-froid.

Après une légère hésitation, l'homme ajouta :

— Nous pourrions même parler d'acte de haute trahison.

L'ambassadeur blêmit.

— Qui êtes-vous, monsieur ?

La réponse vint de sir George Staunton, qui avait rencontré les autorités de Macao, à l'arrivée de l'ambassade, six mois plus tôt.

— Excellence, je vous présente monsieur Arnold Winkler, le haut-commissaire de la Compagnie des Indes orientales à Macao.

David aperçut lord Williams qui se dirigeait vers l'échelle de corde, avec l'intention évidente de quitter le *Lion*. Mais son mouvement se trouva bloqué par l'arrivée d'un troisième homme aux cheveux gris et aux épais favoris, suivi d'un détachement de soldats britanniques.

— Lord Williams ! lança le dernier arrivant. Ne vous esquivez pas ainsi. Le peloton d'exécution est toujours en place, il n'est pas impossible qu'il serve avant la fin du jour.

— Voyons, monsieur...

— Lord Macartney, permettez-moi de me présenter : lord Fairbanks.

L'ambassadeur, dépassé par les événements, ne savait plus très bien où il en était.

— Si vous le voulez bien, je crois que nous serions plus tranquilles dans votre cabine pour poursuivre cette discussion, dit le vieux lord Fairbanks.

— Très bien, fit lord Macartney, résigné.

— Quant à lord Williams, je souhaiterais qu'il se joigne à nous... Vous ne verrez pas d'inconvénient, lord Macartney, à ce que nous postions des gardes à la porte de votre cabine, n'est-ce pas ?

Lord Fairbanks se tourna enfin vers le musicien et, se dirigeant vers lui les mains tendues, il dit :

— Thomas, mon garçon, vous ne pouvez savoir combien je suis soulagé d'être arrivé à temps. Je ne me serais jamais pardonné votre...

Il s'interrompit et serra la main du musicien, dont le regard se perdait au-dessus de l'épaule du vieux lord. Thomas venait de découvrir une jeune fille à la longue chevelure blonde, qui s'approchait du groupe rassemblé sur le pont arrière du *Lion*.

— Grace ? laissa-t-il échapper, incrédule.

— Thomas...

— C'est à cette jeune fille que vous devez la vie, mon garçon, expliqua le vieux lord avec un sourire radieux. Mais c'est une longue histoire. Venez, nous avons bien des informations à partager.

Thomas ne parvenait pas à détacher son regard de celui de Grace. Il ne comprenait pas la présence en mer de Chine de celle qui avait été sa fiancée. Elle lui souriait. Elle semblait hésiter sur la conduite à tenir. Elle aurait voulu sauter au cou de Thomas mais quelque chose dans son attitude l'en empêchait. Elle se mordit les lèvres et murmura :

— Je suis si heureuse...

Thomas ne trouva pas un mot à dire. Il détourna la tête vers la berge. Il avait failli mourir deux fois en quelques heures : d'abord à cause des Chinois, ensuite des Britanniques... Ce jour semblait être le sien. Il n'aurait pas été vraiment surpris d'apercevoir la silhouette de Zhang sur le quai. Hélas, sa chance n'allait pas jusque-là.

— Allons, venez, Thomas, dit le vieux lord.

Thomas Charles Perkins était installé sur la dunette arrière du *Lion*. Un des musiciens du vaisseau lui avait prêté son violoncelle et il interprétait une fugue de Bach, le regard accroché aux deux forteresses qui gardaient l'entrée de la Bouche du Tigre. C'est dans l'une d'elles qu'il avait failli mourir.

L'arrivée de lord Fairbanks avait permis de faire éclater la vérité. Lord Williams était dans les fers ; il serait confié à la justice de son pays dès que la flotte serait de retour en Angleterre. Monsieur Moore avait lui aussi été arrêté. Il avait fini par livrer le nom de ses complices. Ceux qui étaient présents à Canton n'avaient pas tardé à rejoindre lord Williams dans les cales du *Lion* ; ceux qui opéraient depuis Londres bénéficiaient d'un ultime répit. Thomas apprit ainsi le rôle tenu dans cette affaire par son « ami » Andy McCarthy. Il découvrit aussi avec quel courage Grace s'était lancée dans l'aventure pour venir à son secours.

La veille de l'appareillage, deux navires britanniques étaient entrés en rade de Canton. Il s'agissait des deux navires arraisonnés dans le détroit de Malacca par les bâtiments français. Aussitôt, lord Macartney avait envoyé un détachement sur le *Princess Royal* pour qu'il fût procédé à l'arrestation d'Andy McCarthy. Thomas vit ainsi l'ancien secrétaire de sir Malcolm rejoindre ses compagnons aux fers. Quand il croisa le musicien, Andy eut un petit sourire narquois :

— La roue tourne, murmura-t-il.

Puis, avec un sourire cruel, il ajouta à l'oreille de Thomas :

— Elle tournera encore, Tom. Crois-moi, elle tournera encore !

Thomas avait veillé à ne jamais se retrouver seul avec Grace. Certes, il savait désormais qu'elle ne l'avait pas trahi. Elle-même avait été victime des manigances d'Andy, qui avait assassiné son père et l'avait lésée de son héritage. Il savait aussi que Grace n'avait pas ménagé sa peine pour sauver l'homme qu'elle aimait. Thomas ne pouvait plus lui tenir le moindre grief de son attitude passée. Hélas, comment pourrait-il lui faire comprendre que malgré tout cela, il ne pouvait plus envisager de l'épouser ? Grace appartenait à un monde dans lequel il n'avait plus sa place. Et puis, son cœur appartenait désormais à une autre. Une jeune fille qu'il ne reverrait sans doute jamais plus et dont il ignorerait toujours ce qu'elle était devenue.

Le jour viendrait où il lui faudrait tenter d'expliquer tout cela à Grace, mais pour l'heure il était trop tôt. Thomas était incapable de parler de ce qu'il avait vécu. Le fantôme de Fleur de Prunus et l'ombre de Zhang étaient trop présents autour de lui et en lui. David Fairbanks avait noté l'attitude du musicien, et il se montrait d'autant plus prévenant envers Grace, qui paraissait sensible à tant de délicatesse.

Le *Lion* glissait dans la Bouche du Tigre. La terre était si proche, ici, et si inaccessible à la fois... Comme lorsque

Thomas était arrivé en Chine, il y avait une éternité de cela. Dans une autre vie.

Subitement, le jeune musicien sursauta. Mon Dieu, cette voix ! De la berge lui parvenaient, portés par le vent, les accents du « Traurigkeit » de *L'Enlèvement au sérail.* Malgré les larmes qui envahissaient ses yeux, il parcourut la berge du regard et là... debout à l'extrémité de l'embouchure, il l'aperçut !

— Zhang ! hurla-t-il.

La jeune fille lui sourit. Jamais, auparavant, elle n'avait interprété ce chant que Thomas avait vainement tenté d'enseigner à Fleur de Prunus au temps où il croyait que cette voix sublime était celle de la jeune fleur.

Zhang était là, à quelques mètres de lui. Elle aussi avait les yeux baignés de larmes. Thomas aurait voulu se jeter à l'eau et la rejoindre à la nage. Hélas, le *Lion* glissait implacablement entre les deux falaises qui tombaient à pic dans les flots. Agrippé au bastingage, il écoutait le « Traurigkeit » le plus déchirant qu'il lui ait jamais été donné d'entendre.

La tristesse est mon lot
car je suis loin de toi.
Tout comme la rose rongée par le ver,
comme l'herbe sous la mousse hivernale,
ma vie angoissée se flétrit.
Même aux vents je ne puis confier
l'amère douleur de mon âme...

A quelques pas de là, Grace observait la scène. Elle n'avait pas besoin d'explications. Tout était dit. David lui prit doucement les mains.

Le *Lion* sortait de la Bouche du Tigre. Il avait mis le cap sur Macao. Thomas se sentait rassuré. Zhang était vivante, mais pour combien de temps ? Lorsque le vaisseau anglais passa aux pieds de la jeune femme, celle-ci se baissa et lorsqu'elle se redressa, sans avoir interrompu son chant à aucun moment, elle tendait au-dessus de sa tête un arc et trois flèches, les armes de prédilection de l'armée chinoise.

Tel était son ultime message à son amant : « Je poursuis la lutte. »

Thomas ne put retenir un cri :

— Je reviendrai !

Bibliographie

Il m'est impossible de conclure ce roman sans mentionner quelques ouvrages qui m'ont été d'une aide précieuse pour sa rédaction.

En premier lieu, il convient de mentionner l'œuvre consacrée par Alain Peyrefitte à la mission Macartney en Chine, et plus particulièrement :

L'Empire immobile, Librairie Arthème Fayard, Paris, 1989

ainsi que son commentaire des somptueux dessins de William Alexander, le peintre de l'expédition :

Images de l'Empire immobile, Librairie Arthème Fayard, Paris, 1990.

Toujours sur l'ambassade Macartney, le livre de Xavier Walter, *John Barrow, un Anglais en Chine au* XVIII*e siècle*, Editions Payot et Rivages, Paris, 1994, est particulièrement pertinent.

Le lecteur intéressé par l'opéra chinois ne pourra faire l'économie du merveilleux essai de Roger Darrobers, *Opéra de Pékin*, Editions Bleu de Chine, Paris, 1998.

L'œuvre de Jacques Pimpaneau offre une approche passionnante de la Chine. En particulier, *Chine, culture et tradition*, Editions Charles Piquier, Mas de Vert, 1988, 1990 ; et *Dans un jardin de Chine*, Editions Charles Piquier, Mas de Vert, 2000.

Enfin, pour une étude sérieuse et approfondie de la Chine, l'ouvrage de Jacques Gernet, *Le Monde chinois*, Editions Armand Colin, Paris, 1972, 1999, me paraît indispensable, ainsi que, sur un thème plus spécifique, *Lettrés et pouvoirs, un procès littéraire dans la Chine impériale*, de Pierre-Henri Durand, Editions de l'Ecole des Hautes Etudes en Sciences sociales, Paris, 1992.

PRODUCTION JEANNINE BALLAND

Romans « Terres de France »

Jean Anglade
Un parrain de cendre
Le Jardin de Mercure
Y a pas d'bon Dieu
La Soupe à la fourchette
Un lit d'aubépine
La Maîtresse au piquet
Le Saintier
Le Grillon vert
La Fille aux orages
Un souper de neige
Les Puysatiers
Sylvie Anne
Mélie de Sept-Vents
Le Secret des chênes
La Couze
Ciel d'orage sur Donzenac
Jean-Jacques Antier
Autant en apporte la mer
Marie-Paul Armand
La Poussière des corons
La Courée
tome I *La Courée*
tome II *Louise*
tome III *Benoît*
La Maîtresse d'école
La Cense aux alouettes
Nouvelles du Nord
L'Enfance perdue
Un bouquet de dentelle
Françoise Bourdon
La Forge au Loup
Annie Bruel
La Colline des contrebandiers
Le Mas des oliviers
Les Géants de pierre
Marie-Marseille
Jean du Casteloun
Michel Caffier
Le Hameau des mirabelliers
La Péniche Saint-Nicolas
Les Enfants du Flot
Jean-Pierre Chabrol
La Banquise
Didier Cornaille
Les Labours d'hiver
Les Terres abandonnées
La Croix de Fourche
Etrangers à la terre
L'Héritage de Ludovic Grollier
L'Alambic
Georges Coulonges
Les Terres gelées
La Fête des écoles
La Madelon de l'an 40
L'Enfant sous les étoiles
Les Flammes de la Liberté
Ma communale avait raison
Les blés deviennent paille
L'Eté du grand bonheur
Des amants de porcelaine
Le Pays des tomates plates
Yves Courrière
Les Aubarède
Anne Courtillé
Les Dames de Clermont
Florine
Dieu le veult
Les Messieurs de Clermont
L'Arbre des dames
Le Secret du chat-huant
Annie Degroote
La Kermesse du diable
Le Cœur en Flandre
L'Oubliée de Salperwick
Les Filles du Houtland
Le Moulin de la Dérobade
Alain Dubos
Les Seigneurs de la haute lande
La Palombe noire
La Sève et la Cendre
Le Secret du docteur Lescat
Elise Fischer
Trois Reines pour une couronne

Alain Gandy
Adieu capitaine
Un sombre été à Chaluzac
L'Enigme de Ravejouls
Les Frères Delgayroux
Les Corneilles de Toulonjac
L'Affaire Combes
Les Polonaises de Cransac
Michel Hérubel
La Maison Gelder
La Falaise bleue
Tempête sur Ouessant
Hubert Huertas
Nous jouerons quand même ensemble
Denis Humbert
La Malvialle
Un si joli village
La Rouvraie
La Dent du loup
L'Arbre à poules
Les Demi-Frères
La Dernière Vague
Hervé Jaouen
Que ma terre demeure
Jean-Pierre Leclerc
Les Années de pierre
Louis-Jacques Liandier
Les Gens de Bois-sur-Lyre
Jean-Paul Malaval
Le Domaine de Rocheveyre
Les Vignerons de Chantegrêle
Jours de colère à Malpertuis
Quai des Chartrons
Dominique Marny
A l'ombre des amandiers
La Rose des Vents
Henry Noullet
La Falourde
La Destalounade
Bonencontre
Le Destin de Bérengère Fayol
Michel Peyramaure
Le Roman de Catherine de Médicis
Frédéric Pons
Les Troupeaux du diable
Jean Siccardi
Le Bois des Malines
Les Roses rouges de décembre
Le Bâtisseur de chapelles
Jean-Michel Thibaux
La Bastide blanche
Le Secret de Magali
La Fille de la garrigue
Le Roman de Cléopâtre
La Colère du mistral
L'Homme qui habillait les mariées
La Gasparine
L'Or des collines
Jean-Max Tixier
Le Crime des Hautes Terres
Brigitte Varel
Un village pourtant si tranquille
Les Yeux de Manon
Emma
L'Enfant traqué
Le Chemin de Jean
L'Enfant du Trièves
Colette Vlérick
La Fille du goémonier
Le Brodeur de Pont-l'Abbé
La Marée du soir

Collection « Sud Lointain »

Jean-Jacques Antier
Le Rendez-Vous de Marie-Galante
Marie-Galante, La Liberté ou la Mort
Erwan Bergot
Les Marches vers la gloire
Sud lointain
tome I *Le Courrier de Saigon*
tome II *La Rivière des parfums*
tome III *Le Maître de Bao-Tan*
Rendez-vous à Vera-Cruz

Mourir au Laos
Alain Gandy
Quand la Légion écrivait sa légende
Dominique Marny
Du côté de Pondichéry
Les Nuits du Caire
Juliette Morillot
Les Orchidées rouges de Shanghai
Michel Peyramaure
Les Tambours sauvages
Pacifique Sud
Louisiana

Impression réalisée sur CAMERON par

BUSSIÈRE CAMEDAN IMPRIMERIES

GROUPE CPI

à Saint-Amand-Montrond (Cher)
en mai 2002

N° d'édition : 6976. — N° d'impression : 022206/4.
Dépôt légal : mars 2002.

Imprimé en France